Холм
Луцьк
Рівне
Сокаль
Перетин
Броди
Львів
Золочів
Тернопіль
Самбір
Станіслав
г. Маківка

ГАЛИЦЬКА САГА

Петро Лущик

Велика війна

Роман

Харків
«ФОЛІО»
2020

УДК 821.161.2
Л87

Серія «Сага»
заснована у 2019 році

Художник-оформлювач
М. С. Мендор

Лущик П. М.

Л87 Галицька сага. Велика війна: роман / Петро Лущик; худож.-оформлювач М. С. Мендор. — Харків: Фоліо, 2020. — 315 с. — (Сага).

ISBN 978-966-03-8945-8 (Сага).

ISBN 978-966-03-9024-9.

«Велика війна» — перша книга «Галицької саги», події якої розпочинаються у 1914 році.

У галицькому селі Перетині життя протікає неквапно й навіть нецікаво. Можливо, єдиним винятком посеред сірої буденщини є протистояння між прихильниками української «Просвіти» та москвофілами, яке іноді переростає у бійку. Однак спокійне буття раптово закінчується погожого липневого дня 1914 року, коли мешканці Перетина дізнаються про початок війни. У кожного з них відтепер свій шлях і своя доля. На москвофілів чекає перший в Європі концентраційний табір Талергоф; дорослих чоловіків призивають до австрійської армії; патріотично налаштована молодь вступає до лав Українських січових стрільців. Селяни, що залишилися вдома, уповні насолодилися «принадами» російської окупації та свавіллям «своїх», австрійських, жандармів. Коли ж ті, кому належало загинути, загинули, а щасливці повернулися додому, стало зрозуміло, що все тільки починається...

УДК 821.161.2

ISBN 978-966-03-8945-8
(Сага)
ISBN 978-966-03-9024-9

Велика війна

Жителі села Перетин у липні 1914 року

Морози			
1	Григорій (Гриць)	батько	52 роки
2	Олекса	син	22
3	Федір	син	19
4	Марта	дочка	16
5	Василь	син	11
Кандиби			
6	Семен	батько	30
7	Єва	мати	28
8	Ганна	сестра Семена	19
9	Гриць	син	5
10	Іван	син	3
Вальки			
11	Іван	дід	74
12	Ганна	баба	72
13	Гнат	батько	49
14	Меланка	мати	46
15	Михайло	син	24
16	Андрій	син	20
Солтиси			
17	Параска	баба	65
18	Лука	батько	44
19	Юстина	мати	38
20	Ксенія	дочка	17
21	Данило	син	12

Ребрик			
22	Орина	вдова	35
Смолярі			
23	Яків	батько	38
24	Олена	мати	36
25	Михайло	син	15
26	Микола	син	14
27	Кость	син	12
Нагірні			
28	Микита	батько	46
29	Варвара	мати	42
30	Тимофій	син	22
Білецькі			
31	Андрій	дід	62
32	Євдокія	баба	60
33	Тома	батько	39
34	Катерина	мати	38
35	Степан	син	17
36	Єлизавета	дочка	14
37	Марія	дочка	10
Вовки			
38	Микита	прадід	78
39	Євгенія	прабаба	78
40	Гнат	їхній 1-й син	53
41	Феодора	дружина	50
42	Роман	зять	29
43	Марія	дочка Гната	25
44	Дмитро	внук	3
45	Михайло	внук	1 місяць
46	Василь	2-й син	48
47	Ганна	дружина Василя	41
48	Левко	син Василя	20

1914

рік

Пролог

Гаврило бачив, як кортеж повільно (а швидко він їхати просто не міг — люди, що стояли обабіч дороги, бажали якнайдовше бути поруч зі спадкоємцем) порівнявся з тим місцем, де стояв увесь напружений від чекання Неделько Чабринович. Той повернув голову туди, де серед натовпу, що радісно вітав ерцгерцога Франца Фердинанда і його дружину Софію, стояв Данило Іліч. Він ледь помітно кивнув головою.

Несподівано для жандармів, що не давали людям вийти на проїжджу частину дороги, Чабринович протиснувся між ними, тримаючи в руках букет квітів, у якому була захована граната, й одразу кинув його у третій автомобіль. Букет описав невелику дугу і впав на брезентовий відкидний верх машини позаду ерцгерцога. Замість того щоб вибухнути і тим самим поставити на цьому крапку, граната відбилася від брезенту і впала на бруківку позаду. Лише тоді пролунав вибух.

Почулися крики тих, кого зачепили осколки. Скількох людей поранило, Гаврило Принцип не знав. Його (і не лише його одного!) хвилювало тільки те, що Франц Фердинанд залишився живий. Гаврило намацав у кишені браунінг, бажаючи завершити те, чого не вдалося Чабриновичу.

А виконавець невдалого замаху, усвідомивши свій провал, діяв за інструкцією. Він миттю дістав із кишені ампулу з ціанідом, але замість того, щоб померти одразу, Неделька просто вирвало. Зрозумівши, що так він може потрапити до рук жандармів (а це просто не входило ні у його плани, ні, тим більше, у плани керівництва), Чабринович побачив просвіт у натовпі й кинувся у річку Миляцку. На його біду, спека, що не покидала Сараєво упродовж усього червня, висушила досить-таки повноводну річку. Двоє поліцейських, що стрибнули за ним майже одночасно, виловили Неделька і витягнули на набережну. Тут нещасливий самогубець потрапив до рук натовпу. Що було потім, Гаврило не бачив. Кортеж швидко промчав повз нього, тому ні він, ні Тифко Грабеж, ні Цветко Попович не змогли довершити справу.

Замах провалився. Поки поліцейські виривали з рук осатанілого натовпу вже скривавлене тіло Чабриновича, що ледь-ледь подавав ознаки життя, Гаврило Принцип скористався цією метушнею і швидкими кроками попрямував набережною Аппель. Він звернув на бічну вулицю, де на розі стояв магазин «Делікатеси Шіллера». У Гаврила було трохи часу, щоб обдумати ситуацію і навіть перекусити.

Як на такий час у магазині було порожньо. Це й не дивно: не щодня до провінції приїжджає спадкоємець австрійського престолу!

Тому, побачивши відвідувача, господар — досить-таки огрядний чолов'яга — поцікавився, що клієнт бажає. Гаврилу, звичайно, хотілося б чогось випити, але він доконечно знав, що йому ніхто не продасть навіть пива: дев'ятнадцять років!

— Дайте чогось перекусити! — похмуро пробурмотів Гаврило.

Зрозумівши, що відвідувач не належить до категорії людей, із ким можна просто поговорити, господар мовчки поставив перед ним стандартний у його магазині сніданок і знову зайшов за прилавок, залишивши Гаврила самого зі своїми думками.

А вони були невеселі!

Замах, так ретельно підготовлений і розписаний буквально до хвилин, на який покладали сподівання не лише прості серби у Боснії, але й такі високі чини, про яких боявся говорити навіть Данило Іліч, що займав в організації «Чорна рука» не останню посаду, провалився через непередбачений збіг обставин. Спочатку цей незграба Мухамед Мехмедбашич не зміг вирвати шнур гранати, захованої у квітах, потім Чабринович не влучив із трьох метрів у салон автомобіля, в якому їхав Франц Фердинанд.

Їжа не лізла до рота від усвідомлення того, який вони матимуть вигляд в очах нащадків, від того, що після невдалої спроби замаху ерцгерцог побоїться далі залишатися в Сараєві й відбуде до себе у Відень, щоб більше ніколи сюди не повертатись. І хто знає, скільки мине часу, поки керівництво «Млади Босни» чи «Чорної руки» обере нову жертву і розробить детальний план її вбивства!

Гаврило Принцип пригадав інструкцію, отриману ним сьогодні вночі. Данило Іліч наголошував, що після роботи — за будь-якого результату! — усім належить зібратися на міському вокзалі: якщо все вдасться, то просто відразу виїхати з міста, якщо ж ні, то чекати на прибуття туди ерцгерцога, щоб довершити розпочате, адже у тому, що спадкоємець захоче негайно залишити місто, не сумнівався ніхто.

Гаврило Принцип покінчив зі сніданком, залишив на столику недрібну купюру (меншої просто не мав, адже вночі їм видали великі гроші) і вийшов на вулицю.

І застиг від несподіванки. Повз нього повільно проїжджав відкритий автомобіль, у якому сиділи Франц Фердинанд із дружиною і губернатор Боснії і Герцеговини Оскар Потіорек. Людей на вулиці було не так багато, а поліцейських і поготів. Рішення визріло миттєво. Гаврило вийняв із кишені браунінг, швидкими кроками підійшов до автомобіля і майже не цілячись натиснув на курок. Пролунав постріл. Франц Фердинанд схопився рукою за шию, звідки бризкала кров. Гаврило вистрілив іще раз, цілячись у губернатора, але після першого пострілу водій устиг натиснути на газ і куля потрапила в живіт герцогині Софії Гогенберґ. Усвідомивши, що він накоїв, Гаврило Принцип спробував повторити дії Неделька Чабриновича, але нічого, крім блювоти, ціан не викликав, а приставити до скроні пістолет йому вже не дали. Поліцейські і просто перехожі скрутили йому руки, повалили на землю і почали ко́пати куди попало.

Останнє, що почув Гаврило Принцип перед тим, як знепритомніти, були розпачливі слова ерцгерцога:

«Соферль, не помирай, лишися заради наших дітей!»

1

Королівський уряд Сербії незадовільно відповів на ноту, вручену австро-угорським посланцем у Белграді 23 липня 1914 року, що змушує імператорський і королівський уряд вдатися до сили зброї, щоб захистити свої права та інтереси. Тому відтепер Австро-Угорщина вважає себе у стані війни з Сербією.

Міністр закордонних справ
Австро-Угорщини граф Берхтольд,
28 липня 1914 року.

(Із телеграми австро-угорського уряду про оголошення війни Сербії)

Якщо рухатися гостинцем від Львова на північ і, віддалившись від нього на добрих сорок кілометрів, звернути праворуч на звичайну сільську дорогу, то мандрівник із подивом відзначить, що великі села, через які він досі проїжджав, зникли, а натомість то тут, то там серед буйства зелені острівцями виникли невеликі хутори, присілки, а то й поодинокі садиби. У давнину, про яку майже нічого невідомо, лише старожили, які розповідали історію свого села, обмежувались універсальним і невизначеним «це було давно!», маючи на увазі й часи Червленої Русі, і короля Станіслава Понятовського, і цісаря Йосифа, люди прийшли на ці терени та обирали місця для своєї осілості з розрахунку, щоб мати більше землі та близький контакт із сусідом. З часом садиби розросталися, поруч з'являлися нові, здебільшого з домочадців, які виросли, але хутірна система так і лишилася. Хутори отримували свою назву за прізвищем чи прізвиськом першого власника. А місцевість вабила до себе родючою землею, великою кількістю каміння для будівництва; колись тут водилися в незліченній кількості бобри, яких жителі використовували для приготування їжі, хутро йшло на обмін. Ліс, який прямовисною стіною темнів за десяток кілометрів на північному сході, давав будівельний матеріал, дрова для опалення, їжу влітку. У скрутні часи, коли зі сходу через село прокочувалася татарська орда, він рятував людей від ясиру.

Лісу, що відіграватиме у нашій розповіді не останню роль, можна дістатися лише однією дорогою. Минаючи цілу вервечку неначе натиканих на польову дорогу хуторів, подорожній проїжджав три кілометри на схід до побудованого на місці бобрового болота трохи більшого села, що утворилося злиттям декількох хуторів, поблизу нещодавно побудованої великої мурованої церкви повертав на північ і прямою дорогою рухався п'ять кілометрів до омріяної мети. Майже на половині цього шляху дорога перетинає інше велике село і прямує далі. Ліс, який увесь час наближається, змінюється, розпадається із суцільної одноманітної синьої маси, у ньому вгадуються окремі дерева. Він тягнеться майже прямою стіною ген аж на схід, відділений від лугів піщаною дорогою, неначе відрізаний гігантським ножем велетня окраєць. І лише там, куди прямує дорога, ліс у певному місці відступає, утворює велике півколо, неначе спеціально для того, щоб у ньому селилися люди.

І люди дійсно поселилися. Ще за п'ятсот років від описуваних у цій розповіді подій на ньому перетнулися дві лісові дороги, і на їхньому перетині поселилися перші люди. Працьовиті господарі викорчовували пеньки, розчищали для посіву землю. Ця місцевість незабаром дістала назву — не оригінальну, але точну: Перетин. Оскільки це було єдине село, що безпосередньо розташувалося біля лісу, воно було приречене розростатись. І воно розросталося, благо, дерев поруч було багато. Не один раз селянин дивився на згарище своєї господарки, залишене черговими зайдами, засував за пояс сокиру, брав пилку і йшов до рятівника-лісу.

Неподалік села протікала невелика мілка річка, яка розливалася лише ранньою весною після танення снігів і після дощів. Сільські хлопчаки цілісінькими днями пропадали на її піщаних берегах, ловлячи чи то щупаків, чи раків, а тоді, коли річка пересихала, виколупували з вогкого болота в'юнів.

Хоч ліс і годував селян, не він був головною турботою. Лише декілька чоловіків могли сказати, що живуть у лісі й живуть із лісу. Решта селян перетворилися на рільників. Літо того року виявилося спекотним, зате з рясними дощами. Кінець липня, звідки починаються події, був тією благословенною порою, коли селянин міг хоч трішки перепочити, якщо це взагалі можливо у селі. Усю роботу в полі для того, щоб підготувати урожай, виконано ще на початку літа, а збір його ще не настав. Тому селяни — ні, не відпочивали, — лише переводили дух, готувалися до майбутньої роботи, милуючись своєю пшеницею, що доспівала за обійстям.

Тугі важкі колоски, здавалося, заледве трималися на довгих сухих стеблах, чекаючи початку жнив. Селянин не мав підстав нарікати на погоже літо чотирнадцятого року. Події, які потрясали світ і несли незчисленні жертви й руйнацію, неначе якоюсь доброю волею оминали ці терени. Розташоване осторонь основних шляхів, село жило своїм, здавалося б, наперед визначеним життям.

Село Перетин було типовим для цієї місцевості, хоч і різнилося від інших тим, що дістало свою назву не від якогось поселенця. Воно утворилося з десятка схожих одне на одне господарств, які майже неможливо було з першого разу визначити, багатий господар мешкає за штахетним парканом чи там ледве зводять кінці з кінцями. Така зовнішня однаковість обійсть якось навіть урівнювала між собою їхніх власників, ставила на один рівень, дозволяла усім однаково брати участь у розмовах, розв'язувати сусідські суперечки без остраху бути несправедливо ображеними.

Обійстя Перетина зазвичай мали три-чотири споруди. Власне житловий будинок мав вигляд довгої збудованої з дощок і вкритої почорнілими снопами соломи, рідше ґонтою, хати, що низькими вікнами дивилася на південь. Будівля ліворуч здебільшого була стайнею; праворуч була стодола. У декого навпроти хати траплялася дровітня, але у більшості людей дрова на зиму і просто для щоденного приготування їжі зберігались у самій хаті.

У цю майже ідилічну картину літнього полудня двадцять дев'ятого липня увірвався — спочатку тихо, неначе соромлячись самого себе, а потім голосніше — чужорідний звук. У ньому вгадувалося щось незвичайне, не чуте раніше. Це було настільки незвично, що замовкли навіть коники-стрибунці, які на лугах виводили безкінечне цвіркотіння. Нечисленні жителі, яких полудень застав на подвір'ях, із тривогою вдивлялися на південь, звідки линув незнайомий звук. Спочатку нічого не помітили, чи від того, що в очі сліпило гостре липневе сонце, чи джерело звуку було надто далеко. Тим часом незвичний звук наближався, ставав вищим, лякав своєю невизначеністю.

Майже на кожній господарці люди покидали свою роботу і хто з цікавістю, хто з тривогою дивилися на південне небо.

Почувши незвичний звук, із другої від лісу хати вийшов господар. Це був уже літній чоловік із пишними вусами, в яких угадувалися сиві волосинки. Одягнутий він був звично для місцевих жителів: на довгу, нижче колін, сіру грубої роботи сорочку надітий полотняний сірак із білим вузьким коміром, підперезаний вузьким паском. Якщо місцеві зазвичай ходили босі, то чоловік міг похвалитися, правда, аж ніяк не новими чоботами, у м'які халяви яких були заправлені темно-сірі полотняні штани. Голову прикривав солом'яний бриль із великими крисами, підігнутими з боків догори.

У пошуках джерела незвичного звуку чоловік підніс до очей долоню, намагаючись відсторонитися від полуденного сонця. Спочатку він нічого не побачив, аж ось над сусідніми хатами на небі з'явилася маленька темна цятка. Чоловік навіть засумнівався, що саме це може бути тим, що зацікавило його, але більше нічого на чистому вицвілому небі не було — лише сонце і незвична цятка.

Невдовзі вона наблизилася настільки, що можна було розгледіти певні деталі. Невідомий механізм виявився напрочуд схожий на чорного крука, котрі, бувало, завдавали шкоди людським полям.

— Марто! Хведьку! — голосно покликав чоловік. — Ану хутко до мене!

Із хати одночасно вибігли юнак і дівчина, настільки схожі між собою, що відпадали будь-які сумніви, що це брат і сестра. Юнакові було дев'ятнадцять років, він був таким же високим, як і батько. Молодша на три роки сестра, що заледве сягала йому до плеча, мала приємне, майже дитяче обличчя.

— Гляньте на це диво! — знову озвався батько. — Скільки живу — такого не видів!

Діти як за командою підвели голови догори. Об'єкт їхньої цікавості саме пролітав над їхнім обійстям. Зіркe око Федора встигло розгледіти двох людей, що сиділи у чудернацькій кабіні, на крилах якої чітко впадав у вічі малюнок австрійського прапора.

Звук досяг найвищого рівня, від чого навіть заклало вуха, і почав віддалятися. Провівши поглядом незнайомця, батько лише тепер, здавалося, опам'ятався.

— А де Василь? Куди це шило сьи поділо? — запитав він.

— Не сердьтеся, тату! Василь із хлопцями пішли на річку. Казав, що принесе в'юнів, — заспокоїла його дочка.

Тим часом за брамою з'явився сусід Лука Солтис.

— Грицю! Там, за селом, єроплян скинув якісь папери, — мовив він. — Хлопи послали малих, аби позбирали.

Гриць Мороз хвильку подумав, затим рішуче попрямував до брами.

— Хведьку, ходімо зі мною! Може, щось важливе, — сказав він. — А ти, Марто, постав на стіл обід. Ми довго не будемо.

Так утрьох — обидва Морози і Солтис — рушили вулицею на південь, куди вже стікалися нечисленні жителі села. Ще здалеку Гриць помітив, що здебільшого зібралися лише чоловіки, серед них була одна жінка, у якій він упізнав бездітну вдову Орину. Зрештою, у цьому нічого дивного не було. Рано поховавши чоловіка, Орина управлялася з господарством сама, нарівні з чоловіками, тому не дивно, що ті приймали її як рівну.

У декого в руках біліли якісь аркушики. Чоловіки їх розглядали, про щось перемовляючись. Побачивши батька, підбіг, тримаючи в одній руці аркушик, а у другій мокру наповнену торбу, наймолодший одинадцятирічний син Василько. Напевне, він усе ж наловив обіцяних в'юнів, про що свідчили заляпані багнюкою голі по коліна ноги.

— Ви бачили? — захоплено вигукнув він. — Єроплан пролетів просто наді мною!

Напевне, саме такі слова говорили своїм рідним усі хлопчаки, що спостерігали за «єропланом» із різних кінців села.

Батько лише кивнув головою.

— Що це у тебе? — поцікавився він.

Замість відповіді Василь простягнув батькові аркушик. Перше, що кинулося в очі, був портрет цісаря, який молився. Здивований Гриць Мороз передав аркушик Федору.

— Ану почитай!

— Правильно! Хведьку, читай голосно, щоб усі чули! — озвалися з натовпу.

Федір подивився на батька.

— Читай! — мовив той. — Зобачимо, що нам хоче сказати цісар.

Син підніс аркушик до обличчя.

— «До любих народів!» — почав він.

— О-о-о! — протягнув Тома Білецький. — Ми вже стали любими. Значить, справи цісаря геть кепські.

Але на нього зацитькали, мовляв, висловишся пізніше.

— Читай, Хведьку!

Той іще раз подивився на «підбурювача спокою» і вів далі:

— «Моїм гарячим бажанням було присвятити роки, які мені можуть іще бути даровані з ласки Божої, зміцненню миру та вберегти мої народи від жертв і тяжкого тягаря війни. Провидіння судило інакше. Інтриги переповненого ненависті ворога примушують мене в ім'я захисту моєї монархії після довгих років миру знову взятися за меч. Усе сильніше роздмухується вогонь ненависті до мене і мого дому, все більш відкритими стають спроби насильством відторгнути невід'ємні території Австро-Угорщини. Сербські злочинні діяння підривають основи державного ладу на південному сході монархії, щоб похитнути народ, про який я дбаю з батьківською любов'ю, в його вірності правлячій династії і батьківщині, щоб підбурювати молодь до злочинних і зрадницьких дій. Із безперестанною зухвалістю Сербії має бути покінчено, щоб не було порушено честь і престиж моєї монархії, а її політичний, економічний і військовий розвиток не зазнавав постійних потрясінь. У цю хвилину я повністю усвідомлюю масштаби свого рішення й особисту відповідальність перед Всевишнім. Я все вивчив і зважив. Зі спокійною совістю стаю на шлях, накреслений мені обов'язком. Сподіваюся на свої народи, які завжди, в усіх бурях об'єднувалися в незмінній вірності трону та виявляли готовність до найбільших жертв в ім'я честі, величі й сили батьківщини. Сподіваюся на хоробрі, сповнені самовідданої наснаги збройні сили Австро-Угорщини. І вірю, що Всевишній пошле перемогу моїй зброї».

Віддихавшись, Федір закінчив:

— «Франц Йосиф власноруч».

Увесь час, поки Федір читав маніфест, ніхто і словом не прохопився, навіть вічно говіркі хлопчаки, здається, усвідомили важливість того, що відбувається. Певний час усі мовчали, аж той-таки Білецький зронив:

— То що, війна?

— Ти, Томо, або дурний, або нерозумний! — озвався сусід Мороза Гнат Валько. — Ти гадаєш, що цісар просто так прислав до тебе єроплан? Цісарська величність вирішила покарати сербів за те, що вбили престолонаступника. Що тут не ясно?

Григорій Мороз стояв похмурий і не вникав у розмову односельців. Федір, побачивши стан батька, обережно запитав:

— Тату, що з вами?

Батько перестав дивитися кудись в одну точку, перевів погляд на сина і сказав лише одне слово:

— Олекса!

Найстаршого сина Мороза Олексу лише минулої осені було призвано до війська, і він зараз проходив службу за Львовом, у Золочеві. Григорій єдиний раз відвідав сина весною, і той постав перед батьком у парадному військовому однострої, гордий за себе і за імперію, яку готовий був захищати. А буквально місяць тому Олекса написав, що його похвалили командири і натякнули, що скоро він навіть може отримати перше звання ґефрайтера, а для наочності вислав знімку, де він у повній військовій амуніції, навіть для переконливості начепив на гвинтівку багнет.

Сказане Морозом змусило спохмурніти ще двох чоловіків, сини яких також служили у цісарському війську, а Михайло Валько до того ж восени навіть мав повернутися додому. Тепер це навряд чи станеться так скоро.

Тут спробував розрядити обстановку Яків Смоляр, єдиний тесля у селі.

— Та нічого нам переживати! — сказав він. — Де та Сербія, а де ми! Та й скільки тої Сербії?

Але Григорій Мороз не поділяв цього оптимізму. Де б не була «та Сербія», якщо доведеться воювати, то невідомо, чи відсидиться у себе в полку його син Олекса. Напевне, такі думки роїлись у головах Гната Валька і Микити Нагірного, чиї сини теж зараз були далеко. Єдине, що могло хоч трохи розрадити стривожених батьків, було те, що всі троє служили в одному полку і завжди трималися разом.

— Нема чого переживати! — озвався Тома Білецький, єдиний у селі москвофіл, котрий намагався при будь-якій нагоді — а то й без неї — донести темним односельцям світло майбутнього руського світу. — Тому кажу прямо: війни не буде!

— Ага, єроплан просто так летів над тобою! — мовив Василь Вовк.

Він був ковалем, свою справу знав дуже добре, тому мав заслужену повагу серед сусідів. Траплялося, його кузня ставала місцем, де обговорювалися найважливіші події, причому вона користувалася більшою популярністю, аніж вечірки молоді, що їх вряди-годи влаштовував Тома.

— Тобі доступно пояснили, що цісар не пробачить сербам смерті престолонаступника, — вів далі коваль. — Це тобі не наші суперечки!

Але Білецький не вгавав.

— Та кажу вам: нічого не буде! Пам'ятаєте, позаминулого року болгари також почали з кимось воювати? Навіть резерв зібрали. А Семко Кандиба аж у Кам'янку їздив до своїх уланів. І що? Поплакали баби, сльози ще не висохли, як хлопи вернули домів, — говорив Тома. — І тепер так само буде!

— А це, вуйку, як ваша баба Явдоха надвоє казала! — почулося позаду.

Це до спільного гурту підоспів Семен Кандиба. Його хутір стояв віддалік од села, до нього вела дорога завдовжки майже кілометр, але Кандиба завжди вважав себе жителем села Перетин. Йому заледве виповнилося тридцять років, але з-поміж односельців у нього було найбільше поля, і дехто з присутніх навіть наймався до нього на роботу. Коли минулої зими він поховав батька — справжнього ґазду, до думки якого прислухався навіть Тома Білецький, що, окрім очільників товариства Качковського, не слухав нікого, — у селі думали, чи впорається молодий Кандиба з такою роботою.

Але на здивування сусідів у Семена виявився такий же твердий характер, як і в покійного батька Ілька, він одразу взявся за роботу, днями пропадав на полі, але господарку не запустив. Григорій Мороз, бувало, у міру своїх сил і коли не було нагальної роботи вдома, допомагав Кандибам, адже у Семена була молодша сестра Ганна, на котру кинув оком його Олекса. Та й дівчина також не залишалася байдужою до гарного юнака. Про щось більше нічого поки що не говорили, але з мовчазної згоди Ганни між батьком і братом було вирішено одружити їх після того, як Олекса відслужить у війську.

— Семку, ти, може, і більше начитаний від нас, але читаєш ти не те, що треба, — говорив Тома Білецький. — Якби ти читав правильні книжки...

— Наприклад, видання Михайла Качковського, — вставив Семен.

— А хоча б його! — спокійно парирував Тома. — То знав би, що дочка сербського короля Петра вийшла заміж за родича російського імператора.

— Ну то й що? І яким тут боком наш цісар? — не зрозумів Семен.

Як виявилося, не тільки він.

— І цей шлюб змусить цісаря позбирати назад ці аркушики! — Кандиба показав папір, який, видно, підібрав дорогою сюди. — І до чого тут Росія?

— От зразу видно, що ви сьи не розбираєте, що сьи роби у світі, — переможно сказав Білецький. — Наш цісар має найголовніший орден Росії, що його ним нагородив дід теперішнього царя. А російський цар просто так наліво і направо своїх нагород не роздає! Побачите, що Росія не допустить війни.

— Ти, Томо, забув про німців, — подав голос Лука Солтис.

— А що німці? Їхній кайзер і російський цар — братаничі. Хто піде війною на брата? — виголосив убивчий аргумент Білецький.

Не відомо, чи переконали такі аргументи односельчан, а може, люди почули те, що хотіли почути, але вже зникла важка невизначеність, і вони поволі почали розходитися. Тома Білецький переможно подивився чомусь не на молодого Кандибу, а на Григорія Мороза, і гордо попрямував вулицею до свого обійстя.

А Семен підійшов до Морозів, привітався з усіма за руку.

— Ти у це віриш? — поцікавився Григорій.

— Вуйку Грицю, ви ж мене добре знаєте! Звичайно, не вірю! — майже з докором відповів Семен. — Тим більше що Сербія дійсно далеко, а Росія близько, за лісом. Але я не за тим прийшов. Треба поговорити.

— То, може, зайдемо до нас. Марта вже зачекалася з обідом. Там і поговоримо.

— Ну, якщо запрошуєте, то гріх сьи відмовляти!

Відправивши малого Василя вперед, аби попередив сестру про гостя, Григорій із сином і Семеном неспішно рушили дорогою додому. Попереду Василь обігнав Микиту Нагірного, який спішив повідомити жінці звістку, що, можливо, їхній син Тимофій повернеться з армії не скоро. Григорій зітхнув. Напевне, так само сприйняла б його Настуня, дізнавшись, що її Олексі доведеться воювати, але Настуня померла ще вісім років тому і вже не здатна переживати.

Дорогою здебільшого мовчали, лише Федір час від часу кидав погляд на портрет цісаря, неначе хотів іще раз переконатися, що все написане у маніфесті правда і ніяких інших тлумачень немає. Побачивши такий стан хлопця, досвідченіший Семен заспокоїв його.

— Не переживай, Хведьку! Тобі ще немає двадцяти одного року. Тебе в армію точно не заберуть, — сказав він. — Та й, можливо, війна і не добереться сюди.

Для більшості селян війна була чимось далеким і чужим. Лише двоє односельців — Микита Вовк та Іван Валько — знали, що це таке. Свого часу їм пощастило воювати, коли пруссаки разом із італійцями напали на Австрію. Правда, з ними також був дід Луки Солтиса, але він так і залишився лежати в Чехії. Протягом майже п'ятдесяти років виросли два покоління, що не знали війни. Дивно, але мало в кого вона асоціювалася з бідами, смертю та злигоднями. Можливо, тільки двоє живих учасників знали їй ціну, та й це було так давно, що деталі зовсім стерлися з пам'яті, лишивши тільки неясні спогади.

Із сіней Семен у супроводі Гриця Мороза зайшов до покоїв.

Праворуч від вхідних дверей містилася кам'яна піч, біля якої поралася Марта. Перед челюстями печі був припічок з глини, а над ним чотиригранна пака, комин, через який дим ішов від печі до димаря.

Ліворуч від дверей стояв мисник-шафка, де знаходилося кухонне начиння. Уздовж стін — досить широкі лави, які слугували для сидіння, а вночі для спання.

Над двома низькими вікнами було ще по одній полиці, на якій клали омасту і хліб. Навпроти вхідних дверей на стіні висіли образи Спасителя та Діви Марії. Під ними стояв стіл з ослоном.

На відміну від комори, стіни були мазані глиною та побілені.

Марта їх вже чекала. Посередині стола стояв чавунний баняк із бараболею, заправленою сметаною та прикришеною зеленою цибулею. Розуміючи, що гість прийшов не просто так, дівчина поставила на стіл розпочату пляшку горілки та два горнятка. Сама сіла на лаві біля протилежної стіни.

— Я не голодна, — пояснила вона. — Попоїла, поки вас чекала.

— Ну, тоді прошу до столу! — мовив Григорій і сів перший.

Він розлив горілку, й вони і удвох з Семеном залпом випили.

Невдовзі дерев'яні ложки зашкребли по баняку, причому найбільше старався малий Василь. Іншим разом батько зазвичай тріснув би його ложкою по лобі, але зараз його як підмінили. Сьогоднішня звістка зовсім вибила з рівноваги. Мовчала і Марта. Видно, наймолодший брат устиг повідомити їй новину, і вона скромно сиділа в кутку, чекаючи, що скаже батько.

Коли з обідом було покінчено, Григорій запитав:

— Що у тебе, Семку?

— Коли я йшов до вас і дорогою підібрав аркушик, якого вітром занесло аж до середини між нашими хатами, то мав час обдумати, — мовив Кандиба. — Вуйку Грицю, що б там не казав Тома, але війна буде і, гадаю, самими лише сербами тут не сьи обійде. А те, що наш цісар має орден Росії, ще нічого не значить. Позавчора я їздив до ґміни, то там висить його великий портрет, де він повністю обвішаний усіма орденами. Підозрюю, серед них був і сербський також[1]. Тобто це нічого не значить.

— То війна буде? — запитав старший Мороз.

— Буде, щоправда, не ясно, коли саме поступить указ мельдуватися резерву. Тому ми можемо не встигнути скосити пшеницю.

Почувши таке, Григорій подивився у низьке вікно, де за тином колосилася їхня пшениця.

[1] Насправді цісар Франц Йосиф I не мав сербських нагород *(тут і далі прим. автора).*

— Та їй би ще тиждень постояти! — обережно сказав Мороз. — Червневі дощі не дали їй достигнути.

— Можемо не встигнути, — почув він очікувану відповідь. — Тому, вуйку Грицю, чи не приступити нам разом уже завтра до косовиці? Мій реманент, вас троє, нас троє; один день у мене, другий у вас. До неділі маємо встигнути.

Григорій Мороз відзначив слушність слів молодого ґазди. Той фактично наймав їх до себе на роботу, але тут не було ніякого підступу. Кандиба мав найкращий у селі реманент, іще покійний нині Ілько встиг придбати механічну німецьку косарку — гордість Кандиб і заздрість сусідів.

— Можливо, твоя правда, Семку! — озвався Григорій. — Не варто ризикувати. Завтра й почнемо!

На тому і порішили. Домовилися з самого ранку, як зійде роса, розпочати косовицю на полі, що приступало до самого лісу.

Коли Семен залишив їхнє обійстя, Григорій витягнув із загати коси і зібрався їх клепати. Хоч як намагався Федір повторювати за батьком, він так і не навчився як слід клепати косу.

Тому, щоб не заважати батькові, він витягнув на середину подвір'я воза. Взагалі-то і він, і батько завжди тримали воза у належному стані, але найближчими днями буде не до його можливого ремонту.

А Марті дісталася робота, яку вона найбільше не любила: чистити принесений наймолодшим братом улов. Нелюбов до в'юнів автоматично поширилась на Василя, тому він завчасно сховався від сестри, і Федір отримав помічника...

Назавтра з самого ранку батько розбудив старших дітей.

— А роса? — спробував опиратися Федір.

— Нема роси. Боюся, вдень буде дощ. Потрібно встигнути зробити якнайбільше.

Нашвидкуруч поснідавши, але не дуже, щоб це не заважало у роботі, Морози розмістилися на возі з високими драбинами, спеціально пристосованими для снопів і сіна, й залишили обійстя.

Село ще спало, як, зрештою, спав і наймолодший член сім'ї. Батько слушно вирішив сьогодні не залучати малого Василя до роботи, але завтра тому не відвертітися.

Виїхавши за село, Григорій нагнав коней, і вони швидко подолали відстань до поля, де Семен Кандиба вже прилаштовував косарку до коней. Жінка Єва і сестра Ганна робили останні приготування до майбутньої роботи.

— Дай Боже щастя! — привітався старший Мороз.

— Дякуємо! Вам також! — відповів, одірвавшись від роботи, Семен. — А я гадаю, приїдуть Морози швидше чи доведеться починати роботу самим!

— А чого чекати? Треба до дощу встигнути, — відповів Григорій.

— Та, може, і не буде його!

— Дай-то Бог!

Тим часом Семен прилаштував косарку, пустив коней уперед, перевіривши, чи справно працюють механізми, зняв кашкета, перехрестився, сів на залізне крісло і пустив коней по краю поля. Скошена пшениця акуратно лягала на стерню, де її відразу підхоплювали жінки та зав'язували у снопи. Зазвичай їх складали у копи, але непевність найближчого часу змусила змінити наперед визначений порядок. Федір підхоплював снопи за жінками і подавав на віз батькові, а вже той складав їх таким чином, щоб умістилося якнайбільше.

Робота кипіла. Григорій одразу відзначив перевагу німецької молотарки, адже досі йому доводилося косити пшеницю косами, щоправда, стерня після такої косовиці виходила низька, не те що після косарки, але таке «задоволення» могло затягнутися на тиждень. Мороз навіть подумував, що підготовлені звечора коси сьогодні навряд чи знадобляться.

За якихось дві години, у час, коли інші тільки виходили на поля, віз скидався на сніп'яну гору, і Григорій вирішив, що досить. Семен якраз зробив чергове коло і зупинив коней.

— Єво! — покликав він. — Поїдь із вуйком Грицем. Покажеш, куди скидати.

Жінка з острахом подивилася на воза.

— Ні, я вже краще піду пішки, — сказала вона. — Щоб Хведькові не було нудно. Заодно подивлюся, чи не встали діти.

Семен не наполягав на своєму, лише побачивши, як небезпечно погойдується старший Мороз на вершечку «гори», з тривогою уявив весь шлях до господарки. Але Григорій Мороз недаремно зажив слави саме своїм умінням складати на воза снопи, тому тут ніяких несподіванок бути не могло.

Побачивши, що Ганна з Мартою ледве тримаються на ногах, він вирішив дати їм, та й собі також, перепочинок, поки не повернуться інші.

Його сестрі Ганні скоро виповниться дев'ятнадцять років, і за інших обставин він як старший брат і глава сімейства вже шукав би для неї якусь пару. Дійсно, засиділася вона у дівках, але вираз обличчя сестри того дня, коли вона прощалася з Олексою Морозом, переконав Семена утриматися від такого кроку. Три роки — не такий вже і великий строк! Повернеться Олекса — подумаємо про весілля.

Семен подумки всміхнувся. От тільки чи відомо про це все самому жениху?

А дівчата, не підозрюючи про думки Семена, присіли на незабрані снопи, щоб відпочити.

— Чула, цісар оголосив війну? — поцікавилася на три роки молодша Марта.

— Чула, — відповіла Ганна і, зиркнувши на брата, тихо запитала: — То що, тепер Олекса вже сьи нескоро верне?

Але Марта, підкована частими домашніми розмовами, заспокоїла подругу.

— Олексі й так іще два роки служити, — казала вона. — А війна сьи кінчи швидше. Вернеться твій Олекса вчасно, не переживай!

— А я і не переживаю. Просто вже давно у нас не було війни, а Семко каже, що і його можуть забрати. Що ми з Євою зробимо самі?

— Не бійся, подруго! Є мій тато, та й Хведько ще замолодий для війська. Протримаємось!

Того дня поле попід лісом було скошено і снопи перевезено на тік до Кандиб. Роботі не зашкодив навіть легенький дощик. Просто довелося зачекати якусь годинку, щоб пшениця висохла від несподіваної вологи.

Завтра домовилися почати косити поле Морозів.

2

Телеграма № 1785

Повідомляється для ознайомлення: 17/30 липня буде оголошено першим днем нашої загальної мобілізації.

Генерал Янушкевич

У Томи Білецького віднедавна були натягнуті стосунки з власним батьком. Старий Андрій не поділяв поглядів сина, а коли той оголосив себе переконливим прихильником товариства Качковського, і без того не ідеальні стосунки батька з сином розладналися остаточно. Практично щоранку батько допитувався від Томи, що той сьогодні робитиме: піде на поле, до лісу чи готуватиме черговий вечір для молодих таких же ледарів, як і він сам.

Зрештою, Тома терпляче слухав батька, на котрого вже давно махнув рукою. Старий Андрій, який вже розміняв сьомий десяток, був непробивним для ідей спільного руського народу, тому всю свою невитрачену енергію він направив на молодь. Час від часу Тома збирав у себе вдома вечірки, куди залюбки йшла молодь, адже там можна було весело провести час, потанцювати, а принагідно послухати корисні, з точки зору Томи, історії та поради. Катерина, його жінка, спочатку насторожено дивилася на дивацтво чоловіка, але коли той почав звідкись приносити гроші, до того ж немалі, остаточно змирилася з цим і навіть з деякого часу почала допомагати Томі, адже отримані гроші дозволяли їм... просто не працювати.

Щоправда, батько навідріз відмовлявся брати їх до рук, називаючи не інакше як юдиними срібняками, одначе вони були великою допомогою їхньому до недавнього часу небагатому скарбу.

Але сьогодні Томі було не до суперечок із батьком. Саме найближчої суботи він запланував чергову вечірку і з розмов молоді знав, що цього разу мають намір прийти навіть із близьких сіл.

Тома Білецький вирішив утілити давню мрію: офіційно залучити до товариства Качковського нових людей, тим більше що про це йому вже неодноразово нагадували ті, з ким він час від часу зустрічався. Ось і сьогодні з самого ранку в той час, коли сусіди порозходилися по роботах, він запріг у бричку коней і, отримавши останні настанови від жінки щодо покупок, поїхав до повітового міста. Там він мав зустрітися з адвокатом Миколою Шараневичем, що в управлінні товариства імені Михайла Качковського обіймав не останню посаду. Саме з ним зазвичай контактував Тома Білецький. Сам адвокат був жителем Кам'янки — центру повіту, але був особистим товаришем голови товариства. Для Томи Білецького останній був на такій недосяжній висоті, що він навіть боявся уявити себе під час малоймовірної зустрічі з ним.

До Кам'янки було добрих тридцять кілометрів, через те, враховуючи якість дороги, Тома сподівався доїхати до часу, коли сонце ще не сильно пектиме, тим більше що їхати доведеться не тінистою лісовою дорогою, а між полями стиглої пшениці. Тут лише бриль і може врятувати від сонця.

Виїхавши з Перетина, Тома нагнав коней. Вгодовані тварини відразу перейшли на біг. Білецький знав, що його коні — не залучені до поля чи лісу — були предметом заздрості декого з односельців, але жодної причини соромитися цього за собою він не відчував. Тих грошей, котрі регулярно передавали йому за роботу в товаристві, з лишком вистачало і на подібні до суботньої вечірки, і ще залишалося на господарку. Тому Тома міг не переживати за слова батька про срібняки. Його гроші були чесні, і він зробить усе, аби й інші у селі зрозуміли, що руський цар — це не погано.

На дорозі перед собою Тома запримітив жіночу постать. Він одразу впізнав Орину Ребрик. Йому завжди було шкода молоду вдову, як, зрештою, всім односельцям. Сім років тому під час заготівлі лісу на чоловіка Орини Павла впало дерево. Додому нещасного привезли вже мертвого. Побачивши таке, жінка, що вже була при надії, того ж дня втратила дитину. Відтоді вона живе самотою, але на здивування сусідів з роботою вправляється. В її вмілих, аж ніяк не жіночих руках робота горить.

Почувши у себе за спиною коней, Орина відсахнулась і зійшла на узбіччя. Упізнавши Тому, вона полегшено зітхнула.

— Ху, налякав, навіжений! — з докором сказала вона.

— Куди прямуєш, сусідко? — замість відповіді запитав Білецький.

— Та ось, вирішила вибратися до Камінки, може, хтось підбере дорогою.

— Вважай, що дочекалася. Сідай на бричку — нам по дорозі!

— Ой, дякую, Томо! Тепер не буду пішедралити до гостинця! — зраділа жінка і сіла поруч із фірманом.

— Та якби я знав, що ти також збираєшсьи до міста, то підібрав би ще у селі, — щиро мовив Тома.

— А звідки мені було знати, що ти мав нині робити? Ти у нас людина поважна!

У словах жінки Білецький не почув жодної нотки лукавства, чого не скажеш про того-таки Вовка. Орина Ребрик говорила щиро і без задньої думки.

— А що ти забула в Камінці? — знову пустивши коней бігом, запитав Тома.

— Та ось, вирішила дещо обкупитися, — відповіла жінка. — Сам розумієш — час непевний, дивись, щось зміниться, а мило чи сіль завжди пригодяться.

Тома з докором повернувся до жінки.

— То ти повірила Семку? — невдоволено запитав він.

— Ти, Томо, начитаний і мудріший за мене. А я проста сільська баба, до того ж без хлопа. Все мушу робити сама, бо більше нікому. І якщо я чую, що десь почалася війна, то мушу про себе подбати. А мило і сіль ніколи не зіпсуються.

Тома Білецький слухав сусідку, і чи не вперше у нього закрався сумнів. А якщо Орина має рацію?

І Тома вирішив при нагоді запитати про це адвоката Шараневича. Кому-кому, а йому більше відомо, що відбувається у світі, ніж тому-таки Кандибі чи Вовку.

А Орина тим часом вела далі:

— А ти, я чула, в суботу вечірку знову збираєш?

— Так, молодь зараз зовсім не така, як ми були.

Тома зрадів, що жінка зачепила потрібну тему.

— Або зовсім байдужа до всього, що відбувається, або засмічена «Просвітою». А там навіть нічого порівнювати з нашим товариством! Що вони дають молоді? Торочать при кожній нагоді про якийсь український народ і навіть слухати не хочуть правду, що ми лише зіпсований різними завойовниками — татарами, литвинами, поляками і німцями — руський народ зі своїм царем. А руський цар — то тобі не наш цісар! Молодий, розумний, він ніколи не дасть себе втягнути у війну, як зробив Франц Йосиф. А прийдеться — то й захистить наш, свій народ!

Орина завжди була далекою від будь-якої політики, та й Тома, чесно признатися, оповідач був такий собі, але долати мовчки таку дорогу було ще гірше, тому щирі з боку Білецького просторікування про основи москвофільського товариства хоч не впали у благодатний ґрунт сусідки, все ж принесли свою користь: час минув непомітно. Домовившись між собою про дорогу назад, Орина подалася повз синагогу на базар, а Тома повернув коней до нічим непримітного двоповерхового будинку, який ось уже сьомий рік був центром москвофільського товариства повіту.

Прив'язавши коней у затінку під розлогими липами, що росли неподалік, Тома Білецький востаннє поправив на собі маринарку, стряхнув із чобіт пилюку і увійшов усередину будинку. Потрібна йому кімната була на першому поверсі, й Тома, лише хвильку повагавшись, обережно постукав. З-за дверей почувся голос, але Тома не розібрав, чи можна входити, чи треба почекати, тому для певності постукав іще раз.

— Та входіть уже! — почув він нетерплячий голос.

У знайомій кімнаті, де він бував не раз, Тома побачив адвоката. Той сидів за заваленим паперами столом, а весь вільний простір займали перев'язані стоси якихось книг, від яких іще пахло свіжою типографською фарбою.

Побачивши прибулого, Микола Шараневич підвівся з-за столу. Тома привітався.

— Здрастуйте, Томо Андрійовичу! — радісно сказав адвокат. — Радий вас бачити!

Ці слова були сказані щиро, і в Томи відлягло від серця.

— Ви повірите, але я про вас думав!

— Прошу? — не зрозумів Тома.

— Якраз сьогодні я подумав, що було б добре зустрітися з усіма активними учасниками товариства, щоб окреслити наші дії у такий непевний час. Зараз роботи як ніколи багато. Прошу сідати!

Тома сів на єдине вільне крісло у кімнаті — інші також були заставлені книжками.

— Так от, роботи багато, — вів далі адвокат. — Восьмого серпня якраз минає сорок років нашого товариства, так би мовити, ювілей. Потрібно належним чином підготуватись. Я чув, що ви знову збираєте молодь у себе в читальні?! — чи то запитав, чи ствердив адвокат.

— Так, у суботу, першого серпня, — сказав Тома.

— На яку кількість людей ви розраховуєте?

— Буде десять, — мовив Білецький і опустив очі.

— Мало! — безапеляційно відказав Шараневич. — Надто мало, враховуючи такі неймовірні потуги, що здійснює наше товариство.

— Але, прошу пана, треба врахувати, що наше село маленьке, — спробував виправдатися Тома.

— Є сусідні села, де також є молодь, якій нічим зайнятися! Зрозумійте, Томо Андрійовичу, що природа не терпить пустоти, — повчально говорив адвокат. — Якщо ми не заповнимо пусті голови молоді нашими справжніми ідеями, вони заповняться фальшивими ідеями цієї «Просвіти». Ми не можемо цього допустити!

— Та я стараюся, — пробурмотів Тома, почуваючись, як учень, який не підготувався до уроку.

— Бачу, що стараєтесь, і у цьому вам хвала! Знаю, що у вашому селі...

— Перетин! — нагадав Білецький.

— Саме так, Перетин, лише у вас є читальня, котру охоче відвідують молоді люди. На щастя, «Просвіта» не спромоглася на це. Але цього мало! Молодь, Томо Андрійовичу, як губка, вбирає у себе все нове. Нам залишається тільки підвести до неї це нове, але це нове має бути саме наше. До того ж ми маємо переходити на так би мовити тематичні вечірки.

— Що ви маєте на увазі? — запитав Тома.

Він ніколи не любив чогось нового, був за своєю природою консерватором, хоча сам і не знав такого слова.

— Охоче поясню! — з готовністю мовив адвокат. — От ви в суботу влаштовуєте вечірку...

— Так, по роботі!

— Звичайно! Літня робота завжди важлива. Про що ви говоритимете?

— Ну, в мене завжди є теми для розмов, — знайшов що відповісти Білецький. — Я хочу прочитати розказ про вдову Мотрю і її двох невдячних синів.

— Я знаю цю оповідь і згоден, що почути молоді, а особливо потім обговорити її дуже важливо. Але зараз настали інші часи, і нам треба направляти людей не просто на те, щоб поважати своїх батьків, але й не забувати про своє майбутнє. З ким воно — ось про що ми маємо говорити!

Адвокат Микола Шараневич підійшов до одного зі стосів книжок і взяв одну з них.

— Оці книги, Томо Андрійовичу, вам, — сказав він. — Розповсюдьте серед селян. Гадаю, їм буде цікаво прочитати. Там ідеться про їхнє минуле, але з явним натяком на майбутнє.

— Що ви маєте на увазі? — запитав Тома, подумки підрахувавши передані йому книжки.

Їх було зо два десятки, значно більше, аніж він міг розповсюдити.

Замість відповіді адвокат узяв зі столу одну з книг, безпомилково розгорнув її на потрібній сторінці.

— Тут описано про наших перших галицьких послів до австрійського сейму. На цілу Галичину і Буковину припадало 109 послів, а між ними було аж 39 селян. Серед них був і наш земляк, господар Панько Козак. Коли вони вперше прибули до Відня, то німці дивилися на них як на чудо і питали: «Що то за люди?» А один жартун пустив про них такий дотеп, що то новий відкритий народ. Це, Томо Андрійовичу, було у рік, коли Франц Йосиф став цісарем. Відтоді багато років минуло, і про русинів уже не кажуть, що то за народ. І у цьому велика заслуга нашого товариства. Але і якихось великих здвигів також не видно. Чехи мають свого управителя, поляки також, а ми, русини... Часи, Томо Андрійовичу, зараз непевні, люди налякані, особливо останніми новинами, і вам треба заспокоїти їх, що б там не сталося, з ким би цісар не почав воювати, великий руський цар не залишить у біді ні сербів, ні нас, русинів. А кому він першим подасть руку помочі?

— Нам? — обережно мовив Тома.

— Власне! Нам, тим хто увесь свій час жертвує на вівтар найблагороднішої справи: возз'єднання в єдиний руський народ. Цього наші брати з-за кордону не забудуть і належне поцінують. Тому сміливо повертайтеся до себе додому і робіть те, що я вам говорив. До речі...

Микола Шараневич висунув шухляду і простягнув Томі дві банкноти.

— Це вам на розтрати, — сказав він. — Прошу розписатися.

Задоволений таким завершенням розмови, Тома Білецький написав своє прізвище у відведеній клітинці товстої книги. Він навіть не поглянув на суму, яку затвердив своїм підписом.

Тома заховав отримані гроші у кишеню піджака, підхопив із підлоги стос книг і застиг у нерішучості. Це помітив Шараневич.

— Щось хочете запитати? — прийшов він на допомогу.

— Так, пане адвокате!

— Прошу, питайте! Можливо, деякий час ми не зможемо зустрічатися, післязавтра їду до нашої справжньої столиці Києва. То що вас хвилює?

— Та лише одне, пане адвокате: війна! Що мені говорити людям, котрі будуть мене питати? Чи боятись їм?

— Війни боятися треба завжди! — сказав адвокат. — Але тільки тим, кого призовуть до війська, і їхнім сім'ям. А іншим чого боятися? З мирними селянами не воюють! До того ж візьміть до уваги мої слова про нашого покровителя. Тому я сміливо повторюю: спокійно повертайтеся додому і виконуйте свою святу місію. А восьмого числа я вас чекаю тут. Зберуться активні члени нашого товариства. Якось відзначимо ювілей. Гарантую: ви не пошкодуєте!

Попрощавшись, Тома Білецький покинув кімнату, притиснувши пакунок із книжками під пахву. Не виходячи з будинку, він вийняв отримані гроші й задоволено всміхнувся. Сто корон! Тому-таки Семкові Кандибі, щоб мати такі гроші, треба ціле літо гарувати на полі, а він отримав їх просто так. Щоправда, їх іще треба відробити, але це не молотом гупати, як Василь Вовк.

Але хай там як і що не говорив би адвокат, Тома Білецький попрямував до базару. Жінка Катерина наказала дещо купити. Що ж, він зробить їх подарунок: купить більше.

Бо слова адвоката — це добре, але війна завжди залишиться війною!

А вона давала знати про себе дедалі більше. На стіні будинку висів великий плакат із портретом цісаря Франца Йосифа I, під яким було надруковано вже знайомий маніфест. Перед плакатом стояло з півдесятка роззяв. Вони про щось сперечалися, вірніше, говорив один, низенького зросту миршавий чоловічок, а решта просто слухали і мовчали. А можливо, «лектор» просто не давав змоги іншим вставити у його розповідь хоч слово.

Тома Білецький вирішив не зупинятися, щоб почути, про що говорить чоловічок, а спустився вуличкою до майдану, де зазвичай у такі небазарні дні продавався різноманітний крам. Але від війни виявилося не так легко заховатися. Повсюди з вікон будинків звисали цивільні прапори цісарства, а подекуди хтось навіть вивісив чорно-жовтий стяг Долитавщини[1]. Війна з державою на другому кінці неосяжної імперії заполонила думки її підданих на іншому. А що діялось у самому Відні — й уявити важко!

Тома вирішив довго не затримуватися. Він швидко купив усе потрібне, навіть пригледів собі нові чоботи, але з покупкою вирішив зачекати. Можливо, наступного разу выбереться з Катериною, і вони обкупляться більш ретельно.

Він повернувся до своїх коней, поклав отримані книжки та куплене у бричку, дочекався, коли з'явиться Орина Ребрик, і рушив назад додому. Їх чекала довга спекотна дорога.

---

[1] У 1867—1918 рр. назва однієї з двох складових Австро-Угорської імперії, яка охоплювала землі, безпосередньо підконтрольні австрійській імперській короні.

3

На розчарування Томи Білецького, у суботу ввечері до нього додому прийшли тільки декілька молодих людей. Якщо рахувати власного сина Степана, зібралося шестеро, причому з Перетина були Ксенія Солтис і син Василя Вовка Левко, але той прибув не так через свої переконання, як через ту ж таки Ксеню.

Інші троє — два юнаки і дівчина — були з навколишніх хуторів і зустрічались у читальні не вперше. На жаль для Томи, цього разу не прийшли ні Андрій Валько, на якого Білецький покладав великі надії, ні Михайло Смоляр. Тому, щоправда, виповнилося лише п'ятнадцять років, але розум хлопець мав жвавий і як губка вбирав у себе все нове.

Напевне, тут не обійшлося без псевдопатріотизму, який завжди виникає у час непевності. Хоча новини про події в імперії й доходили до Перетина із запізненням, селяни більш-менш були в курсі всього, що діялося навкруги. Перебуваючи близько до російського кордону, вони знали, що там оголошено мобілізацію, і хоч той-таки Тома Білецький не втомлювався переконувати, що це абсолютно нічого не значить, тривога вже не покидала село.

Хай там як, але цієї суботи вечірка не вдалася. Прибулі не бажали слухати не те що про перших галицьких послів, чому приділяв неабияку увагу адвокат Микола Шараневич, але й просто виявилися несприйнятливими до обговорення будь-чого. Тому, пороздававши молоді принесені з повіту книжки, Тома попрощався і відпустив усіх додому. Син Степан забажав провести Мотрю — дівчину із сусіднього хутора.

Оскільки погода видалася ясною, було вирішено пройтись усім, а потім повернутися до своїх хат.

Над головами неначе якийсь міфічний багач розсипав міріади коштовних каменів. Молоді люди, задивившись на нічне небо, більше ні на що не зважали. По правді, Левко не помічав навіть зірок. Він ішов поруч із Ксенею — не близько, щоб не перейти невідь-ким встановлені рамки, але й не далеко, щоб відчувати її подих. На відміну від них, Степан Білецький сміливо тримав Мотрю за руку і про щось тихо говорив. Видно, сказане ним було приємне дівчині, бо вона раз у раз весело сміялася. Двоє інших юнаків — однолітки Максим і Лука — йшли позаду, і саме вони почули за собою якийсь тупіт.

Заінтриговані, хто б це міг бути, зупинилися. Невдовзі з темряви виникли півдесятка темних силуетів, з-поміж яких Левко упізнав Федора Мороза й Андрія Валька. Інші троє не були жителями Перетина, але їх він неодноразово зустрічав у неділю біля церкви. Один із них, Петро Лісович, на даний час був спудеєм духовної семінарії і зараз прибув у сусіднє село до батьків на вакації; ще один також вчився у семінарії, був з села з-під Рави-Руської і часто приїзджав з Лісовичем до нього додому. Левко вряди-годи зустрічав його у неділю і знав лише, що звуть того Юрієм.

— Ну, москалики, поговоримо? — перевівши подих від швидкого бігу, сказав Лісович.

Він був активним — аж надто активним, як на Тому Білецького — прихильником місцевої «Просвіти» і до нутра кісток не приймав усього, що стосувалося москвофільства. Разом із такими, як і він сам, симпатиками українства намагався всюди шкодити «москалям», щоправда, це не завжди завершувалося для нього самого успіхом.

— Що ви від нас хочете? — зухвало відповів за всіх Степан Білецький. — Ми йдемо своєю дорогою, ви йдіть куди йшли.

— А ми вже прийшли! — озвався Федір Мороз.

— І навіть стріли тих, кого шукали, — закінчив Петро.

Лише тепер «переслідувані» зрозуміли, що без бійки не обійдеться.

— Що ви хочете? — спробував уникнути неминучого Максим.

— Небагато. Зараз ви палите вашу макулатуру — ми навіть прихопили з собою вогонь, і даєте нам чесне слово, що більше не будете приходити до нашого села на такі збіговиська. Ми спокійно розходимось і забуваємо ваші імена, — пояснив Лісович.

— А чому ми маємо вас слухати?

— Можете нас і не слухати, ваша справа, але повірте, що ми однаково спалимо ваші книжки і більше вас не пустимо в село. Але тоді вже просити будемо інакше.

— З нами дівчата! — озвався Левко.

— До дівчат ми претензій не маємо, — заспокоїв Петро.

— Як і до тебе, Левку! — мовив Федір. — Можеш забирати Ксеню і вертатися додому. Там тебе батько чекає.

На свою біду, Левко не повідомив батька, куди зібрався цього суботнього вечора, тому його трохи лякала майбутня розмова з ним. Незважаючи на свої двадцять, він усе ж таки побоювався важкої ковальської руки старого Вовка.

За інших обставин Левко так і вчинив би і відійшов убік, але зараз із ним була Ксеня, а перед нею йому не хотілося мати вигляд боягуза.

— Я тобі, Хведьку, нічого не зробив! — спробував він розрядити ситуацію.

— Ви кличете на нашу землю москалів — і «нічого не зробив»?! — вигукнув Петро Лісович. — То будемо палити ваші книжки?

Він одразу зрозумів, що не будемо. Протилежна сторона передала отриману літературу дівчатам і приготувалася до сутички.

— Ну що ж! — констатував Лісович. — Спалимо пізніше!

Обидві сторони налетіли одна на одну. Майже одразу стало зрозуміло, що сили зовсім не рівні.

Особливо це зрозуміли москвофіли, коли залишились утрьох.

Скориставшись замішанням, Степан Білецький чкурнув у придорожні кущі і розчинивсь у темряві.

Під дівочі крики та благання хлопці з допомогою кулаків з'ясовували стосунки. Для цього знадобилося зовсім небагато часу, вже скоро Максим і Лука з розквашеними носами у супроводі Мотрі продовжили свій шлях додому, а Левкові, котрому також дісталося, хоч той-таки Мороз намагався бити не сильно, допомогла підвестися Ксеня. Федір із Андрієм Вальком запропонували відвести його додому, але той грубо відмовився.

Петро Лісович не захотів палити покинуті у бійці книжки. Їх просто викинули у придорожній рів і порозходилися.

Додому Федір повернувся вже далеко за північ, але батько ще не спав. Зрозумівши, що уникнути розпитувань не вийде, юнак приготувався до неприємної розмови.

— І де тебе носило? — поцікавився батько.

Щось вигадувати було даремно. По-перше, вже завтра про нічну пригоду знатиме все село; по-друге, часу на вигадки зовсім не залишилось, а по-третє, синець під лівим оком говорив багато про що.

— Москвофілів били, — признався він.

— Ви били чи вас били? — сказав батько. — Твоє око підказує мені, що і «Просвіті» сьи дістало!

Федір мовчав.

— Без мордобою обійтися ніяк не можна було?

— А чого вони лізуть зі своїми книжками?

— Ой, Хведьку, Хведьку! Що кругом робиться, а ви тут між собою б'єтесь!

— Москвофіли — не свої! — заперечив Федір. — Вони не визнають нас, а кажуть, що ми якісь москалі, тільки зіпсовані. Так їм і треба!

Батько уважно подивився на сина, але не сказав нічого. Натомість запитав:

— Там наші були?

Федір похилив голову.

— Хто?

— Левко Вовк.

Почувши таке, Григорій Мороз лише важко зітхнув.

Наступні дні обіцяли бути цікавими.

4

Звістку про те, що Австрія оголосила війну Росії, разом із розпорядженням мобілізувати всіх резервістів наступного дня у село привезла сама мобілізаційна комісія. Таких виявилося лише троє: Семенові Кандибі належало своїм ходом дістатися Кам'янки, де останні тринадцять років дислокувався перший полк уланів, Якова Смоляра та Романа Панаса з обійстя Вовків мобілізували до найближчого піхотного полку. Інші чоловіки були або вже застарі до служби, або, навпаки, ще не мали двадцяти одного року.

На проводи трьох односельців зібралось усе село. Позаяк воно мало всього півсотні жителів — виходило, що з села забрали кожного дев'ятого: троє мобілізованих разом із трьома іншими, які вже служили. Ще троє не дотягували рік-два до призовного віку і, якщо війна триватиме довше, також мали шанс потрапити на неї.

Але у такий розвиток подій мало хто вірив. Усі — і ті, що залишились, і мобілізовані, й сама мобілізаційна комісія (також троє!) — були переконані у швидкому закінченні війни. Свою, відмінну від інших, думку мав Тома Білецький, але для власної безпеки він вирішив тримати її при собі. Сам Тома міг не переживати за себе. Через давню хворобу в армію його не забрали, тому і мобілізація його обминула. Його Степанові наступної весни лише виповниться вісімнадцять, і Тома сподівався, що ця гірка чаша його сина омине.

А зараз він разом із усіма спостерігав, як родина прощається з трьома забраними до армії. Особливо побивалась Єва Кандиба. На відміну від інших двох, Семен був єдиним чоловіком у сім'ї, а там залишилися дві жінки і двоє маленьких дітей. П'ятирічний Гриць і дворічний Іванко стояли розгублені серед такого стовпища людей і не розуміли, чому навколо так багато сліз і голосних розмов. І чому їхня мама так плаче на грудях тата, адже вже не раз бувало, що тато кудись від'їжджав із дому, а потім повертався зі смаколиками.

Поруч із Кандибами стояв Гриць Мороз із дітьми. Розуміючи, що ніякі слова не заспокоять згорьовану Єву, він лише мовчки спостерігав за цією сценою, час від часу оглядаючись навкруги. Здавалося, серед тих, хто тут зібрався, не було жодного байдужого, хто не пройнявся б тривогою. Григорій поглянув на Тому Білецького. Їхні погляди зустрілися. В очах сусіда Мороз нічого, окрім розгубленості, не прочитав. Як і решта односельців, Тома також виявився захопленим зненацька звісткою про війну з Росією. Щоправда, саме до нього ні у кого — ні у мобілізованих, ні у рідних мобілізованих, ні, тим більше, у комісії — претензій не було ніяких: не російський цар оголосив цісарю війну, а навпаки, тому з висновками вирішили зачекати.

Коли ж прощання, на думку комісії, затягнулось, єдиний у її складі офіцер — уже літній фенріх із однією зірочкою на комірі — гучно наказав мобілізованим сідати на підводу.

Голосіння досягло свого піку, але якось одразу спало, неначе рідні не забажали більше витрачати сили та час на даремні речі. Семен Кандиба грубо відірвав од себе Єву, поцілував заплакану сестру, по черзі підняв на руки синів. Потім обернувся до Мороза.

— Вуйку Грицю... — почав він, але той його перебив.

— За своїх не хвилюйся, — заспокоїв Григорій. — Не покину.

— Дякую! — розчулено мовив Семен.

— Ти, головне, бережи себе. Хай усіх вас береже Господь!

Він перехрестив Семена, як минулої осені хрестив у дорогу сина Олексу, і поцілував у лоба. Семен востаннє обняв Єву і першим сів на воза. Інші двоє також похапцем попрощалися зі своїми рідними та примостилися поруч. Їм належало так їхати до Кам'янки, де дислокувався полк уланів, у якому колись служив Семен, а далі Яків Смоляр та Роман Панас прямуватимуть уже вдвох — їхній піхотний полк розташовувався значно східніше.

Жінки рушили за фірами, але, пройшовши сотню метрів, зупинилися. Повертатися до села не спішили, почекали, коли рідних їм людей заховає густа зелень придорожніх кущів, лише затим важко рушили назад. Селяни здебільшого вже розійшлися домів, на вулиці лишилися тільки ті, хто відрядив своїх на війну. Залишився стояти і Григорій Мороз із дітьми. Разом із Ганною, сестрою Семена, що тримала на руках молодшого племінника, він терпляче чекав на Єву. А та, наче мара, підійшла до них, для чогось обняла Марту і заголосила.

Тут Григорій Мороз згадав, що він тут найстарший і чи не єдиний чоловік, тому, поклавши руку на голову Єви, сказав:

— Хведьку, завтра з самого ранку поїдеш до Камінки. Взнаєш, що з Семком.

— Добре, тату!

— Я поїду з тобою! — озвалася Єва.

— Поїде Хведько! — тоном, що не передбачав заперечення, мовив старий Мороз. — Не думаю, що твоєму Семкові сподобається знову слухати твій плач. А Хведько все перекаже і йому, і тобі...

— Тоді я приготую щось попоїсти.

— Нічого не готуй! Віднині твій Семко на утриманні самого цісаря!

Такі слова аж ніяк не припали до душі Єві Кандибі, але вона нічого не сказала. Лише взяла старшого сина Гриця за руку і пошкандибала до брички, котрою сьогодні востаннє їздив чоловік. Вона почекала, коли сядуть братова з молодшим Івасем, і лише потім поїхала до себе на хутір.

Григорій Мороз подививсь їм услід, потім звернувся до сина:

— Поїдеш із самого ранку! Взнаєш про Семка і не мешкай. Зразу назад. Треба обмолотити пшеницю. Хто знає, як там буде потім! Кордон близько.

— Зроблю! — з готовністю відказав Федір.

Краєм ока він зауважив, як з-під стріхи стайні йому подає сигнали Андрій. Батько також помітив молодшого Валька, але нічого не сказав.

— Я зараз! — мовив Федір.

— Не затримуйся! Вдома роботи — непочатий край!

Федір підійшов до Андрія Валька. Той подав руку.

— Ну? — запитав він. — Вирішив? Чи передумав?

Федір для вірності озирнувся. Нікого, хто міг би чути їхню розмову, не було.

— Не передумав, — жорстко відповів він. — Але давай почекаємо трохи.

— Та що тут чекати? — відказав Андрій. — Наберуть військо без нас, куди нам тоді пристати? А воювати за австріяків я не буду.

— Я також хочу потрапити до наших, але на гумні лежать необмолочені снопи. Наші і Кандиб. Тато самі не впораються. З Василя, сам знаєш, помочі поки що ніякої. Помолотимо пшеницю — тоді й вирушимо! До того ж завтра я їду до Камінки, розвідаю що до чого. А там і визначимо день.

Слова Федора дещо остудили запальний норов Андрія. Він був на рік старший друга, але завжди прислухався до думки того.

— Але не тягнути! — підсумував Валько. — Сам знаєш — кордон за лісом! Можемо не встигнути.

Андрій з Федором були активними членами «Просвіти», про що знали у селі всі, але було і таке, про що не здогадувалися навіть рідні. Час від часу замість того, щоб проводити вечори у читальні «Просвіти» у сусідньому селі, Мороз із Вовком відвідували місцевий осередок товариства «Січ», де, окрім прочитання забороненої в імперії літератури, юнаки проходили військовий вишкіл. Особливо припало до душі січовикам повідомлення їхнього вихованика Микити Глузового, що Головною українською радою, яка утворилася декілька днів тому, було досягнуто принципової згоди у разі серйозного загострення міжнародного стану сформувати український легіон. Для січовиків повіту належало зібратись у селі під Львовом. Щоправда, якоїсь конкретної дати для збору ніхто так і не назвав, але останні події натякали на те, що довго чекати не варто.

Більш емоційний Андрій Валько готовий був вирушити на місце збору хоч зараз, навіть за підводами, що відвозили трьох односельців на війну, але його, як і Федора, утримувала незакінчена вдома робота.

(Побачивши, що Морози з Кандибами заздалегідь почали жнива, на інших господарках зробили те саме, але навіть такий темп не дав змоги впоратися з усім. У Вальків на полі залишилося не менше половини пшениці.)

Тому Андрій навіть більше, аніж Федір, мав причини залишитися вдома. Пообіцявши тримати один одного в курсі, юнаки порозходилися домів.

Поки що на них чекала мирна праця.

До особистої війни було ще далеко.

5

Теперішні напружені відносини між нашою імперією і Росією вимагають енергійної боротьби з москвофільським рухом, який не приховує своїх симпатій до Росії.
Так як прихильники і організації цього ворожого державі руху можуть в серйозний момент згубно вплинути на дії наших збройних сил, належить негайно прийняти відповідні міри, щоб енергійно розчавити цей рух всіма доступними нам засобами.

(З циркуляра Президії ц. к. Намісництва.
Львів, 8 серпня 1914. № 18385/пр.)

Наступного дня Тома Білецький вирушив до Кам'янки разом із сином. Йому хотілося, щоб і Степан нарешті по-справжньому приєднався до роботи товариства Качковського, а не лише вряди-годи брав у ній участь. Загальне зібрання, що його сьогодні, у день сорокаріччя, влаштовував адвокат Микола Шараневич, обіцяло відрізнятися від тих, що були раніше, але буденних, і Тома небезпідставно розраховував на чергову винагороду від адвоката. Не щороку відзначають ювілеї!

Коли коні виїхали на гостинець, Тома прискорив рух. Не хотілося даремно витрачати час на дорогу, якщо можна доїхати значно швидше.

Степан сидів праворуч від батька і мовчав. Мовчав і Тома. Він розумів стан сина і не намагався лізти до нього в душу своєю мораллю. Тиждень тому місцеві активісти «Просвіти» напали на *його* людей і по-звірячому відлупцювали. Зі слів Степана, якби не він, наслідки були б значно сумнішими. Щоправда, ніхто з тих, що були у читальні минулої суботи, більше у селі не з'являвся, та й Степан не спішив відвідати своїх друзів, але Тома мав на це своє пояснення: ніхто не бажав знову наражатися на небезпеку. Що ж, він вважає: синові пора подорослішати і знайти себе.

Батько був переконаний, що найкраще йому буде саме у товаристві Михаїла Качковського.

На жаль, останні події дещо применшили його оптимізм, але Тома був певен, що сьогодні він (та й не тільки він) отримає всі відповіді на такі сумніви.

Напевне, щось подібне думав і Степан, бо несподівано запитав:

— Тату, а може, нам не варто нині їхати до Камінки?

— Чого це?

— Ну, війна з Росією!

— Дурне! До чого тут ми? Невже ти гадаєш, що про товариство Качковського не відомо у Відні? Там не дурні сидять. Якби ми хоч словом пішли проти цісаря, вже наступного дня нас би закрили! А так, як видиш, нині нам сорок років! Побачиш — там буде добре!

Не зчулись, як непомітно минув час. Уже в'їхавши у Кам'янку, Білецький одразу відчув, що місто живе мобілізацією. Якщо минулих відвідин тут панувала ейфорія від звістки про війну, то тепер у повітрі був неспокій. Будучи містом, у якому дислокується кавалерійський полк, воно жило його життям і переживало, якщо там щось відбувалося. Зараз улани готувалися покинути свої касарні та вирушити кудись до відомого тільки вищим командирам місця на мапі. Крім того, невеликі людські потічки стікалися до залізниці на північній околиці міста. Це мобілізований резерв піхоти прямував до своїх полків.

Дивно, але, на відміну від учорашніх проводів у тому-таки Перетині, тут не було чутно жіночого та дитячого плачу. Видно, всіх резервістів Кам'янки було призвано й оплакано рідними вчора, а сьогодні місто заполонили чоловіки повіту.

Але перевіряти, чи так це насправді, Тома Білецький не захотів. Одразу повернув на вулицю, що вела до центру міста і де стояв будинок товариства Качковського. На відміну від попередніх відвідин на звичному майданчику під липами вільного місця вже не було. Увесь простір було заставлено бричками та возами.

— Вже всі прибули! — скрушно похитав головою Тома Білецький. — Боюся, ми запізнилися. Незручно буде прийти після всіх!

Він повернув коней до лівого краю, де між крайнім возом і парканом іще залишилось одне місце якраз для його брички. Тома легко заїхав у вільний простір і задоволено всміхнувся.

— Ходімо, Степане! — зіскочив на землю батько. — А то, бачу, ми дійсно прийдемо останніми.

— Тату! — тихо сказав Степан.

— Що ще?

— Тут коні Морозів!

Тома Білецький недовірливо подивився на сина, потім перевів погляд туди, куди той показував. Він одразу впізнав двійко білих коней Грицька Мороза і лише тепер згадав, що Федько нині також збирався до Кам'янки розвідати, що із Семком Кандибою.

— Ходімо! Вони нам не потрібні!

Білецькі швидким кроком перейшли вулицю і невдовзі зупинилися перед потрібними дверима. Степан тут був уперше, зате батько без остраху відчинив їх і... відразу потрапив до рук озброєних жандармів. Це сталося так несподівано, що ніхто не встиг навіть подати голос. Краєм ока Тома помітив, що таку операцію жандарми провели і з його Степаном. Саме це змусило його хоч щось мовити.

— Що ви робите? — нарешті знайшовся він сказати.

— Прізвище? Ім'я? Звідки? — по-польськи запитав унтер-офіцер.

— Білецький Тома. З Перетина, — відповів Тома.

Унтер-офіцер вийняв аркуш, пройшовся по ньому очима і задоволено всміхнувся.

— Є! Тебе заарештовано як ворога імперії та агента її ворога Росії, — повідомив він.

З несподіванки Тома на якусь мить забув язика в роті, а коли знову спромігся говорити, його грубо перервали. Тим часом унтер-офіцер звернувся до Степана.

— Прізвище? Ім'я? Звідки? — повторив він.

— Це мій син Степан Білецький, — повідомив Тома. — Він привіз мене до Камінки.

Унтер-офіцер переглянув список.

— Можеш іти! — сказав він, і жандарми відпустили Степана. Той одразу кинувся до батька, але боляче отримав прикладом гвинтівки у плече.

— Марш звідси, шмаркачу! — крикнув старший. — А то передумаю і впишу тебе до всіх!

Розуміючи, що таке справді може статися, Тома поспішив заспокоїти сина.

— Їдь додому, Степане! — сказав він. — Не переживай — усе буде добре, і мене випустять! Їдь додому!

Оскільки Степан Білецький усе ще не спішив залишити будинок, один із жандармів йому «допоміг». Він дав юнакові сильного копняка, той полетів до дверей, вдарився об них, від чого ті відчинилися.

Степан опинився на вулиці. Лише тепер на його очах виступили сльози — гнів поступився розпачу.

Він не помічав нічого, що відбувалося навколо. Все сталося настільки раптово і безглуздо, що розум відмовлявся це сприймати. Степан не почув, як хтось торкнувся його плеча. Від несподіванки він відсахнувся.

Перед ним стояв Федір Мороз.

— Що сталося, Степане? — тривожно запитав він і аж злякався від погляду односельця.

А той до болю стиснув губи, що вони аж побіліли.

— То все твоя робота! — навіть не запитав, але ствердив Степан. — Почекай — ще віділлються вам наші сльози!

— Ти про що, Степане? — не зрозумів такої дивної переміни в його настрої Федір. — Я не розумію, про що ти говориш? І де твій батько?

— Де тато? — спробував усміхнутися Степан, але це йому не вдалося. — Там, де запроторив його ти зі своєю «Просвітою».

— Не розумію!

— Не розумієш! Та все ти розумієш, не бреши! Йди від мене! Не хочу більше нічого з тобою мати!

Степан Білецький залишив розгубленого Федора і попрямував до своїх коней. А той подивився йому вслід і, так нічого не розуміючи, попрямував до касарень, де чекав своєї черги вирушити на фронт Семен Кандиба.

Той зустрів Федора вже повністю обмундирований, і молодший Мороз навіть задивився на сусіда. Напевне, не одна містянка кидала погляд на Семена. Федір із здивуванням помітив, що тепер на сусідові була не синьо-червона парадна форма, у якій він шість років тому повернувся додому після трирічної служби, а прості польові кітель і штани коричневого кольору. Довершували однострій таке ж кепі і вже звичні кавалерійські чоботи. Щоправда, без шпор. Напевне, тому що поруч не було коня.

— Радий, що ти приїхав, — сказав після привітань Семен. — Як там мої?

— Та що твої! Єва побивається, Ганя сумна, діти поки що нічого не розуміють, — коротко окреслив ситуацію Федір. — Вчора домолотили пшеницю.

— Оце добре! — зрадів Семен.

Обидва поспостерігали, як вулицею пройшла невелика колона чоловіків із клунками та торбами.

— На станцію, — пояснив Семен. — Потяги не встигають відправляти нових рекрутів.

— Усе так погано? — тихо запитав Федір.

— Нам ніхто нічого не пояснює, але виходить так: ніхто не сподівався, що цісар оголосить Росії війну. Завтра нас відправляють кудись на схід. Тому, друже, давай прощатись. Я і так вискочив до тебе за рахунок свого обіду.

— Слухай, ти нічого не знаєш, що тут діється? — вже попрощавшись, наостанок запитав Федір.

— Ти про що? — не зрозумів Семен.

— Та зустрів тут Степана Білецького, а він так на мене налетів, що я навіть не знав, що думати!

— Що він тобі сказав? — обережно спитав Семен.

— Щось сталося з його батьком, а що...

— Слухай мене уважно! — притишив голос Семен Кандиба. — По всьому повіту (а може, і повсюди) арештовують москвофілів і кудись відправляють.

— Куди? — поцікавився ошелешений такою звісткою Федір.

— Не знаю, але нічого доброго з цього не буде.

— Тільки москвофілів?

— А разом з ними усіх нелояльних до влади людей. Тому зараз не варто бути аж надто активним. Хто знає, чи нашому війту сподобається якийсь хлоп! Відправить туди, де Макар телят не пас, і спробуй тоді щось довести! Ну все, друже! Мені час іти!

Вони востаннє обнялись і розійшлись. Улана Семена Кандибу вже чекали на плацу, а Федір Мороз повільно побрів до своїх коней. Лише підходячи до місця, де він залишив підводу, зауважив, що брички Білецьких вже не було.

6

Усяка, навіть найкраща військова муштра, має один недолік: вона не враховує того, що у будь-який момент усе може піти наперекосяк і навіть якщо тебе не вб'ють на початку бою, то часу на виправлення ситуації може не залишитися зовсім.

Інфантерист[1] Олекса Мороз цю істину зрозумів у першому ж бою. Їхній полк висунувся на кордон із Росією вслід кавалерійській дивізії, яка з боєм переправилася через Збруч і з ходу зайняла по той бік прикордонне місто. Щоправда, майже відразу цісарсько-королівські драгуни наткнулися на озброєний опір російської піхоти. Саме тоді й почалося те, чого не встигли навчитися під час муштри на плацу. За переконаннями офіцерів, піхотний полк мав зайняти місто услід кавалерії, перейняти його у неї, драгуни рушили б далі. На велике розчарування командування, опір москалів виявився настільки сильним, що драгуни не витримали і відступили.

Замість того, щоб парадним маршем увійти в місто, полк Олекси Мороза побачив перед собою неприятеля, що наступав.

Прозвучала команда зупинитись і приготуватися до бою.

Зазвичай кавалерія втікала значно швидше піхоти, що її переслідувала, тому в австрійців був деякий час, щоб окопатися. Велике, недавно зібране поле майже посередині розрізали зигзагоподібні шанці. Солдатам було наказано викопати траншею, щоб можна було заховатися під час першої атаки росіян. Про те, щоб закріпитися на цьому полі, ніхто — ні солдати, ні офіцери — навіть не думали. Головне — залишитися живими на перший час!

Олексі Морозу пощастило: праворуч од нього вгризались у землю його односельці Тимофій Нагірний і Михайло Валько. Мало того, що їм трьом довелося служити разом, корпораль Нагірний був найпершим безпосереднім командиром Олекси і Михайла, чому ті були невимовно раді. Зараз про це мало хто думав, угризаю-

[1] Найнижчий чин у піхоті Австро-Угорщини.

чись у пухку землю, вкриту жовтою стернею. Напевне, не один селянин, змушений у такий неспокійний час одягти синій військовий однострій, згадував про таке поле у себе вдома. Про те, що хтось може залишитися на цьому полі навіки, думати не хотілося.

Поставивши гвинтівки у «піраміду», солдати взялися за лопати. Під палючим сонцем піт заливав очі, але на це не звертали уваги. Знали: копають собі прихисток від ворожих куль.

Жити хотілось усім, тому траншею полк викопав значно раніше, аніж передбачалось у таких випадках. Тепер можна було у ній просто посидіти і сховатися від палючого сонця.

— Не розхолоджуватися! — голосно крикнув Тимофій Нагірний своїм солдатам, а потім повторив це польською.

Під його командуванням була майже однакова кількість українців і поляків. Під час служби, ще до війни, між ними зазвичай траплялися суперечки, що іноді переростали у шарпанину, а то й бійку, але зараз усе відійшло кудись далеко, залишилося в опустілих касарнях. Усе те, чим вони жили раніше, тепер здавалося дріб'язковим, не вартим не те щоб до нього повернутися, але й просто згадати. Майбутній бій урівняв усіх.

Поки офіцери ходили бруствером і перевіряли, чи все зроблено належним чином, трійко односельців примостилися на дні окопу.

— Черв'ячка заморити б! — мрійливо мовив Михайло Валько.

— Відставити! — суворо кинув Тимофій і, підвівшись, голосно наказав: — Нікому не їсти! Потім наїстесь!

Знову опустившись униз, він докірливо похитав головою.

— Ой, Михайле, Михайле! Шкода, що в тебе, ґефрайтера, розуму менше, ніж у рекрута!

— А що поганого у тому, що мені хочеться жерти? — не зрозумів Валько.

— Якщо куля влучить тобі в повний живіт, точно не виживеш, тому в бій варто йти натщесерце.

— Як на Службу Божу! — посміхнувся Михайло. — Там хоч висповідатися можна, а тут...

— А ти постарайся, щоб не потрібно було сповідатися.

Олекса Мороз не встрявав у розмову. Серед друзів він був наймолодший, мав найнижче звання, але навіть не це змушувало його мовчати. Олекса сидів мовчки, попиваючи із фляги воду, бо йому було дуже страшно. Він чекав майбутнього бою і не міг собі уявити, як поведеться. Соромився признатися друзям у своєму страху, гадав, що ті візьмуть його на глузи.

Олекса не знав, що такі відчуття переживають і Тимофій з Михайлом, просто щоб не сидіти мовчки, чекаючи бою, марнують свій час на пустопорожні теревені.

— А от цікаво, кого з наших забрали до армії? — запитав Михайло.

Його цікавість була недаремною. Перед тим як вони покинули касарні, до полку прибула сотня рекрутів, що вже служили у ньому раніше. Поінформовані люди розповідали, що таке відбувається в усіх полках і це поки що перші ластівки.

— Семена точно заберуть! — впевнено озвався Олекса.

— Ну як же без твого майбутнього шваґра! — мовив Михайло.

Тимофій усміхнувся. Здається, всі у полку знали, що інфантериста Мороза вдома чекає любка, і це було темою частих насмішок старших товаришів; щоправда, вони якось самі собою затихли, бо Олекса просто перестав на це реагувати.

— До того ж Семен потрапить в улани, — вів далі Валько. — Драпатиме від москалів так, як наші драгуни.

— Та не обов'язково тікатиме! — прийшов на виручку Нагірний. — Може, його командири будуть не такі безпорадні, як наші.

Олекса хотів було підтримати друга, що Семен Кандиба не з полохливого десятка, як до його вух долинув якийсь дивний протяжний звук. Видно, його почув не лише Мороз, бо всі розмови враз притихли. Солдати підвели голови догори, сподіваючись розгадати, що це таке. А звук наближався, ставав щораз вищим. Щось пролетіло над окопом — і тут пролунав потужний вибух.

Росіяни почали артилерійський обстріл австрійських шанців. Спочатку снаряди розривалися позаду, але з якогось часу вибухи почали наближатися до місця, де притихли солдати. Напевне, один зі снарядів вибухнув у самій траншеї ліворуч, бо звідтам чулися крики і стогін.

Олекса Мороз інстинктивно розпластався на дні траншеї й лише молився, щоб сюди не залетів випадковий снаряд.

Але обстріл закінчився так само раптово, як і почався. Коли стало зрозуміло, що все позаду і більше вибухів не буде, солдати почали поволі підводитись із землі. Багато хто струшував із себе землю, хтось роззирався навколо.

— Приготуватися до бою! — прозвучала команда лейтенанта Мюнцера, командира їхньої роти.

Олекса Мороз поглянув уперед. З протилежного краю поля до них наближалися шеренги неприятеля.

— Почалося, хлопці! — мовив корпораль Нагірний. — Спокійно, без паніки!

Але паніки вже не було. Вона зникла одночасно з останніми вибухами снарядів. Натомість прийшла впевненість у тому, що все буде добре і саме тебе смерть не знайде. Принаймні цього разу.

Тим часом окопом ланцюжком передавалася команда прилаштувати багнети. Значить, не виключалася можливість рукопашного бою.

Олекса підвів голову над бруствером. На відстані з добрих триста кроків наближалися шеренги солдатів в оливково-зелених одностроях. Між ними було не більше п'яти кроків, що підвищувало шанс залишитися живим. Маючи чудовий зір, Олекса розгледів, що і москалі причепили до гвинтівок багнети, але, на відміну від коротких австрійських, ті були довгі й тонкі.

— Без команди не стріляти! — нагадав Нагірний.

Ця команда була даремною. Ніхто з солдатів ніколи не воював, і нікому не доводилося стріляти у людей. Всі знали, як це вперше важко змусити себе натиснути на курок і вистрілити, тому солдати піхотного полку відмінно виконали підготовку до бою: мовчали, без команди не стріляли, з окопу не висувалися.

Коли неприятель підійшов на відстань пострілу гвинтівки Манліхера, прозвучала команда «Вогонь!». На всій довжині фронту, що займав полк, майже водночас пролунав потужний залп. Натиснув на курок і Олекса Мороз.

Спеціально він не цілився ні в кого, як, зрештою, й інші солдати. Одначе після першого ж залпу перша шеренга тих, хто наступав, упала як підкошена.

— Вогонь! — кричав Тимофій Нагірний. — Не зупинятися!

Одночасно з іншими Олекса перезарядив гвинтівку, цього разу прицілився, упіймав на мушку найближчого до себе ворожого солдата, але вистрілити не встиг. Той несподівано звалився на землю, вражений іншою кулею.

Тепер стріляли безсистемно, кожен самостійно. Після третього-четвертого пострілу москалі падали на землю вже частіше, у їхніх лавах утворилися прогалини.

Мороз зробив черговий постріл і лише тепер зрозумів, що це був п'ятий патрон. Потрібно було перезарядити гвинтівку. Він уже зібрався було дістати з сумки чергову обойму, як тут прозвучала команда «Вперед!».

Він бачив, як першим виліз на бруствер Тимофій Нагірний. Він виставив перед собою гвинтівку і побіг вперед. Його приклад повторили інші, і скоро в окопах не залишилося нікого.

Побачивши, що австрійці піднялися в атаку, російські офіцери також дали команду перейти на біг, і зараз обидва війська щодуху мчали назустріч одне одному, щоб зустрітись у смертельному герці. Відстань невмолимо скорочувалась, і ось десь праворуч од Нагірного хтось першим уже встиг наразитися на багнет. Дивно, але ніхто — ні австрійці, ні росіяни — не кричали. Все відбувалося тихо, лише тупіт сотень солдатських чобіт.

Тимофій Нагірний не бачив нічого, окрім солдата навпроти, котрий так само біг йому назустріч. Той виставив перед собою довгу гвинтівку, значно довшу, аніж та, що мав Тимофій, і також обрав Нагірного потенційною жертвою. Зелена гімнастерка навскіс була перемотана такого ж кольору товстим скрученим сукном, про призначення якого Тимофій не мав гадки, але зараз йому було не до роздумів. Він зрозумів, що його «манліхер» поступається довжиною ворожій гвинтівці з багнетом. Залишалось єдине: атакувати першим.

І коли Нагірний зрозумів, що ця мить настала, викинув уперед руки. Багнет увійшов у скручене сукно, але до тіла не дістав. Натомість москаль — старший за Тимофія вусатий солдат з подзьобаним віспою обличчям — свого шансу не упустив. Він легко увігнав довгий чотиригранний багнет у груди Нагірному.

Пекучий біль пронизав усе тіло Тимофія, якось одразу сили покинули його, він випустив із рук зброю і повалився на землю. Смерть настала миттєво, і Тимофій навіть не встиг зрозуміти, що помирає.

У рукопашному бою найменше розглядаєшся навсібіч. Олекса Мороз бачив лише одного ворога, котрий так само, як і він, серед десятка австрійців, що бігли назустріч, вибрав саме його.

Страху не було, натомість залишилося бажання просто вижити. Олекса побачив перед собою гострий багнет, що ось-ось мав проткнути його тіло, але механічно, навіть не усвідомлюючи, що він робить, Мороз прикладом відбив атаку і з ходу встромив свого багнета в шию ворогу.

З рани бризнуло стільки крові, що Олекса відсахнувся. Йому здалося, що його «москаль» одразу помер від втрати крові.

— Ззаду! — почув Олекса розпачливий голос Михайла Валька.

Він різко обернувся і... якийсь москаль наткнувся тілом на його багнет. Олекса не встиг здивуватися такому везінню, як побачив, що на сусіда налягли відразу двоє. Він поспішив на допомогу.

Кривавий тан тривав добрих півгодини. Обидві сторони боялися заглибитись у лави ворога, тому лінія зіткнення, а отже й смерті, практично не просувалася. Траплялося, щоб зустрітися з наступним солдатом, доводилося перелізати через нерухомі тіла — своїх і чужих.

Через півгодини командири зрозуміли, що ніхто перемоги не здобуде, тому в якусь мить обидва війська відхлинули назад, залишивши на полі мертвих і поранених. Ті лежали впереміж, уже не вороги, адже смерть примирила їх. З'ясовувати між собою, хто правий, а хто ні, мертві залишили живим.

Олекса Мороз і Михайло Валько були змучені та забризкані кров'ю, як, зрештою, всі, що залишилися живими.

— Ти Тимофія не бачив? — запитав Михайло.

— Ні, тільки коли він піднявся в атаку, — відповів Олекса.

Він оглянувся і не побачив нікого з його відділення.

— Нагірного бачили? — голосно спитав Мороз.

Ніхто не відповів. Олекса повторив запитання польською, а затим німецькою. Відповіді не було. Коли він уже хотів повторити питання, ліворуч хтось озвався:

— Тут він!

Михайло з Олексою поспішили туди.

Тимофій Нагірний лежав горілиць, розкинувши руки, і мертвими очима дивився у блакитне небо. Навколо дірки на грудях червоніла маленька червона пляма. Крові було так мало, що важко вірилося, що саме це стало причиною смерті друга.

Михайло Валько важко опустився на коліна.

— Тимцю, Тимцю! — вигукнув він. — Що ми твоїм батькам скажемо?

Тимофій був єдиним сином у Микити і Варвари Нагірних, і тепер вони залишилися самі.

Михайло перехрестився і закрив долонею очі мертвому другу.

Прозвучала команда повернутися в окопи. Друзі востаннє подивилися на Тимофія і повільно побрели назад.

На повірку виявилося, що рукопашний бій став останнім майже для третини полку. Лейтенант Мюнцер, сам із перев'язаною рукою, довідавшись, що корпораль Нагірний загинув у бою, призначив замість нього ґефрайтера Валька.

У підпорядкуванні новоспеченого командира, крім Олекси Мороза, було ще два поляки. Решта солдатів залишилися на полі бою навічно.

7

У вікно обережно постукали. Григорій Мороз відхилив фіранку.

— Кого це принесло так рано? — невдоволено пробурмотів він.

З-за вікна він упізнав Андрія Валька.

— Чого тобі? — запитав.

— Вуйку Грицю, покличте Хведька! — благально мовив Андрій.

— А ще раніше прийти не міг?

Григорій протер очі, остаточно відганяючи сон, затим пішов у кімнату, де спали сини.

— Хведьку! Вставай! До тебе Андрій Вальків прийшов!

Почувши таке, Федір миттю зірвався з ліжка, ускочив у сподні і побіг до дверей. Спросоння він іще мало що усвідомлював, але ранній прихід Андрія не міг бути звичайним візитом ввічливості.

Сонце ще не зійшло, але ночі вже не було. У повітрі висів густий сірий туман, і було прохолодно. Федір підійшов до Андрія.

— Чого так рано? — запитав він. — Що сьи стало?

— Вночі хтось пограбував нашу читальню, — випалив Андрій.

— Звідки знаєш?

— Петро Лісович сказав. Прибіг посеред ночі й попередив.

— Про що попередив? — незрозуміло перепитав Федір.

Він іще остаточно не прокинувся.

— Казав, що забрали списки тих, хто відвідував вишкіл «Січ».

— Кепсько! — відзначив Мороз. — Хто?

— А ти не знаєш? Степко Білецький зі своїми москвофілами. Відчули, що москалі появляться не нині-завтра, то й підвели голови. Вони ще згадають нам ту бійку.

— І не лише її, — докінчив Федір. — Помститься він нам за свого батька! Може, поговорити з ним?

Андрій махнув рукою.

— Пусте! Списків може у нього не бути. Віддав своїм колєгам від гріха подалі або заховав десь. Нічого ми не доб'ємось.

Він запитливо подивився на Федора.

— Що нам робити?

— Те, що хотіли, — відповів Мороз. — Але відкладати вже нема куди!

— Так, твоя правда!

Тим часом із хати вийшов батько Федора. Суворо подивився на юнаків, затим підійшов ближче.

— Ну, що у вас сталося? — запитав він і, побачивши, що син зволікає з відповіддю, попередив: — Тільки не брехати!

Поки Федір збирався з думками, Андрій озвався першим:

— Тут така справа, вуйку Грицю! Ми ходили до читальні «Просвіти»...

— Знаю! Я сам вас туди послав. Ви ще не хотіли ходити.

— Так, але, окрім читати Шевченка і Франка, ми були на військовому вишколі.

Почувши таке, Григорій Мороз недовірливо подивився на принишклого сина, а той лише кивнув головою. Мовляв, так і було.

— І що?

— Вночі Степко Білецький та його москвофіли вкрали списки тих, хто був у «Січі».

Григорій одразу зрозумів, що справи кепські. Від того дня, коли в Кам'янці разом з іншими москвофілами заарештували Тому Білецького, Степан практично не вилазив із хати, навіть не було його видно на полях. Подейкували, що він так сильно побивається за своїм батьком, але пояснення було іншим.

— Що думаєте робити? — запитав Григорій Андрія.

— Ми вже давніше хотіли замельдуватися до січових стрільців, — повідомив молодший Валько.

— Хто це такі?

— Український легіон. Австрійці згодилися дати нам зброю, — відповів Федір.

Він досі чекав прочухана від батька.

Але той сприйняв новину спокійно.

— Батьки знають? — запитав він Андрія.

— Ні.

— Тобто ви хотіли втекти? — припустив Григорій і, поглянувши на опущені голови сина та сусіда, запитав: — Коли?

— Збиралися вночі, — виказав їхню таємницю Андрій.

— Вночі буде вже пізно, — відказав Григорій Мороз. — Тікати треба зараз, а то, не доведи Господи, вдень москалі увійдуть. Влади вже три дні немає, хто знає, що діється навколо!

Почувши таке, юнаки перезирнулися.

— Ти, Андрію, біжи додому і повідом батькам, що до чого, — вів далі старий Мороз. — А ти, сину, іди до хати, треба збиратися в дорогу.

Здивований такою реакцією батька, Федір відчинив двері. Сестра Марта вже прокинулась і в нерішучості стояла посередині кімнати. Прийти до тями їй вдалося лише після появи батька.

— Марто, збери там якусь їжу хоча б на два дні, — наказав Григорій.

Марта кинулася до комори, а Федір похапцем почав збиратися. Батько ні підганяв сина, ні надокучав мораллю, лише сів на бамбетель, на якому зазвичай спав, і мовчки спостерігав за зборами сина.

Невдовзі Федір постав перед батьком цілком готовий до далекої дороги. Марта подала братові повну торбинку.

— Я розбуджу Василя, — сказала вона, але Григорій зупинив її.

— Не треба! Малий іще проговориться про Хведька, а так скажемо — встали зранку, а тебе вже нема.

Григорій поклав руки на плечі сина і поцілував у голову.

— Ти бережи себе там! — мовив він. — Даремно під кулі не лізь! Знай: тебе тут чекають!

Він перехрестив Федора.

— З Богом!

Федір востаннє обняв заплакану сестру Марту, натягнув на голову кашкета і, витерши на ходу зрадливі сльози, покинув хату. На сході вже з'явився червоний окраєць сонця. День обіцяв бути спекотним.

Обернувшись на рідний дім, він перехрестився і швидкими кроками попрямував вулицею на південь. Біля своєї хати на нього вже чекав Андрій Валько. На плечі у нього висіла наповнена торбина. За воротами мовчки стояла вся родина Андрія: дід Іван із бабою Ганною і батько з матір'ю. Щось схоже було у родини Вальків із Морозами. В обох старші сини вже служили у війську і, можливо, навіть устигли повоювати, а молодші сини змушені залишити село, побоюючись ймовірної розправи.

Федір зупинився, зняв кепку і поклонився до землі родині Вальків. Найстарший — дід Іван — здійснив хресне знамення і тихо сказав:

— Бережи вас, Боже, діти!

Федір із Андрієм рушили сільською вулицею на південь. До села, яке лежало за двадцять кілометрів і було місцем збору всіх членів «Січі». Хлопці сподівалися, що вони не запізнились і обов'язково потраплять до українського війська.

Село ще спало, але де-не-де вже пробували голоси місцеві півні, тому Андрій із Федором прискорили крок. Потрібно було покинути село до того, як почнуть прокидатися люди. Про те, що вони втікають, ніхто не мусив знати. Швидко — аж надто швидко — юнаки прошмигнули повз обійстя Білецьких, сімнадцятирічний син яких Степан був ймовірним винуватцем їхньої втечі. Ненависті до нього ні у Федора, ні в Андрія не було, адже саме його дії привели до того, що не довелось обманювати рідних і навіть отримати від них благословення, що було для юнаків дуже важливим.

І все ж були люди, котрі бачили, як молодші Валько і Мороз поспішно залишають Перетин. В Андрія Білецького, діда Степана, цілу ніч крутило коліна, і він майже не спав. Коли ж засіріло за вікном, він вирішив і не намагатися заснути. Побачивши на сільській дорозі одягнених і з торбами Андрія й Федора, він одразу зрозумів, що до чого. Старий поглядом провів односельців і тихо мовив:

— Захисти вас Матір Божа!

І також перехрестився.

Бачила юнаків і Орина Ребрик. На відміну від інших, молода жінка вже прокинулась і поралася по господарству. Вона застигла з відром посередині обійстя, якусь мить роздумувала, чи не окликнути юнаків і поспитати, куди вони так рано зібрались, але вирішила, що це не її справа, а хлопцям може чимось зашкодити...

А після обіду, десь ближче до вечора, з півночі у село увійшов батальйон російських солдатів. Вони йшли чеканним кроком і співали. Над Перетином звучала бадьора стройова пісня:

Солдатушки, бравы ребятушки,
где же ваши жёны?
Наши жёны — ружья заряжёны,
вот где наши жёны.

Мова солдатів була дивною для вух жителів Перетина. Ті майже нічого не зрозуміли зі слів.

Не зрозумів нічого і Степан Білецький, хоч і читав принесені батьком книги товариства Качковського.

Він був єдиний із односельців, хто зустрічав російських солдатів.

8

Президія ц. к. Дирекції поліції у Львові.
Надійшло 25 серпня 1914 р. № 4876.
Ц. і к. Військовому Комендантові.

Останнім часом багато осіб, запідозрених у державній зраді, шпигунстві та інших ворожих державі діях, були віддані під військовий суд, а їхнього утримання у військовій тюрмі на час війни вимагають особливі інтереси держави. Тому маю честь просити вплинути на військові суди і особливо діяти в цьому напрямі, щоб у таких випадках, в яких військово-судові дії, в разі відсутності доказового матеріалу, мають бути зупинені, обвинувачені не відпускалися на свободу, а відправлялися ц. к. Дирекції поліції для подальших поліцейських заходів.

Рейхлендер

Ззовні почулися команди і біганина, невдовзі клацнули замки, і двері відсунулися. На солдатів, які шеренгою стояли на пероні, війнуло затхлим, спертим, гарячим повітрям упереміж з випарами людського поту і запахом сечі, від чого вони відвертали голови.

Якийсь унтер-офіцер, гидливий не менше за своїх підлеглих, усе ж таки підійшов ближче до дверного отвору, в якому нерішуче скупчились арештанти, і просто, без крику чи навіть натяку на команду, сказав:

— Злазьте!

І відійшов подалі.

«Пасажири» спочатку з острахом, а потім сміливіше зіскакували на бетонний перон вокзалу й одразу займали свої місця у великому чотирикутнику, зусібіч оточеному озброєними солдатами.

Таке дійство відбувалося навпроти всіх вагонів.

Тома Білецький разом із усіма стояв усередині людського чотирикутника і, як й інші, з підозрілою цікавістю роздивлявся навколо. Він навіть був радий тому, що безкінечна дорога нарешті закінчилась і він не помер від задухи у вагоні. Хоч що б чекало їх попереду, вже гірше не буде.

Просто гіршого від того, що вони пережили, подорожуючи цісарством у закритих вагонах, голі та голодні, важко було уявити.

— Пане професоре, куди нас привезли? — запитав Тома свого сусіда, викладача університету в Черновіцах[1].

— Це Ґрац, — відповів той. — Тут колись я вчився. Фізику в мене викладав сам Людвіг Больцман! Не думав, що повернусь у це місто ось так!

Професор Микола Ревуцький був довготелесим худим чоловіком уже поважного віку, і було не просто великим щастям, а буквально дивом, що він витримав місячну поїздку. Серед усіх «пасажирів» восьмого вагона він єдиний досконало знав німецьку мову, без страху звертався до охоронців із деякими вимогами і деколи навіть отримував позитивну відповідь.

— Ви знаєте це місто? — запитав сусід ліворуч, священник із Коломиї Василь Гнатів.

— Прожив тут шість щасливих років, — їдко відповів професор. — І, чесно признатися, не розумію.

— Чого?

— Я не пам'ятаю у Ґраці такої великої тюрми, щоб там ми всі помістилися.

— А коли це було? — поцікавився священник.

— Тридцять років тому.

— Ну, за тридцять років могли не одну тюрму побудувати!

— Якщо так, то нам варто триматися разом, — мовив професор Ревуцький, і всі, хто чув цю розмову, закивали головами.

Тим часом арештанти покинули вагони і вишикувалися на пероні. З числа прибулих відібрали з десяток чоловік, щоб ті звільнили потяг від тих, хто не витримав цієї подорожі. Якийсь капітан подав команду — і арештанти рушили дорогою на південь.

---

[1] До 1944 року так називалися Чернівці.

Професор Ревуцький згадував і ніяк не міг пригадати, що саме було у його університетські часи на півдні Ґраца, де могла б розміститися така кількість людей.

А Тома Білецький просто стомився загадувати, що на них чекає. Після того як жандарми заарештували його у будинку товариства Качковського у Кам'янці, він перестав бути тим, від кого б залежало власне життя. Разом із іншими членами товариства його спочатку декілька діб не випускали з будинку, де й затримали, потім їх відправили на залізничну станцію, завантажили у вагони і кудись довго везли. Лише від свіжих арештантів вони дізнавалися назви міст, котрі проїжджали. Стрий, Коломия, Перемишль... Подорож тривала довго, не всі її витримали, аж ось, напевне, вона добігла кінця.

Тома ніколи не покидав свого повіту, та й до Кам'янки навідувався вряди-годи, і то здебільшого у справах товариства. Тепер же йому довелося приїхати аж в Австрію, про яку в нього (та й не тільки в нього) були непевні розмиті уявлення, котрі обмежувалися відомостями, що тут живе цісар.

Білецький так і не розібравсь у тому, чим керувалися жандарми, заарештовуючи людей. Звичайно, велика частина тих, хто зараз крокував на південь від міста Ґраца до тільки офіцерам відомої точки на мапі, були активними членами товариства імені Михаїла Качковського, але що у цій компанії загубив той-таки професор університету у Черновіцах Микола Ревуцький, було незрозуміло. Упродовж усієї подорожі від цього міста сюди, в Австрію, професор жодним словом не давав підстав підозрювати його не те що у причетності до товариства, але й у найменшій лояльності до нього.

Одначе професор їхав у тому ж вагоні, що й справжні москвофіли, терпів разом із ними поневіряння, отож не дивно, що вже через тиждень зникли будь-які упередження одних до інших. Умови існування та майбутня невизначеність урівняли всіх.

Арештанти буквально на своїй шкурі відчували зміну в становищі Австро-Угорщини на фронтах. Кожна поразка цісарсько-королівського війська негайно позначалася на ставленні до них конвоїрів. А початок війни не приніс цісарю практично жодної перемоги. Так Тома Білецький, а з ним його товариші по нещастю, дізналися, що цісар зазнав поразки від маленької Сербії в горах, назва яких нічого не говорила навіть всезнаючому професору Ревуцькому, а буквально вчора москалі захопили Львів. Будь-які невдачі солдати автоматично переносили на в'язнів, вважаючи їх ворогами цісарства. Траплялося, днями доводилося голодувати.

Найважче таке ставлення до себе переносили жінки і діти. Багато хто прибув до Австрії цілими сім'ями, наприклад, той-таки отець Василь Гнатів. Поруч із ним крокує у невідомість їмость, вже старша жінка, але вона не захотіла залишати чоловіка самого, як і їхня єдина дочка, шістнадцятирічна Марія. Свого часу Тома дещо чув про Василя Гнатіва. Його ім'я якось згадувалося в часописі товариства як його активного члена.

Колона проходила повз невеличкі акуратні чисті села, і звиклим до своїх обійсть галичанам вони здавалися чимось нереальним. Не в одного селянина виникли сумніви, чи взагалі можна жити у таких хатах. Але люди, що спостерігали за дивною колоною хто з вікон, хто з подвір'я, стверджували протилежне.

— Бачили, як живуть? — подав голос хтось позаду Білецького.

— Культура! — заздрісно відповіли поруч.

— Ми вже надивились їхньої культури! — крізь зуби процідив Осип Павлюк зі Стрия. — У вагонах!

Три тижні тому, коли його заштовхали в і без того переповнений вагон, за своїми переконаннями, він був схожий на професора Ревуцького і, судячи з його слів, а головне — дій, потрапив до списку заарештованих чисто випадково, не сподобавшись місцевому війту, але три тижні перебування в нелюдських умовах зробили з нього переконаного якщо не москвофіла, то принаймні ворога всього австрійського.

Тим часом довга дорога, напевне, закінчувалася. Перед стомленими людьми постала величезна піщана, де-не-де поросла травою, огороджена колючим дротом долина. Власне, дерев'яні стовпи та натягнутий дріт були єдиними спорудами. По периметру, куди не глянь, стояли солдати і з цікавістю спостерігали за прибулими. Перед першими рядами в'язнів відчинилися такі ж дротяні ворота і «люб'язно» запрошували ввійти.

Тут озвався Микола Ревуцький.

— Пригадую, на цьому місці ми студентами полюбляли відпочивати у вихідні, — сказав він і посміхнувся. — Хороші були часи!

— Як називається це місце? — поцікавився отець Гнатів.

— Називається воно Талергоф.

Але для більшості галичан і буковинців це слово було тільки порожнім звуком. Під крики конвоїрів, а подекуди й удари прикладами, декілька сотень в'язнів пройшли крізь дротяні ворота на обгороджене поле. Ворота за ними зі скрипом зачинилися. Не розуміючи, що робити далі, прибулі в нерішучості застигли там, де їх застав цей звук, але їх ніхто не чіпав, не лунало ніяких команд, навіть вартові по той бік колючого дроту прилягли на землю.

Зрозумівши, що вони залишені на себе, дехто з прибулих також опустився долі, щоправда, на відміну від вартових, які вклалися на шинелях, у в'язнів не було нічого. Так і прилягли вони на сиру землю, позаяк майже літня погода дозволяла це робити без ризику застудитися.

— Уночі буде холодно! — попередив Микола Ревуцький, також опускаючись на землю.

— Чому? — запитав Осип Павлюк.

— Гори близько. А скажу вам, Альпи — то не наші Карпати! Альпи — то є Альпи!

Поволі весь галицько-буковинський етап опустився на землю. Що робити далі, не знали. Ніхто їх не турбував, не кричав і не погрожував. А поки цього не сталося, варто було з цього скористатися.

Дуже швидко частина в'язнів заснула. Як було приємно спати не в тісному, просякнутому потом вагоні, а на чистому повітрі, не боячись зачепити сусіда. Не опирався цьому і Тома Білецький. Він підклав під голову кашкета і миттю заснув. Стомлений переїздами та невідомістю організм миттю відключився.

Так четвертого вересня чотирнадцятого року табір для інтернованих Талергоф прийняв перших в'язнів.

9

Мала стрілка годинника, що стояв навпроти, вперто наближалася до цифри 9, і Карл Франц Йозеф Людвіґ Губерт Ґеорг Отто Марі фон Габсбурґ-Лотаринзький, двадцятисемирічний спадкоємець австрійського престолу, вже почав побоюватися, що скоро годинник покаже дев'яту годину, і цісар вирушить спати. А те, що буде саме так, молодий Карл не сумнівався. Важко, маючи вже вісімдесят чотири роки, змінювати свій розпорядок дня, що залишався сталим ось уже понад півстоліття.

Але і важко отак сидіти у приймальні перед кабінетом імператора Австрії та короля Угорщини у сподіванні отримати аудієнцію.

Карл розумів, що тут не обійшлося без «дружньої» поради начальника Генерального штабу генерала Франца Конрада фон Гетцендорфа, який мав неабиякий вплив на старезного цісаря і не приховував свого зневажливого ставлення до молодого спадкоємця. Втім, таке ставлення було взаємним. Карла також дратували надмірний авторитаризм і самовпевненість генерала, спроби відсунути його на задній план.

Він ніколи не забуде військову нараду в Генеральному штабі 12 серпня, коли Франція і Британія оголосили війну Відню. Тоді він прибув (як спадкоємець) у Генштаб, де саме обговорювалася ситуація, що склалась у Європі. Так сталося, що міждержавний конфлікт між Віднем і Белградом, на якому наголошував фон Гетцендорф і який мав завершитися за кілька днів, виявився запаленим сірником, кинутим на купу висушених дров. Судячи з доповідей генералів, Карл зрозумів, що ніхто ні на що таке не розраховував. Тоді начальник Генерального штабу врочисто (аж надто врочисто!) представив генералам увішаного орденами молодого спадкоємця в мундирі лейтенанта гусарського полку й одразу поцікавився його думкою про ситуацію в Європі.

Йому досі соромно за той свій виступ. Він досі бачить очі присутніх генералів, які змушені були його слухати. Відтоді він більше місяця не з'являвсь у будинку, де розташовувався Генеральний штаб, але сьогодні вирішив усе змінити.

Щоправда, цісар не спішить його прийняти.

Коли ж Карл вирішив, що сьогодні нічого не вдасться, у дверях виник камергер.

— Їх імператорська величність чекає на вас! — урочисто повідомив він.

Карл рвучко підвівся, поправив на шиї орден Золотого руна і впевненими кроками зайшов до кабінету.

Цісар Франц Йосиф I сидів за столом на другому кінці великої кімнати. На ньому був його улюблений білий кітель, перев'язаний біло-червоною стрічкою. Побачивши Карла, Франц Йосиф підвівся з-за столу і на диво твердими кроками рушив йому назустріч.

— Мій любий онуку! — сказав він, обіймаючи Карла. — Радий тебе бачити!

— Маєте чудовий вигляд, Ваша величносте! — мовив Карл.

— Не обманюй! — відказав цісар. — Який чудовий вигляд може бути у моєму віці? Тільки не треба мені тут слів, що я ще досить добре тримаюся на свої роки.

— Але ви дійсно маєте гарний вигляд! — не вгавав спадкоємець.

— Давай закінчимо з цим політесом! Ти прийшов — і добре! Поговорімо. Але спершу сядьмо, а то хоч якими б були твої слова про мій стан, мені легше сидіти, ніж стояти.

— Як вам буде зручніше, Ваша величносте!

— Саме так мені зручніше!

Франц Йосиф посадив спадкоємця престолу в крісло навпроти себе.

— Як почуваються Отто й Аделаїда? — поцікавився він.

— Дякую, добре. Делі минув уже дев'ятий місяць, а Отто чи не щодня виглядає вас за вікном, — відповів Карл.

— Зіта?

— Дружина також постійно допитується про вас.

Цісар зітхнув.

— Як мені іноді хочеться все кинути і поїхати до вас у замок, до Зіти, до онуків! Мені завжди там добре, — сказав Франц

Йосиф. — Але, на жаль, війна! То яка твоя думка про останні новини з фронтів?

Карл думав, що відповісти. Помітивши, що внучатий племінник вагається, цісар допоміг йому.

— Хоч ти перестань жаліти мене! Не уподібнюйся фон Гетцендорфу, який своїм священним обов'язком перед імперією вважає відгородити імператора від поганих новин! Те, що ми залишили Лемберґ і всю Галіцію, я вже знаю. «Не варто хвилюватися, Ваша величносте, це лише звичайне вирівнювання лінії фронтів!»

Цісар гмикнув.

— Знайшов, де їх вирівнювати! І для цього треба було відступити на сотню кілометрів? — сказав він. — Я завжди любив повертатися до Лемберґа і до всієї Галіції. Та що там гріха таїти, до Буковини також! Там я відчував любов простих людей до себе, любов не показну, не обов'язкову, як от у Сербії чи навіть в Угорщині, але щиру, навіть первісну. І русини, і гуцули любили мене не через те, що я цісар і можу для них щось зробити, хоч і не без цього. Вони любили мене через те, що... хотіли цього, можливо, сподівалися на якісь реверанси, але я не виправдав цього. Карле, тобі, як моєму наступнику, варто навчитися простої речі: ніколи не обманюй тих, кому довіряєш і хто довірився тобі. Твоя мова мусить бути прямою, як політ, хотів сказати, стріли́, але стріли зараз не літають. Кулі, випущеної з гвинтівки. То що там з фронтами?

— Ви полегшили мою місію, Ваша величносте! Ситуація на Східному фронті склалася дійсно важка. Ваша правда: Лемберґ, Черновіци, Тарнопіль нам довелося залишити. Моріц Ауффенберґ зумів розбити російського генерала Плєве при Комарові, але не зміг зупинити наступ росіян біля Рави-Руської, — мовив Карл.

— Так, мені це відомо, — сказав цісар. — Я вже розпорядився присвоїти цьому хороброму генералові баронський титул і додати до його прізвища «фон Комаров».

— Це справедливо, Ваша величносте!

— Що кайзер?

— Вільгельму в Пруссії вдалося розгромити російську армію такого собі Самсонова і захопити в полон тридцять тисяч солдатів.

— І цього Самсонофф також? — поцікавився цісар.

— На жаль, ні. Побачивши гірку долю своєї армії, він застрелився.

— Що ж, гідний вчинок офіцера і неприйнятний для християнина!

Франц Йосиф кинув оком на годинник. За десять хвилин дев'ята.

— Сьогодні отримав листа від кайзера, — мовив він. — Після звичних у таких випадках довідувань про моє здоров'я Вільгельм повідомив мене, що планує найближчим часом захопити Варшаву.

— Звичайно, після прусського успіху дорога саме на Варшаву! — погодився Карл.

— Кайзер просить мене підключитися до цієї операції. Якщо німці атакуватимуть Варшаву, то нам належить захопити Демблін[1]. Враховуючи ту допомогу, що нам надав кайзер, коли ми вирівнювали лінію фронту (від вух Карла не могла сховатись іронія), ми не можемо ігнорувати прохання Вільгельма.

— Це правильно!

— Тому я прийняв рішення пристати на пропозицію кайзера, — вів далі цісар. — Завтра я дам розпорядження фон Гетцендорфу оцінити, чим ми можемо допомогти Вільгельму.

Побачивши вираз обличчя спадкоємця, цісар невдоволено запитав:

— Тобі не подобається генерал фон Гетцендорф?

— Ні, Ваша величносте, я проти того, щоб цю операцію довірили генералові, — дивлячись у вічі цісареві, сміливо відповів Карл.

— Поясни! Не хочу, щоб твої симпатії чи антипатії визначали твоє ставлення до вибору потрібних трону людей.

— Тут не йдеться про антипатію щодо графа, — заперечив Карл. — Ні у кого в армії не залишилося сумнівів у тому, що головним винуватцем того, що ми залишили Галіцію і Буковину, є не хто інший, як генерал Франц Конрад фон Гетцендорф. Коли ж виявилося, що кайзер допоміг нам не у такому масштабі, на що

[1] Інакше — Івангород.

сподівався начальник Генерального штабу, граф назвав це зрадою. Не думаю, що його слова не дійшли до вух Вільгельма. Тепер же рішення довірити графу розробку операції на Демблін навряд чи сподобається кайзеру.

— Кого ти пропонуєш? — поцікавився спантеличений цими словами Франц Йосиф.

— Я пропоную генерала Віктора Данкля. Як вам відомо, він блискуче виявив себе під Красником, де змусив російську армію відступити до Любліна. Впевнений, він упорається і з цим завданням!

— Але ж Данкль — польовий генерал і не сильний у плануванні операцій!

— І все ж таки він змусив росіян відступити! — не поступався Карл. — А Демблін нічим не відрізняється від Красника!

Цісар якось по-новому подивився на свого внучатого племінника і зрозумів, що зовсім не знає його.

Карл завжди залишався осторонь усіх важливих подій імперії, і тривалий час навіть не розглядався як кандидатура на спадкоємця, був лише *одним* із багатьох. Коли ж після того, як один за одним померли ті, що стояли перед ним (зокрема і його батько Отто), Карл став другим після свого дядька Франца Фердинанда. Сараєвське вбивство останнього піднесло Карла на вершину, і він офіційно став спадкоємцем, все ж таки залишаючись у тіні. Напевне, найбільш помітним його вчинком була участь у похороні Франца Фердинанда. Обер-гофмейстер імператорського двору князь Монтенуово, котрий за життя Фердинанда мав із ним конфлікт, зробив усе можливе, щоб принизити покійного. Натякаючи на те, що шлюб спадкоємця та Софії фон Гогенберґ був морганатичний, труна дружини стояла на нижчому постаменті, аніж чоловіка. До того ж не передбачалася присутність членів імператорської родини на похороні. Франц Йосиф пам'ятає, як у цьому ж таки кабінеті новопризначений спадкоємець престолу особисто звернувся до нього з проханням внести зміни у протокол, що цісар і зробив.

Що ж, відзначив про себе цісар, у хлопця є воля і бажання не коритися так званим авторитетам. З нього будуть люди, якщо... все закінчиться так, як хочемо ми.

— Чому я викликав тебе, — озвався цісар. — Хочу, щоб віднині ти представляв мене на всіх інспекціях та поїздках чи то на фронт, чи деінде. Я ось ніяк не можу добитися від мого начальника штабу пояснень, чому практично зовсім не задіяний у війні морський флот? Тому твоє перше завдання, Карле: поїхати в Пулу і розвідати дійсний стан справ.

(Франц Йосиф мав на увазі одну з двох військових баз імперії. Друга була у Трієсті.)

— Гросс-адмірал Хаус, мені думається, щось недоговорює. З'ясуй що й до чого. А після Пули я хочу, щоб ти відразу переключився на Галіцію. Чи можливо її повернути?

— Так, Ваша величносте! — з готовністю відповів Карл. — Але мені хотілося б отримати під своє командування якийсь полк чи корпус.

— На все свій час! — невизначено відповів Франц Йосиф. — А генерала фон Гетцендорфа я сповіщу сам!

Карл зрозумів, що аудієнція завершилася, тому підвівся з крісла.

— Приходь сюди частіше, — сказав на прощання цісар. — Я дам розпорядження пропускати тебе без затримки.

— Дякую, Ваша величносте! На добраніч! — відкланявся Карл, розуміючи, що розпорядок дня для цісаря — святе!

Спадкоємець престолу, як і вся імперія, знали, що цісар Франц Йосиф I рано лягає і дуже рано прокидається, але тільки найближча прислуга була утаємничена у тому, що улюбленець «любих народів» ось уже декілька років страждає на безсоння. Іноді йому вдається заснути лише близько третьої години, зате рівно о четвертій він обов'язково на ногах. Війна остаточно зламала його денний розпорядок, який навіть почали наслідувати цілі народи, як от чехи.

На старість Франц Йосиф став самотнім. Напевне, це доля всіх великих правителів: бути піком у горах, а найвища вершина передбачає самотність. Ще далекого 1867 року в Мексиці республіканці розстріляли брата Максиміліана, свого імператора. Відтоді цісар жодного разу не прийняв мексиканських послів. Інший брат Карл Людвіґ помер 1896 року, подорожуючи святими місцями; єдиний син, сподівання на продовження роду, Рудольф застрелився, перед тим убивши свою коханку, на шлюб із якою він, Франц

Йосиф, не давав згоди і, чесно кажучи, не дав би й зараз. Якийсь божевільний італієць убив його кохану Єлизавету, Сісі. Й от у червні інший божевільний, Гаврило Принцип, застрелив Франца Фердинанда.

Так цісар Австро-Угорщини став самотнім. І тільки з Карлом він відчував бажання жити і правити далі, з Карлом і його маленьким сином Отто. Хлопчик любив його не тому, що це цісар. Отто любив його як діда, в якого можна посидіти на колінах, побавитись яскравими орденами і... не дістати за це прочухана.

Несподівано для себе Франц Йосиф заснув.

10

Наприкінці жовтня несподівано для рідних померла Параска Солтис. Хоч на час смерті їй перевалило за шістдесят п'ять років і її ровесників вже майже не залишилося, за своє життя вона ніколи не хворіла й іноді жартувала, що житиме вічно. Залишивши покійницю на жінку Юстину і сусідок, Лука Солтис запріг коней і поїхав до церкви за хрестом, підсвічниками та ще щоб домовитися зі священником про парастас і похорон. Церковний служитель Михайло Мазур повідомив, що отець поїхав до Львова, куди викликали всіх священників, і повернеться лише завтра зранку. Засмучений такою звісткою, Лука почав гарячково думати, як бути далі, але Мазур поспішив його заспокоїти і підказав поїхати зараз до дяка, щоб той прочитав над небіжчицею Псалтир, а завтра зранку приїде отець і все вирішиться.

Лука Солтис так і зробив. За вісімдесят крейцерів дяк погодився почитати Псалтир. Така «такса» була визначена церковному служителю ще на початку його служби у селі, і хоч у теперішні часи дедалі частіше у людей почали з'являтися царські рублі, Іван Гасюк принципово брав плату австрійськими грошима. Цим він відрізнявся від отця Матвія Артемишина. Коли недавно від ран померло двоє російських солдатів, відмову дяка від заслуженої плати, запропонованої російським офіцером у вигляді рублевої банкноти, самі москалі прийняли за бажання Гасюка таким чином віддячити їм за визволення від австрійської неволі.

У Перетині (та й, зрештою, в усіх навколишніх хуторах) на похорон односельчанина приходили всі. Зазвичай усі проводжали труну з тілом до церкви — а це добрих п'ять кілометрів — і потім поверталися у спорожнілу хату на поминки. Так було і цього разу, але звичний хід такої процедури був порушений самим священником. Після того як запечатав могилу, отець Артемишин хвильку помовчав, збираючись з думками, врешті промовив:

— Дорогі браття і сестри! Хочу вам повідомити про те, чого я їздив до Львова. Певно, більше скажу в неділю після Служби, але не хочу, щоб до того часу ви, необізнані у цьому, даремно собі чогось не вигадували. Мене разом із багатьма священниками закликав до себе генерал-губернатор граф Георгій Олександрович Бобринський. На зустріч із нами спеціально прибув із Холма архієпископ Волинський Євлогій. Ви знаєте моє ставлення і до цісаря Франца Йосифа, і до російського царя Миколи. Я ніколи не приховував своїх поглядів, тому, признаюся, поїхав на зустріч не тільки через те, що мене запросив новий губернатор, але й із власних переконань. Крім мене у великій залі намісництваназбиралося більше сотні парохів. Не буду розказувати все, що там було, але граф Бобринський повідомив, що митрополит Андрей Шептицький через свої погляди проти Росії заарештований і відправлений на схід. Тобто зараз нами ніхто не керує. Тоді слово взяв архієпископ Євлогій. Признаюся, мене зачарувала його упевнена мова, в якій відчувалася така несхитна віра у те, що він говорить, що у мене просто не залишилося ніяких сумнівів у його правоті. Він повів, що відтепер галицькі русини і великороси возз'єдналися в одну родину, як того колись хотів князь Іван Калита, і для повного злиття в один нарід залишається зробити останнє. Нам усім запропонували відновити єдину церкву, яка була колись на всій Русі. Тому, дорогі браття і сестри, вже найближчої неділі я замість слів «Папу Римського Кир Бенедикта» скажу «О благочестівейшем, самодержавнєйшем, вєліком государє нашем імператорє Ніколає Алєксандровічє».

Після таких слів навіть гробарі перестали махати лопатами. Люди, що зібралися, в якийсь момент навіть забули про причину, що привела їх сюди. Дехто дивився на священника з осудом, хтось просто втупив погляд у ще не засипану могилу, і тільки троє-четверо радісно споглядали на отця Артемишина.

І тоді позаду прозвучав тихий, але впевнений голос Гасюка.

— Тоді, отче, вам доведеться шукати нового дяка, — сказав він.

Несподіваний перехід отця Артемишина у православ'я і демарш дяка Івана Гасюка не могли не стати приводом для розмов. Напевне, не тільки у Перетині, але й в усій парафії не знайшлося родини, де не обговорювалися ці події. Звістка про те, що церква стала православною, поширилася зі швидкістю літньої пожежі й не оминула жодної господарки.

Родина Вовків була винятком навіть серед своїх односельців. Якщо в інших обійстях Перетина мешкало найбільше три покоління родини, то у Вовків у стандартній хаті тулились одинадцятеро душ, враховуючи чотиримісячного сина нещодавно мобілізованого зятя Романа. Найстаршому з родини, Микиті, вже виповнилося сімдесят вісім років, і він був єдиним із перетинців, хто бачив живого цісаря, щоправда, це було мимохіть і понад півстоліття тому. Його жінка Євгенія, що була ровесницею чоловікові, й досі залишилася жвавою та допитливою, але очі, які майже перестали бачити, поклали її у ліжко, що його вона практично не покидала.

У Микити та баби Ґені, як її називали в селі, було два сини — Гнат і Василь. Саме зятя Гната мобілізували у числі трьох односельців ув австрійське військо; Василь же побудував за обійстям батьків кузню і невдовзі став чи не найшанованішою людиною у селі. Ще з минулого літа він почав звозити з лісу дерево у надії побудувати свою хату, адже місця у батьківській вже не було і він з жінкою Ганною та сином Левком тимчасово жили у переробленій під житло дроварні. Щоправда, їли Вовки й обговорювали нагальні справи спільно, у батьківській хаті.

Увечері наступного дня, після того як поховали Параску Солтис, вони зібралися також.

— То ми тепер православні?! — чи то запитав, чи ствердив Гнат.

— Та ми ними колись були! — вставив Левко, але одразу ж пошкодував про це, діставши запотиличника від батька.

— Та хоч ти вже помовч! — спересердя гримнув Василь. — Скільки ти там ходив до Томка, і, видно, той недаремно московські гроші відробляв!

— Та був там один раз! — спробувала захистити сина мати.

— Мабуть, і одного разу досить, щоб отруїти його розум усякими дурницями. І Хведько Мороз із Вальковим не направили його назад!

— Чого ти до нього прискіпався? — невдоволено запитав Гнат. — Усі ми робили по дурості помилки, коли були такими, як твій Левко.

— Ну, такої дурості, як зробив наш отець, від мене ніхто б не дочекався!

— І що нам тепер робити? — запитала дочка Гната Марія, ледь-ледь похитуючи підвішену до стелі люльку.

Малий Дмитро ніяк не бажав спати і хотів бути присутнім при загальній сімейній раді.

— Не знаю, як ви, дорога родино, але поки у нас в церкві згадуватимуть московського царя «Ніколая Алєксандровіча і государиню Алєксандру Фьодоровну», ноги моєї там не буде, — безапеляційно мовив Василь. — Де це видано, щоб при виносі Святих Дарів поминали не Папу чи митрополита, а жінку?

Василь обвів поглядом родину і повторив:

— Не піду!

— А якщо я помру, то ховати мене буде тільки Гнат? — подав голос батько.

— Тату, ви ще цього Ніколая Алєксандровіча переживете! — заспокоїв його син. — А ви знаєте, що на чині похорону не називають нікого, окрім небіжчика, а також Авраама, Ісака і Якова...

— І Лазаря! — знову вставив свій крейцер Левко.

— А не Ніколая!

Цього разу батько обмежився тим, що залишив за собою привілей закінчити фразу.

— Не добре це! — озвався Гнат. — Не по-християнськи!

— Що ти маєш на увазі? Вчинок ксьондза чи те, що я його не приймаю?

— Бог один, Василю, і нема ж різниці, кого поминають на службі. Спасіння у вірі!

— От і буду спасатися тихенько у себе на кузні!

— Не сваріться, сини! — суворо мовив Микита.

— Та ми, тату, не сваримося! Тільки сперечаємося. Зачим нам сваритися? Не за ба́тьківщину, зрештою! — заспокоїв батька Гнат.

— Не переживайте, тату, ворогами з Гнатом ми не станемо, — сказав Василь, — але до церкви я таки не піду. Інші робіть, що хочете, але поки тут москалі, я туди ні ногою.

— А якщо вони назавжди?

— Нічого вічного немає!

Тим часом наймолодший член родини, нарешті, заснув, і Феодора, жінка Гната, безцеремонно всіх розігнала. Попрощавшись із батьками і братом, Василь із сім'єю залишили хату. На здивування батька, син Левко не спішив приєднатися до них.

— Я пройдуся! — сказав Левко й одразу розчинився у темряві.

— Куди його понесло? — не зрозумів батько.

— А ти за своїм залізом узагалі нічого не помічаєш! — із докором відповіла Ганна. — Любов у нашого сина!

Василь гмикнув.

— Любов! — сказав він. — Через ту любов одного разу він прийшов додому з розквашеним писком.

— Тепер йому що боятися! Хведька з Андрієм вже чотири місяці нема!

— Ну, так! Тепер захиснички прийшли! Справді, чого йому тепер боятися!

Левко цієї розмови не чув. Він швидкими кроками прямував до потрібної йому хвіртки, де на нього мали чекати. Юнак затримався на сімейній раді та сподівався, що ця затримка не стала приводом, аби Ксеня його не дочекалася. Левко розпізнав у темряві тендітну дівочу постать і полегшено зітхнув.

Все-таки дочекалася!

— Чого ти так довго? — невдоволено тихо, але без злоби в голосі запитала Ксеня. — Хіба ти не читав, що хлопці мають чекати дівчат, а не навпаки?

— Пробач, але ми обговорювали вдома дуже важливу проблему, — спробував виправдатися Левко.

— Навіть таку, що ти дозволив собі запізнитися на рантку?

— Повір, я дуже хотів вирватись, але не зміг.

— І що такого важливого ви обговорювали? — В голосі Ксені вже не було образи.

— А! — махнув рукою Левко. — Говорили, чи йти в неділю до церкви, чи лишитися вдома.

— А чого це не йти? — здивувалася дівчина.

— Хіба ти не знаєш, що наш отець став московським православним?

— І що з того? Я як тримала корогви на великі свята, так і буду тримати! Яка різниця? А тебе що, більше не буде на службі?

— Я-то буду, а мій тато не піде.

— Дядько Тома говорив, що колись ми також були православними.

— Я так само говорив батькові.

— А він що?

Левко опустив очі долу.

— Дав по шиї!

Це розвеселило Ксеню, і вона зовсім забула, що так довго чекала на Левка.

Жовтень виявився прохолодним, а вночі і поготів, тому замерзла після довгого чекання Ксеня й одягнутий абияк Левко невдовзі зрозуміли, що здибанка цього разу закінчиться дуже швидко. Щоправда, цьому посприяла несподівана поява дванадцятирічного брата Ксені Данила, що разом із ровесниками — Василем Морозом і Костем Смолярем — невідь-звідки виникли перед закоханими. Діставши від Левка запотиличники, хлопці зникли так само несподівано, як і з'явилися, але рантку було зіпсовано. Поговоривши ще трохи, просто так, для годиться, молоді люди попрощалися, домовившись зустрітися у неділю після відправи.

Найближчої неділі до церкви прийшло так багато людей, як зазвичай бувало тільки на великі свята. Прийшли навіть ті, що мали звичку відвідувати її тричі на рік: Різдво, Великдень та на Варвари, коли у парафії відзначали храмове свято. Серед парафіян були навіть люди із сусідніх парафій, здебільшого москвофіли. Особливо багато їх було із сіл, у яких священники залишилися на колишній вірі.

Звістка про те, що недільна відправа буде останньою за греко-католицьким обрядом — чи першою за православним, — розлетілася навколишніми селами і змусила людей хоча б дізнатися з перших уст, що й до чого.

Напевне, єдиним із тих, хто міг прийти, але залишився вдома, був Василь Вовк. Він принципово відмовився навіть наближатися до храму, де правитиме Матвій Артемишин. Хоч як умовляла його дружина Ганна хоча б послухати, що скаже священник, він залишився непохитним. До того ж його вчинку навіть зраділа Марія. Вона дуже хотіла піти до церкви з усіма, але ніяк не могла залишити дітей.

Так у Вовків у ту неділю вдома залишилися четверо: Василь із двома внучатими племінниками і його старенька сліпа мама Ґеня.

А в церкві було напрочуд тихо. Кожне намагалося розчути, що змінилось у словах священника, але, окрім поминання російського царя та його жінки, змін не було. Напевне, саме від хвилювання отець Матвій забув навіть опустити у Символі Віри філіокве — слова «і від Сина». Зрештою, мало хто з парафіян знав, що саме це свого часу було чи не найголовнішим у розділенні християнства, тому дехто так і не зрозумів, яку відправу він вистояв.

А Матвій Артемишин відчував — навіть спиною, стоячи обличчям до вівтаря, — що серед присутніх є *хтось*, хто пильно слідкує за його словами, жестами, поведінкою. Хто це був — чи з місцевих москвофілів, чи серед прибулих, — отець не знав, але був певен: він тут.

Коли служба закінчилась, отець Матвій став перед людьми.

— Дорогі во Христі браття і сестри! Ні для кого з вас уже не є несподіванкою, що наша парафія повернулася до єдиного дерева, від якого була насильно відірвана двісті років тому, — сказав він. — Це стало можливим тому, що наші брати прийшли нам на поміч, нам, відділеним від спільного кореня чужими правителями: різними королями та цісарями. Звідки нам відомо, що ми народність? Що робить людей народом? Чи самі лише тіла? Ні, напевне не тіла, а дух! Якби самі лише тіла, то чим би ми різнилися від звірів? Ми іноді плутаємо душу і дух. Чи це одне й те саме? Напевне, ні. Душа є у кожної людини, а дух опускається на неї у момент хрещення і вже не покидає її. Ви слухаєте і питаєте себе: до чого він це каже? Поясню. Коли дух опустився на наш нарід? Від часу хрещення Русі при святому Володимирі. Наша руська думка живе і розвивається вже більше тисячі років, значить, руська народність існує так довго. За цей час народ від Карпат по Ладогу і Волгу називав себе руським і вважався за один неподільний народ. Землю вони називали Руссю, пізніше Росією; навіть на цих землях жителі, ваші діди і прадіди, називали Росією, а себе росіянами. Так само і ми мусимо відчувати, якщо не хочемо відступитися від своєї думки.

Отець Матвій перевів подих і не через те, що стомився говорити. Серед сотень допитливих очей, що невідступно спостерігали за ним, він зауважив двійко, які йому були потрібні.

— Аж у новітні часи вороги, що хотіли змести Русь із поверхні землі, почали голосити, що є якийсь руський народ з одним «с» і якийсь український народ. А щоб зовсім відірвати нас від єдиного дерева, більшість єпископів прийняла 1596 року в Бересті унію з Римом. І тільки деякі священники на свій страх не зрадили своєї віри і не відреклися від неї. Мушу признатись — і це мій гріх, — я не був серед них. Але тепер, коли наші вороги втекли з нашої землі назавжди, коли ми знову повернулися під омофор російського царя і святішого синоду, я, а зі мною і ви, дорогі браття і сестри, можемо нарешті возз'єднатися з величним богобоязним російським православним народом.

Він провів поглядом по парафіянах і закінчив:

— Я розумію, що не всі ви так одразу можете прийняти ці зміни. Комусь із вас потрібен буде тиждень, комусь — місяць, а хтось і взагалі може не прийняти їх. Кожен сам вирішує свою долю. Якщо ви не ходитимете до храму — я зрозумію. Зрозумію і молитимуся за те, щоб ви навернулися до істинної віри.

Затим отець Матвій нагадав про порядок відправ наступного тижня, і люди почали виходити з церкви, обговорюючи почуте.

Ксеня Солтис залишила церкву серед останніх. Вона так поринула у свої думки, що здригнулася, коли хтось узяв її за руку. Це був Степан Білецький.

— Ху, налякав, навіжений! — сказала вона.

— Слухай, тут ми з хлопцями — ну ти їх знаєш: Лука і Максим. І Мотря також з нами! Може, покличемо твого Левка і кудись махнемо? Поговоримо! Те-се!

Ксеня похитала головою.

— Не можу! Ми з татом і мамою підемо на могилу бабці, — сказала вона.

— А де Левко? З дядьком Василем? — допитувався Степан Білецький. — Чогось я не чув на хорах його голосу.

— Дядько Василь казав, що не ходитиме більше!

— Чому? — здивувався Степан.

— Левко казав: йому не сподобалося, що церква стала до Москви, — повідомила Ксеня і, побачивши, що їй махає руками мати, поспішила попрощатися: — Не можу, Степане! Нехай іншого разу!

— Іншого — то іншого! — мовив Білецький і поглядом провів дівчину.

Цей жовтень так і закінчився б звичайним обговоренням останніх церковних подій, якби в останній день місяця біля воріт Вовків не зупинилася бричка з чотирма пасажирами. Вже те, що троє з них були російськими солдатами, а серед них офіцер, нічого хорошого не обіцяло, до того ж старший був одягнутий зовсім інакше. Четвертим пасажиром виявився Степан Білецький. Він, щоправда, відразу втік, перед тим показавши рукою на Василя Вовка, що саме виглянув із кузні.

Москалі відчинили ворота і зайшли на подвір'я.

— Васілій Нікітовіч Волк? — суворо запитав офіцер.

Його мова була незвичною для вуха Василя, але він зрозумів.

— Так. Це я, — сказав Василь.

— Згідно з наказом військової адміністрації генерал-губернаторства вам належиться бути арештованим як ворогу Російської імперії і бути відданим військово-польовому суду, — повідомив офіцер.

— За що? — не зрозумів Василь.

— Вам усе пояснять. Збирайтесь!

Захоплений зненацька, Василь Вовк так і стояв посередині подвір'я, все ще тримаючи в руках важкий ковальський молот. Двоє солдатів із острахом дивилися на коваля й мимовільно стискали в руці ремені гвинтівок. Тоді офіцер, видно, зовсім неконфліктна людина, котрій просто випало виконувати свою роботу, майже співчутливо сказав:

— Ідіть одягайтесь. Дорога далека!

Тут із хати вибігли чи не всі домочадці.

— Василю, хто ці солдати? — стривожено запитав Гнат.

Василь тільки тепер опустив на землю молота, винувато подивився на жінку і знизав плечима.

— Забирають! — сказав він.

— Йой, людоньки! Що ж він накоїв? — заголосила Ганна й кинулася до чоловіка.

Але офіцер, якщо і хотів щось пояснити, просто не зрозумів, про що мова. А Василь відірвав од себе жінку.

— Збери щось на дорогу! — сказав. — А я одягнусь і з батьками попрощаюсь.

Почувши про прощання, Ганна знову заридала.

— Йди! Часу нема!

Розуміючи, що будь-які плачі тут даремні, а москалі довго чекати не будуть, Ганна з сином заспішили до хати. Левко перебував у сум'ятті, звідки москалі дізналися про слова батька про церкву, а те, що забирають його саме через них, сумнівів майже не мав. Вже коли він подавав батькові кожуха, його свідомість різонула здогадка, але перевірити її Левко міг лише потім.

Тим часом Василь устиг попрощатися з батьками, міцно обняв брата. Ганна довго не хотіла відпускати чоловіка, але відійшла після того, як офіцер легко поклав руку на її плече. Обнімаючи батька, Левко тихо, плачучи, прошепотів на вухо:

— Тату, це я винен! Через мене Степко взнав про вас! Я його вб'ю!

Василь схопив сина за карк, притулив до себе і ледь чутно, але жорстко прошепотів:

— Ти не зробиш цього!

Сказавши таке, Василь Вовк сказав офіцерові:

— Я готовий!

Його повели до брички, почекали, коли сяде. Один солдат узяв віжки, а інший із офіцером сіли обабіч. Ганна поривалася бігти за чоловіком, та Левко міцно тримав її, розуміючи, що нічого доброго з цього не буде.

Уже коли бричка рушила, Василь голосно сказав:

— Левку, ти чув мене?

Той тільки кивнув головою.

Так і поїхали. Коли коні зникли за хатами, Гнат підійшов до Левка.

— Що тобі сказав тато? — запитав він.

— Казав берегти маму, — збрехав Левко, хоч батько, зрештою, саме це мав на увазі.

Ганна знову затужила. До неї підійшла Феодора і, обнявши за плечі, повела до хати, а Левко попрямував до воріт.

— Ти куди? — поцікавився Гнат.

— Я ненадовго!

Як Левко і гадав, усе село спостерігало за тим, що ділялось у Вовків. Він побачив Ксеню Солтис, яка самотньо стояла біля хвіртки. Підійшов ближче.

— Чому забрали твого тата? — запитала вона.

У її очах Левко побачив сльози.

— Кому ти розказала про те, що тато більше не ходитиме до московської церкви? — жорстко запитав Левко.

— Та нікому я не говорила! — образилася дівчина.

— Не бреши! Більше нікому ми не говорили про той вечір. Тільки ти знала!

— Та клянуся, що нікому! — не відступала Ксеня.

— А Степко Білецький звідки знає?

— Та не знаю я! Після відправи в церкві він запитав, чи не підеш ти з ним кудись, запитав, чому він не чув голосу твого тата.

— І ти сказала, що тато більше не прийде?!

Після таких слів Ксеня нарешті усвідомила, що наробила. Вона аж розкрила рота від здогадки.

— Ти думаєш, що Степко...

— Степко нічого б не зробив, якби ти не проговорилась! — грубо відказав Левко і, різко обернувшись, пішов додому, де вже поселилася біда.

На розгублену заплакану дівчину він навіть не подивився.

11

Війни хоче цар російський, самодержавний володар імперії, яка є історичним ворогом України. Царі російські зломили Переяславський договір, яким вони обов'язалися були — шанувати самостійність України, — і поневолили вільну Україну. Царська імперія протягом трьох століть веде політику, яка має за ціль відобрати поневоленій Україні національну душу і зробити український нарід частею російського народу. Царський уряд відобрав українському народови його найсвятійше право, — право рідної мови. В царській Росії нинішного дня найбільше поневолений — український нарід... Побіда Австро-угорської монархії буде нашою побідою. І чим більше буде пораженнє Росії, тим швидше виб'є година визволенння України.

(Із Маніфесту Головної Української Ради.
Львів, 4 серпня 1914 р.)

Десь зовсім поруч тривожно закричав сич, і Федір Мороз мимоволі стиснув ремінь кріса. Цієї ночі йому належало нести варту навколо стодоли, де після денного вишколу відпочивають його товариші. Звичайно, Федір залюбки б закутався у шинель і так само солодко посопував би на приготовленому для худоби сіні, особливо у такий день. Сьогодні день святої Варвари — храмове свято у їхній церкві, і йому належало б зараз після відправи сидіти за столом, слухати батька, для годиться гримати на малого Василька й роздумувати, куди б це податися, щоб вечір не минув даремно. Це він зазвичай робив щороку, але не тепер. Йому досі зі здриганням згадується, як вони вдвох із Андрієм Вальком утекли з дому якраз перед приходом москалів, путівцями пробиралися до потрібного села, куди прибули чи не в останню хвилину, коли скликані з навколишніх сіл січовики вже збиралися вирушати кудись на південь. Хоч вантажівка — досі бачена хлопцями лише на малюнку — була вже повна, хтось зі старших наказав прийняти ще двох, від чого вільного місця не залишилося зовсім. Затим була довга дорога до Стрия, куди чи не з усієї Галичини з'їжджалися майбутні січовики. У ті дні населення маленького міста зросло чи не на чверть — понад десять тисяч молодих людей виявили бажання поповнити лави січових стрільців. На жаль, більшості довелося повертатися додому або замельдуватися до австрійського війська. Невідь-звідки з'явились якісь військові з циркуляром, у якому кількість січових стрільців обмежувалася двома з половиною тисячами вояків. Подейкували, що до цього доклалися поляки, які також отримали від командування дозвіл створити свій легіон. Правда це чи ні, Федір Мороз (а з ним й інші рекрути) не знав. Разом із Андрієм Вальком йому пощастило потрапити до заповітних двох з половиною тисяч, із котрих, власне, і сформували український легіон. Яким же щастям було натягнути на себе синій кітель зі стоячим коміром і валиком на правому плечі, щоб не зісковзував ремінь кріса, та підперезатися широким шкіряним ременем! А надіти на голову шапку-мазепинку, на якій красувалася кругла кокарда з львівським левом!

Уже пізніше стрільці зрозуміли, що відбирали до легіону лише тих, кого не потрібно було вчити з самого початку. А оскільки і Федько, і Андрій колись достатньо часу провели у вишколі, вони і потрапили до списків відібраних.

Побути у Стрию довго не довелося. Вже восьмого вересня до нього підійшли російські війська, і командування спішно евакуювало ще ненавчений легіон на південь, до цього нікому не відомого села. Тут, нарешті, січові стрільці отримали обмундирування, яке не встигли привезти до Стрия, і, головне, зброю. Хоч кріс, що став його, був важким і, напевне, мало буде радості завжди носити його, Федір почувався з ним вже не таким безпорадним.

Позаду скрипнув сніг, і Мороз обернувся. До нього наближалася темна постать, у якій він, одначе, впізнав свого чотаря Дмитра Дячука.

— Як служба, стрільцю Морозе? Ваш родич не дошкуляє? — запитав він.

— Не розумію, пане чотарю! — признався Федір.

— Та я про мороз, який сьогоднішньої ночі, смію сказати, сильний, — пояснив чотар.

— Аж ніяк, пане чотарю! Ми з ним іще вдома знайшли спільну мову, — спробував пожартувати Федір.

— Ну і правильно! Щось підозріле помітили?

— Ні! Все тихо!

— Ніколи не покладайтеся на тишу на війні, друже Морозе! Навіть якщо вам здається, що до ворога далеко. На війні тиша іноді є оманливою. Запам'ятайте це! Можливо, колись це врятує вам життя і дозволить повернутися додому! Хтось чекає вдома? Є дівчина?

Федір Мороз почервонів.

— Ні, пане чотарю, не встиг! — признався він.

— Нічого! На все свій час! Продовжуйте варту!

Після цих слів чотар Дячук пішов далі, у темряву, де на своєму посту стояв інший вартовий.

А Федір залишився чатувати. Після появи командира вже варта не здавалася такою важкою і навіть спати перехотілось, адже стрілець Мороз побачив, що чотар у такий час також не спить, а вранці саме він підніме їх до нового вишколу.

Але навіть одноманітне, здавалося б, безглузде ходіння засніженою стежкою, врешті, закінчилось, і Федора змінив інший стрілець.

Він повернувся до стодоли, що ось уже добрий місяць була їхньою домівкою, почекав, коли очі звикнуть до темряви, з-поміж сплячих тіл стрільців знайшов вільне місце і, поклавши поруч кріса, ліг також. Уже засинаючи, Федір зрозумів, що спати йому випадає з Гордієм Сталенним, гуцулом із Косова. Напевне, стрілець, що його замінив на варті, спав тут же, тому Федору вибирати не довелося.

Усі в сотні — стрільці й навіть командири — так достеменно не могли до кінця зрозуміти, як Гордію вдалося взагалі потрапити до легіону. Інакше як офермою його не називали. Хоч що б він робив або ж намагався робити: чи то машерувати, чи стріляти з кріса, чи навіть одягатися, все у нього не виходило так, як в інших. Навіть мазепинка — завелика, явно не за розміром — закривала його верхню частину обличчя, і якби не вуха, що стирчали обабіч, вона заховала б голову Гордія повністю. Але характер Сталенний мав м'який, був незлобним і зовсім неконфліктним. Здавалося, не народився ще на цьому світі той, хто міг вивести Гордія із себе. Складалося враження, що Гордій Сталенний навіть дістає задоволення від кепкувань стрільців із нього.

Якби Федір і хотів подумати про щось приємне, він цього зробити не зміг. Тільки щока торкнулася коміра шинелі, як він миттєво заснув...

Здавалося, тільки-но стулив повіки, як одразу прозвучала голосна сувора команда підводитися. Федір Мороз важко підвів голову. У дверях стояв чотар Дячук і дивився, як із соломи підводяться його підлеглі. Крізь проріз дверей ледь-ледь синіло небо. Сонце ще спало.

Разом з усіма стрілець Мороз вибіг на плац перед стодолою. Зовсім недавно, ще цього літа, на ньому молотили зібрані снопи, а тепер тут чотирикутниками вишикувалися ще сонні стрільці, щоб почути від сотника чергові настанови. Щоправда, ще жодного разу їх не будили так рано. Значить, цей день не буде схожий на попередні.

Сотник Осип Букшований — на диво молодий двадцятип'ятирічний студент «Політехніки», який, одначе, встиг отримати хрест за болгарську війну, щоправда, на ній так і не побувавши, — почекав, коли всі вишикуються, заспокояться, і лише тоді заговорив голосно, щоб усі почули:

— Стрільці! Я знаю: вам хочеться ще поспати, але ви самі розумієте, що війна. Нам належить нині покинути це гостинне село, що стало нам домівкою на цей час, і вирушити в похід. Стало відомо, що ворог прорвав оборону австрійських військ і продовжує наступати. Зараз вас нагодують, ви оправитесь, і вирушаємо. Наказую бути готовим до важкої дороги: машерувати без уговку, спочивати мало. Чотові! Розведіть своїх людей!

Андрій Валько, який стояв поряд із Федором та Гордієм, полегшено зітхнув:

— Ну, нарешті! Хоч якась справа! А то вже набридло псувати «солом'яного москаля».

Він мав на увазі полотняний, напханий соломою мішок, на якому стрільці виробляли навички рукопашного бою.

— Ти ще не бачив справжнього! — сказав хтось позаду. — І то добре!

— Навчився вбивати солом'яного — не вбоюсь і живого!

Видно, кашоварів розбудили ще раніше, бо з-під навісу із солом'яних снопів смачно потягнуло духом каші. Після команди розійтись стрільці попрямували до «кухні», на ходу дістаючи свої казанки.

Встигнути наготувати на сотню голодних ротів за такий короткий час, звичайно, важко, але кухарі це змогли. Отримавши належну порцію, стрільці відходили вбік і вмощувалися де кому прийдеться. Андрій із Федором присіли на припорошені легеньким нічним сніжком дрова й узялися наминати хоч і не надто посолену, але таку смачну і, головне, гарячу кашу. Невдовзі, зауваживши поруч із ними вільне місце, примостився і Гордій Сталенний.

— Слухайте, хлопці, а розкажу вам сторію, — мовив він з повним ротом.

— Говори! — кивнув головою Андрій. — Але якщо не встигнеш доїсти — підеш голодний!

— Встигну! — впевнено сказав Гордій. — Історія така. В якійсь сотні — якій, не скажу, бо і мені це переповіли, — стрільці поскаржилися сотнику, що їхній кухар погано готує. А то було перед боєм, самі розумієте, що воювати з голодними сердитими стрільцями недобре, тому сотник і вирішив перевірити сам. Нікому не сказавши, він прийшов до стрільців, коли вони, як от ми зараз, обідали. Сів за стіл зі своїми стрільцями і наказав принести йому те, що їдять усі. Кухар приніс страву, поставив перед сотником. Той спокійно спожив усе. «Що ви хочете? — здивувався сотник. — Навіть дуже смачний чай!» — «Так, — відповіли стрільці, — але кухар каже, що то зупа!»

Від сміху Федір подавився. Його душив кашель, але і сміх не проходив. Щоб урятувати друга, Андрій кілька разів сильно вдарив того по спині. Кашель пропав, але сміх залишився.

— Гордійчику! — ніжно мовив Андрій. — Іншим разом, коли будеш таке повідати, дивись, щоб Федько не їв. А то подавиться, і стрільці втратять такого вправного вояка.

— Добре! — серйозно погодився Гордій. — Іншим разом почекаю, коли Федько буде йти до виходку!

Тут не втримався вже Андрій Валько, але, на щастя, він устиг покінчити з обідом. А Гордій спокійно, наче нічого й не сталося, продовжував уминати принесену кашу, і коли чотар наказав шикуватися, то галичани вже заспокоїлися від сміху, а Сталенний навіть устиг доїсти.

Десь ближче до восьмої, коли на вимерзлому за ніч небі вже з'явилося сонце, сотня Букшованого, вишикувавшись колоною по троє, залишила село. Їхній шлях лежав на північ.

Сотник Осип Букшований сказав правду: легко не було. Три довгих важких дні Федір Мороз разом зі своїми товаришами торували незнайомий шлях до лише тому-таки сотникові відомої місцини, де, за задумом командирів значно вищих, вони мали зустрітися з ворогом. Чому саме у тій точці на мапі мала відбутися зустріч і чи знають про це москалі, Федору й іншим було не відомо, але і сотник, і чотарі так упевнено вели стрільців уперед, що мимоволі зникали всі сумніви.

Після чотирьох місяців у лавах січових стрільців для Федора Мороза (і не лише для нього) стала зрозуміла проста істина: на війні бій — не найважче. Гіршим було незрозуміле очікування і ось такі, здавалось би, безглузді часті переходи. Можливо, саме цього домагалися командири, щоб стомлені чеканням, зате спраглі до бою стрільці не злякались у першому бою.

Але це не стосувалося стрільця Гордія Сталенного. Він, здавалося, отримував задоволення від тривалих маршів, ніколи не стомлювавсь і ні на кого не буркотів. Зовсім не по ньому мазепинка могла заховати від морозу всю голову, але Гордій навіть не опустив на вуха боки шапки. Мороз його не брав.

— Пане чотарю, а куди ми машеруємо? — поставив Сталенний Дмитрові Дячуку, що крокував поруч, запитання, котре хвилювало всіх стрільців.

— А це, Гордію, військова таємниця, — повчально відповів чотар. — Але скажу, що ми пройдемо місцями, які описав Іван Франко. Читав «Захара Беркута»?

Виявилося, що «Захара Беркута» Гордій Сталенний не читав. Зате Андрій Валько обережно запитав:

— Ми йдемо в Тухлю?

Дмитро Дячук допитливо подивився на стрільця і мовчки кивнув головою.

Але до Тухлі дійти не вдалося. Уже ввечері наступного дня прозвучала команда зупинитись і стати на постій. Навчені попередніми днями січові стрільці відразу зрозуміли, що далі крокувати не доведеться. Це припущення переросло в упевненість наступного ранку, коли замість команди вирушати далі, одна чота — не Дячукова — пішла до найближчого села домовлятися про постій.

Навкруги синіли гори. На півночі виділялися три верхи. Той, що посередині, був найвищим. На оперативних мапах австрійського генерального штабу він значився як «висота 958».

Для місцевих жителів це була гора Маківка.

1915
рік

12

Жовтневі події стали своєрідним вододілом у Перетині, і село вже перестало бути таким, яким було раніше. Розуміючи, хто саме долучився до того, що безслідно згинув Василь Вовк, адже ніякі розпитування у військової влади ніякого прояснення не принесли, односельці якось раптово перемінились, їхні розмови вже не були такими відвертими, як раніше, і переважно стосувалися господарських питань.

Якщо до цих подій Степан Білецький практично не покидав свого обійстя і його можна було побачити хіба що біля церкви у неділю, то тепер його важко було застати вдома. То він якимось чином дізнався, що до Кам'янки повернувся адвокат Микола Шараневич, із котрим свого часу контактував батько, і поспішно вирушив до міста; то через деякий час у сусіднє село привіз нового вчителя, котрий разом зі звичними лічбою та граматикою почав навчати дітей російської мови. Здавалося, Степан вирішив замінити свого батька, який також пропав ще у перші дні війни, а де він зараз та що з ним, не знав ніхто.

На відміну від Степана, Левко Вовк, навпаки, зачинився вдома, нікуди не виходив, навіть до церкви не навідувався, наче також навмисно робив те, що не зможе зараз батько. Розуміючи, що він залишився сам (хоч дід і дядько Гнат його з мамою усіляко підтримували), невдовзі після арешту батька зайшов до кузні та розпалив піч. А наступного дня Олена Смоляр — жінка мобілізованого Якова — принесла йому зламану кочергу.

Напевне більше ніколи, якщо йому все ж випаде потім займатися ковальством, Левко Вовк не старатиметься так, як цього разу. Перша кочерга вийшла якоюсь кривою та незграбною; іншу він забракував сам, хоч усе ж вона мала досить пристойний вигляд, але Левкові хотілося, щоб йому не просто подякували за хорошу роботу, але й неодмінно за неї похвалили. Левко працював чи не весь день, навіть не ходив їсти, і мати зайшла до нього довідатися, чи все гаразд. Лише пізно ввечері, коли Олена прийшла за кочергою, молодий коваль з гордістю показав свою роботу.

Що ж, свого він домігся: йому подякували, заплатили і, що найголовніше, його похвалили. Мати була також задоволена тим, що син зміг замінити батька, а не намагався зробити якусь дурість. У Вовків ні в кого не було сумнівів, що завдячувати арешту Василя треба молодому Білецькому. У родині переживали, що Левко спробує помститися за батька, але той навіть не намагався зустрітись із кривдником, тому його мати, Ганна, остаточно заспокоїлася щодо сина, але не переставала хвилюватися за чоловіка.

Ніхто в селі навіть не підозрював, що зустріч усе ж таки відбулася. Якось увечері, коли Степан повертався від учителя, котрого вводив у курс місцевих справ, із кущів, які росли обабіч дороги, неначе з-під землі виросла темна постать. Вона чітко виділялася на тлі освітленого повним місяцем снігу. Від несподіванки Степан Білецький позадкував.

— Поговоримо? — суворо запитав Левко Вовк.

Степан так злякався, що навіть забув не те що відповісти хоч щось, але й навіть закричати.

— Поговоримо, — сам і відповів Левко. — Ну, що, Степку, настав час роз'яснитись.

— Не знаю, про що ти, — забелькотів Степан.

— Ти диви, який нетямущий! Усі в селі знають, хто став юдою, а сам юда ні в зуб ногою! Чи, може, дійсно дати тобі ногою в зуби, щоб до тебе дійшло? Я навіть не питаю тебе, чому ти виказав мого тата.

— Я не...

— Я тебе не питаю! Мені не треба твого признання! Головне, що я знаю.

Тон, яким говорив Левко, та й трирічна різниця у віці між ними не залишали Степанові ніяких шансів вийти з цієї розмови принаймні цілим. Він позадкував і оперся спиною об якийсь стовбур. Хоч на Степанові й був кожух, він майже одразу відчув спиною холод. Побачивши таку реакцію сусіда, Левко посміхнувся.

— Спокійно, Степку, а то ще сьи всциш, відморозиш хазяйство і на свою Мотрю тільки сьи дивити будеш, — мовив Левко. —

На твоє щастя, Степку, я дав батькові слово, що не рушу тебе і пальцем. Але попереджаю: якщо ти ще раз втнеш щось подібне, не знаю що, будь-що, тоді нарікай на себе. Війна — то війна! Знаєш, як кажуть французи? Чи ти за своїми москалями світу білого не бачиш? Щоб ти знав, що французи зараз твої приятелі, бо воюють на стороні твого білого царя. То вони кажуть: «А ля ґер ком а ля ґер». На війні як на війні! Я тебе попередив, Степку!

Із цими словами Левко підійшов до Степана ближче, і той побачив перед своїм носом важкий кулак.

— Попередив! — повторив Вовк і спокійно попрямував до села.

А Степан Білецький дочекався, коли той зникне з поля зору. На його біду, ніч була місячна, і темна постать Левка, хоч і віддалялася, все ж іще довго виднілася.

Відтоді Степан намагався більше не перетинатися з Левком.

Після цієї розмови, що закінчилася благополучно для обох, — Степана хоча б не набили, а Левко виконав обіцянку батькові, при цьому налякавши сусіда, — минуло майже півтора місяця, як село знову розтривожилося. Десь ближче до Святвечора пішла чутка, що у навколишніх селах — і у Перетині також — розквартируються російські солдати і кожна господарка має прийняти на постій одного москаля чи навіть більше. Для того щоб знати, скільки солдатів можна розмістити у конкретних хатах, у селі з'явився російський офіцер. Ніхто навіть не здивувався, що супроводжував москаля Степан Білецький.

Зробивши попередній огляд, офіцер дійшов висновку, що у кожну хату можна поселити трьох солдатів.

— Тут розмістимо третій взвод, — сказав він.

Степан задоволено закивав головою, неначе саме на взвод він і розраховував і не на який-небудь, а саме на третій.

— Після боїв із австріяками у взводі залишилося двадцять солдатів, — пояснив офіцер, неначе Степанові належало це знати. — Будинки у вас які?

— Та всі однакові, пане офіцере! — відповів Степан.

— Моє звання поручик, — нагадав той.

— Так, пане поручику!

— Троє людей поміститься?

— Так, поміститься.

— Добре. Почнемо. Чий це будинок?

— Тут живу я, прошу пана!

Поручик скривився. Видно, він не чекав на таке.

— І скільки у вас живе людей?

— Шестеро. Є ще батько, але він є переконаним москвофілом, і через те австріяки арештували його ще в серпні, й ми не знаємо, що з ним.

Офіцер поспішив заспокоїти.

— Нічого. Ось розіб'ємо австріяків, повернеться твій батько. Поки що ходімо далі.

Наступною була хата Орини Ребрик. Вона була самотня, тому поручик із задоволенням поставив проти її прізвища цифру 5.

Сім'ю Нагірних «ощасливили» цифрою 4. Деяка затримка виникла перед обійстям Вовків. Коли з хати вийшли восьмеро мешканців разом із дітьми, Степан, боячись зустрітися поглядом із Левком (а той, як і батько колись, вийшов із кузні з молотом у руках, щоправда, на відміну від того, поклав його на землю), невиразно сказав, що в селі буде поселено російських солдатів.

— Що ж, поселяй! — відказав найстарший Микита. — А я візьму бабу Ґеню, і всі ми перейдемо жити до вас. Не проженеш, Степку?

Поручик не зрозумів, про що йде мова, і запитав Білецького.

— Що він каже?

— У них велика сім'я, ще й неходяча сліпа баба в хаті, — пояснив Степан. — Тут немає місця.

Поручик зітхнув і викреслив Вовків зі списку.

Того дня «пощастило» всім перетинцям, за винятком Білецьких і Вовків. Не оминула ця чаша і оселю Кандиб. Дізнавшись про це, Григорій Мороз навіть подумував, чи не забрати до себе Ганну і Єву з дітьми, щоб не залишати їх самих із невідомо скількома солдатами, але ті категорично відмовилися. Тоді Мороз заприсягся щодня відвідувати хутір Кандиб. І йому буде спокійніше, і жінкам безпечніше.

Третій взвод прибув до Перетина вже далеко за Різдво. До того часу селяни підготували для постояльців місце у хатах. Звичайно, солдатам відвели нежилі комори, перед тим позабиравши звідтам усе їстівне. Хоч Степан Білецький і переконував односельців, що російські солдати є люди культурні, «це вам не австріяки якісь», перетинці вирішили перестрахуватися.

Тримаючи у руках список, Степан на чолі неповного взводу ходив од хати до хати, залишаючи в кожній то трьох, а то й п'ятьох солдатів. Селяни, з-під лоба поглянувши на своїх квартирантів, мовчки вели їх у відведені «апартаменти», в душі побоюючись наразитися на обурення.

Але солдати також були з села, про що свідчили густі бороди у більшості, до таких приміщень звикли, а якщо і не звикли, то, напевне, були призвичаєні до гіршого. Ще раніше Степан повідомив, що годуватимуться солдати окремо, для цього під кухню відвели дровітню Нагірних, чому ті, природно, не зраділи.

Але перечити «квартирантам» ніхто не наважувався. Поселивши їх в одній частині хати, господарі переходили в іншу і робили все, щоб якнайменше перетинатися з солдатами.

Цього не могла зробити Орина Ребрик. Мало того, що у коморі в неї поселилися четверо солдатів. Степан Білецький привів до вдови їхнього командира. Це був уже зрілий красивий офіцер із двома зірочками на пагонах.

— Підпоручик Матвєєв! — відрекомендувався він жінці й навіть віддав честь. — Михайло Кирилович! А як звати чарівну господиню?

Звичайно, зі слів офіцера Орина зрозуміла заледве половину, і то в основному ім'я, одначе відповіла:

— Орина!

— О-о-о! — задоволено мовив підпоручик. — Чудове ім'я! В нас у Росії є подібне. Аріна! Ви не проти, коли я вас так зватиму?

Орина знизала плечима, мовляв, звіть, мені що до цього, і запросила до хати. Якщо солдати вдовольнилися коморою, то для офіцера вона приготувала одну з двох кімнат. До того ж офіцер, із яким раніше приїжджав Степан Білецький, окремо наголосив на тому, що пан офіцер із усіма їсти не буде, тому на Орину покладавсь обов'язок готувати, чому та аж ніяк не зраділа. Не заспокоїли жінку й російські рублі, що їх передав той-таки Степан. Останнім часом вона, як й інші перетинці, не покидала села, тому й тратити не те що рублі, але й будь-які гроші, не випадало. У селах Галичини запанував обмін.

Одначе невдовзі в селі почали помічати, що вдова якось переміниласе, вже не була такою неприступною, на її обличчі з'явилась усмішка. До того ж солдати, котрі поселились у неї, не били байдики, як інші. Сусіди бачили, як вони рубали дрова, відгортали сніг, якого тієї зими насипало багато. Про причину цього здогадалися майже відразу — в селі таємниця ніколи довше одного дня не живе, — але свої думки тримали при собі.

Те, що самотня Орина Ребрик живе з російським офіцером, отримало своє підтвердження досить скоро. Під час обіду солдатів у дровітні Нагірних Микита підслухав, як якийсь солдат — напевне, з тих, що поселилися в Орини, — весело розповідав про часи, що їх із приємністю для себе проводить підпоручик, і припустив: удова швидко вилікує їхнього командира, що не сподобалось іншим. Їм було набагато приємніше жити ось так удалині від фронту, де стріляють і де смерть. При цьому солдат описував усе в таких деталях, що складалося враження, якщо він і не тримав свічку, то принаймні підглядав. Увечері Микита поділився підслуханим із жінкою Варварою, а на ранок про це знало все село. І вже при нечастих зустрічах жінки з осудом дивилися на Орину, але та не зважала на ці погляди.

Вона була щаслива.

Але будь-що, а щастя і поготів, колись закінчується. Десь у Карпатах створена на початку війни восьма армія генерала Брусилова не змогла впоратися з поставленим перед нею завданням і для її посилення з усіх усюд направлялись усі наявні резерви. Десь при штабі згадали і про третій взвод. Якось непомітно, перед самим світанком солдати залишили село Перетин. Для декого з жителів їхнє зникнення стало несподіванкою.

Найнеприємніші очікування не справдилися: солдати практично не завдали клопоту селянам, якщо не врахувати той факт, що тим буквально довелося потіснитись. Але це було не найгіршим і не найстрашнішим, чого очікували і чого боялися.

13

Лейтенант Мюнцер тицьнув пальцем у мапу.

— Приблизно тут у росіян захована гармата, — говорив він. — Вона не дає нам спокою ось уже другий день поспіль, і, судячи з того, як вона нас обстрілює, снарядний голод їй не страшний. Ваше завдання, ґефрайтере, силою ввірених вам людей ліквідувати її. Вам зрозуміло?

— Так точно, пане лейтенанте! — відповів Михайло Валько.

— Вирушите вночі, без нічого, лише зброя.

— Так.

— Дивіться сюди! Ось тут ліс і болото! У нас там невеликий дозор просто так, для годиться. У росіян там також немає суцільної лінії оборони. Отож у вас є шанс пройти непоміченими. Зробите справу — й одразу назад! А взагалі подивитесь на місці. Виконуйте!

Михайло Валько віддав честь і вийшов із будинку. Їхній штаб розташувався в якомусь фільварку, господарі якого — корінні німці — завбачливо покинули його, цілком слушно побоюючись за своє життя. Полк, до якого після численних переміщень зрештою потрапив батальйон, де служили Михайло Валько та Олекса Мороз, окопався за півкілометра північніше, у чистому полі. Між австрійськими та російськими траншеями тяглися декілька рядів колючого дроту впереміж із мінами, тому траплялося, що за весь день могло не пролунати жодного пострілу. Солдати вже навчилися жити в траншеях, використовувати найменшу можливість якось розбавити сіре одноманітне життя, радіти з таких незначних моментів, на які, напевне, не звернули б уваги в мирному житті.

Усе було б навіть добре, якби не ця фатальна гармата, що невідь-звідки із завидною періодичністю обстрілює їхні позиції. Михайло підозрював, що так тривало б і далі, але, на нещастя, один снаряд розірвався біля будинку, в якому жив їхній оберст. Це сталося сьогодні зранку, а вже в обід ґефрайтер Валько дістав наказ розібратися з порушником спокою оберста.

Михайло скочив у траншею і попрямував нею до того місця, де розташувався його взвод. Дно траншеї було глиняне, мокре після березневої відлиги, від чого черевики відразу стали важкими. Солдати, повз яких він проходив, були зайняті своїми справами і майже ніяк не реагували на його появу. А він і не намагався привертати увагу.

Десятеро вояків, якими йому випало командувати, сиділи вздовж обкладеної тонкими стовбурами стіни траншеї. Зі «старих» у нього залишилися тільки Олекса Мороз і Адам Корчак. Інший поляк — Казимиж Пшибось — під час неперервного сидіння в окопі підхопив якусь хворобу, і його забрали до шпиталю, звідки він більше не повернувся. Так вийшло, що після боїв, які довелося пережити його солдатам, у підпорядкуванні ґефрайтера опинилося двоє поляків, два чехи, два румуни і цілих троє мадярів. Вони і Олекса Мороз склали команду, якій доведеться цієї ночі вирушити на той бік фронту.

Михайло Валько опустився поруч із Олексою саме тоді, коли десь праворуч пролунав вибух.

— Значить так, — сказав він. — Нам належить розбити цю бісову гармату. Вирушаємо вночі.

— Через міни? — поцікавився Адам Корчак. — Одна нога тут, друга там?

— Через болото в лісі!

— А ви, пане ґефрайтере, знаєте прохід? — запитав Ян Шафранек, чех із Брно.

— Знайдемо. Зараз підкріпитися, приготуватись і чекати ночі. Беремо лише «манліхери» і гранати, — розпорядився Валько.

Цю розмову Олекса слухав мовчки. Коли інші підвелися, щоб «підкріпитися, приготуватися і чекати ночі», він лише тоді запитав:

— І як ми це зробимо? Ніч, незнайоме лісове болото. Один крок вбік і — бульк! — ніхто навіть не дізнається, що з нами сталося.

Михайло Валько струсив із рукава шинелі грязюку.

— Я все розумію, але накази не обговорюються, — сказав він. — А щодо болота... Ти пам'ятаєш, як ми пацанами загубились у лісі і ледь не згинули в болоті?

— Ну як не пам'ятати? Мене тато після того заледве не забив, — відповів Олекса.

— Але перед тим ми все ж вибралися!

Мороз задумався.

— Треба настругати довгі тички!

— І на ноги натягти калоші, — згодився Михайло.

— Та їх іще сплести треба!

— Тоді почнемо, а то на наших поляків із чехами надії ніякої. Я вже мовчу про мадяр...

До вечора, коли небо вкотре заволокли важкі свинцеві хмари, ґефрайтер Михайло Валько залишив траншею і повів своїх людей до лісу. Проминувши австрійський «для годиться» дозор, вони заглибились у ліс, який їм належало пройти. Десь через сотню метрів під ногами зачавкало. Валько, який ішов першим, зупинився.

— Слухайте мене уважно! — тихо сказав він. — Зараз надягаємо на чоботи калоші, беремо в руки тички і йдемо далі. Я перший, Олекса замикає. За мною йти крок у крок. Ступите вбік — не врятуєтесь! Усім зрозуміло? От і добре! Тоді з Богом!

Він першим ступив у напрямку невидимого болота. Зав'язані на черевиках калоші, так звані мокроступи, йти заважали, але у теперішній ситуації були незамінними. Михайло чув, що за ним буквально крок у крок ішов мадяр Ілой Немет — вічно всім невдоволений інфантерист із самої Буди. Але претензій ні у Валька, ні у лейтенанта Мюнцера до нього не було, тому всі спокійно слухали його постійне бурчання, до того ж Ілой говорив мадярською мовою, яку ні українці, ні поляки не розуміли.

Насправді болото виявилося неглибоким, не глибше, ніж по коліна, але все ж вода була холодна, ноги стали мокрі, в черевиках чвакало.

Якоїсь миті ґефрайтер Валько застиг. Зупинились і за ним. Михайло прислухався. Десь попереду він почув неясну приглушену розмову. Валько одразу зрозумів, що там російський дозор.

— Тихіше! — самими губами прошепотів він і повернув ліворуч, подалі від невидимого ворога.

Інші рушили за ним.

Через півгодини болото закінчилось, але скільки саме вони пройшли, ніхто сказати не міг: під час руху доводилося часто зупинятися, прислухатися до темряви, шукати прохідну стежину.

Коли набридле болото залишилося позаду, Михайло Валько дав команду на відпочинок. Змучені довгим блуканням, солдати опустилися на хоч і вологу, але все ж тверду землю. Всі вийняли з сумок сухі онучі та обмотки.

Яким же щастям було зняти з себе мокре і натягнути сухе! Одразу якось зник холод, а одночасно з ним і непевність у їхньому становищі.

— Говорити тихо! — попередив Валько. — Не забувайте: ми у ворожому тилу!

— Де конкретно? — так само тихо запитав Олекса Мороз.

— Не знаю! Розвидниться — подивимось по мапі. Зараз усім спати. Олексо, на варту! Через півгодини тебе замінить Адам.

Коли на сході ледь почало сіріти, всі вже були на ногах. Михайло звірився з мапою. Виходило, що вони значно відхилилися від наміченого маршруту, і до місця, де «приблизно тут у росіян захована гармата», як говорив лейтенант Мюнцер, було добрих два кілометри.

— Ходімо! — сказав Валько.

Рятівний ліс невдовзі закінчивсь, і починалися поодинокі острівці дерев, де можна або сховатися, або натрапити на ворожий дозор.

Але вибирати не доводилося, тому Михайло Валько, все ж зберігаючи обережність, повів свій загін далі.

Десь попереду до них долинув звук пострілу гармати. Виходило, що вибраний ними шлях вірний. Перебігаючи від одного укриття до іншого, врешті наблизилися до мети. Їм удалось опинитися за спинами російських артилеристів, тому австріяки, серед яких не було жодного австрійця, поки що залишалися непоміченими в якомусь неглибокому яру.

Ґефрайтер Валько уважно роздивлявся перед собою. До горбочка, де стояла гармата, було метрів сто, а то й більше. Тут виявилася спеціально обладнана для цього яма, де вистачало місця і для самої гармати, і для снарядів, і для відпочинку артилеристів. Їх було п'ятеро.

Гармата раз у раз випльовувала снаряди, які десь там, за лісом, на відстані семи кілометрів, несли комусь смерть.

Увагу Валька привернула землянка дещо осторонь від самої гармати.

— Землянку бачиш? — запитав він Олексу, що лежав поруч.

— Ага! Не інакше як москалі ночували там, — сказав той. — Не те що нам у воді спати довелось.

— Там можуть бути солдати!

— Не дуже схоже на те! Та й скільки їх там може бути! Ну, ще стільки ж!

Вони спустилися нижче в яр, до решти.

— Хлопці, завдання таке, — мовив Валько. — Там гармата. П'ятеро канонірів. Зараз вони нічого не помічають. Стріляють по наших окопах. За моєю командою, ми по них стріляємо і біжимо до гармати. Підриваємо до бісової мами і тікаємо. На все про все п'ять хвилин. Починаємо!

Хоч у них і була подвійна перевага у чисельності й до того ж момент несподіванки грав їм на руку, ґефрайтера хвилювала землянка, в якій просто могла відпочивати інша п'ятірка. Але далі зволікати не можна. Це було ще щастя, що їх досі не помітили.

Тому солдати приготували зброю, начепили на «манліхери» багнети, загнали кулі у дула й обережно поповзли вгору.

Артилеристи саме готувалися до чергового пострілу, і всю їхню увагу було прикуто до цього.

— Прицілитися! — мовив Михайло Валько. — Стріляти за моєю командою!

Кожен взяв на приціл «свою» жертву.

— Вогонь!

Постріли одинадцяти гвинтівок злилися в один. Російські солдати неначе за командою повалилися на землю, так і не встигнувши зробити останній постріл.

— Вперед! — крикнув Валько і першим піднявся з яру.

Солдати побігли за ним, намагаючись якнайшвидше подолати сотню метрів.

Саме у цей момент Михайло зауважив, як із землянки вибігають російські солдати. Зі злості він боляче закусив губу, але зробити щось вже було запізно. Навіть прицілити «манліхери». Залишалось покладатися на припасовані багнети.

На щастя австрійських солдатів, артилеристів виявилося саме стільки, скільки і припускав ґефрайтер. І все ж таки троє з них устигли прицілитись і вистрілити. Обидва румуни впали як підкошені.

Але інші вже скочили в яму.

Рукопашний бій тривав якусь мить. Принаймні так здалося всім. Коли всі росіяни — хто застрелений, хто заколотий штиком — застигли навіки на піщаній землі, ґефрайтер насамперед поцікавився, що з румунами.

— Мертві, — повідомив Ян Шафранек.

Михайло вже хотів дати команду «закидати це місце до бісової мами», як Олекса Мороз показав у тил.

— Кавалерія! — крикнув він.

Усі подивилися назад. Польовою дорогою, яка сполучала артилерійську позицію з якимось селом на обрії, мчав кавалерійський загін і, судячи з темпу, мав прискакати через дві-три хвилини.

Рішення прийшло миттєво.

— Хто вміє стріляти з гармати? — крикнув Валько.

— Я стріляв! — озвався Адам Корчак.

— Командуй!

— Треба її розвернути!

Дев'ятеро спільними зусиллями повернули важку гармату. Використовуючи якісь коліщата, поляк опустив дуло майже рівно з землею і натиснув на якийсь важіль. Пролунав постріл. Від цього в усіх позакладало вуха. Адам визирнув з-за щитка. Снаряд не долетів до вершників і вибухнув перед ними, але і цього вистачило, щоб ті повернули назад.

— Відступаємо! — наказав Михайло Валько. — Приготувати гранати!

— Почекайте, пане ґефрайтере! — зупинив його Корчак.

Він підійшов до гармати, потягнув до себе за виступ, і на пісок упала якась блискуча деталь.

— Це затвор! Без неї вона не стрілятиме! — пояснив поляк.

Він підняв затвор із землі.

— Викину в болото.

Солдати відійшли на двадцять кроків і кинули гранати, одночасно гепнувшись на землю.

Після серії вибухів — гранат і снарядів — Михайло зрозумів, що для заспокоєння москалів можна було залишити навіть затвор, однаково його вже нікуди було припасувати. Гармата перетворилася на купу непотрібного заліза.

— Бігом! — крикнув Валько.

Вони добігли до рятівного лісу тієї миті, коли на пагорбі, де стояла гармата, виникли постаті кавалеристів, але це ні командира, ні солдатів вже не хвилювало.

Невдовзі їх заховав ліс.

Але довго йти спокійно не довелося. Чуткий слух Яна розрізнив попереду якийсь тріск, а одночасно з цим командир запримітив за деревами рух. Всі як за командою заховалися за деревами.

— Ти помітив, що там? — запитав Михайло Олексу.

— Хтось ховається, — відповів той.

— Скільки?

— Бачив двох.

— Однострій наш?

— Не роздивився. Здається, сірий.

— А наші сині! У москалів зелені.

На їхню біду, вони не так далеко заглибилися в ліс, щоб повністю виключити напад з тилу, тому потрібно було щось вирішувати. Підозрюючи, що невідомі можуть не знати німецької (якщо це москалі), а сам він не володів російською, то ґефрайтер голосно сказав українською, слушно припустивши, що і з однієї сторони, і з іншої свої знайдуться обов'язково:

— Хто там ховається? Ану виходьте, а то ми стріляємо!

Як він і припускав, спереду відповіли українською:

— Хто ви такі?

— А ви хто такі?

— З якого ви війська?

Олекса підповз до Михайла.

— Слухай, це голос Семка Кандиби! — сказав він.

— Семка? — здивувався Михайло.

— Та точно він!

— А якщо ні? Що він тут забув? Семко — улан!

— Почекай! — схопив друга за лікоть Олекса і голосно сказав: — Семку, ти?

З іншого боку запала мовчанка. Нарешті озвалися.

— Хто це говорить? — запитав той самий голос.

— Семко! — зрадів Олекса і голосно гукнув: — Семку! Це я, Олекса Мороз!

Знову мовчанка.

— Якщо ти Олекса, то як звати мою сестру?

Почувши таке, Михайло Валько хмикнув. Олекса пропустив це мимо вух.

— Ганна! — відповів він. — А як звати мого тата?

— Грицько!

Неймовірно, але це дійсно був їхній сусід. Валько хотів було вже відкритись, але Мороз зупинив його.

— Почекай! Спочатку я сам! — сказав Олекса і голосно мовив: — Семку, я виходжу!

Він підвівся з землі та обережно попрямував поміж дерев. Олекса бачив, як від дерева відділилася постать і рушила назустріч.

Це дійсно був Кандиба, щоправда, одягнутий він не у звичну синю уланку, а у брудно-сіру пельцуланку. Але це був Семен.

Вони кинулись один до одного в обійми. Після перших, найсильніших, стискань Олекса крикнув:

— Михайле, свої!

Побачивши ще одного сусіда, Семен відпустив Мороза і кинувся до Валька. І знову обійми.

У свою чергу з іншої сторони вийшли четверо уланів. Разом із ними виник зв'язаний російський унтер-офіцер.

— А я-то думаю, хто там біжить і нічого перед собою не бачить! — мовив Семен.

— Ну, не кажи! — заперечив Михайло. — Тебе вчасно помітили!

— Не мене, а цього фрукта! — кивнув на полоненого Кандиба.

— Що за птиця?

— Щоб цю птицю, як ти кажеш, вполювати, я трьох своїх поклав, — із сумом сказав Семен. — А ви чого тут? Ці вибухи, що ми чули, — ваша робота?

— Двох втратили, — підтвердив Михайло.

— А Тимко Нагірний? Він не з вами?

— Нема Тимка, — відказав Олекса. — Згинув ще у серпні.

Семен лише похитав головою. Перебування на фронті, чи не щоденна зустріч зі смертю зробили його черствим.

— Бідолашна тітка Варвара! Самі вони лишилися, — мовив. — Куди ви зараз?

— За фронт! А ви?

— Також, але кілометра півтора звідси наскочили на тиловий загін. Думали, все! Але мапу загубили.

— Тоді гайда! — сказав Михайло Валько. — Проведемо!

Тички, як і калоші, були саме там, де їх залишили. Вирішили не ризикувати і йти второваною стежкою, щоправда, улани не захотіли натягати мокроступи на ноги. Сказали, що їм вистачить і чобіт. Дорога назад зайняла менше часу, аніж уночі, тому вже через якусь годину перед об'єднаним загоном виник австрійський дозор. Це вже була своя територія.

Далі їхні шляхи розходилися. Розповівши п'яте через десяте про події, що сталися за останні півтора року, односельці знову обнялися, пообіцявши більше не губити один одного, і розійшлися до своїх полків. Семен Кандиба з іншими уланами повів полоненого до свого командира, а ґефрайтер Валько вирушив до лейтенанта Мюнцера доповідати про виконане завдання і про втрати.

14

Тома Білецький вважав дивом, що йому вдалося пережити холодну зиму й епідемію тифу; священник Василь Гнатів — Божим промислом; Осип Павлюк просто говорив: «Пощастило!».

Професор Микола Ревуцький не говорив нічого. Зараз він лежав на нарах у бараку, стомлений місячною важкою, але все ж таки успішною боротьбою з тифом. З-поміж чотирьох товаришів, які ними стали у Талергофі, він єдиний захворів на тиф. Хворобу перебув у лікарняному бараку, хоч саме лікування лише зводилося до того, щоб ізолювати вже хворих від іще не хворих. За цю зиму й увесь березень у таборі виникло кладовище, що заповнювалося з жахаючою швидкістю. Епідемія тифу прискорила цей процес.

Практично до перших морозів галичанам і буковинцям доводилося спати на голій землі. Не всім зранку судилося підвестися з холодного ложа. Щоб хоч якось зігрітися, в'язні спали впритул один до одного, але це мало і зворотний бік. Воші перелазили від одного нещасного до іншого і вже там продовжували свій бенкет. Дійсно святом для них було прибуття нового етапу. Воші, почувши свіжу кров, одразу перекидалися на новачків. Тоді для «старожилів» наставало деяке полегшення, яке, однак, дуже скоро закінчувалося.

Коли комендант табору Талергоф зрозумів, що через зиму тут залишаться тільки декілька тисяч замерзлих трупів, він наказав звести дерев'яні бараки.

Ще ніколи і ніде засуджені не працювали з таким завзяттям. Буквально за два тижні серед чистого поля, де досі вони жили і помирали, виникли довгі приземкуваті будівлі, хоч і холодні, але такі, в яких можна було спати не на голій землі, а на дерев'яних нарах. Серед ув'язнених було чимало теслярів, тому робота кипіла, тим більше що комендант навіть дозволив в'язням користуватися сокирами та пилками. І вже не такими страшними здавалися знущання наглядачів, щоденні смерті від холоду, голоду чи сухот, страти тих, хто провинився. Коли ж дозволено було звести церкви — православну та греко-католицьку, — життя, здавалось, повернулося до нещасних змучених людей.

Коли ж до табору привели півтори сотні полонених російських солдатів, а пізніше студентів, що навіть перед австрійськими офіцерами не боялися признатись у своїх симпатіях до Росії, для галичан та буковинців настала своєрідна відлига, що дивним чином збіглася зі справжньою весняною.

Життя поволі налагоджувалось, якщо перебування у Талергофі взагалі можна було назвати життям.

Неначе за розкладом, на Стрітення, коли «зима зустрічається з весною», настала по-справжньому тепла погода, і коли здавалося, що найстрашніше вже позаду, саме цей день став фатальним для в'язнів. Після чергового поповнення захворіло два десятки людей з восьмого барака, і лікар — світило медицини, спеціально доставлений з Відня, констатував тиф.

Саме під час цього візиту сталося таке, що пізніше відбилося на подальшій долі декого з нашої четвірки. Вже покидаючи табір, професор кинув мимобіжний погляд на арештантів, що стояли обабіч дороги, на мить зупинився на Миколі Ревуцькому. Чи упізнав він у ньому когось, хоч у довготелесому оброслому змарнілому чоловікові важко було впізнати колишнього професора університету, чи просто вирізнив його через високий зріст, було незрозуміло. Розгадка настала двома тижнями пізніше, коли захворів професор Ревуцький.

Одного дня, зовсім не прекрасного, бо у концтаборі прекрасних днів не буває, у «лікарняному бараку» знову з'явився професор медицини. Видно, він уже дізнався про Ревуцького, де той перебуває, бо відразу попрямував у дальній кінець приміщення, де на дерев'яному ліжку лежав професор.

— Ніколаус Ревуцькі? — запитав, вдивляючись у стомлене заросле обличчя.

Професор повернув голову і також подивився на прибулого. З майже байдужого виразу прибулий зрозумів, що той його не впізнав, а якщо і згадував, хто стоїть перед ним, то зовсім не мав сили щось змінити у своїй міміці.

— Ви мене не впізнали?

— Ні, — ледь чутно відповів Ревуцький.

— Пауль Кауфман.

Лише тепер професор Ревуцький упізнав свого колишнього університетського товариша, з яким провів не один вечір у дискусіях, але ні дивуватися, ні радіти він уже не міг.

— Пригадуєте наші з вами суперечки щодо прав народу жити так, як він хоче?

Лише тепер Ревуцький спробував усміхнутися. Це у нього вийшло не найкраще.

— Мої переконання знову повернули мене сюди, у Ґрац, — сказав він.

— Не переживайте: я вас витягну звідси! — впевнено сказав Кауфман.

Щоправда, зробити це виявилося не так і легко. Капітан Штадлер, у віданні котрого перебував «шпиталь», навідріз відмовився забирати хворого з «лікарні». Він просто боявся, щоб епідемія тифу не перекинулася на весь табір, вже не кажучи про місто неподалік.

Єдине, чого домігся Пауль Кауфман, було те, що Ревуцького принаймні хоч лікували. А коли той вилікується, він обов'язково доможеться його звільнення. Видно, Кауфман мав значний авторитет у Відні, бо капітан Штадлер навіть не поставив під сумнів таку перспективу.

Тим часом захворіла і більше у барак не повернулася дружина отця Василя Гнатіва. Він так сильно за нею побивався, що в інших вкралася підозра у його здоров'ї, але тут забрали до «шпиталю» й дочку Марію, тож усю свою турботу священник присвячував їй. На його щастя, Пауль Кауфман, лікуючи Ревуцького, на прохання того не забував і дівчину.

На початку квітня п'ятнадцятого року Микола Ревуцький уже вилікувався, принаймні його стан дозволив повернутись у житловий барак, а Марія Гнатів поки що залишилася, але «криз» був уже позаду.

Кауфман усе ж домігся у віденських кабінетах звільнення Миколи Ревуцького, переконавши тамтешніх чиновників у користі для імперії перебування русина на волі. Не відомо, спрацювало саме це чи ні, але сімнадцятого квітня Пауль Кауфман поклав перед комендантом табору папір, де було чітко вказано звільнити професора Ніколауса Ревуцькі й передати у його повне розпорядження.

Уже прощаючись зі своїми товаришами по нещастю, Ревуцький пообіцяв забрати і їх з собою. Було незрозуміло, як саме він це зробить, бо і ходити самостійно йому було ще важко, але всім хотілося сподіватись, аби так сталося.

А трьома днями пізніше ворота табору — вже не звичайні дротяні, як це було на початку, а суцільні дерев'яні, над якими розкинулась арка з прапором імперії, — пропустили невелику делегацію, яка зразу зайшла до приміщення комендатури.

Їхня поява так і залишилася б непоміченою (мало яких комісій надивилися нещасні люди за півроку, і жодна з них нічого доброго їм не приносила!), але ввечері до бараку повернувся Симон Кирилович зі Львова і повідомив останні новини.

— Знаєте, хто був старший з-поміж прибулих? — запитав він.

— Перевдягнений Бенедикт XV, — пожартував Осип Павлюк і тут же наразився на осудливі погляди декількох священників.

— Ні, не Бенедикт, — спокійно заперечив Кирилович, неначе справді не відкидав таку можливість. — У голові комісії впізнав я доктора наук Костя Левицького.

— Ну? — не зрозумів тону його голосу Тома Білецький. — Ми маємо його боятися?

— Томо! Ти, може, і вважаєш, що сидиш тут за правду, на відміну від мене, але іноді твоя необізнаність мене вражає. Доктор Левицький — депутат Палати Послів у Відні, і підозрюю, що він тут не випадково.

— Тут твоя правда, — погодився Василь Гнатів. — Добровільно сюди ніхто не піде. Але що він тут робить?

Цього Симон Кирилович не знав, але ситуація з'ясувалася наступного дня, коли комісія вже поїхала. Той-таки Кирилович дізнався, що розмова біля комендатури йшла про звільнення українців.

— Але є декілька умов, — мовив Симон.

День видався погожий, сонячний, у наглядачів, видно, закінчилася фантазія щодо ув'язнених, а може, їм просто було лінько виганяти їх на якусь чергову безглузду роботу, тому жителі бараків висипали на двір погрітися на сонечку.

— Які умови? — поцікавився Осип. — Якщо австріяки висувають умови, добра не чекай!

— Умови не складні, — говорив Кирилович. — Випускають лише українців.

— Нічого собі умова!

— Почекай! Тебе запитають: хто ти? Русин чи українець? Що ти скажеш?

— І що?

— Якщо ти скажеш нашому Чировському, що єстем русин, то він тебе на таку свободу відправить, що взагалі забудеш, хто ти.

Симон говорив про нового наглядача, що з'явивсь у Талергофі пвмісяця тому і вже встиг стати справжнім жахом для в'язнів, а особливо для жінок. Їх чомусь той найбільше ненавидів.

— А якщо я українець? — допитувався Павлюк.

— О, тоді тебе вимиють, підстрижуть, одягнуть в усе нове...

— І?.. Звучить не надто оптимістично.

— І відправлять на фронт. Я так розумію, справи нашого цісаря не надто добрі. Його лупцюють усі.

Після цього в'язні розбилися на групки, де між своїми обговорювали почуте. Василь Гнатів, Осип Павлюк і Тома Білецький не були винятком.

— І як ви вчините? — запитав Гнатів.

— А ви хіба не хочете вирватися звідси? — здивувався Осип.

— Я священник. Мені не можна брати до рук зброю. А ви?

Тома дивився на молоденьку траву, що дивом пробилася крізь затоптану тисячами ніг землю, і похитав головою.

— Я русин, — сказав він. — І сиджу тут за те, що русин. А зараз, коли Австрія хоче залатати мною всі дірки, я на це не згоден.

— А я підпишусь! — впевнено сказав Павлюк. — Війна — то війна! Там хоч усе зрозуміло: або ти, або тебе!

— Тебе можуть вбити. Чув, що говорили російські полонені? Сидиш в окопі і в зиму, і в дощ, вибухають бомби...

— А тут я здохну! Чи ви гадаєте, що ця зима була найстрашніша?

Так ніхто не гадав, але й слова Осипа не переконали Білецького.

Подальші події показали, що помилялися всі.

Австрійський генеральний штаб та українська комісія, як виявилося, мали на увазі різну мету. Якщо Левицький бажав визволити тих українців, що потрапили до Талергофа випадково, як от за знайдений у хаті «Варнак» Тараса Шевченка, написаний російською мовою, то австрійці бажали будь-що набрати нових рекрутів на фронт. І тут ніхто не питав, за кого себе вважають в'язні. Було б бажання воювати за цісаря — а воно зазвичай збігалося з бажанням просто жити. Група студентів зі Львова, котрі зазнали на собі знущань усіх наглядачів без винятку, навідріз відмовившись ставати під прапори цісаря, потрапили у повну владу Чировського. Зазвичай після його екзекуцій мало хто залишався живим.

Особливо він сатанів після того, як стало відомо, що Італія, котра більше тридцяти років свято дотримувалася пунктів Троїстого союзу, несподівано для всіх перекинулася на протилежну сторону й оголосила Австро-Угорщині війну. Виник новий фронт, який просто нічим було заткнути. Тут уже було не до дилеми «русин-українець». Забирали всіх, за винятком священників, упертих москвофілів і хворих.

Томі Білецькому в цьому розумінні дуже пощастило, якщо можна зіставити слова «щастя» і «Талергоф». Його не відібрали до війська через те, що комісія виявила у нього ознаки сухот, і з цієї ж причини він не потрапив до Чировського.

А Осипа Павлюка ніхто навіть не питав, чи бажає він воювати. Його разом з іншими відібраними невдовзі зібрали в колону і повели за межі табору, які ніхто з них не переступав від часу прибуття.

Отець Василь Гнатів, як і передбачав, ні до мобілізаційних списків, ні на фронт не потрапив, але нещастя підкралося зовсім з іншого боку, звідки ніхто і не сподівався. Він захворів на тиф тоді, коли про нього почали вже забувати.

15

Кулеметна ланка стояла струнко перед двома командирами. Старший стрілець Федір Мороз лише вранці встиг начепити собі на сині петлиці по одній целулоїдній шестикутній зірочці і зараз зі своїми вояками слухав сотників — Осипа Букшованого і невідомого, також молодого, але його тон розмови і манера поводитися підказували, що він обіймає вищу посаду, аніж свій, «рідний».

У той час, коли решта січових стрільців відпочивали в якомусь карпатському селі й далі вправлялись у рукопашному бою з «солом'яними москалями», їх трьох несподівано відізвали в тил і вони стали кулеметною ланкою, а Федір Мороз — над ними старшим. Щоправда, звання старшого стрільця він дістав лише сьогодні. Ніхто з них — ні сам командир, ні Андрій Валько, ні, тим більше, Гордій Сталенний — навіть зблизька раніше не бачили, як стріляє скоростріл, а тут їм його вручили і наказали вчитися. Спочатку навіть страшно було братися за нього, здавалося, що перевірений кріс значно надійніший, але вмілі інструктори навіть не залишили їм шансу не навчитися.

Звичайно, найважчим, і то буквально, було переносити кулемет Шварцльозе з місця на місце, але і тут їх заспокоїли, що для цього є інші, а на крайній випадок — Гордій Сталенний і сам упорається.

Навчання тривало довго, їм (а з ними й іншим) не довелося брати участі у «великодньому» бою, коли у таке велике свято — і для православних, і для католиків — у смертельному герці зустрілись обидві сторони. Коли ж ситуація стала загрозливою, сказали, що вони знають усе, і повернули назад, до сотні.

— Я сотник Дмитро Вітовський, — говорив незнайомий. — Бачите ось цей пологий спуск?

Він показав на схил гори якраз навпроти іншої, що синіла вдалині.

— Ми знаємо, що завтра москалі почнуть наступ, аби захопити Маківку, — вів далі Вітовський. — Нам відомо, що сюди вони підуть точно. Ваше завдання, стрільці, за будь-яку ціну не пропустити москалів на гору. Вам зрозуміло ваше завдання?

— Так, пане сотнику! — відказав Федір.

— Я не питаю, чи ви впораєтесь. Ви мусите впоратись, інакше москалі зайдуть стрільцям в тил.

— Впораємось! — впевнено мовив Гордій Сталенний, хоч його ніхто і не питав.

Сотник Букшований гмикнув, але не сказав нічого. А Вітовський мовив:

— Добре, ідіть! І будьте готові вночі облаштувати окоп. Не відомо, скільки москалів піде на вас: батальйон чи полк! В усякому разі розраховуйте на полк.

Коли Федір із іншими вже збирався йти, його зупинив Букшований.

— Старший стрільцю, залиштеся!

Мороз знову виструнчився.

— Вільно! — сказав сотник. — Вас звати Федір?

— Так точно!

— Скажіть, Федоре, може, краще буде замінити стрільця Сталенного кимось іншим? Усе-таки перший бій!

— Аж ніяк, пане сотнику! — відказав Федір. — Я у стрільці Сталенному впевнений.

— Що ж, нехай буде по-вашому. Він ваш підлеглий, вам і відповідати.

Осип Букшований їдко посміхнувсь і глянув на Вітовського.

— Принаймні нудно вам не буде точно! — закінчив він.

— Але не забувайте про своє завдання, — суворо нагадав сотник Вітовський. — Ідіть!

Федір Мороз розвернувся і побіг доганяти своїх. Андрій і Гордій вже чекали біля свого кулемета.

Андрію, ходімо роздивимось! — сказав він. — А ти стережи кулемет!

— Та що його стерегти! — відказав Сталенний. — Хто його підніме, окрім мене?

— Розмови!

Мороз і Валько рушили схилом, дедалі глибше провалюючись у сніг. Хоч календар показує двадцять сьоме квітня, тут, у Карпатах, він просто не спрацьовує.

Вони пройшли повз стрілецькі траншеї, що загубилися поміж могутніх ялиць, і опинилися на невеликій голій галявині, перед якою відкривався чудовий краєвид Карпат і... не менш чудова ділянка для наступу.

— Ось тут і окопаємось! — сказав Андрій.

Федір зі знанням справи присів, перевірив, чи вийде хороший огляд для стрільби, чи немає «мертвої зони», чи далеко звідси дротяні загородження. Побачене його задовольнило, тому він кивнув головою.

— Погано, що будемо копати вночі, — сказав він. — Щоб москалі наперед не зобачили.

— Нічого! У нас Гордій є! — заспокоїв Валько. — Викопає!

Федір усміхнувся.

— Що?

— Та наш сотник питав мене, чи не хочу я поміняти Гордія на когось іншого.

— А ти що?

— Та я вже звик до нього! Хоч посміємося наостанок!

— І то вірно! — погодився Андрій, і вони повернулися до свого «господарства».

Коли на гори опустилася холодна ніч, кулеметна ланка рушила до обраного місця, причому Андрій з Федором несли легшу станину, а Гордій сам — удвічі важче дуло. Поклавши принесене, заходилися відгортати сніг, а вже потім копати землю. На їхнє щастя, під снігом земля промерзла небагато. Важче було не демаскувати позицію темним ґрунтом, але навкруги снігу було багато, тому і цю проблему мали розв'язати.

Розміри окопу не давали можливості працювати трьом одразу, там могли уміститися лише двоє, а вже через півгодини Гордій узагалі залишився сам. Його не брала втома, але тут виникла інша проблема: стрілець Сталенний просто не вмів працювати мовчки. Хоч що б він робив, завжди бурмотів собі під ніс якусь пісню, причому перевагу віддавав «Червоній калині». Іншим разом це було б навіть доречно, але не тепер уночі, в горах, коли навіть найтихіший шепіт чути далеко. Довелося пригрозити Гордію, що заберуть у нього лопату, якщо він не замовкне. Поставлений перед вибором: або співати, або працювати, Гордій Сталенний вибрав останнє, чому інші двоє були раді.

Коли на темному фоні вершин небо стало не таким чорним, усе було закінчено. Напевне, з того боку, де зачаїлися російські солдати, їхня кулеметна позиція видною не була, так вправно Гордій Сталенний вкрив викинуту землю снігом, причому носив його здалеку. Як тільки зажевріло, все було готове для бою. Троє стрільців лежали на принесених тим-таки Гордієм гілках ялини і чекали початку бою.

Він почався несподівано, хоч його очікували всі. Десь позаду почулися звуки пострілу гвинтівок. Майже відразу це повторилося на південному схилі.

— Там наші, — мовив Андрій, обережно визираючи з окопу. — Нічого!

— Не все одразу, — заспокоїв його Федір. — Чекаємо!

— А якщо сюдою ніхто не піде? — засумнівався Валько.

— Наше завдання не пропустити москалів.

— А якщо вони не підуть на нас?

— Тоді точно не пропустимо! — зробив висновок Гордій. — Сторію почути хочете?

— Гордію, у тебе колись історії закінчуються? — поцікавився, не відриваючись від огляду, Федір.

— Одні закінчуються, з'являються нові, — знизав плечима Сталенний. — Війна!

— З історіями почекаємо, — мовив Мороз. — Приготуватися, хлопці! У нас гості!

Гордій подивився вниз.

— Та де ми тут їх усіх поховаємо? — сказав він.

Андрій тричі перекрутив важіль, заганяючи першу кулю у затвор.

— Не спіши, Андрійку! — сказав Федір. — Нехай підійдуть ближче, щоб напевне.

Позаду рядів, що наступали, а через якийсь час і всередині, виникли фонтани землі. Це заговорила артилерія, яку командувач сто тридцятої бригади генерал-майор Йосип Доброволя — чи не єдиний в австрійській армії українець — розмістив на сусідній горі. Видно, каноніри змогли пристріляти гармати заздалегідь, бо вибухи щоразу досягали цілі, а один навіть потрапив у якусь приземкувату споруду, як пізніше з'ясувалося, це був штаб Овруцького полку, солдати якого атакували Маківку. Але поки що цього ніхто не знав, тому кулеметна ланка з тривогою чекала, коли ворог наблизиться на таку відстань, «щоб напевне».

— Стріляйте! — говорив Сталенний.

Виявилося, що і він може бути нетерплячий.

— Та мовчи вже! — остудив його Мороз і до Андрія: — Як ти?

— Пора! — тільки мовив Валько і натиснув гашетку.

Для солдатів, що, нахилившись уперед, піднімалися не такими вже крутими схилами гори, кулемети (а крім ланки Мороза, збоку майже одночасно ліворуч заговорив іще один) виявилися повною несподіванкою. Вони опинилися поміж двома вогнями на позбавленому високих дерев схилі. Федір підтримував стрічку з патронами, а Валько навіть не давав кулемету відпочити. Лише коли набої закінчились, Андрій крикнув: «Патрони!» Гордій одразу подав нову стрічку Федору, а вже той заправив її в кулемет.

Місяці у вишколі не пройшли даремно.

Андрій знову крутнув важіль.

— Почекай! — зупинив його Мороз.

Валько подивився перед собою. Весь білосніжний схил був усипаний зеленими плямами. Це зупинена їхнім вогнем російська атака. Скільки солдатів мертвих, а хто ще залишився живий, визначити було неможливо. Федір зрозумів одне: перша атака захлинулась і якщо вона відновиться, то вже не буде такою небезпечною.

— Гордійчику, а чого це ти не співаєш? — запитав Мороз.

— А що? Можна? — здивувався той.

— Треба! Бачиш: москалі залягли у снігу. Їм незручно лежати без твоїх пісень!

Старший стрілець, звичайно, кепкував із Гордія, але той як завжди сприйняв його слова серйозно. І над схилом, іноді пересилюючи звуки бою, пронісся густий бас Сталенного.

Ой у лузі червона калина похилилася,
чогось наша славна Україна зажурилася.

Голос Гордій мав сильний, тому не дивно, що звідусюди його пісню підхопили інші.

А ми тую червону калину підіймемо,
а ми нашу славну Україну, гей-гей, розвеселимо!

— Ось так краще! — мовив задоволений Андрій Валько і, побачивши, що якийсь офіцер намагається підняти своїх солдат в атаку, натиснув на гашетку.

Офіцер знову опустився на землю. Цього разу вже назавжди.

До обіду росіяни припинили спроби захопити гору і відступили, залишивши на засніженому схилі вбитих. Як виявилося, жодна атака на гору Маківка не увінчалась успіхом, хоч на північному схилі — найкрутішому, а тому найменш захищеному — росіянам вдалося полонити майже сотню австрійців, але врешті вони також змушені були відступити на свої позиції.

Ворог не досяг своїх цілей, тому ні у кого не було сумнівів, що атаки відновляться, можливо, навіть сьогодні.

Стомлені боєм, Андрій з Федором лягли відпочити. Особливо цього потребував Валько. Від майже постійного стріляння у нього тремтіли руки, і він навіть не зміг піднести до рота флягу з водою. Неначе хворому Федір підніс другові свою флягу і потримав, поки той нап'ється.

— Гордію, поміняй воду! — сказав Андрій.

— Зроблю! — озвався той і став відкручувати на кулеметі отвір для води.

Саме у цей момент, коли, здавалося, небезпека вже відійшла хоча б на якусь мить разом з відступаючими москалями, в окоп щось впало. Усі троє, як за командою, подивилися на предмет. Довга секунда була потрібна для того, щоб зрозуміти, що це граната. Усвідомлення того, що вона зараз вибухне і все враз закінчиться, потребувало ще однієї довгої секунди. Коли ж час, здавалося, зупинився, Гордій Сталенний вигнувся і всім тілом упав на дно окопу. Одночасно пролунав вибух. Гордія підкинуло вгору, а потім він знову гепнувся на землю.

Звук вибуху відразу повернув стрільців до дійсності. Федір підхопив із ялинового гілля гвинтівку і став на повен зріст. Він одразу побачив москаля, що зачаївся зовсім близько (напевне, видав себе за мертвого), і готувався кинути іншу гранату. Постріл прозвучав вчасно, і якщо навіть Федір не застрелив ворога, той підірвався на власній гранаті, котру так і не встиг кинути.

А Валько тремтячими руками перевернув Сталенного. Живіт і груди Гордія перетворилися на суцільне криваве місиво, але лице — ще якусь хвилину тому живе і веселе — не змінилося зовсім. Здавалося, ось зараз Гордій розкриє очі та скаже:

— Хлопці, а розкажу вам сторію!

Але Гордій Сталенний був мертвий. Андрій Валько винувато подивився на Федора. Той також присів на коліна.

— Пробач, друже, нас за все! — мовив Мороз. — За те, що ми насміхалися з тебе. Ти виявився сміливішим за нас!

Десь попереду почулася команда. Федір із Андрієм накрили Гордія гілками ялини, перехрестились і знову прилягли до кулемета. Москалі пішли в атаку, щоб знову спробувати захопити гору.

Ні, цього їм вони не дозволять!

16

— Даремно ми тут чекаємо! — нетерпляче сказав Данило Солтис. — Збоялисьи вони!

— Хто сьи збояв? Микола? Та він, щоб ти знав, нічого сьи не бойит! — заперечив Василь Мороз.

— Ну, тоді Костя не пустили! — не відступав від свого Данило.

Василь хотів було ще щось сказати, але тут кущі загойдались і на галявину вийшли обидва брати Смолярі.

— Де ваша лопата? — суворо запитав Данило.

Микола, хоч і був найстарший з-поміж них, винувато знизав плечима.

— Не змогли взяти, — сказав він. — Михайло з мамою були надворі.

— А копати руками будете? Ми з Васьком не забули.

Дванадцятирічний Василь гордо показав маленьку солдатську лопатку, яку забули у них вдома москалі, що квартирували півроку тому. А може, він просто поцупив її в якогось недолугого солдата.

— Ходімо! — сказав Данило і на правах старшого рушив до лісу першим.

Інші попрямували за ним.

Йти довго не довелося. Мета їхньої подорожі знаходилася на ледь примітній маленькій галявині за п'ятсот кроків од річки. Розмірами вона заледве сягала півсотні метрів у поперечнику і по колу заросла густою ліщиною.

— Точно тут? — засумнівався Данило.

Тут озвався п'ятнадцятирічний Микола:

— Точно! Читай!

Він вийняв складений удвоє аркуш.

— Ми його знайшли у Псалтирі, з яким наш тато ходив до померлих.

Аркуш був старий, пожовклий, із ледь помітним текстом.

— Та тут нічого не розібрати! — вигукнув Василь.

— Ти менше кричи тут! — осадив його Микола.

Йому, видно, хотілося знову стати головним, тому закінчив:

— Ти ще сьи навчи читати добре!

— Вмію я читати! — ображено відказав малий Мороз.

Він дійсно знав грамоти, але останній рік до школи не ходив. Побачивши, що новий учитель, окрім російської граматики, іншого майже не вчить, батько залишив сина вдома, чому той не сильно опирався.

— Дивітьсьи. Тут написано. «Окоп». «Чисте місце між двома дубами», — читав Микола.

Він показав рукою на два могутніх дуби, що росли обабіч ґалявини.

— І головне. «Кошиковський». Богатир Кошиковський, про якого говорять у селі. Він тут заховав свої скарби!

Сказане Миколою, а головне — старий папір із вицвілим текстом, переконали інших, що вони у потрібному місці.

— І де тут копати? — запитав Василь. — Тут півморґа, не менше.

— Тобі видніше! Не переживай! Ось тут написано. Ледве видно, але я розібрав. «Між дубами на сім кроків». Відмірюємо — і за лопати!

— А з якого боку? — запитав Данило.

Він почергово подивився на один дуб, потім — на інший.

— А у нас дві лопати! Аркуш наш із Костем, лопати ваші.

Але попри свої слова Микола не цурався роботи. Відмірявши від дубів сім кроків і додавши ще один для вірності, він позначив місце лопатою. Коли те саме повторив від протилежного дуба, то всі помітили, що лопата натрапила на якесь заглиблення.

— Тут щось є! — вигукнув Кость, найменший серед усіх.

— Не кричи! — гримнув на нього брат. — Копаймо!

Ці слова стосувалися «робітників з лопатами», і, підігріті думкою про можливий скарб, Данило з Василем одразу взялися до роботи.

Щоправда, вже невдовзі ентузіазму відчутно поменшало, а ще через якийсь час він зник зовсім. Викопавши чималеньку — по пояс — яму, окрім коріння недалекого дуба копачі нічого не виявили.

— Тут нічого немає! — розпачливо сказав Василь.

— Копай глибше, чи ти гадаєш, що Кошиковський був такий самий курдупель, як ти?! Та ця яма йому була по коліна! — мовив Микола.

Але чим глибше вгрузали копачі в землю, тим менше залишалося надії, що там щось знайдеться. Коли ж навіть Миколі Смоляру стало зрозуміло, що тут нічого немає, він згадав про ще одне місце.

— Вилізайте, невдахи! — сказав він. — Переходимо до іншого дуба.

— Копати будеш вже сам! — огризнувся Данило.

— І буду! Налякав! Якщо тут нічого немає, то в іншому місці точно є. Правда, Костю?

Молодший брат нічого не встиг відповісти, як на галявину із заростей ліщини вийшов Левко Вовк.

— А що ви тут робите? — запитав він.

Ніхто — ні брати Смолярі вгорі, ні Данило з Василем у ямі — не відповіли, а Левко усміхнувся.

— А втім, можете і не говорити! Скарби Кошиковського. І копаєте саме там, де копали ми колись. Я так розумію, ще одну яму викопати ви не встигли.

— Ти... знав? — підозріло запитав Микола.

— Певно, що знав! Хто у Перетині не знає легенду про велетня Кошиковського, який в окопах заховав свій скарб? От тільки ніхто його не бачив.

Засмучені почутим, хлопці похнюпили голови. Саме тому, що вони стояли тихо, і почули якісь неясні крики з боку села.

— Що там? — запитав Микола.

— Москалі худобу забирають, — повідомив Левко.

— Пацани, бігом!

Їх зупинив Левко.

— Тільки нікому не кажіть, що мене тут виділи! Чули?

— Не скажемо!

— Взагалі нікому!

— Могила! — встиг крикнути Данило і першим побіг до села.

Інші заспішили за ним. А Левко Вовк востаннє подивився на викопану яму, щось подумав і сховався у ліщині.

Над Перетином стояв плач і голосіння. До кожної господарки прийшли озброєні солдати і виводили з хлівів корів. Їх, як свою останню надію на хоч якесь неголодне життя, як могли затримували жінки, але зазвичай падали на землю, грубо відштовхнуті якимось солдатом.

Григорій Мороз також не збирався просто так віддавати свою Красулю. Якщо Марта стояла на ґанку і лише споглядала заплаканими очима на все, що відбувається, батько взяв корову за роги і не давав бороданю-солдатові забрати її. Зрозумівши, що в силі він програє, москаль раптом відпустив мотузку, якою виводив корову, зняв із плеча гвинтівку і вистрілив. Куля влучила Григорію в груди, він відпустив тварину і повалився на землю під розпачливий крик доньки.

— Тату-у-у-у!

Злякана пострілом корова метнулася вбік і вибігла з подвір'я. А солдат осудливо подивився на вбитого ним Мороза і майже співчутливо сказав:

— Чоловіче, чоловіче! Що ти наробив? Це лише корова!

Побачивши, що здобич втекла, москаль махнув рукою і пішов до сусідів, до Солтисів.

А Марта підбігла до батька, підняла його голову і гірко заплакала. Таку її побачив малий Василь, коли повернувся з лісу. Він присів поруч і теж заплакав.

Біда не оминула нікого у Перетині. Лише Білецькі могли похвалитися, що їх не чіпали, але хвалитися ніхто не став. Дід Андрій дивився, як солдати у зелених гімнастерках забирають у сусідів їхніх годувальниць, лише кивав головою; баба Євдокія зайшла до хліва і ніжно пестила свою корову, прощаючись із нею; невістка Катерина зачинилася з двома дочками в хаті, боячись потрапити на очі розлюченим солдатам; Степан...

Саме сьогодні Степану виповнилося вісімнадцять років. Замість того, щоб, як тут заведено, відстояти службу в церкві, щоб подякувати Богові за прожиті роки, він гасав селом, зазирав у кожну шпаринку у пошуках «цього Левка». Здавалося, на господарстві Вовків не лишилося закутка, куди б не зазирнув Степан, але Левка ніде не було. Підозрюючи, що той міг утекти в ліс, Степан спробував переконати унтер-офіцера у необхідності прочесати ліс, але той тільки відмахнувся рукою: мовляв, не заважай.

Десь в обід, коли відібрані в людей корови мирно паслися під охороною двох солдатів, унтер-офіцер наказав зігнати всіх жителів села. За винятком Левка Вовка і Марти з Василем, що далі побивалися за вбитим батьком, тут були всі.

— Слухайте всі! — сказав він. — Буду говорити повільно, щоб зрозуміли мене. Ситуація на фронті змінилась — і ми змушені залишити цю територію. Скоро сюди прийдуть австріяки, і я не знаю, чи подарують вони вам те, що ви з радістю прийняли у себе вдома доблесних солдатів армії Його імператорської величності Миколи Другого. Тому, хто хоче піти з нами, бути готовим до вечора. До того часу ми будемо в селі. Для всіх скажу таке: хто захоче піти з нами, тому ми віддамо корову. Але я вам обіцяю, що ми обов'язково повернемось і докінчимо те, чого не встигли зробити за цей час.

З цим і розійшлися. Коли Андрій Білецький повернувся додому, там уже хазяйнував онук Степан. Дід став у дверях і їдко запитав:

— Ти покидаєш нас, внучку?

— І вам раджу! — огризнувся Степан. — Завтра вже тут будуть австріяки, і я не знаю, що вони можуть зробити.

— А що вони мені можуть зробити?

— А ви не знаєте? Тата арештували ще в серпні, а...

— ...внук став юдою...

— Тату! — крикнула невістка Катерина.

— Мовчи, дочко! — гримнув на неї свекор. — Це у Біблії діти і внуки страждали за гріхи батьків. Видно, мені доведеться випити чашу за сина і внука.

Степан тим часом зібрався, взяв чималенький клунок із одягом, озирнувся навкруги.

— Іду я! — сказав він. — Діду, востаннє прошу: ходімо з нами!

Андрій Білецький співчутливо подивився на Степана і відповів:

— Мені з вами не по дорозі!

Той важко зітхнув і, попрощавшись з іншими, вийшов надвір. Там він зіткнувся з Ориною Ребрик.

— Дідо вдома? — запитала вона.

— Вдома! — тільки і сказав Степан.

Здивована жінка провела його поглядом. Вона здригнулася, коли ззаду до неї хтось торкнувся. Це був старий Білецький.

— Чого тобі, дочко? — запитав він.

— Вуйку Андрію, що ви мені порадите?

— Порадити? Що я маю тобі порадити?

— Що мені робити? Їхати чи лишитися?

Андрій Білецький згадав перебування москалів узимку і чутки про саму Орину. А вона опустила голову і ледь чутно сказала:

— При надії я, вуйку.

Той зітхнув.

— Їдь, дочко! — мовив він. — Їдь від гріха подалі! Ніхто не знає, що нас чекає!

Він перехрестив Орину, і та поплента́лася до своєї хати.

До вечора москалів у селі не стало. Разом із ними пішли Степан Білецький і Орина Ребрик. Чому втік Степан, ніхто не сумнівався, а чому за ним пішла вдова, для багатьох лишилося загадкою.

А вже коли почало темніти, з лісу вийшов Левко Вовк, тримаючи на мотузці корову Морозів, але радості від того, що згуба знайшлася, не було. На столі у кімнаті лежав мертвий господар, обоє дітей — Марта і Василь — сиділи під стіною, а по господарству поралась Єва Кандиба. Вона залишила вдома братову Ганну з дітьми, а сама зразу прибігла сюди, дізнавшись про біду.

Левко хотів було побігти додому, щоб заспокоїти своїх, а потім повернутися назад, аж Марта сказала:

— Ходили до священника, щоб поховав. Немає отця Матвія.

— Як це немає? — перепитав Левко.

— Утік із москалями, — пояснила Єва.

— Хто ж тепер тата поховає? — заплакала Марта.

— Я зараз! Щось придумаємо, — кинув Левко і побіг додому, де за ним вже почали побиватися.

Але нічого придумати не вдалося. Не лише їхній священник пішов із москалями, інші, що також поробилися православними, так само не захотіли чекати повернення австрійських військ. Так і поховали Григорія Мороза не відспіваним, сподіваючись, що потім якийсь священник усе ж довершить чин похорону.

А ще через день у село ввійшли австрійські жандарми.

І тоді настав жах!

Жандарми відразу зайшли у двір до Білецьких. Вся сім'я саме обідала. Побачивши прибулих, Андрій Білецький підвівся з-за столу.

— Прізвище? — суворо запитав офіцер із двома зірочками на петлиці.

— Андрій Білецький, — відповів той.

— Де твій син Тома Білецький? — допитувався офіцер.

— Не знаю. Як почалася війна, він пропав.

— Твій син є агент Росії. Де твій внук Степан Білецький?

Тут Андрій вирішив не сердити цього офіцера, який, видно, знає все.

— На тому тижні пішов із дому з москалями, — сказав він.

— Твій внук ворог корони і цісаря!

Офіцер повернувся до жандармів.

— Повісити!

Ніхто не встиг опам'ятатись, як два жандарми підбігли до найстаршого Білецького, при цьому перекинувши стіл з їжею, і витягли його на подвір'я. На груші, що росла біля криниці, два інших жандарми вже прилаштували петлю. Під нею завбачливо стояв невисокий табурет.

Під голосіння жінок жандарми привели Андрія Білецького до груші. Він піднявся на табурет, йому закинули на шию петлю і негайно вибили табурет з-під ніг.

Почувся хрускіт кісток, і обм'якле тіло Андрія Білецького захиталося на гілці.

Виконавши свою роботу, жандарми пішли до обійстя Орини Ребрик. Побачивши навхрест забиті вікна та двері й розпитавши всюдисущих хлопчаків, де зараз господиня, офіцер наказав жандармам забиратися.

А стара Білецька сиділа на землі, обнявши за ноги свого вже мертвого чоловіка. Коли прийшли сусіди, щоб зняти тіло Андрія Білецького, вона ніяк не відреагувала.

Євдокія Білецька остаточно втратила розум.

17

Левко Вовк ніколи не думав, що його доля може змінитися так швидко. Ще місяць тому він мешкав у своєму селі Перетин, переживав через жахливу смерть Гриця Мороза та Андрія Білецького, а ось уже тиждень сидить в окопах на крутому схилі та з дивовижною періодичністю разом із усіма відбиває атаки італійців. Десь позаду залишилося незнайоме місто Горіція — перше місто, яке йому довелося визволяти. Дві дивізії, спішно укомплектовані рекрутами з Галичини, Буковини та Румунії, буквально з коліс вагонів вступили у бій і відкинули на попередні позиції кепсько підготовлені італійські підрозділи. Далі пролунав наказ зупинитися. Рота, в якій воював інфантерист Вовк, зайняла свої позиції, залишені більше місяця тому внаслідок несподіваного наступу італійців.

Унизу несла води річка Ізонцо, яку ворог усе ж залишив за собою, захопивши невеликий плацдарм на австрійському березі. Саме з нього і починалися майже щоденні атаки італійців у марних спробах захопити окопи. Саме тут, в Альпах, військове відомство могло похвалитися якщо не перемогами над ворогом, то хоча б тим, що зірвали наміри Рима з ходу розгромити австро-угорський фронт.

Ні Вовк, ні його товариші, поспіхом зібрані чи не з усієї імперії, про це не знали. Наразі перед ними був ворог, що хотів піднятися на гору за їхньою спиною, і їхнім завданням було не допустити цього.

Коли чергова атака розрізнених груп італійців укотре захлинулася, Левко загнав у гвинтівку чергові п'ять патронів, як завжди це робив після закінчення атаки, й опустився на дно окопу. Дивно, але він одразу звик до розпорядку, коли навіть перебування тут почало приносити певні радості. Як-от усвідомлення того, що вкотре залишився живий і неушкоджений, що зараз чергові солдати принесуть обід і навіть можна поспати.

Але їсти не хотілося, хоч Левко знав, що це зробити необхідно. Не відомо, коли буде вечеря і чи буде вона взагалі, якщо ворожа артилерія — не доведи Господи! — поцілить у їхню кухню. Більше хотілося спати. Ночі — хоч і літні, але все ж альпійські — були холодними, і поперва х незвиклі до цього галичани, буковинці й навіть румуни потерпали від холоду. Щоправда, поволі всі почали призвичаюватися до тутешніх умов, але бажання виспатися не проходило.

Та сон не брав. Левкові згадався той день, коли у село прибув унтер-офіцер із розпорядженням мобілізувати всіх, хто підлягав призову. Яким же було здивування прибулого, коли перед ним постав лише Левко Вовк! Інших чоловіків — віком від двадцяти одного року до сорока п'яти — у селі просто не виявилося. Шестеро вже воювали, Андрій Валько був у Легіоні, а Лука Солтис на рік постаршав і вже переступив призовну межу.

На збір йому дали годину. За цей час потрібно було приготувати найнеобхідніше та попрощатися з родиною. Мама довго не могла відірватися від сина, якого забирають на війну, аж поки вуйко Гнат ніжно, але досить сильно, взяв її за плечі. Не бажаючи знову пережити плачі матері та чотирирічного племінника Дмитрика, Левко зняв шапку, перехрестивсь і швидкими кроками направився до підводи, де на нього вже чекали. Дорогою він зустрів Ксеню, що самотньо стояла біля своїх воріт. Від того пам'ятного дня, коли забрали його тата і мимовільною причиною цього стала Ксеня, вони більше не розмовляли. Левко навмисне старався, щоб їхні шляхи не перетинались. У душі він розумів: провина Ксені у тому, що сталося, була незначна, і вона аж ніяк не хотіла завдати його батькові шкоди, але пересилити себе юнак не міг. Він так і не подивився на дівчину, кинув на підводу торбину з речами, скочив на воза і поїхав на війну.

У Кам'янці, чекаючи, коли прибуде потрібний їм потяг, Левко несподівано для себе запримітив знайому постать у чорній сутані.

— Петре! — крикнув він. — Петре Лісович!

Той озирнувся. Це дійсно був Петро Лісович, остання зустріч із яким майже рік тому залишилася пам'ятною. Принаймні для Левка. Зараз усе забулось, і він обняв Лісовича.

— Звідки ти, друже? — запитав Левко.

— Та ось отримав хіротонію і їду до нашої церкви, — пояснив Петро. — Адже отець Матвій утік із москалями.

— Так, ні поховати, ні похрестити, — підтвердив Левко. — Добре, що хоч шлюб не беруть. Просто нікому женитися. Усі хлопці на війні.

— І багато забрали?

— Із самого Перетина я вже дев'ятий, — повідомив Левко. — Та в нас узагалі мало в селі лишилося. Мого тата заарештували москалі, Тому Білецького — австріяки; вуйка Гриця Мороза вбили москалі, батька Томи повісили австріяки; Степко і Орина пішли з москалями, а баба Параска померла.

— Так, сумно! — мовив Петро Лісович.

— А ти йди! Там на парафії не відспівані багато померлих.

— Так, я знаю. Але не переживай: упораюся!

— Та я й не переживаю!

— Левку, ти це... Не тримай на мене зла за той випадок.

Левко всміхнувся.

— Пусте, отче Петре! — сказав він. — Навпаки, я навіть хочу подякувати тобі за той синець. Якби не та ніч, я так і залишився б цим неотесаним москвофілом.

— От дійсно не знаєш, що добре для людини! — мовив Лісович.

Тим часом оголосили посадку у вагони. Петро і Левко знову міцно обнялись і розійшлися. Одного чекала опустіла церква, іншого — Італійський фронт.

А далі був галоп. Їх, молодих рекрутів, привезли до Львова, нашвидкуруч одягнули в однострій, дали в руки гвинтівки і знову посадили у вагони. Подальша дорога тривала майже півмісяця, навіть вони заледве не вступили у бій із москалями десь на Буковині, але хтось нагорі вирішив, що найбільше користі новобранці принесуть на Італійському фронті.

І ось уже цілий тиждень рота гауптмана Фоґеля тримає оборону на схилі цієї гори. Не відомо, скільки часу їм доведеться тут жити і чи не судилося тут померти, але часті атаки італійців не залишали місця для оптимізму.

Непомітно для себе Левко заснув. Прокинувся від того, що його термосили за плече. Ще не розкрив очі, але вже схопився за гвинтівку.

Над ним стояв фенріх[1] Кароль Шнапп, його найперший командир.

З несподіванки Вовк спробував підвестися.

— Гер гауптман наказав вас привести до себе, — повідомив Шнапп.

— Мене? — здивувався Левко.

— Саме вас! Ходімо негайно! Я вас проведу!

Левко Вовк ішов, пригнувшись, минаючи бойових товаришів, що здебільшого спали, і губився у здогадках, чого це він знадобився гауптману Фоґелю, якого бачив лише двічі й то здалеку.

Командир роти сидів у наспіх збудованому бліндажі.

— Гер гауптман! Лео Вовк! — сказав Кароль Шнапп.

Фоґель підвів голову.

— Ви знаєте німецьку? — запитав він.

Левко непевно кивнув головою.

— Погано, гер гауптман! — мовив він.

Видно, його вимова надто різала вуха німця, бо він скривився.

— От що, інфантеристе Вовк! Сьогодні у бою вбито мого денщика Курта, — говорив гауптман. — Мені потрібен новий денщик. На жаль, із усіх солдатів моєї роти лише ви можете сказати щось по-німецьки. Примушувати вас не буду. Запитаю тільки: ви хочете піти до мене денщиком?

Пропозиція була несподівана, тому спочатку Левко навіть розгубився. Він перевів погляд на фенріха, потім знову подивився на гауптмана.

— Згоден, гер гауптман!

— Добре. Гер фенріх, викресліть Лео Вовка зі списку свого взводу!

— Яволь!

— Ідіть! А ви, інфантеристе, одразу приступайте до виконання своїх обов'язків. І найперше: нагрійте мені води! Хочу поголитися.

Так несподівано для себе вже другого тижня після прибуття на фронт Левко Вовк став денщиком гауптмана Пауля Фоґеля.

Нове призначення не стало для Левка полегшенням і тим більше не було безпечнішим, ніж сидіння в окопах. Гауптман Фоґель

[1] *Фенріх* — унтер-офіцер в австрійській армії.

аж ніяк не був тиловим офіцером, коли починався бій, неодмінно перебував на спостережному пункті — в такому ж окопі, як усі. Денщик Вовк стояв позаду, щоб негайно виконати розпорядження офіцера. Це могло бути побажання принести кави чи наказ побігти у другий взвод, щоб той переніс вогонь дещо лівіше. Якийсь солдат таємничо повідомив Левкові, що саме на цьому місці випадкова куля вбила його попередника. Від біди подалі той відступив на два кроки вбік.

Перебуваючи поруч із Фоґелем, Левко Вовк був у курсі всіх подій. Так Левко дізнався від нього, що німецькі війська генерала Шольца захопили Курляндію, «цю одвічно німецьку землю», як висловився гауптман. Пауль Фоґель був не просто австрійцем. Він був німецьким австрійцем, імператор Вільгельм у його очах являв еталон правителя і полководця. Останні події на фронті дедалі більше закріплювали це переконання.

Звичайно, інфантериста Вовка більше цікавили події в Галичині, але, на його розчарування, віденські газети обмежувались або бравурними зведеннями з Галичини, або невизначеним терміном «позиційна війна».

Одначе весна і літо 1915 року стали для Відня чи не найуспішнішим періодом із самого початку війни. Мало того що австрійцям удалося відвоювати майже всі території, втрачені восени чотирнадцятого, вони показали всім (і насамперед собі), що вміють воювати, про що свідчила вже друга за три місяці битва на річці Ізонцо.

У цьому принаймні Левко Вовк міг бути певний.

Рим виявився ще більш непідготовленим до війни, ніж Відень.

18

У Ксені Солтис зовсім не залишилося подруг. Раніше, ще до війни, вона залюбки спілкувалась і з Ганною Кандибою, і з Мартою Мороз. Вони хоч і не були однолітками, але різниця у рік-два не помічалася зовсім. Бувало, дівчата збирались у ніч або на Андрія — поворожити на судженого, або на Івана — шукати в темному лісі цвіт папороті. Здавалося, так буде завжди, аж поки у котроїсь знайдеться наворожений на Андрія суджений (що дуже ймовірно), або хтось із них на Івана все ж знайде заповітний цвіт (що навряд).

А потім була війна, для кожної своя. Залишившись самотніми, і Марта, і Ганна вже нікуди, окрім церкви у неділю і на свята, не ходили. На їхніх тендітних дівочих плечах опинилася вся господарка, хоча й така невелика, що залишилася після відходу москалів. У Солтисів господарка була не більша, але тут були тато і мама...

А Ксеня просто не знаходила собі місця. Колись можна було хоч зайти ввечері до Білецьких. Вона мало тямила з того, про що говорив вуйко Тома, але іноді туди приходили хлопці й дівчата. І серед них був Левко.

І зараз, коли згадує той день, на очі напливають сльози. Вона й досі картає себе за необдумані слова тоді, біля церкви, сказані Степкові Білецькому. Ксеня могла заприсягтися будь-чим найсвятішим, що є у неї: вона нікому не бажала зла, а особливо татові Левка. Почувши, що його заарештували і що невільною причиною цього був її довгий язик, Ксеня проплакала всю ніч. І не так за Василем Вовком, як за тим, що Левко більше не буде з нею. Він ніколи не пробачить їй того, що вона вчинила.

Якось Ксеня спробувала поговорити зі Степаном і запитала, навіщо він так учинив, але той грубо відповів, що це не її бабська справа вирішувати, правильно він зробив чи ні.

А після того як Степан утік зі своїми москалями, а Левка забрали в армію (хоч дівчина підозрювала, що днями пізніше він сам замельдувався б до війська), у селі взагалі нікого не залишилося, з ким Ксеня могла б просто поговорити. Розуміючи, що з дочкою щось негаразд, мати спробувала поговорити з нею, але отримала відповідь: «Зі мною все добре!» Це аж ніяк не заспокоїло Юстину, тому вона найближчої неділі прийшла до отця Петра.

Отець Петро вже збирався піти до себе на плебанію, але, побачивши Юстину Солтис, що у нерішучості переступала з ноги на ногу, підійшов до неї. За два місяці, що він служив у церкві великомучениці Варвари, Петро Лісович устиг припасти до душі парафіянам, і зараз вже ніхто не згадував, що, навіть будучи семінаристом, він буквально кулаками боровся з усіма, хто дотримувався москвофільських поглядів.

Тобто майже з усіма.

Зараз же, коли симпатії у парафії помінялися, він вирішив розвинути це, і хоч його парафіяни й не стали свідомими прихильниками «Просвіти», вони вже не були симпатиками товариства Качковського.

— Я вас слухаю, Юстино! — заговорив він перший. — Я так розумію, що ви прийшли порадитися зі мною.

— Ви вгадали, отче!

— Я вас слухаю! — заохотив отець Петро, бачачи, що жінка вагається.

Юстина спочатку несміливо, а потім упевненіше розповіла йому про стан своєї дочки, за яку вона вже почала переживати.

— Вона мені не говорить нічого, наче я і не мати їй!

— Молоді дівчата іноді приховують від батьків свої думки, — мовив отець.

— Але ж я її мати!

— Ксенія у такому віці, коли молодим людям не конче потрібна мати. І ви не знаєте, що з нею?

— Не знаю.

— Може, її покинув хлопець? Ваша дочка має хлопця?

Юстина похитала головою.

— Нема нікого!

— Смію припустити, що мама якраз може і не знати, — мовив отець Петро. — Добре, пришліть її до мене. Спробую поговорити.

— Не думаю, що вона згодиться. А якщо взнає, що я попросила, то зовсім перестане ходити до церкви. Краще ви підійдіть до неї, наче просто так.

Петро Лісович визнав слушність слів жінки.

— Добре, обіцяю при нагоді поговорити з вашою Ксенією, — сказав він.

Звичайно, пообіцяти було легше, аніж зробити. І отець Петро, і, напевне, дівчина пам'ятали той вечір якраз рік тому, коли вони зустрілися на польовій дорозі. Але зараз уже рік іде війна, всі звикли до наглих смертей, і роз'юшені носи прихильників Качковського, й підбиті очі симпатиків «Просвіти» вже не видавалися такими страшними.

І все ж таки нагода трапилася найближчого понеділка. В четвер було Преображення, тому жінки й дівчата прийшли прибрати в церкві. Коли Ксенія Солтис залишилася сама на лівому притворі, до неї підійшов отець Петро.

— Я хочу поговорити з тобою, сестро! — сказав він.

— Я вас слухаю, отче! — з готовністю відповіла дівчина.

Вона сподівалася, що священник попросить її виконати якусь роботу.

— Я хочу поговорити про твій стан, Ксеню!

Дівчина внутрішньо насторожилась.

— Я вас не розумію!

— Мене непокоїть твій стан, — повторив отець Петро. — Останнім часом, та що там останнім часом — відтоді, коли я тут служу, ти якась напружена, невесела, стоїш завжди окремо від інших дівчат, а після служби відразу їдеш з батьками додому. Колись ти такою не була.

Ксеня хотіла сказати, що раніше всі були інакшими, але натомість тихо відповіла:

— Мені нема з ким бути!

— А друзі? Колєжанки?

— Відреклися від мене.

Отець Петро здивувався. Чого-чого, а такого він не сподівався почути.

І все ж не збирався відступати.

— Розкажи все, що тебе тяжить! — сказав священник. — Повір — тобі стане легше! Можливо, я навіть зможу дати тобі пораду!

— Я не хочу всього говорити... — почала Ксеня, але Лісович перебив:

— Це не сповідь, але й у звичайній розмові ми маємо говорити правду, а не оскверняти свої уста брехнею.

Ксеня якусь мить збиралася з думками. Отець Петро не підганяв її, розуміючи, що може лише нашкодити.

— Я винна, отче, — сказала дівчина. — Через мене забрали вуйка Василя.

— Якого Василя? — не зрозумів отець Петро.

— Тата Левка Вовка. Коли отець Матвій повідомив, що переходить до Москви і буде правити по-московськи, вуйко Василь сказав, що не ходитиме до церкви доти, доки москалі не підуть.

— І що?

— Левко сказав мені, а я проговорилася Степану Білецькому.

Що було далі, отець Петро знав, але продовжував слухати.

— Наступного дня він привів москалів, і тата Левка забрали. Левко мене зненавидів, а потім пішов на війну. В селі всі знають, що сталось, і ніхто зі мною не говорить. Я самотня.

Останні слова Ксеня промовила, вже плачучи. Інші жінки побачили, що розмова священника з Ксенею вийшла за звичні рамки, і непомітно відійшли у дальній куток церкви, щоб не заважати.

— Людина не може все пояснити, — мовив отець Петро. — Навіть те, що діється з нею самою.

— А я взагалі не знаю, що зі мною діється, — призналася дівчина.

— Є такий вислів: «Недовідомі шляхи Господні!»

— Так кажуть, коли людина йде в монастир, — мовила Ксеня і раптом запитала: — Отче, а мене візьмуть у монастир?

Отець Петро здивовано глянув на дівчину, сподіваючись побачити в її очах якесь лукавство, але Ксеня говорила серйозно.

— У монастир не йдуть лише з розпуки, — повчально сказав він. — Богові служать за покликанням.

— А якщо я готова служити за покликанням?

На такий розвиток Петро Лісович не чекав. І точно на нього не сподівалася мати Ксені. А дівчина тихо стояла перед священником і очікувала на відповідь.

— Чого ти від мене чекаєш? — запитав він.

— Не знаю, — призналася Ксеня. — Благословення, певно!

— Це надто серйозний вибір, що на нього так просто дати благословення або, навпаки, відмовити.

— У Камінці є жіночий монастир...

— Так. Згромадження сестер Пресвятої Діви. Ти хочеш туди? Чому?

— Він близько.

Отець Петро похитав головою.

— Якщо людина згоджується на послушництво, то для неї не існує відстаней. Чи то монастир у Кам'янці, чи він за океаном — вона буде однаково близько до Бога і далеко від батьків.

Він замислився.

— То як мені бути, отче? — запитала Ксеня.

— Я так розумію, батьки твої про це не знають.

— Ні, я їм іще не говорила.

— Ти маєш отримати благословення не лише від свого священника, але й від батьків. Їхнє, можливо, навіть найперше, — мовив отець Петро. — Не можу сказати, що мені не мила ця розмова, але давай не будемо спішити. Зробимо так! Ти подумаєш, сама скажеш своїм про рішення, якщо не передумаєш, то я поговорю з ігуменею, чи згодиться вона прийняти тебе послушницею. Хто знає — можливо, ти і не будеш готова до чернецтва. Все може бути! Але мені хотілося б, аби це сталося.

Наостанок він благословив Ксеню і, не чекаючи, коли закінчать прибирати, вийшов із церкви...

Розмова вдома була непростою ні для Ксені, ні для тата з мамою. Вони по-батьківськи противилися тому, що їхня дочка, на яку покладали великі надії, піде з хати назавжди; як віруючі християни, вони розуміли, що дочка сама обрала для себе шлях служіння Богу. Звичайно, у Солтисів ще залишався тринадцятирічний син Данило, самі не будуть, але все єство виступало проти цього рішення.

Цієї ночі у Солтисів ніхто не заснув, а коли заспівали перші півні, батько Лука підійшов до дочки і мовчки поцілував її влоба. Слідом за ним це повторила і мати. Благословення батьків Ксеня дістала. Залишалося сподіватись, що невідома ігуменя погодиться прийняти до себе ще одну послушницю.

19

Тридцять першого жовтня 1915 року в бою біля села Семиківців, в останній день російського наступу, дістав свій осколок і стрілець Федір Мороз. Його кулеметна ланка, де вже не було ні Гордія Сталенного (загинув на горі Маківці), ні Андрія Валька (потрапив у російський полон ще у травні), настільки не сподобалася москалям, що ті вирішили позбутися докучливого кулемета з допомогою гармати. Хоч у них завжди відчувався снарядний голод, але для цієї справи зайвих чотири-п'ять снарядів знайшлося. Вже після третього пострілу кулемет замовк, обидва напарники Мороза лежали мертві, а Федір дістав поранення у ліве плече, причому рана виявилася важкою. Його не чіпали до самого ранку наступного дня, коли чергова атака москалів захлинулась і стало зрозуміло, що вона була останньою. Військовий санітар нашвидкуруч перев'язав рану, причому декілька разів клацав язиком, що у його розумінні означало: сам він упоратися не зможе. Федора і ще кількох важкопоранених одвезли до Теребовлі, де місцевий лікар-жид видалив осколок. Оскільки для повного заживання рани потрібен був час і догляд, стрільця Мороза відправили у «Приют для хорих і виздоровців Українських Січових Стрільців у Львові», що розташувався на вулиці Петра Скарги[1].

Хоч Федір Мороз і вважався важким, але майже відразу йому дозволили ходити, щоправда, лише палатою і найближчим коридором, чому він був дуже радий.

Пораненими стрільцями опікувався молодий доктор Володимир Щуровський, якому заледве виповнилося двадцять п'ять, як, зрештою, молодими були і всі лікарі у шпиталі. Найстаршою серед лікарів була Ірина Домбчевська, щоправда, не набагато, а наймолодшою загальна улюблениця стрільців Зоня Монджейов-

---

[1] Тепер вулиця Євгена Озаркевича.

ська. Деякі стрільці пам'ятали її ще з часів Маківки, коли дівчина безстрашно витягала поранених стрільців із бою. Тоді ж вона дістала поранення. Російський кавалерист ударив її шаблею по голові.

Дівчина вижила, але шрам залишився, тому вона завжди носила на голові білу хустину, що повністю закривала її лоб.

Ліжко Федора стояло посередині палати. Його сусідами виявилися вістун[1] Дмитро Завертаний та стрілець Павло Гнідець. Обидва мали однакове поранення ноги, щоправда, Завертаний — правої, а Гнідець — лівої. На війні вже стало звичаєм шукати собі товариша чи навіть двох. Це було на фронті, цього дотримувались і тут, у шпиталі. Напевне, у цьому була потреба хоча б виговоритись, адже наступний бій (та навіть просто наступна хвилина!) міг бути останнім. Вояки тягнулися один до одного, не звертаючи уваги на вік, освіту чи стан.

Дмитро Завертаний вже розміняв четверний десяток років, свого часу закінчив Рільничу академію[2] і в Легіоні січових стрільців був не останньою людиною. Павло Гнідець пішов у Легіон із третього курсу університету, тому Федір також сміливо відніс його до вчених. Серед трьох лише Мороз заледве закінчив два класи сільської школи і спочатку навіть соромився своєї ненавченості, але його товариші відразу дали йому знати, що для них це не є принциповим. Головне — те, що всі вони є українськими стрільцями!

Якось ближче до середини листопада Федір Мороз сидів у сестринській кімнаті, і Зоня Монджейовська робила йому перев'язку. Вона вже зняла старі бинти і, обробивши рану, тепер обережно перебинтовувала свіжими. Саме у цей момент до кімнати зайшла директорка Стрілецького притулку.

Хоч Федір безпосередньо і не стикався з Іриною Домбчевською, його лікували інші, але внутрішньо він мав острах до цієї жінки, принаймні порядок вона тримала у притулку залізний.

— Софіє, у мене до вас серйозна розмова! — з порога сказала вона.

---

[1] Підстаршинське звання українських січових стрільців.
[2] Тепер Львівський національний аграрний університет.

— Добре, пані Ірино! Зараз закінчу з пораненим і прийду до вас, — з готовністю відповіла Монджейовська.

— Це зайве! Говоритимемо тут, а ви продовжуйте перев'язувати. Софіє, я хочу, щоб ви приготували цю кімнату під окрему палату.

— Пані Ірино! Це єдине місце, де ми можемо робити перев'язку! — заперечила Зоня. — Інші зайняті пораненими.

— Я все розумію. Якщо треба, будете робити перев'язку у мене в кабінеті. На днях до нас у притулок привезуть особливого хворого. Я про це кажу вам, бо хочу, щоб ви особисто опікувалися ним. Звичайно, головний нагляд я доручу доктору Овчаровському, але хворий зовсім немічний і за ним потрібен постійний догляд.

— Добре, пані Ірино! Зроблю! Можна дізнатися, хто цей особливий хворий? — поцікавилася Зоня.

Вона, нарешті, закінчила свою роботу й допомогла Федору одягнути кітель.

— Можете йти, Федоре! — сказала вона.

Мороз подякував, кинув погляд на директорку і залишив кабінет. Він так і не дізнався, хто цей особливий хворий, прибуття якого змусило начальство пожертвувати кімнатою для перев'язки.

Загадку розв'язано було вже наступного дня. Погода видалася зовсім кепською, навіть затяті любителі виглянути хоча б на якусь хвилину надвір залишилися всередині будинку, а просто лежати на ліжку вже несила, тому в коридорах притулку було людно.

Враз персонал шпиталю забігав, заметушився, на ходу просячи хворих зробити в коридорі прохід. Не розуміючи, що відбувається, поранені чекали, що буде далі.

Усі, хто був у коридорі, повернули голови до входу. Двері відчинились, і до приміщення ввійшли незнайомі чоловік і юнак. Вони вели попід руки старого сивого чоловіка, що опирався на палицю. Він ішов повільно, ледве переставляючи ноги, як страшенно стомлена людина. Увійшовши, прибулий зупинився, тремтячою рукою зняв із голови кучму і слабким голосом привітався. Серед поранених прокотилося приглушене: «Франко! Сам Франко! Іван Франко!», але той навіть не відреагував на це. У супроводі чоловіка і юнака він рушив коридором між пораненими стрільцями, що відступили до стін. Коли Іван Франко проходив повз Федора Мороза, який разом із усіма заворожено дивився на автора «Мойсея», чий вірш знав чи не напам'ять, палиця того вислизнула з тремтячої руки і впала біля ніг стрільця. Федір нахилився, підняв палку — просту дерев'яну, з якими ходять старші люди у його селі, — і подав Франкові. Той лише кивнув головою на знак вдячності й попрямував далі, де на нього вже чекала Софія Монджейовська.

Коли за прибулими зачинилися двері кабінету лікарки, до Мороза звернувся Гнідець.

— Бачив? — кивнув він на двері.

— Угу. Це точно Іван Франко? — запитав Федір.

— Так. Я бачу його вперше, лише на портреті, що висів у нас у хаті разом з образами, але як він змінився! Постарів. Дуже постарів.

— Не дивуйтеся, хлопці, — підійшов до них вістун Завертаний. — Два роки тому він поховав старшого сина Андрія, а молодші Тарас із Петром зараз на фронтах. Та й із його жінкою не все добре. Тобто, хлопці, життя не пожаліло нашого Мойсея. Сам лишився вдома. Радник Бандківський (ви його бачили, від Франка) звернувся до Правління товариства «Українська самаритянська поміч», щоб прийняти хворого Франка до нашого притулку на лікування.

— І йому не відмовили?! — чи то запитав, чи то ствердив Мороз.

— А хто може відмовити в лікуванні нашому Франкові!

— А хто цей юнак? — допитувався Гнідець.

— Його небіж Василь, син брата Захара. Зовсім випадково прийшов до стрийка і застав його зовсім слабим. От і лишився доглядати!

Поява у притулку «особливого хорого» стала темою розмов не на один день. Той факт, що разом із ними перебуває сам Іван Франко, якось навіть переважив деякі незручності, що виникли у зв'язку з тим. Вже не Зоня з її лагідними руками робила перев'язку стрільцям і бувало, що це траплялось у самій палаті, і директорка Домбчевська іноді змушена була залишати свій кабінет під час якоїсь процедури, але ніхто не нарікав — з ними був сам Франко!

Зазвичай хворий перебував у своїй палаті разом із небожем, який щодня відвідував стрийка. Іноді поранені чули слабкий старечий голос: це Франко диктував юнакові переклад з латинської. Сам писати не міг. Пальці рук вже не згинались і навіть тримати в руках олівець не було змоги.

Бували дні, коли Іван Франко виходив зі своєї палати і тоді коридор не вміщав усіх бажаючих побачити поета.

А шосте січня 1916 року поранені стрільці, а з ними і Федір Мороз, запам'ятають назавжди. У той день Правління Гуманітарного товариства «Українська самаритянська поміч», що, власне, й опікувалося притулком, організувало для поранених стрільців Святвечір, на який запросили і Франка з небожем. На цей час поет уже трохи оклигав і навіть жваво вів розмову з присутніми. Звичайно, він сидів далеко від Федора, разом із лікарями і своїми радниками, але навіть це не применшило усвідомлення найголовнішого — на Святвечір вони були разом з Іваном Франком.

Враз забулася рана, що досі боліла, звістка з дому про смерть батька від кулі ненаситного москаля, невідомість про брата Олексу, який досі не дав про себе знати. Федір пережив це, переживатиме і далі, але вже завтра. А поки що він разом з іншими співає колядки, причому галицькі чергуються з буковинськими, що дуже сподобалося Франкові, слухає, як той відповідає на чергове запитання одного зі старшин, коли і хто виніс ідею створити Товариства Січей у Галичині.

— Цю ідею виніс мій добрий друг, адвокат доктор Кирило Трильовський, — мовив Франко. — Дуже важко доводилося йому пробивати дорогу в темні села Гуцульщини, галицькі далекі села — національно освідомлювати наш народ і молодь. У деякі місця його просто не пускали, противники наказували бити у дзвони в селах, перестерігати, сповіщати людей, що йде доктор Кирило Трильовський у село організовувати Січ. Казали, що йде він деморалізувати молодь. Але розвелися Січові орлята та розлетілися зі своїх гнізд по всіх селах і містах Галичини та Буковини, вони виконали велику роботу серед нашого народу і молоді. І ось ви тепер стали на шлях визвольних змагань українського народу за самостійну державу.

Той вечір не закінчувався довго. Нарешті директорка Ірина Домбчевська, побачивши, що Іван Франко вже стомився, на правах господині завершила вечерю. Щоправда, деяка затримка все ж виникла, бо присутні захотіли сфотографуватися з поетом. Деякий час витратили на те, щоб розсістися так, аби було видно всіх, і, нарешті, розійшлися спати.

Будь-яка рана, навіть важка, колись заживає, і наприкінці зими Федора Мороза остаточно було визнано здоровим. Попрощавшись із товаришами та побажавши тут більше ніколи їх не бачити, Федір залишив шпиталь. Йому належало повернутися до тих місць, де був поранений чотири місяці тому. Але спочатку Федір вирішив відвідати своїх рідних.

Так сталося, що у цій частині Львова Федір Мороз був уперше. Раніше, ще до війни, здається, що це було так давно, що аж не віриться, що минуло лише якихось півтора року, він із батьком коли і приїздив до Львова, то найбільше заглиблювався до Краківського базару, де і відбувалася торгівля для жителів північних від міста земель. Тут же, біля храму Святого Юра, він був уперше. Зрештою, до самого храму Федір навіть не потрапив: знаючи, якими людними бувають відправи, він просто боявся за свою рану. Тепер же, залишивши шпиталь, Федір найперше пішов помолитися.

Із якимсь незнаним до того острахом Мороз піднімався кам'яними сходами вгору. До сьогоднішнього дня найбільшою церквою, де йому довелося побувати, був місцевий храм у селі, також не маленький, але катедральний собор у Львові вразив його не так своєю пишністю, як простою гармонією. Здавалося, тут усе мало своє місце і слугувало єдиній меті. А може, так і було?

Федір не потрапив на відправу і як дізнався в якогось літнього парафіянина, що доведеться чекати до вечора. Але так багато часу в нього не було: треба їхати додому. Тому щиро помолившись перед образом Миколая, Мороз залишив храм. Вулицею Петра Скарги він спустився вниз, вийшов на Казимирівську[1] і повільно попрямував угору. Хоч лютневі сніги і накривали час від часу Львів, але вже не надто зимове сонце встигало за день їх розтопити, тому зараз стрілець брів рідотою, дедалі більше хвилюючись за свої черевики.

---

[1] Тепер вулиця Городоцька.

Йому зустрічалися львів'яни, що були заклопотані чимось своїм і зовсім не зважали на жовніра, який обережно — аж надто обережно, якщо враховувати ще не до кінця загоєну рану, — піднімався вулицею вгору. Напевне, за час війни містяни встигли надивитись і на австрійських жовнірів, і на російських козаків, і на українських січовиків, а про приналежність його до них говорила синьо-жовта розетка.

Ліворуч здіймалася до неба церква Святої Єлизавети. Вражений побаченим, Федір Мороз задивився на високі шпилі та кам'яні скульптури на фасаді. Таку споруду він бачив уперше, хоч про неї багато говорили у шпиталі. Той-таки Дмитро Завертаний розказував, що цю церкву особисто заклав цісар Франц Йосиф на честь своєї дружини Єлизавети, котру вбив якийсь фанатик.

Дорога додому була далека, тому треба було поспішати. Федір Мороз дістався двірця[1] у сподіванні застати хоч який потяг. Яким же було його здивування, коли потрібний йому потяг уже стояв під парами і, судячи з усього, якраз мав відбувати. Не знаючи, як тут справи з посадкою у вагони, Федір Мороз звернувся до чоловіка у формі працівника двірця. Той вислухав його, з цікавістю подивився на синьо-жовту розетку на «мазепинці» і без слів провів до першого вагона, не такого заповненого, як інші.

Зрештою, дорога залізницею до Кам'янки тривала не так і довго, тому вже через якусь годину стрілець Мороз сходив на станції повітового міста. Йому і далі щастило. Заледве роздивившись навкруги, сподіваючись побачити когось знайомого, він почув, що хтось його погукав. Повернувся на голос і побачив перед собою Петра Лісовича. Це було так несподівано, що Федір навіть заплющив очі.

Петро засміявся.

— Я не мара якась, — мовив він, обіймаючи друга. — А от ти як тут опинився, не можу зрозуміти!

— Приїхав до своїх, — відповів Федір, відсторонюючи друга. Петро мимохіть зачепив місце поранення.

— Надовго?

— Завтра назад.

---

[1] Залізничний вокзал у Львові.

— Тоді їдьмо. Я тут возом. Миттю доставлю до твоїх!

Побачивши запряженого у підводу коня, вигляд якого викликав тільки співчуття, Федір засумнівався у слові «миттю», на що Лісович пояснив:

— Усіх гладких коней забрали на потреби армії. Якщо я годуватиму свого Гнідка так, як треба, заберуть і його. А так він і не голодний у мене, і не переїдає.

Федір поклав сумку на воза, сів поруч із Петром.

Поїхали. Федір знав, що його друг служить у місцевій церкві замість отця Матвія, його в селі люблять, а головне — він продовжував їхню попередню боротьбу з москвофілами, хоча тепер уже нікого не перестрівав вночі, та й москвофіли, яких не вивезли кудись у глиб імперії, позачинялись у своїх домівках, до того ж сан не дозволяв вдаватися до радикальних кроків. Натомість отець Петро повідкривав у колишніх читальнях Качковського осередки «Просвіти» і, судячи з чуток, досяг у цьому значних зрушень.

— Як там мої? — запитав Федір.

— Та як тобі сказати! — відповів Петро Лісович. — Важко. Всю роботу сподівався робити тато, а коли його не стало, все навалилося на Марту. З брата Василя, сам розумієш, поки що користі мало, хоч після смерті тата він змінився. Вже не гасає, куди покличуть. Не знаю, як би вони вижили, коли б не корова. Через зиму вона їх урятувала.

Отець підігнав коня.

— Та у нас усі так живуть! — мовив він. — І не знайдеш родину, де все добре! Та й де ж тут узятися тому добру? Війна!

Отець Петро спинив коня біля хати Морозів, пообіцявши Федору завтра відвезти його назад. Помітивши, що до двору заходить якийсь військовий, на ґанок обережно вийшла Марта. Від появи військових вона вже відвикла чекати чогось доброго, але, впізнавши брата, з радісним криком кинулася йому на шию. Водночас за шинель його обняв і молодший брат Василь, який з'явився невідь-звідки. Рана, звичайно, заболіла, але Федір не те що не відсторонив сестру, але навіть не звернув на це уваги.

Вони так стояли досить довго, не в змозі повірити, що знову бачать одне одного. Так мовчки, без жодного слова, обнявшись, Морози зайшли до своєї хати.

Чи можна взагалі описати відчуття братів і сестри під час отаких зустрічей? Напевне, коли з війни сина зустрічає мати, вона відразу намагатиметься догодити йому, наставити на стіл усього їстівного, а Марта просто посадила Федора на лаву і притулилася до нього, боячись повірити у своє щастя. З другого боку не відпускав руку брата і малий Василько.

Так вони сиділи досить довго, мовчки, щасливі від того, що побачилися після довгої розлуки. Нарешті Федір, зрозумівши, що так може тривати до вечора, обережно відсторонив сестру.

— Роздягнуся, — винувато сказав він.

Він зняв шинель, повісив на гачок на стіні. Підперізуватися ременем не захотів. Мав бажання просто побути вільним.

— Хведю, ти надовго? — обережно запитав Василько.

Федір подивився на благальні очі сестри і неохоче відповів:

— Завтра назад!

І побачив на очах Марти сльози, але то були не сльози радості.

— Нічого, сестричко! Повернувся цього разу — Бог дасть, сьи верну і назавжди!

Коли було все переговорено і перепитано, надвечір двері скрипнули, і до хати зайшов Гнат Валько. Знову привітання та обійми, але Федір знав про причину його появи.

— Ти можеш розповісти, що сталося з Андрієм? — запитав Гнат. — У листі ти писав, але я хочу знати більше.

— Востаннє я видів Андрія в травні. Коло Стрия ми вели бій з москалями. Сиділи зі скорострілом і прикривали стрільців якраз посередині наступу. Коли сотник повів усіх в атаку, ми перестали стріляти, щоб не влучити у своїх, — говорив Федір. — Андрій побачив, як наш сотник упав, а стрільці почали відступати. Я не знаю, чи вбили сотника, чи ні, але Андрій сьи зірвав із місця й побіг до нього. Він не встиг забрати тіло з собою, бо москалі знов захопили свої окопи. Я видів, як вони його обступили. Самі розумієте, стріляти я не міг, щоб не влучити в Андрія. Увечері ми вибили москалів із їхніх позицій, але ні Андрія, ні сотника вже не було. Нам сказали, що всіх полонених відправили кудись у тил.

Гнат слухав Федора, потупивши очі.

— Як ти гадаєш: він живий? — запитав.

— Він полонений, а полонених відправляють кудись у табори, і вони там чекають, поки сьи війна кінчит. Потім вони вертають, — відповів Федір.

Не відомо, чи заспокоїли Гната Валька слова Федора, чи саме це він сподівався почути, але, витерши сухі, без сліз, очі, він підвів голову.

— А про Михайла з вашим Олексою ти нічого не знаєш?

— Ні, вуйку Гнате, не чув! Самі розумієте: фронт великий, людей багато. Будуть живі — дадуть про себе знати!

Того вечора до хати Морозів завітали чи не всі з родин, чиї чоловіки воювали. Всім здавалося, що Федір обов'язково має знати про їхніх рідних, наче той служив не у січових стрільцях, а принаймні у військовому міністерстві, причому неодмінно у відділі, де лежать списки всіх солдатів.

Але Федір Мороз цього не знав. Завтра йому належало повертатися до свого Легіону. Його чекали майбутні бої, результат яких ніхто вгадати не міг.

1916 рік

20

Пісок був сухий, червоний і дрібний — зовсім не такий, який Андрій Валько звик бачити у себе вдома, коли вітер, бувало, здіймав його в повітря і ніс на село. Тоді від піску неможливо було сховатися. До того ж тутешній пісок зовсім не тримався купи, і, щоб не засипало окопи, рятували мішки, наповнені тим-таки піском.

Пісок, майже щоденний суховій. Та пекуче, зовсім не квітневе сонце. І так уже майже півроку.

А ще нестача води, що тут має присмак життя. Десь там, на заході, несуть свої води могутні ріки Євфрат і Тигр. Андрій знав про них із Біблії. Між ними колись Бог поселив перших людей і назвав це місце Раєм. От тільки раю на цій землі вже давно немає.

Андрій сів на дно окопу, простягнув натруджені ноги.

Чужа форма, чужа нагорода, чужа земля...

І чужа, не його, війна!

Сьогодні наступу не буде. Андрій Валько знав це напевне. У повітрі щось змінилося, мабуть, знову здійметься вітер, до того ж подме він в обличчя британцям, тому можна розслабитись і ще раз подумати над тим, якого біса він тут робить, у цих біблійних місцях!

Той травневий день, коли після чергового бою він разом із сотником Букшованим потрапив до російського полону, міг стати його останнім днем на цьому світі. Під час бою, в якому сотника поранили, москалі зазнали таких великих втрат, що марно було сподіватися на їхню милість. Одначе якийсь офіцер, певно, дворянин не в одному поколінні, досить-таки у грубій формі відігнав од полонених розлючених солдатів, які хотіли тут-таки покінчити з ними, і наказав конвоїрам відвести бранців до спільного збору. Там сотникові Букшованому надали медичну допомогу, на щастя, рана виявилася не небезпечною. Андрій Валько вирішив не відставати від свого сотника, оскільки той був єдиною знайомою йому людиною.

Справи у росіян ішли геть погано, і в червні разом із армією генерала Іванова в глиб Росії відступились і полонені. Андрій досі здригається, коли згадує неймовірно довгочасну поїздку у неймовірно душному вагоні. Їхній шлях пролягав на схід. Спочатку гадали, що їх вивантажать на Поділлі, навіть стояли два дні на якійсь станції (потім з'ясувалося, що це був Житомир), коли переїхали Дніпро, сподівалися на Полтаву, але коли під мостом промайнули води Волги, то всім стало зрозуміло: везуть у Сибір.

Уже далеко за Волгою Осип Букшований вилікувався остаточно, рана зажила, і до нього знову повернулася рішучість.

— Андрію, а чи не довго ми їдемо? — запитав він одного разу, коли потяг знову завмер на два дні.

— Що ви пропонуєте? — запитав Валько.

— Пропоную пройтися.

— І далеко?

— Додому.

Сотник Букшований ніколи не вмів жартувати, тому Андрій зразу зрозумів: це серйозно! І він був певен, що той досягне свого.

Тієї ночі вони втекли. Вагон майже не охоронявся, вартові були переконані, що на чужій території, далеко від своєї землі ніхто не відважиться на втечу. Так потяг і поїхав без двох стрільців, а коли пропажу виявили, певно, вирішили не здіймати зайвого галасу.

Спочатку Андрій навіть дивувався, чому їм так щастить. Вони не пішли на захід, щоб не наразитися на якихось військових, а натомість вирушили на південь, через Туркестан. Напевне, якби їм на шляху трапився уважний патруль, на тому їхня подорож і закінчилася б, але патрулі були або неуважні, або їх зовсім не було, та й мало хто виділяв серед численних жебраків різних мастей та сповідувань двох у чудернацькій синій формі, але у тюрбанах — інакше ходити було просто неможливо. Якийсь селянин, що пас вівці на самому кордоні, трохи знав російську мову і перевів їх через гірську річку до Персії. Щоправда, довелося пожертвувати золотим перснем сотника, але це було не найдорожче за можливість покинути Російську імперію.

У Персії на них узагалі ніхто не звертав уваги: тут таких було ще більше. Дізнавшись, що у Месопотамії йде війна, Осип Букшований вирішив піти туди. Якісь фелахи — симпатики Англії —

довели їх до британських позицій, а інші фелахи, цього разу ті, що співчували німцям, через них провели.

І ось вони — почорнілі від південного сонця, з потрісканими від вітру кривавими губами, у потертій і подертій одежі — стоять перед грізним німецьким генералом.

— Хто такі й що робите у стані наших військ? — суворо запитав він.

Сотник Осип Букшований як міг виструнчився і німецькою мовою відповів:

— Гауптман Букшований і гренадер Валько! Повертаємось із російського полону, гер генерал!

— Звідки ви знаєте німецьку мову? — здивувався генерал. — З вимови чую, що ви не німці.

— Із 1911 року служив у третьому гренадерському полку Його імператорської величності Франца Йосифа. Потрапив у полон 29 травня у бою в Карпатах.

— А ваш супутник?

— Андрій Валько, гренадер українського Легіону у складі цісарсько-королівської армії. Німецької мови не знає.

Здивуванню генерала не було меж.

— Де ви втекли? — допитувався він.

— Місто Оренбург.

Брови німця підскочили вгору.

— Коли це сталося?

— Точно не знаю, але, гадаю, не пізніше вересня, — відповів Осип.

Знову здивування.

— Ви знаєте, де ви зараз? — запитав генерал.

— Так точно! Ірак!

— А точніше?

— Не знаю.

— А який зараз день?

Сотник похитав головою.

— Підозрюю, що листопад, — обережно припустив віп.

Генерал переглянувся з присутніми офіцерами.

— Сьогодні сьоме грудня. Ви перебуваєте біля міста Ель-Кут, яке ми взяли у кільце. Я генерал-фельдмаршал фон дер Ґольц.

Якщо ви ті, за кого себе видаєте (а перевірити я не маю змоги), то, гадаю, не відмовитесь вступити у ряди рейхсверу.

Так сотник українського легіону Букшований став гауптманом рейхсверу, а стрілець Валько — гренадером у його роті. Вже шостого січня британські війська відновили атаки, які своєю метою ставили пробитися до оточених в Ель-Куті. Рота, у якій служили українці, займала позицію зовні кільця якраз на стику з османами і перебувала чи не на небезпечнішій ділянці фронту. Особливо Андрієві запам'ятався день якраз на Різдво, коли до британців підоспіли головні сили. Тоді втримати позицій османам не вдалось, і щоб не потрапити у полон, німці також відступили до містечка Ваді, де остаточно закріпилися. Ніякі подальші спроби британського генерала Янгхазбенда не увінчались успіхом. Його поразка стала фатальною для захисників Ель-Кута.

Генерал фон дер Ґольц не розчарувався ні у гауптмані, ні у гренадерові. За бої біля Ваді обидвом він власноручно вручив Залізного хреста, а після одного з боїв турецький генерал Халіль-паша навіть удостоїв українців медалі турецького півмісяця, щоправда, нею тоді нагородили багатьох німців.

Сонце пекло немилосердно, і, якби не пробкова каска, було б зовсім паршиво, а так просто погано.

Угорі на окопі почулися кроки, і разом із піском униз скочив Осип Букшований. На таку порцію червоного піску в очі, рот і за карк Андрій Валько вже перестав звертати увагу.

— Що? — запитав він, навіть не намагаючись дотримуватися субординації.

Осип зняв із голови каску з тканиною ззаду, яка захищала від сонця шию, струсив із волосся пісок.

— Паршиво, Андрію, — сказав сотник. — Навіть дуже паршиво.

— А що сталося?

— Я тільки зі штабу. Генерал помер.

Валько недовірливо витріщився на сотника.

— Як це помер? Убили? — перепитав.

— Помер! Від тифу.

Андрій замислився. Він уже навіть одвик від того, що на війні може хтось просто померти, не загинути від кулі чи снаряду, не замерзнути у снігу (щоправда, тут це нікому не загрожувало), а просто померти. Навіть од тифу.

— І що тепер? — запитав Андрій.

Осип Букшований знову надів на голову каску.

— Це справа не для моїх погонів, — сказав він. — Думаю, що генерала замінить Халіль-паша. Султан захоче, щоб цей Кут захопив турецький генерал.

Смерть командувача шостої турецької армії німця Вільгельма Леопольда Кольмара фон дер Ґольца стала неприємною несподіванкою для українців. Ще місяць тому, вручаючи Осипу Букшованому Залізного хреста, ґенерал поцікавився, чи немає у того якогось прохання. Тут Осип і сказав свою (і Андрія також) заповітну мрію: якщо трапиться нагода, повернутись у Галичину і вже там продовжувати війну. Розуміючи, що таке прохання продиктоване не просто втечею з фронту, а дійсно бажанням воювати, але вже вдома, генерал пообіцяв посприяти цьому, якщо випаде нагода. Саме сьогодні сотник Букшований мав дізнатися про рішення генерала.

Не встиг. Саме у той час, коли Осип чекав, коли його викличуть, генерал фон дер Ґольц помирав, як йому повідомили, від тифу. Але і тон, із яким це було сказано, і той відомий сотнику факт, що перед тим як померти від тифу, тифом треба хоча б хворіти, залишали багато запитань. Серед німецьких солдатів ширилися чутки про те, що надто вчасно для Халіль-паші помер німецький генерал-фельдмаршал. Якраз перед здачею оточеного міста.

Але Ель-Кут поки що здаватися не збирався. Більше того, наступного дня британці здійснили останню відчайдушну спробу прорватися до оточеного у місті гарнізону. Протягом трьох днів безперервних боїв британцям удалося вклинитись у турецьку оборону, зім'яти їхні перші лави, але на цьому наступ захлинувсь у крові самих англійців. Утративши втричі більше солдатів, аніж турки з німцями, генерал Джордж Корріндж, який замінив свого попередника, віддав наказ відійти на вихідні позиції, одночасно дозволивши вступити з Халіль-пашею в переговори щодо почесної капітуляції гарнізону Ель-Кута.

Андрій Валько всього цього не знав. Він розумів, що знову залишився живий у смертельній сутичці, що і цього разу смерть обійшла його стороною.

Він не знав (а з ним ніхто з його німецьких і турецьких побратимів), що саме цього дня в оточеному подвійним кільцем Ель-Куті двері кімнати відчинились і ввійшли двоє чоловіків. Генерал-майор Чарльз Таунсенд підвів голову. Важко було знайти двох настільки різних людей, ніж ті, що стояли перед ним. Дипломата Обрі Герберта генерал знав іще з Лондона. Той не змінився від того часу, як вони бачилися перед війною на прийомі у короля Едуарда. Ось і зараз Герберт такий же підтягнутий, виголений, одягнений як на парад, неначе не було важкого кількаденного переходу крізь позиції турків. Йому ще не було сорока років, і у його волоссі ще не пробивалася жодна сива волосина.

Його напарник був діаметральною протилежністю хоча б тим, що на ньому була арабська одежа і сам він скидався на бедуїна. Напевно, єдине, що відрізняло його від місцевого жителя, була відсутність бороди та вусів, без яких неможливо собі уявити араба.

Одначе генерал знав, хто перед ним, хоча й бачив уперше. Томас Едвард Лоуренс став легендою не лише тут, у Месопотамії, але й на Острові. Особиста дружба з міністром Вінстоном Черчиллем дозволила йому заходити до найнеприступніших кабінетів і домагатися свого, хоча Таунсенд сумнівався, що його кабінет належав саме до таких.

— Здрастуйте, панове! — привітався генерал. — Як добралися?

— Дякуємо, генерале! Добре! — відповів Обрі Герберт.

— От і чудово! Правила етикету вимагають дати вам можливість відпочити, але ситуація у місті потребує найшвидшого виправлення.

— Не хвилюйтеся, генерале, ми готові приступити негайно ж!

— Тоді прошу сідати!

Генерал-майор Чарльз Таунсенд, почекавши, поки гості всядуться у запропоновані крісла, заговорив:

— Дозвольте, панове, описати вам ситуацію. Хоч ви, сподіваюся, дещо вже бачили дорогою сюди, вважаю своїм обов'язком ознайомити зі справжнім станом справ. Ель-Кут перебуває в облозі вже п'ятий місяць. І боюся, що шостого він не переживе. У місті почався голод, щоправда, води достатньо, а то ситуація була б зовсім загрозливою, хоча такою вона і є! Я особисто звернувся до командування з проханням організувати нам доставку провіанту, медикаментів і боєприпасів. Аероплани Королівського льотного корпусу скинули на місто потрібний нам вантаж, але через вітер і пісок, що піднявся у повітря, більша частина його або стала здобиччю османів, або потонула у Тигрі. Баржа «Джульнар» із двомастами сорока тоннами провізії, яких нам вистачило б на три тижні, потрапила до рук османів. Я повідомив на Велику землю, що наші запаси продовольства закінчаться до двадцять третього квітня, хоча конини може вистачити приблизно до двадцять дев'ятого, але це не вихід, адже араби та індуси конини не їдять, тому й помирають від голоду. Після цього в місті не залишиться ні крихти їжі. Зараз і так вже денну норму хліба зменшено до п'яти унцій. Тому, панове, я бачу лише один вихід: капітуляція.

Генерал замовк, а Обрі Герберт кивнув головою.

— Так, генерале, нам про це відомо, — сказав він. — Генерал Персі Лейк нам про все розповів.

— Ваше, панове, завдання я бачу в тому, щоб передати Халілю пропозицію почесної капітуляції.

— Що ви під цим маєте на увазі? — Генерал вперше почув голос Лоуренса.

— Обіцянку не використовувати зброю проти османів; всю нашу артилерію й один мільйон фунтів стерлінгів.

— Я так розумію, османи проти. — Лоуренс, видно, вирішив перебрати ініціативу в свої руки.

— Коли я вперше передав цю пропозицію Халілю, він сказав, що йому потрібно передати цю фінансову пропозицію Енвер-паші, проте дав зрозуміти, що сам він вважає за краще беззастережну капітуляцію. Це, розумієте, не входить у наші плани.

— А як бути з місцевим населенням? — допитувався Лоуренс.

— Халіль-паша вважає, що жителі Ель-Кута є османськими підданими і їхнє майбутнє не мусить нас турбувати.

— Що стоїть за цими словами, здогадатися неважко! — озвався Герберт.

— Але головне для нас — життя наших солдатів, — наголосив генерал Таунсенд. — І якщо заради цього доведеться віддати в руки османів їх же підданих, я піду на це. Але, панове, ви маєте зробити все, щоб наша капітуляція перед османами справді була почесною...

А зараз солдати... просто спали, а з ними спав і Андрій Валько. Його товариші — і німці, і турки — знали, що цей гренадер не розуміє по-їхньому, але нагороди — і німецька, й турецька — говорили багато про що.

Переговори про капітуляцію протікали в'яло, з англійською неспішністю й німецькою педантичністю, тому в солдатів був час відпочити. Такі моменти — коли не стріляють — напевне, були благословенними на всіх фронтах великої війни обабіч тисячокілометрових ліній окопів, коли можна було сміливо, не боячись наразитися навіть на випадкову кулю, пройтися бруствером до кухні й так само сміливо повернутися до себе в окоп із їжею у казанку.

Лише через тиждень сторонам удалось домовитися про капітуляцію, та вона не була вже почесною. Халіль-паша не пристав на жоден пункт пропозиції генерала Таунсенда. На довершення всього, під час переговорів османський генерал дізнався, що Таунсенд наказав знищити всю свою артилерію, щоб вона не дісталася ворогові. Ця звістка поклала край джентльменським переговорам, яких іще дотримувався Халіль-паша. Англійські офіцери були не в тому становищі, щоб торгуватися з османським генералом-переможцем. Після того як фінансову пропозицію було рішуче відхилено, Герберту і Лоуренсу більше нічого було йому запропонувати. Вони не знали, що Таунсенд, зазнавши невдачі у своїй спробі підкупити Халіля двома днями раніше, цього ранку погодився на беззастережну капітуляцію і вже вважав себе військовополоненим.

Основні перемовники на чолі з таємничим Лоуренсом Аравійським кудись зникли, а генерал Халіль-паша наказав вишикувати свої війська на околицях міста Ель-Кут, щоб прийняти капітуляцію британського корпусу.

Роту гауптмана Осипа Букшованого поставили десь на самому кінці.

21

Відень зустрів гауптмана Фоґеля та цуґсфюрера Вовка ароматом квітів, прохолодою Дунаю і дивовижно синім, аж ніяк не воєнним небом. Здавалося, що столиця навіть не підозрювала, що десь іде війна, саме цієї миті гинуть люди, можливо, навіть ті, що жили ось у цих будинках, ходили цими вулицями, віталися з панянками. Зараз чоловіки в окопах, лінії яких простяглися на тисячі кілометрів, годують вошей, панянки гуляють самі, але Дунай, неначе нічого й не сталося, так само несе свої води до Чорного моря.

Сам гауптман жив на лівому березі Дунаю, по вулиці Шлосерґассе, у власному особняку, а Левко поселивсь у казармах якогось гусарського полку, що зараз були порожніми — весь склад полку декілька місяців тому спішно відправили на фронт, аби закрити ним чергову діру в обороні.

Щодня Левко Вовк зустрічав гауптмана Фоґеля біля входу до військового міністерства. Там гауптман вирішував справи, задля яких, власне, і прибув до Відня. А цуґсфюрер увесь час був готовий виконати чергове розпорядження офіцера, хоча зазвичай чекання могло затягтися на весь день, і аж увечері повертався до своєї казарми.

Але одного погожого серпневого дня, коли Левко Вовк уже думав, що і сьогоднішній день мине так само безрезультатно (хоча, по правді, таке нічогонероблення йому подобалось, і він із тривогою думав про те, що вічно воно тривати не може), у коридорі з'явився гауптман Фоґель.

— От що, Лео! Ось вам записка. Віднесіть її якнайшвидше до мене додому і віддайте фрау Ельзі, — сказав гауптман. Він мав на увазі свою дружину.

— Яволь, гер гауптман! — з готовністю відповів Левко, ховаючи аркуш у нагрудну кишеню.

— Постарайтеся це зробити якнайшвидше! Сьогодні до нас гості прийдуть... Ну, вам це нецікаво! Потрібно попередити фрау Ельзу заздалегідь!

— Дозвольте виконувати?

— Ідіть! І постарайтесь дорогою не закохатися в якусь віденську панянку! — всміхнувся гауптман.

Левко Вовк почервонів, але віддав честь і попрямував коридором до виходу.

Він настільки був певен у тому, що за ці дні вивчив столицю, що навіть не слідкував за дорогою. Коли ж побачив перед собою якийсь незнайомий майдан, зупинився в нерішучості. Тут він був уперше, майдан йому був незнаний, невеликий, тому зрозуміти, де саме перебуває, він не міг.

Повертівши головою врізнобіч (причому, напевне, мав не надто презентабельний вигляд), Левко з жахом подумав, що швидко виконати доручення гауптмана не вдасться, якщо йому хтось не допоможе. Звичайно, найкраще було б звернутися до військового, свій свого завжди виручить, але, на його біду, йому зустрічалися самі цивільні, та й то здебільшого жінки.

Зрозумівши, що так і стоятиме тут, серед цього майдану до самого вечора, Левко Вовк, попри свою нерішучість, усе-таки вирішив запитати дорогу. Якраз повз нього йшла молода дівчина, одягнута не дуже з викликом, скромно, але зі смаком.

— Фройлін! Прошу пробачити мене, але чи не допоможете ви мені? — звернувся Левко до дівчини.

Його німецька мова була жахлива, але дівчина, здавалося, зовсім цього не помітила. Вона зупинилася, з цікавістю подивилася на військового.

— Так, я вас слухаю! — сказала вона.

Якби Левко досконало знав мову, він уловив би в її словах щось незвичне, не властиве німцям.

— Ви не могли б мені сказати, як...

Він замовк, згадуючи наступне слово.

— Господи, як по-їхньому «дістатися»! — пробурмотів Левко собі під ніс.

На його здивування, дівчина широко розкрила очі й запитала:

— Ви русин? — До речі, запитала по-українськи.

Цього разу широко розкрив очі Левко.

— Так, я з Галичини, — підтвердив він. — А ви, фройлін?

— Мене звати Марія. Я з Коломиї.

Зустріти тут, у великому Відні, у першій зустрічній дівчині, майже землячку — межувало з дивом, або... знаком згори.

— А як вас звати? — поцікавилася дівчина.

— Левко.

— Ви точно русин, бо тільки на Галичині так називають. Тут усі Лео чи Льове.

Марія критично оцінила несподіваного земляка і, видно, залишилася задоволена побаченим.

— То куди вам потрібно, Левку з Галичини? — запитала вона.

— Вулиця Шлосерґассе.

— Ви знаєте, я тут зовсім недавно, всього Відня не знаю, але ця вулиця мені відома.

— Дуже добре! Ви покажете мені, як туди потрапити?

— Навіть проведу. Я там живу.

Цього Левко не сподівався, а дівчина пояснила:

— Вірніше, там професор мешкає, у котрого я живу ось уже рік, — сказала вона.

— А до того де жили?

Марія деякий час не відповідала. Вони йшли мовчки, і Левко зрозумів, що запитання було недоречне. Подумавши, що він образив дівчину, хотів було вже просити вибачення, але та озвалася сама.

— До того майже рік я жила в Талергофі, — тихо сказала вона.

Для Левка це слово нічого не значило.

— Ви не знаєте, що таке Талергоф? — криво посміхнулася Марія.

— Пробачте, але ні, — винувато сказав Левко.

— Це пекло на землі. Там я втратила своїх маму й тата.

Дівчина заплакала. Це сталося так несподівано, що розгублений Левко лише спромігся покласти руку на плече дівчини, а та відразу притулилася до його грудей. Юнак обережно погладив Марію по голові. Вона враз перестала плакати, винувато подивилася на нього, витерла сльози.

— Пробачте, ніяк не можу забути, — сказала дівчина.

— Пусте, це ви мені пробачте. Я не знав, що для вас це така рана, — спробував виправдатися Левко.

— Тато потрапив туди як москвофіл, — говорила Марія. — А ми з мамою поїхали з ним. Мама, а за нею і тато, померли від тифу, а мене врятував професор Ревуцький. Його самого витягнув із Талергофа студентський товариш, також професор. Він хотів урятувати й інших: мого тата, дядька Тому Білецького, але...

Левко Вовк з несподіванки зупинився. Марія запитала:

— Що?

— А звідки цей Білецький? — запитав Левко.

— Ой, я забула звідки. Десь із ваших місць. Якось дуже просто село називається. Щось на «пе». Перев'язь...

— Перетин! — крикнув Вовк.

— Перетин! Точно Перетин! — зраділа Марія. — А що таке?

— Та я сам із Перетина!

Тепер здивувались обоє, а юнак переконався, що їхня зустріч відбулася не просто так.

Вони пройшли добрих три сотні метрів, аж Левко прочитав на одному з будинків «Schlossergasse».

— Ну от, Левку з Перетина! — сказала Марія. — Тут я живу.

Вона показала на чотириповерховий будинок по той бік вулиці.

— Квартира сім. Третій поверх. Запрошую вас сьогодні до себе.

— А...

— Пан професор не заперечуватиме. Я його добре знаю!

— Але ж ми майже не знайомі! — спробував заперечити Левко, щоправда, не надто переконливо.

— Чекаю вас о сьомій годині, — сказала Марія. — Вам буде зручно?

Левко пробурмотів, що все залежить від гауптмана, але кивнув головою.

— Постараюся! — тільки і мовив.

— Куди далі йти, знаєте?

Вовк озирнувся. Далі починалися будинки, що їх він уже бачив.

— Так. Мені далі.

— От і чудово! Приходьте! Пан професор також буде радий зустріти тут земляка.

Дівчина на прощання всміхнулась і, пропустивши якусь карету, перейшла вулицю. Невдовзі вона зникла за дверима будинку. А Левко Вовк усе ще перебував під враженням від того, що сталося. Він стояв би довго, але згадав про своє доручення і поспішив вулицею далі.

Після роботи гауптман Фоґель повідомив цуґсфюрера Вовка, що сьогоднішній день є останнім у Відні, а завтра їм обом належить відбути назад, на Італійський фронт.

— Тоді дозвольте, гер гауптман, відпроситися на сьогоднішній вечір, — сказав Левко і почервонів.

Капітан Фоґель пильно подивився на нього й усміхнувся.

— Ви все-таки знайшли у столиці собі дівчину! — констатував він.

— Зовсім ні, — заперечив Левко. — Дівчина лише виявилася моєю землячкою.

— Й одразу погодилася на побачення! Ох, часи-часи! Колись я від своєї Ельзи півроку домагався зустрічі. Добре, Лео! Ідіть, але будьте готові завтра зранку до поїзда!

Левко Вовк віддав честь і залишив гауптмана...

З яким трепетом він натискав кнопку дзвінка перед дверима з цифрою 7! Замок у дверях клацнув, і на порозі виникла Марія. На ній була проста синя сукня з мереживним коміром.

— Заходьте, Левку з Перетина! — весело сказала дівчина. — Пан професор чекає на вас. І не переживайте: він вас не вижене.

— А чого б це йому виганяти? — озвався високий худий чоловік, що саме виник у коридорі. — Друг Марійки — і мій друг! Дозвольте відрекомендуватися. Професор Микола Ревуцький! Із ким маю честь говорити?

— Цуґсфюрер Лев Вовк! — по-військовому клацнув підборами Левко.

Потиск руки професора був міцний.

— Дивне поєднання імені та прізвища! — відзначив він. — Так і не зрозуміло, хто ви конкретно: лев чи вовк! Прошу до вітальні!

Левко почепив кепі на вішалку, й у супроводі Марії пройшов до наступної кімнати, що слугувала вітальнею.

Запросивши гостя сісти, професор опустився у крісло навпроти. Марія примостилася поруч на дивані.

— Коли Марійка повідомила мене, що зустріла у Відні військового, котрий знає Тому Білецького, і запросила його додому, я, чесно признатися, зрадів цьому, — заговорив професор. — Досі відчуваю свою провину в тому, що не встиг врятувати від смерті отця Василя, тата Марійки, і не зміг вирвати Тому з цього пекла.

— Фройлін... Марія розповіла мені про цей Талергоф, — обережно мовив Левко. — Мені соромно признатись, але я нічого про нього досі не чув.

— Це й не дивно! Самі австрійці відвертають очі, коли мова заходить про це місце під Ґрацем, але нічого вдіяти не можуть чи не хочуть.

— Там сидять москвофіли? — поцікавився Левко.

— Там сидять усі! І члени товариства Качковського, і ті, що лише знають московську мову, і просто неблагонадійні, як ото я! Є, звичайно, ті, що підходять під усі категорії.

— А вуйко Білецький?

Професор усміхнувся.

— Тепер бачу, що ви дійсно з Галичини і саме з півночі. Саме там так звертаються до всіх старших чоловіків, — сказав він. — А Тома залишився в Талергофі. Комендант навідріз відмовився його випускати.

— Чому? — здивувався Левко.

— Та через впертість вашого односельця!

— Не розумію!

— Формальним приводом для звільнення — лише формальним, а не остаточним — було визнання того, що ти не русин, а українець.

— І що?

— А ваш вуйко навідріз відмовився визнавати себе українцем, бо для нього зробити це означало назвати себе мазепинцем. Отакий принциповий ваш односелець!

Почуте змусило Левка замислитися. Досі він вважав Тому Білецького просто людиною, котра відробляла московські гроші, а той виявився ще й ідейним.

А професор вів далі:

— Мені залишилося тільки забрати Марійку з собою. Вона, як і я перед тим, перенесла тиф, була дуже слабою, але, дякувати Богу, ми пережили це. Ось уже рік ми тут.

Господар повернувся до дівчини.

— Марійко! Чого ти сидиш? Швидко неси нам каву! — удавано сердито сказав він.

Дівчина зірвалася з місця і побігла до іншої кімнати.

— Вона мені як дочка! — провів її поглядом професор. — Своїх дітей у мене немає; жінка померла від сухот іще у дев'яностому; думав, що так і помру самотою, але Бог дав мені Марійку. Вона, як і я, сирота.

Левко слухав невідомого йому професора і не наважувався розповісти про те, що з родиною Білецьких у нього особливі стосунки, але професор і Марія в цьому не мали провини, та й із Томою вони на ножах не були.

— А ви, Леве, що тут робите у Відні? — поцікавився професор.

— Якщо можна, то Левко, — поправив Вовк. — Приїхав зі своїм гауптманом. Я в нього служу денщиком. Завтра вирушаємо на фронт.

— Куди?

— На Італійський.

Професор похитав головою. Видно, він був ознайомлений із подіями звідтам.

— Не питаю, що думаєте робити потім, — сказав він. — Якне-як війна! І все ж! Які мови ви знаєте?

— Польську, — відповів здивований таким запитанням Левко. — Німецьку...

— Ну, про німецьку можете не говорити. Марійка розказала про ваші спроби поговорити з нею. Скільки вам років?

— Двадцять два.

— От що, Левку! Я бачу, що ви досить ерудована людина. Послухайте мене уважно, а вже потім вирішуйте самі. Можливо, я багато чого не розумію в сучасному житті, але багато що і бачу. Знайте, що Марійка дочка греко-католицького священника, виховувалась у глибоко віруючій сім'ї і просто так із вулиці першого-ліпшого знайомого, навіть земляка, не приведе. Та й ви, бачу, не з тих військових, що використовують будь-який привід для знайомств. Я пропоную вам — коли все закінчиться і ви залишитесь живі — повернутися сюди. Почекайте! Повторюю: вирішувати вам. Я допоможу вам вступити до університету, потім працюватимемо разом.

— Де? — запитав вражений Левко.

— Я зараз працюю разом із професором Екснером. Ви не чули про нього?

Левко змушений був признатися, що чує про такого вперше.

— Ми займаємося дослідженнями радіоактивності. Перспективна галузь. Ну, то як?

Саме цієї миті до вітальні з тацею, на якій стояли чашки з ароматною кавою, увійшла Марія. Вона поставила принесене на стіл і подала чоловікам їхні чашки.

— Чудова віденська кава! — відзначив Ревуцький. — А ви знаєте, Левку, що привіз її до Відня ваш земляк?

Левко цього не знав.

— Так! Юрій Кульчицький. У Відні досі є кав'ярня, відкрита ним. Тут недалеко, на Шлосерґассе. Називається «Під синьою пляшкою». При нагоді колись сходимо туди. Але спочатку потрібно обдумати мою пропозицію.

Левко повільно попивав гарячий гіркуватий напій і мовчав. Професор зрозумів його сумніви.

— Я розумію, що вас непокоїть. Удома хтось є? — запитав він.

— Так, мама. І тата кудись забрали москалі.

— І чим ви допоможете їм, повернувшись у своє село? А тут я обіцяю хороші гроші. Фізика, молодий чоловіче, наука майбутнього! Та й підтримувати своїх зможете.

Звичайно, Левко Вовк того вечора нічого не пообіцяв. Та й даремно було щось загадувати наперед у переддень відправлення на фронт, де смерть, хвороби, якісь невідомі досі танки, смертельний газ (також поки що далеко) і просто нелюдські умови перебування. Єдине, на що він дав згоду, писати листи на цю адресу.

Левко повертався до своєї казарми у сум'ятті. Пропозиція професора Миколи Ревуцького заскочила його зненацька, але навіть не це хвилювало.

Левко Вовк раптом зрозумів, що у світі з'явилася ще одна людина, котра його чекає.

22

— Михайле Васильовичу, починайте!

Начальник штабу Ставки Верховного Головнокомандувача генерал-ад'ютант Алексєєв подивився на Миколу II і підійшов до вивішеної на стіні великої мапи.

— Ваша імператорська величносте! Панове генерали! Дозвольте ознайомити Військову раду з ситуацією, яка склалася на фронтах на сьогоднішній день, — почав він. — Ваша імператорська величносте, дозвольте нагадати, що наш союзницький обов'язок змусив нас розпочати наступ у районі Вільно—Нароч на місяць раніше, аніж передбачалося директивою Ставки. Генерал Жоффр звернувся до нас із проханням зробити все від нас залежне, щоб відволікти частину німецьких військ від Вердена, де німецький штаб восьмого лютого здійснив спробу прорвати французьку оборону. Внаслідок одинадцятиденних боїв другій армії генерала Еверта вдалося досягнути незначного успіху. Наступ північної групи генерала Плєшкова зазнав невдачі. Південній групі генерала Балуєва вдалося прорвати лінію оборони німців на ділянці озера Нароч і просунутися на декілька кілометрів. На жаль, за одинадцять днів наступу ми втратили вбитими та пораненим до вісімдесяти тисяч офіцерів і солдатів. Німецькі втрати вдвічі менші. Два дні тому я видав наказ припинити Нарочанську операцію.

— І що ви цим досягли? — поцікавився вражений почутим Микола II. — Десяток квадратних верст болота?

— Я розумію, Ваша імператорська величносте, що з тактичного боку наша операція зазнала краху, — погодився генерал Алексєєв. — Але смію нагадати присутнім, що дії під Нарочем німецьке командування розцінило як наш генеральний наступ і, щоб ліквідувати ймовірну небезпеку прориву оборони, на два тижні припинило активні атаки під Верденом, що дозволило французькій армії організувати доставку військ та озброєння. Крім того, німецьке командування змушене було посилити свою ділянку фронту чотирма дивізіями за рахунок Галіції, тим самим послабивши напрям на Львів.

— Продовжуйте! — кивнув головою імператор.

— Із вищесказаного варто зробити з Нарочанської операції такі позитивні для нас висновки, — вів далі начальник Генерального штабу. — По-перше, ми допомогли генералові Жоффру, зірвавши плани Берліна, здійснити прорив французької оборони з наступною можливістю оточити Париж. По-друге, мій візаві у Берліні Мольтке повірив донесенню генерал-фельдмаршала Гінденбурґа, що наші дії були тільки репетицією перед генеральним наступом на тій-таки ділянці влітку. По-третє, і це найголовніше, у Відні переконані, що російська армія не має ні сил, ні ресурсів, аби почати велику операцію на великій ділянці фронту. Це яскраво показала наша, по суті, поразка під Нарочем.

Микола подивився на генерала Ронжина, який відав військовою розвідкою. Той одразу зірвався з крісла.

— Сергію Олександровичу, ви підтверджуєте слова Михайла Васильовича?

— Саме так, Ваша імператорська величносте! — відрапортував генерал. — Згідно із найсвіжішими даними від наших агентів, начальник Генерального штабу австро-угорської армії генерал фон Гетцендорф не вбачає небезпеки з боку нашого Південно-Західного фронту, тому найближчим часом має намір перекинути звідти до Італії декілька дивізій. Скільки, поки що невідомо, але найближчими дням будемо знати.

Генерал Алексєєв вів далі:

— Саме тому Генеральний штаб вважає, що на всьому нашому фронті на початок літа складеться сприятлива для нас обстановка, щоб завдати рішучого удару, метою якого буде ліквідація прусської групи військ.

Сказане Алексєєвим змусило присутніх генералів порушити тишу, котра до цього часу панувала в кімнаті.

Лише Микола II та чергові офіцери у нього за спиною ніяк не виявили своїх емоцій.

— Миколо Васильовичу, ви вважаєте це реальним? — засумнівався Великий князь Сергій Михайлович, генерал-інспектор артилерії.

— Ми припускаємо це, Ваша імператорська високосте! Розроблена Генеральним штабом літня наступальна операція не має аналогів у військовій історії хоча б тому, що передбачає одночасний наступ силами трьох фронтів на ділянці від Вільна до Луцька. Ми плануємо залучити один мільйон сімсот тисяч війська проти одного мільйона у ворога. Дозвольте ознайомити Ставку з детальним планом наступної операції.

Микола II тільки кивнув головою.

— Тоді почнемо з Північного фронту.

Командувач фронту генерал-ад'ютант Куропаткін сидів праворуч від імператора. А генерал Алексєєв вів далі:

— Силами Північного фронту я пропоную спрямувати удар від Двінська на Вільно, де і зустрітись із Західним фронтом.

Із цими словами він зробив різкий рух указкою у названому напрямку.

Тут озвався імператор.

— Війська Північного фронту прикривають Петроград від німецького наступу, — сказав він. — Ви упевнені в успіху операції, бо коли ні, перед генерал-фельдмаршалом фон Гінденбурґом відкриється оперативний простір і його вже ніхто не зупинить на шляху до столиці?

— У нас є перевага над фельдмаршалом фон Гінденбурґом, тому успіх операції я вважаю цілком ймовірним, — закінчив начальник Генерального штабу.

— Продовжуйте! — тільки і сказав цар.

— Дякую, Ваша величносте! — сказав Алексєєв. — Західний фронт!

Він кинув погляд на генерала від інфантерії Еверта. Серед присутніх той був найдужче обвішаний нагородами. Саме його нерішучі дії призвели до фактичного провалу Нарочанської операції.

— Західному фронту належить завдати головного удару з району Молодечного також на Вільно і разом із Північним фронтом оточити армію Гінденбурґа, — говорив Алексєєв. — Дії інших фронтів — Північного і Південно-Західного — матимуть лише відволікаючий характер, аби заплутати супротивника та позбавити його можливості маневру. Генералу Брусилову поставлено завдання атакувати сильно ешелоновану оборону австрійців і захопити Луцьк.

Генерал Брусилов сидів ліворуч від царя і всім своїм виглядом давав знати, що хоче щось сказати. Це, зрештою, помітив Микола II.

— Олексію Олексійовичу, вам не подобається план, розроблений Генеральним штабом? — запитав він.

— Аж ніяк, Ваша величносте! Я хочу лише внести деякі корективи у цей, безумовно, продуманий план, — сказав Брусилов.

— Тоді ми вас слухаємо!

Генерал Брусилов підвівся, підійшов до мапи і взяв із руки Алексєєва указку.

— Згідно з планом Генштабу ввіреному мені фронту належить силами Восьмої армії генерала Каледіна атакувати австрійські укріплення та захопити Луцьк. Далі розвиваючи наступ, Каледіну належить рухатися далі на захід, на Ковель, — говорив Брусилов. — Я пропоную наступати силами не лише Восьмої армії, а всім фронтом: генерал Сахаров (Одинадцята армія) на Броди з подальшим напрямом на Львів; генерал Щербачов (Сьома армія) — на Станіслав, а Дев'ята армія генерала Лечицького мусить узяти Черновіци та Коломию.

Цар Микола з цікавістю подивився на Брусилова, потім перевів погляд на Алексєєва.

— Я так розумію, мій начальник штабу проти?! — чи то запитав, чи ствердив Микола II.

Знову підвівся генерал Алексєєв.

— Я вважаю, що одночасний наступ по всьому Південно-Західному фронті розпорошить наявні сили, — сказав він. — На переконання Генерального штабу доцільніше посилити Луцький напрям декількома дивізіями з інших армій і досягнути кількаразової переваги у живій силі та артилерії.

— На сьогоднішній день фронт має перевагу в живій силі над супротивником у два рази і в артилерії — у півтора. На момент початку операції ми збільшимо цю перевагу до двох з половиною і до двох разів відповідно. До того ж одночасний наступ всього фронту дезорієнтує противника і позбавить його можливості перекинути війська підмоги на якусь конкретну ділянку, — говорив Брусилов.

— Однак я залишаюся противником саме такого розвитку, — не вгавав Алексєєв. — Проти Південно-Західного фронту і саме на тих його ділянках, які пропонує атакувати Олексій Олексійович, австрійці створили глибоко ешелоновану оборону. Це три смуги, віддалені одна від одної на п'ять і більше кілометрів. Найсильнішою є перша з двох-трьох ліній окопів, загальною довжиною півтора кілометра. Основу її становлять опорні вузли, у проміжках — суцільні траншеї, підступи до яких прострілюються з флангів, на всіх висотах — доти. Від деяких вузлів ідуть углиб відсічні позиції, так що і в разі прориву атакуючі потраплять у «мішок». Окопи є з козирками, бліндажами, притулками, вкопані глибоко в землю, із залізобетонними склепіннями або перекриттями з колод і землі до двох метрів завтовшки, здатними витримати будь-які снаряди. Таку оборону одночасно на чотирьох ділянках не прорвати.

— Так вважає Відень і переконаний, що наступати на цих ділянках ніхто не буде, тому наш наступ стане для нього повною несподіванкою, — заперечив попередні слова Алексєєва Брусилов.

— Як ви плануєте подолати таку глибоко ешелоновану оборону? — поцікавився цар.

— Потужним артилерійським вогнем.

Почуте, певно, зацікавило царя, тому він звернувся до Великого князя:

— Що скажеш, Сергію Михайловичу?

Одноліток царя, Великий князь Сергій Михайлович доводився йому двоюрідним дядьком, що не заважало їхній міцній дружбі.

— Щодня наші гармати витрачають сорок п'ять тисяч снарядів, — мовив той. — На жаль, наші артилерійські заводи спроможні постачати лише половину з цього. А для того щоб зруйнувати оборону австрійців, потрібна потужна артпідготовка.

— Можна обмежити витрату снарядів до початку операції, — запропонував генерал-майор Пустовойтенко. — Таким чином ми накопичимо їх достатньо для генерала Брусилова.

У Ставці він виконував обов'язки генерал-квартирмейстера і був відомим своїм негативним ставленням до генерала Алексєєва.

Цар подивився на Пустовойтенка, деякий час сидів мовчки і... оголосив перерву.

Перед тим як вирушити на обід, Микола II вирішив прогулятися поміж сосон, запросивши генерала Алексєєва приєднатися.

— Весна цього року припізнилася, — сказав цар, повільно крокуючи стежиною, встеленою дрібною бруківкою. — Не затяглась би вона аж до літа!

— Навряд, Ваша величносте! Зазвичай після такої пізньої весни настають благодатні дні, — відповів генерал. — Тут усе-таки не Петроград! Південь.

— Михайле Васильовичу, що ви думаєте про план Олексія Олексійовича? — запитав цар після деякої паузи.

Генерал Алексєєв також не спішив відповідати.

— Зі стратегічної сторони він геніальний, — нарешті озвався він. — Якщо він вдасться, то ми можемо сміливо виключити цісаря зі списку наших ворогів. Навіть якщо Відень і не вийде з війни, серйозної загрози для нас вже не являтиме.

— Цісареві може допомогти мій кузен, — нагадав Микола.

— Я навіть скажу точніше: кайзер Вільгельм допоможе обов'язково, але водночас послабить свої позиції на якомусь відрізку фронту в нас або на заході. Однаково нам вигода.

— Тоді чому ви проти плану Брусилова?

— Та все тому ж: він занадто сміливий! Олексій Олексійович настільки упевнений в успіху, що навіть не припускає невдачі. Я ж, як начальник Генерального штабу, маю прорахувати всі можливі наслідки: від повного успіху до цілковитої невдачі.

Цар знову задумався.

— Я от що думаю, Михайле Васильовичу, — нарешті сказав він. — Я надто добре знаю генерала Брусилова — і це попри моє ставлення до нього, — щоб у мене виникла хоча б іскра підозри у його некомпетентності. Коли він зважився на такий ризиковий крок, то, підозрюю, перед тим усе детально обдумав.

— Так, але...

— Тому, думаю, варто розпочати наступ по всьому Південно-Західному фронту і піднести це таким чином, щоб у Генеральному штабі у Відні та Берліні ні в кого не виникло сумнівів, що саме на Волині та Галичині ми запланували основний удар. Коли ж австрійські війська зав'язнуть у боях, почнуть відступати (а я впевнений, що вони відступатимуть!) і моєму кузену нічого не залишиться, як допомогти цісарю, послабивши при цьому або північний напрям, або ж західний, настане черга генералів Куропаткіна й Еверта, — мовив Микола II. — Кінець кінцем, ми нічого не втрачаємо!

— Окрім Поділля, — нагадав Алексєєв.

— Австрія не готова до великомасштабного наступу.

Вони дійшли до краю поки що голого парку і повернули назад. Змінилась і тема розмови.

— Михайле Васильовичу, хочу, щоб ви виконали моє прохання, — сказав цар. — Це навіть не прохання, а скоріше побажання.

— Я вас слухаю, Ваша величносте! — з готовністю відповів Алексєєв.

— Її високість (і я її в цьому цілковито підтримую!) висловила побажання, щоб до складу Ставки увійшов Григорій Юхимович, — повідомив Микола.

Цар говорив про Гришку Распутіна.

Михайло Васильович Алексєєв не посмів заперечити імператору, можливо, саме через те і став начальником Генерального штабу і залишався ним ось уже з серпня 1915 року. Але навіть ця обставина не змусила його беззаперечно погодитися на побажання імператриці.

— Чому ви мовчите, Михайле Васильовичу? — запитав Микола II.

— Якщо це станеться, Ваша величносте, то наступного дня чекайте мого рапорту про відставку з поста начальника Генерального штабу. З Распутіним я працювати не буду! — різко відповів генерал Алексєєв, чим здивував не лише царя, але й себе самого.

Він уже вирішив, що підтримає план генерала Брусилова, але боявся, що його демарш змусить імператора не чекати на відставку за власним бажанням.

А Микола II іншої відповіді від генерала Алексєєва і не чекав, хоча таємно сподівався, що Друг зможе бути поруч і давати мудрі поради.

— Пора обідати! — сказав Микола II. — Нема часу розхолоджуватися. Війна!

23

Твердження про те, що російська армія потерпає через снарядний голод, остаточно розвіялося вночі четвертого червня 1916 року разом із артилерійською підготовкою по всьому величезному фронту, що простягнувся від річки Прип'ять на півночі до Чернівці на півдні. Гармати не замовкали до ранку шостого червня, і коли росіяни перестали стріляти, першої лінії оборони австро-угорської армії практично не залишилося. Багаторядні дротяні загородження, протягнуті вздовж усього фронту, перемішались із землею і вже не були якою-небудь серйозною перешкодою для росіян. Австрійська артилерія, виставлена далеко за траншеями, виявилася наполовину знищеною. Окопи, в яких солдати перечасовували артилерійський удар, засипала земля, і тисячі австрійських піхотинців знайшли там свою могилу.

Так на початку червня почався знаменитий Луцький прорив, пізніше прозваний Брусиловським. На його початку в смертельному герці зіткнулися майже мільйон солдатів. Австрійський штаб повністю виявився не готовим до таких масштабів ведення війни.

Ні про плани російського командування, ні про проблеми рідного генерального штабу інфантеристи Яків Смоляр і Роман Панас не знали. Під час цих двох діб, коли практично не замовкали російські гармати, вони думали тільки про одне: щоб не зачепило. Канонада тривала довго, встигла набриднути і навіть молитви закінчилися десь надвечір другого дня. Вони лежали на дні окопу, вже наполовину засипаного землею вперемiж із осколками снарядів, і дивувалися, що досі живі.

О дев'ятій годині ранку шостого червня раптом настала така тиша, від якої аж задзвеніло у вухах. Яків Смоляр обережно скинув із себе навалену на нього землю, витягнув засипану гвинтівку і підвів над окопом голову. Лінії фронту, до якої він звик за ось уже майже цілий рік, не було. Дротів, що розділяли два ряди траншей — їхню і москалів, — вже не існувало, тільки де-не-де стояли поодинокі стовпчики, на яких дивом залишилися обривки дроту. Земля так густо була переорана вибухами, що здавалось, не лишилося жодного клаптика, куди б не влучив снаряд. Траншей із бліндажами, майже любовно викопаних солдатами, також більше не існувало. Дводенна канонада засипала їх повністю, і щоб стріляти, доводилося принаймні стояти на колінах, аби не дістати кулю хоча б у груди. Голова височіла над бруствером, якого також уже не було.

Яків бачив, як праворуч і ліворуч від нього підводяться солдати і так само, як і він, здивовано роздивляються на цей «пейзаж». Вибрався зі своєї схованки і Роман Панас. Між ним і Яковом була вікова різниця дев'ять років, але на війні всі опинялися в однаковій ситуації, котра їх урівнювала: й у віці, й у смерті, що могла настати будь-якої миті, навіть зараз.

— Закінчилося? — запитав Панас.

Він пошукав у землі своє кепі, витрусив із нього землю, натягнув на голову.

— І не врятує, якщо куля! — мовив він. — От чому в німців є гельми[1], а в нас саме полотно?

— У нас лоби залізні, — подав голос хтось збоку. — Кулі відлітають, як від стіни.

— Ага, от тільки ніхто того не бачив! То закінчилося? — ще раз перепитав Панас.

— Та де там! Тільки починається! — відповів Смоляр.

Усі, хто залишився живий, подивилися на схід. Там якраз росіяни піднялися в атаку. До австрійських окопів долинуло вже забуте «Ура!».

— Що робитимемо? — запитав Яків.

— Що начальство скаже! — відказали ліворуч.

— А якщо його нема?

— Все одно треба стріляти, — сказав Панас.

Тут неначе з-під землі (а може, так і було) виріс їхній командир, лейтенант Краузе. Він окинув поглядом залишки свого взво-

---

[1] *Штальгельм* (сталевий шолом) — піхотний шолом, прийнятий у німецькій армії 1916 року.

ду, кудись подивився вздовж окопів, оцінюючи, хто залишився в живих, і скомандував:

— Рота! До бою! Кулемети на бруствер! Припасувати багнети!

Здавалося, бракувало тільки цієї команди. Видно, їхнього командира роти вбило або поранило, тому взводний прийняв командування ротою на себе. Миттю зникли розгубленість і страх, натомість з'явилися рішучість і... впевненість, що все буде добре.

Стояти на повен зріст було небезпечно, тому солдати або лягли на бруствер, або опустилися на коліна.

А росіяни наближалися. Враз праворуч озвався кулемет, а за ним десь далі ще один. Це стало сигналом для інших.

Той факт, що ожили австрійські шанці, став для російських солдатів неприємною несподіванкою. Вони були майже впевнені, що після такої артилерійської підготовки не мусить прозвучати жоден постріл, тому і йшли в атаку, майже не криючись, чим і поплатилися. Перші ряди було скошено двома кулеметами, котрі залишилися в роті Краузе. Не готові до такого розвитку подій, солдати у зелених гімнастерках відступили.

— Зараз почнеться знову, — припустив Яків Смоляр, заганяючи в гвинтівку магазин із патронами замість порожнього. — І такими легковажними вони вже не будуть.

Зазвичай між атаками минав тривалий час, щоб підготуватися, але не цього разу. Майже відразу ворог знову пішов у наступ, але цього разу солдати вже не йшли на повен зріст, як на параді, а петляли полем, чи то обминаючи вирви від снарядів і необірвані дроти, чи то уникаючи прицільного пострілу з австрійських окопів. Але і в австрійських окопах також уже відійшли від жаху бомбардувань, тому постріли солдатів ставали дедалі точнішими.

Через півгодини стало зрозуміло, що і ця атака закінчиться нічим.

Наступної атаки довелося чекати цілу годину. Навіть через широку нейтральну смугу до австрійських окопів долинала голосна лайка російських офіцерів. Що вони говорили — було не зрозуміло, але те, що зрештою це закінчиться ще однією атакою, у цьому ніхто не сумнівався.

Видно, в ерцгерцога Йосифа Фердинанда, командувача четвертої армії, у складі якої, власне, і воювала рота Краузе, вирішили, що подальший опір саме на цих позиціях ніякої користі справі не принесе, тому несподівано для всіх прозвучала команда відступати і укріпитись на три кілометри західніше.

Але цей наказ виконати виявилося неможливо. Російський генерал Каледін, розлючений невдачею наступу саме на цій ділянці, увів у бій гусарський полк, тому, коли рота лейтенанта Краузе підійшла до потрібних позицій, вони вже виявилися зайнятими російськими солдатами і їх довелося відбивати. Це вдалося здійснити вже під вечір, при цьому поклавши половину із і так прорідженого снарядами складу. Наказавши солдатам відпочивати, командир роти всю ніч готувався до можливого розвитку подій, але вже перша звістка перекреслила всі його напрацювання.

Вістовий із полку повідомив, що росіяни прорвали оборону на фронті завширшки вісімдесят кілометрів і зараз безперешкодно рухаються у напрямку на Луцьк, який до вечора обов'язково візьмуть. Розуміючи, що залишатися на утриманих позиціях марно, адже не відомо, звідки чекати нападу, Краузе повів свою роту далі на захід.

Під час атаки на захоплені москалями свої ж таки позиції Роман Панас отримав легке поранення у ліву руку, але, побачивши, що небезпеки немає, він нашвидкуруч перев'язав кисть і приєднався до своїх. Зараз він крокував поруч із Яковом Смолярем, утішений, що обидва живі, однак стривожений тим, що їх очікує. Рота крокувала польовою дорогою, яку, здавалося, було видно на добрий десяток кілометрів, і було дивним те, що й досі вони не зустрілися з москалями.

— Як ти гадаєш, нам іще довго дозволять отак іти? — запитав Роман Якова.

Той крокував поруч і не спішив відповідати.

— А тобі погано? — нарешті озвався він.

— Та чого тут доброго? Розбили нас, як хлопчаків, а казали: москалі воювати не вміють, бомб у них замало... А як орали землю!

— Ромку, перестань! І без тебе нудить! А з тобою і взагалі...

Він не встиг договорити, як перед головою колони, якраз там, де машерував лейтенант Краузе, враз пролунав вибух. Від несподіванки всі застигли на місці, а командир роти звалився на землю. Смерть офіцера вмить зняла заціпеніння, і солдати кинулися назад, але і там піднявся стовп землі. Роман знав, що каноніри це називають «вилкою». От у такій вилці опинилася рота вже мертвого Краузе.

Солдати розгублено роззиралися навкруги, сподіваючись знайти місце, у якому можна сховатися від невидимого ворога, але кругом було чисте поле, на якому чітко вгадувалися вершники. Вони швидко наближалися до застиглої у нерішучості роти.

Це були драгуни лейб-гвардії Кінного полку російської імператорської армії.

(Ще ніхто не знав, що їм перестало щастити. Серед численних проблем Ставки Верховного Головнокомандувача була одна, і звалася вона Її імператорська величність Олександра Федорівна, або просто Аліса. Останнім часом вона зачастила до Могильова, де ось уже десять місяців перебував Микола II, її Нікі. Причинами частих візитів імператриці зазвичай були справи, пов'язані з Григорієм Распутіним, Любим Другом, як вона його називала. То у Друга було видіння, то йому наснився віщий сон, то просто вирішив дати дружню пораду — Аліса тут як тут — спішить у Ставку, викликає імператора з військової наради, аби повідомити чергове видіння, що нахлинуло на Распутіна. Саме у той час, коли війська генерала Брусилова захоплювали нові території, Олександра Федорівна переконувала чоловіка, якщо вже непокірний генерал ігнорував наказ свого імператора, то достатньо обмежитись наступом на Волинь та Галичину, а генералу Еверту замість Вільна варто наступати на Барановичі, захоплені німцями ще у вересні 1915 року. При цьому Аліса розповіла про видіння, що його бачив Друг під час своїх медитацій.

А генералу Куропаткіну вона порекомендувала взагалі стояти на місці.

Так втручання жінки звело нанівець успіхи Луцького прориву, пізніше названого Брусиловським.)

Усього цього Яків Смоляр і Роман Панас не знали. Вони загубилися серед чотирьохсот тисяч полонених, яких сотні ешелонів відвозили далеко на схід, у російську глибинку.

24

Якщо на півночі та півдні Південно-Західного фронту російський наступ розвивавсь успішно, а цісарсько-королівські війська так само успішно відступали, залишаючи великі міста, то у центрі, де займала оборону військова група фельдмаршала Бен-Ермолі, справи були не такі погані. Хоч фельдмаршалу й довелося відступити, але ніяких важливих міст росіянам захопити не вдалося. Кількатижневі спроби генерала Сахарова прорвати оборону австрійців і знову заволодіти Львовом не увінчалися успіхом. Австрійці стояли на смерть. У складі цісарсько-королівської армії на невеликому пагорбі навпроти Бережан оборону тримав перший полк українських січових стрільців під командуванням підполковника Антіна Вариводи. Саме сюди було переведено січових стрільців, аби хоч чимось затулити численні прогалини у дірявому фронті.

Перед стрільцями було поставлено конкретне завдання: не допустити росіян до Бережан.

Саме помислити над виконанням цього завдання і зібралися сотники у бліндажі підполковника.

Антін Варивода постукав олівцем по мапі.

— До москалів кілометр, — говорив він. — Тут і гадати не треба, що вони найпізніше завтра рушать саме сюди.

— Це атака в лоб, — засумнівався сотник Роман Сушко.

— А вам, пане сотнику, ніби раніше не доводилося бачити, як москалі під кулеметами лізуть на гору! — їдко зауважив Варивода.

— Та чому не бачив! На Маківці! Але сподівався, що відтоді їх це чогось навчило.

— Тільки не москалів. Тому готуйтеся до атаки в лоб. Сотнику Будзиновський! Навпроти вашої сотні чисте поле. Не виключено, що навпроти вас заховалася кавалерія.

— Будемо готові! — відповів сотник.

— Сотнику Мельник! Ваш фланг правий.

— Так! — із готовністю відповів Андрій Мельник. — Але смію нагадати, пане підполковнику, що у третій сотні немає командира. Вбито.

— Десь пошукаємо, — непевно сказав Варивода.

Цієї миті запона при вході відхилилась, і до бліндажа зайшов чотар.

— Пане підполковнику! До вас турецький офіцер, — доповів він.

— Турки? — здивувався Варивода. — Звідки тут узятися туркам? Нехай зайде!

Він за звичкою закрив мапу і з цікавістю повернув голову до входу. Разом із ним втупилися в запону сотники.

До бліндажа ввійшли двоє. На обох були мундири світлого кольору, а на голові традиційний турецький калабак. Один із прибулих був офіцером, про що свідчили три зірочки на погонах і більше нагород, ніж у його супутника.

Офіцер хвацько приставив до скроні руку і чистою українською мовою відрапортував:

— Пане підполковнику! Сотник Букшований і стрілець Валько повернулися для подальшої служби у Легіоні січових стрільців!

— Осип? — обережно озвався Роман Сушко.

— Саме так, Романе! Радий тебе бачити! — усміхнувся Букшований.

— Але звідки на тобі ця форма? — не переставав дивуватися сотник.

— Що тут відбувається? — незадоволено поцікавився Антін Варивода. — Сотнику, ви знаєте цих людей?

— Саме так, пане підполковнику! Сотник Осип Букшований уславився на Маківці, але потрапив у полон. Ми гадали, що він загинув.

— Тоді я нічого не розумію, — признався підполковник. — Якщо ви були у полоні, то звідки ви тут і чому на вас ця форма? І головне, що тут роблять турки?

— П'ятнадцятий корпус міралая Якупа Шевкі-бея прибув у підпорядкування генерал-лейтенанта фон Ботмера і зайняв позиції праворуч. Дізнавшись, що наш цісар попросив султана про допомогу, ми з Андрієм (кивок у бік Валька) без вагань погодилися супроводжувати Шевкі-бея, адже ніхто раніше не був на Галичині. Вже тут я висловив бажання повернутися до своїх стрільців, і генерал-лейтенант посприяв нам. Будемо раді знову служити Україні! — закінчив Букшований.

Радісний настрій у нього не проходив, як і в Андрія Валька, який, здавалося, лише тепер повірив, що він знову серед своїх.

Підполковник Варивода розкрив мапу.

— Де перебуває штаб вашого бея? — запитав він.

Осип Букшований майже відразу показав пальцем.

— Тут, пане підполковнику! Міралай Якуп Шевкі-бей — це полковник османської армії.

— Тобто праворуч ми прикриті... турками, — криво посміхнувся Варивода. — Що ж, не найгірший варіант! А вистоять?

— Я з ними воював пліч-о-пліч у Месопотамії, то певно кажу, що можете не сумніватися.

— Ви там були? — здивувався підполковник.

— Ми з Андрієм багато де були! — невизначено відповів Букшований.

Антін Варивода подивився на сотників, які намагалися не пропустити жодного слова з розповіді прибулого, і тут же прийняв рішення.

— От вам і сотник! Приймете сотню. Вона якраз на стику з турками. Гадаю, ви знайдете спільну мову з усіма, — сказав він.

— Дякую за довіру, пане підполковнику, але мені хотілося б повернутися до своєї сотні, — мовив Букшований.

— Немає більше твоєї сотні, Осипе! — сумно сказав Сушко. — Майже вся полягла у боях. Лише поодинокі стрільці, та й тих розкидано по всьому полку.

Почувши таке, Андрій Валько похмурнів.

— Тому, пане сотнику, приймайте нову сотню! І от ваше завдання!

Підполковник повернув голову до Валька.

— Пане стрільцю...

— Андрій Валько! — виструнчився той.

— Вийдіть, будь ласка, надвір і там почекайте сотника!

— Яволь! — мимохіть вихопилося в Андрія, але він не став виправлятись, а відразу покинув бліндаж.

— Ми служили у німецькій роті, — пояснив Букшований.

— Пусте! Головне, що він має досвід. Знадобиться!

Андрій не чув, що про нього кажуть командири. Він вийшов із напівтемного бліндажа й одразу зіткнувся з Федором Морозом. Це сталося так несподівано, що Валько навіть розгубивсь. А Федір широкими очима дивився на нього, як на мару. Тут Андрій радісно всміхнувся і сказав:

— Мергаба, аркадашім!

— Що? — не зрозумів Федір.

— Здрастуй, друже! — повторив Валько.

— Андрію, ти? — не повірив своїм очам Федір.

— Та я, шайтани б тебе побрали!

Вони кинулись один до одного й міцно обнялися. Минуло більше року від того пам'ятного бою біля Стрия, і от знову доля звела обох тут, на Лисоні. І головне — вберегла від смерті. Спочатку слів не було, тільки окремі «Як ти?», «А ти?», і лише усвідомлення того, що вони знову разом.

— Звідки ти тут взявся, Андрію? — не вгавав Федір.

— Не сам я тут, а разом із нашим сотником, — сказав Валько.

— Осип з тобою?

— Скорше я з ним. Розкажу. А коли мені сказали, що з нашої сотні майже нікого не зосталось, я чомусь подумав про тебе.

— Нас шестеро і зосталось, — мовив Федір. — Та всі порозкидані в різних роях.

Він усміхнувся і вдарив друга в груди.

— Турок!

— Та що ти причепився до турка, як воша до кожуха! — удавано сердито відказав Андрій. — Щоб ти знав, то я всю зиму і весну навіть німцем був.

Він показав на біло-чорно-червону смужку на другому ґудзику.

— Залізний хрест другого ступеня, — гордо сказав він.

— Нічого собі нагорода! — розчаровано відзначив Федір.

— Багато ти знаєш! Був хрест, — але кажу ж: спочатку був німцем, потім став турком, — десь загубився. А ось цю зірку, як бачиш, зберіг, — пояснив Валько і раптово змінив тему: — Про моїх знаєш що?

— Знаю. У березні був удома. У твоїх все добре. Навіть Михайло з нашим Олексою об'явилися. В Черновіцах воюють.

Андрій махнув рукою.

— Залишили Черновіци.

Почуте засмутило Федора Мороза.

— А чому ти кажеш, що саме у нас все добре? — запитав Андрій. — А у вас хіба ні?

— Москалі вбили тата, — сказав Федір. — А він, знаєш, був ґаздою на дві господарки: нашу і Кандиб. Тепер Марта одна справується. З Василя, сам розумієш, поки що помічник поганенький.

— Так, шкода вуйка Гриця, — мовив Андрій. — А як наш фацет?

— Степко? — здогадався Федір. — Гм! Дременув із москалями. Казали, що довго за ним пил не осідав.

Андрій хотів іще щось розпитати, але тут із бліндажа вийшов турецький офіцер, у якому Федір упізнав сотника Букшованого.

— Пане сотнику! — радісно сказав він.

Той здивовано поглянув на старшого стрільця, що виструнчився перед ним (а на петлицях у того вже було по одній зірочці), і обережно запитав:

— Мороз?

— Саме так, пане сотнику! Старший стрілець Федір Мороз!

— Ну от бачиш, Андрію, а ми думали, що нікого з наших і не лишилося! Ви покажете нам третю сотню? Туди я поставлений сотником.

— Та це ж моя сотня! — радісно повідомив Федір.

— От бачите: все повертається на круги своя!

Ніч перед боєм завжди особлива. Солдат ніколи не знає, чи настане для нього наступна ніч, тому більшість січовиків просто спали, намагаючись, можливо, востаннє заснути і... прокинутись. Але для Мороза і Валька ця серпнева ніч була часом для розповідей. Звичайно, Федір більше слухав, адже розповідь Андрія була така цікава, та й не щоразу доводиться слухати людину, котра була біля біблійного Вавилона!

Наступного дня російські підрозділи пішли в наступ. Що відбувалося на інших ділянках, ні Федір Мороз, ні Андрій Валько не знали. Останній — в усьому турецькому — знову ліг за кулемет і знову, як на Маківці півтора року тому, вони утрьох, разом із

Омельком Гайдуком з Бережан, які вони і мали захищати, поливали вогнем москалів, що пробивались яром у розташування австрійських військ. Сотні Сушка та Букшованого опинились якраз на їхньому шляху.

Уже з перших хвилин бою Осип Букшований зрозумів, що підполковник Варивода до пуття не розібравсь у ситуації, що, власне, і поставило січових стрільців у невигідне становище. Він зумів розвернути свою сотню і зустріти російські війська майже впритул, але один із кулеметів опинився у так званій мертвій зоні, коли обстрілу заважали свої. Зате інший кулемет — саме Мороза — аж захлинався від роботи, майже відразу ж поклавши на землю солдатів у зелених гімнастерках.

Але зусиль однієї сотні, навіть підсиленої кулеметом, виявилося недостатньо для того, щоб зупинити значно більші сили. Якщо навпроти кулемета просувань не було, то з боків справи були не такі приємні. Там російські війська значно просунулися вперед, охоплюючи сотню Букшованого у кліщі. Розуміючи, що це може означати повторення того, що йому вже довелося пережити, сотник віддав наказ відступати.

Наказ передали по окопу, і до кулеметного гнізда Мороза він прийшов саме тієї миті, коли поруч раптом угору піднявся стовп землі.

В очах враз померкло, і Федір провалився у прірву...

Здавалося, незабаром прийшов до тями, але коли розплющив очі, над головою було чорне небо. Він одразу не зрозумів, чи це вже настала ніч, чи очі засипало землею. Федір провів рукою по обличчю. Довкола дійсно була ніч, до того ж гуло у вухах.

Він озирнувся. Над пагорбом, який вони захищали, на тлі зоряного неба побачив якісь темні постаті. Хто це — свої чи москалі, — визначити було неможливо.

Збоку почувся стогін. Федір поповз туди. Наткнувся на нерухоме тіло. Торкнувся до щоки. Мертвий. Омелько Гайдук. Поповз далі.

Андрій Валько лежав на спині й тримався рукою за живіт.

— Що з тобою? — тихо запитав Мороз.

— Зачепило, холєра! — стомленим голосом відповів Андрій.

— Куди?

— В живіт.

Федір обережно помотав головою. Його знудило.

— Тебе контузило, — сказав Андрій. — Ще довго будеш куцати, але то перейде.

Мороз витер рота рукавом.

— Треба вибиратися до своїх, — сказав він.

— Я поранений. Іди сам.

— Теж мені вигадав! — сердито відказав Федір.

Він виповз із окопу, схопив Андрія за комір і потягнув на себе.

Напевне, такі рухи не були приємними для Валька, але іншого виходу не було. За той час, поки вони добиралися до своїх, Андрій декілька разів непритомнів, але Федір уперто повз уперед. Кілька разів зовсім поруч він чув російську мову, тоді доводилось або перечікувати, або змінювати напрям.

Федір Мороз почув українську мову тієї миті, коли на сході зажевріло небо. Вони вийшли у розташування сотні Андрія Мельника.

Побачивши, як свій тягне за собою турка (а Валько так і не змінив форму), стрільці миттю підхопили обох і понесли в тил. Там Андрія відразу відправили до польового шпиталю, а Федора, розпитавши, хто він такий, повели до сотника Букшованого. Той щиро здивувався, побачивши перед собою кулеметника, якого вже поховав.

— Де інші? — поцікавився він.

— Гайдука вбито, а Валька поранено в живіт, — доповів Федір. Йому відразу стало зле.

— Поранений?

— Контузило, але вже легше. Готовий приєднатися до сотні.

— Заспокойтесь! — зупинив його сотник. — Полк, видно, розформують.

Почуте вразило Федора.

— Розформують? Чому? — запитав він здивовано.

— Австрійське командування звинуватило січовиків у зраді і в тому, що ми залишили позиції.

— Та ж самі австріяки побігли перші! — вигукнув Федір.

— І ви гадаєте, що вони визнають себе винними? Підполковник Варивода вже подав у відставку. Нас переводять у Потутори на реорганізацію.

Почуте не вкладалось у голову, від чого Федора Мороза знову знудило.

— Ви точно в порядку? — занепокоївся Букшований.

— Так, уночі взагалі весь час куцав, — винувато мовив Федір. — По тому можна знайти мій слід.

— Я чому питаю — мій чотар кудись зник... Чи залишився на горі вбитий, чи потрапив до москалів, не знаю. Упораєтесь?

— Таж нас розганяють! — здивувався Мороз.

— Але ще не розігнали!

Найгіршого не сталося. Вже наступного дня курінь січових стрільців разом із турецьким і триста десятим мадярським полками зайняв позиції між Потуторами і лісом. На два тижні зав'язалися позиційні бої, що закінчилися другого вересня атакою на гору Лисоню. Ціною втрати більше половини особового складу вдалося повернути собі цей стратегічний горб.

Серед стрільців особливою хоробрістю відзначилася чота Федора Мороза.

Цього Андрій Валько вже не бачив. Після операції його відправили в тил, і він врешті-решт опинився у тому-таки притулку для поранених у Львові. Рана виявилася тяжкою, і на фронт Андрій Валько більше не повернувся.

25

З моря повіяло холодним вогким повітрям, і Орина глибше закуталась у старе облізле пальто. Вітер гнав важкі свинцеві хмари, які чи не щомиті могли вилитися неприємним і вже набридлим дощем. Жінка прискорила крок і вже незабаром вийшла на потрібну вулицю, яка перетворилася на суцільне багно від нещодавнього дощу.

Будинок, у якому вона мешкала, був аж на тому кінці вулиці, тому доведеться йти цією багнюкою, але іншого виходу не було, як і не було іншої дороги.

І так вже рік, відколи вона зупинилась у цьому місті. Орина досі з жахом згадує мандри всією Україною, коли доводилося зупинятись на декілька тижнів, а то й на місяць у якомусь місті, вже звикнувшись із думкою, що це надовго, аж знову зриватись і їхати далі. Напевне, і це незнайоме до цього часу місто Таганрог також стало б для неї лише черговою зупинкою, якби не син, який тут народився. Богдан — такий бажаний і насправді Богом даний! Коли Орина взяла на руки це маленьке створіння, вмить забулося все, що вона встигла пережити за своє життя. Все, що було, забулося, залишився тільки цей згорточок щастя — її сенс жити далі.

Жінка зупинилася перед похиленою хатою, в якій жила ось уже цілий рік. Вона з сином і Галинка, дівчина з-під Збаража, що залишилася сама і пристала до неї, самотньої матері. Галинці було дванадцять років, вона була сирота (мати померла ще у Житомирі), тому сміливо вважала «цьоцю Орисю», як вона її називала, своєю родиною.

Орина зайшла до теплої хати. Галинка вже встигла натопити піч. Жінка найперше підійшла до ліжка, на якому мирно посопував однорічний Богдан.

— Він щойно заснув, — повідомила дівчина.

Вона стояла перед столом, переминаючи в руці кінчик хустки. Орина відразу зрозуміла: щось сталося.

— Що, коза, накоїла? — запитала вона.

— Цьоцю Орисю, пробачте мені, але я зламала ножа, — ледь чутно мовила Галинка.

І показала на лаву біля печі. Вона боялася, що за це Орина лаятиме її, а та взяла в руку лезо і ручку, повертіла. Чесно кажучи, цей ніж мав зламатися ще раніше, і було незрозуміло, чому це сталось аж сьогодні. Орина повернулася до дівчини, і Галинка побачила на її обличчі усмішку.

— От тільки як ми далі будемо без ножа? — запитала вона. — На базарі за нього останній кусень хліба здеруть.

Міський базар був дійсно дуже дорогий, і Орина намагалася не заходити на нього. По-перше, таких грошей, щоб щось купити на ньому, у неї не було, а по-друге, щоб не краялося серце, що не в змозі чогось смачненького принести малому синові.

Але Галинка, видно, вже встигла приготуватися до цієї розмови.

— Цьоцю Орисю, через вулицю, до яру, є кузня, — говорила вона. — Мені казали, що там ножі теж роблять.

Орина відзначила слушність слів дівчини. У кузні дійсно можуть зробити нового ножа, до того ж це їй обійдеться дешевше. Вона намацала в кишені загорнуті у тканину гроші і зітхнула. Відкласти на пізніше, аби щось купити з їжі, не вдасться.

— Добре, піду до кузні, — сказала вона. — А ти гляди, іще чогось не поламай.

Орина подивилася на сина і вийшла надвір. Де знаходиться кузня, вона знала, от тільки жодного разу там не була. Поки подолала цей шлях, знову пустився дощ, щоправда, дрібненький, скоріше це була мжичка, однак й після неї затекло за комір, тому коли Орина увійшла до натопленої кузні, була мокра і змерзла.

Перед горном вовтузився якийсь хлопець, віком не надто старший за її Галинку, а біля ковадла орудував огрядний чоловік. Він стояв до дверей спиною і вправно бив по заготовці великим молотом, від чого врізнобіч відскакували іскри.

— Дай Боже вам здоров'я! — привіталася Орина.

Коваль перестав стукати молотом, озирнувся, і в бородатому замурзаному чоловікові Орина Ребрик упізнала Василя Вовка.

— Василю?

— Орино?

Василь Вовк механічно опустив деталь у воду, від чого вгору зметнулася пара, і потягнувся до жінки. Вдома вони нечасто і розмовляли, але тут, на чужині, не було рідніших людей. Василь відірвав від себе Орину, ще раз пильно подивився на неї.

— Що ти тут робиш? — допитувався.

— Живу тут, Василю! Вже цілий рік живу, — сказала вона.

— Але як ти сюди потрапила?

— Довго розповідати! З москалями прийшла.

Вовк уважно подивився на Орину.

— А я вже другий рік тут, — мовив він. — Ось, ковалюю.

Василь подивився на хлопця, що перестав надимати міха.

— Чого став?! — гримнув він на помічника, і той знову завзято запрацював.

— Пробач, Василю, не можу довго бути, — заспішила Орина. — Вдома синок залишився, мушу йти. Ось прийшла, щоб зробили мені нового ножа. Поламався старий. Якби знала, що ти тут, раніше прибігла б.

Почувши про дитину, Василь Вовк лише нахмурив брови, але нічого не сказав.

— Зроблю! Завтра і зроблю!

Орина зраділа.

— То я завтра прийду! Я працюю в пральні, але допізна, — сказала вона.

— Тоді я принесу сам, — раптом вирішив Василь. — Де ти живеш?

Орина почала пояснювати, як добратися до її помешкання, аж тут озвався хлопець, що одночасно надимав міхи і прислухався до розмови.

— Я знаю, де це! — вигукнув він.

Василь і Орина одночасно глянули на нього.

— От і покажеш дорогу! — вирішив Василь.

Коли Орина Ребрик пішла, Василь продовжував стояти посередині кузні, вражений такою несподіваною появою сусідки тут, глибоко в Росії.

Коли Василь Вовк заходив до помешкання, Орина вже була вдома. У кімнатці він побачив її з малям на руках і дівчинку, що примостилася біля печі.

Привітавшись, чоловік нерішуче спинився посеред хати.

— Чого ти став, як не свій? — запитала Орина. — Роздягайся, сідай!

Василь вийняв із кишені нового ножа з блискучим, аж дзеркальним, лезом і подав дівчині. Та захоплено сплеснула руками.

— Бери, ввік не зламаєш! — сказав він.

— Галинко, візьми Богданчика, а я наріжу хліба гостеві! — мовила Орина, але Василь зупинив її.

— Я не голодний! — сказав він. — Краще скажи, що там у нас. Як мої?

Мала дитина запхикала, Орина лагідно її заспокоїла.

— Та що говорити? Коли я виїхала сюди, все було добре. Всі твої були живі. Твій Левко навіть замість тебе робив у кузні. Навіть добре робив, — говорила Орина і зауважила, що це сподобалося гостеві. — Гриця Мороза вбили, бо не давав забрати корову, а так решта добре.

— А Степко Білецький? — допитувався Василь.

— Та не чіпав його твій Левко!

— І де він?

— Ми пішли разом, але в Житомирі Степко десь подівся, і більше я не чула про нього.

Хлопчик знову нагадав про себе.

— Зубки лізуть, — пояснила Орина. — От і плачемо.

— А де... батько? — поцікавився Василь.

— Немає батька, — відрізала Орина.

Вона пильно подивилася на Вовка.

— Засуджуєш, певно?

— Хто я такий, щоб тебе засуджувати? — відказав чоловік. — Бог усім нам суддя! А дівчина?

Орина перевела погляд на Галину.

— Прибилася до мене вже після Житомира. Її мати померла. А коли тут я родила Богданчика, лишилася зі мною. Нікого в неї немає.

— І як ви живете?

— Та як живемо? Як усі. Ходжу до пральні. Там перемо солдатські гімнастерки, сподні, онучі... Все, що присилають. Тяжко, але хоч якісь гроші маю. А Галинка ось із сином сидить. Що було б, якби не вона? З ким би Богданчика лишила, навіть не знаю.

Василь слухав Орину і дивувався. Йому не треба було дошукувати, звідки у неї дитина. Напевне, від якогось москаля... Війна багато чого робить такого, що навіть і не помислив би раніше. Для нього зараз головним було те, що тут, у чужому Таганрозі, він зустрів знайому душу.

Принаймні самотнім тут він вже не буде.

— А ти, Василю, як ти тут опинився?

— А я сюди без пересадки! — мовив Вовк. — Думав, що десь пристрелять дорогою, але привезли до Таганрога, випустили. І живіть, як хочете. Дякувати Богу, я коваль, а тут стояла занедбана кузня. Ми з Микитою — син тутешніх, українців, тямущий малий — довели її до пуття, ось потрохи заробляємо.

— А де живеш?

— Та у кузні й живу! А що: на роботу ходити близько, та й більше нема де жити.

За вікном потемніло. Василь Вовк підвівся.

— Піду я! Пізно вже! Якщо не проженете, прийду ще.

— Приходь! Не проженемо! — щиро сказала Орина. — Що я маю дати за ножа?

— Це даром! — сказав Василь і вийшов надвір.

Відтоді його візити стали частішими, а якось уже наприкінці листопада він прийшов і вийняв із кишені газету.

— Що це ти приніс? — запитала Орина.

— Московську газету, — сказав він.

— Що там? Може, війна кінчилась?

— Наш цісар помер, — повідомив Василь.

Орина перехрестилася.

— Царство йому небесне! — сказала вона. — Кажуть, він вже був дуже старенький.

— Вісімдесят шість років.

— Так, пожив на світі. І що тут написано? Що москалі?

— Радіють, — сплюнув Василь. — Ось слухай.

Він розгорнув газету, знайшов потрібну сторінку.

— «Гибель Австрии, предопределенная самым фактом мировой войны, есть конечная историческая расплата за то гомерическое предательство, которое Франц-Иосиф совершил по отношению к русскому императору, спасшему для него венгерскую корону, и которое внушает нам повторить бичующие слова русского поэта Тютчева: «Прочь, прочь австрийского Иуду от гробовой его доски», — прочитав він.

— Та хіба так можна про небіжчика! — похитала головою Орина.

— Цим — можна!

— То, може, вже й війна скоро кінчиться? Цісаря вже нема!

— Маємо нового. Якийсь Карл. Молодий. А молоді, дорога сусідко, дуже нарвані й полюбляють воювати. Сама видиш, що війна не така, як про неї повідав мій тато.

Василь Вовк похитав головою і повторив:

— Не скоро! Ой не скоро!

Того дня він не зміг довго затриматися в Орини з сином. Він нікому не говорив, але до нього ввечері мав приїхати особливий гість, про якого ніхто не мусив знати.

Особливого гостя звали Матвій Артемишин.

Він появився у кузні Василя Вовка, вже коли засутеніло.

— Слава Іісусу Христу! — привітався він.

— Слава навіки Богу! — відповів Василь.

Від його вух не сховалося подвійне «і» у слові «Іісус». Напевне, і прибулий вловив ледь помітну зміну на обличчі коваля.

— Сідайте, отче! — запросив господар, звільняючи лаву. — Якими дорогами ви тут?

— Божими, Василю, тільки Божими! — відказав отець Матвій.

Він сів на лаву, розстебнув пальто. В кузні було тепло, і Матвій Артемишин із заздрістю уявив, що й у люту зиму тут так само тепло і затишно.

— Скажу так, Василю, щоб не було поміж нас якихось недомовок. Хоч ти тут опинився через мене, але своєї провини я не відчуваю.

— Та я, отче, вас і не звинувачую! — відказав Вовк. — Ви зробили так, як вважали за потрібне, я — так, як я зробив. Якщо мені когось і винуватити, то лише Степка Білецького.

— Коли нашого Спасителя Іісуса Христа запитали, скільки разів треба прощати, він відповів, не сім разів, а сімдесят по сім!

— Зараз, отче, не біблійні часи, і йде війна. А ми тут, далеко від своїх.

— Не так вже і далеко, як тобі здається, Василю, — мовив Артемишин.

— Що ви хочете цим сказати, отче?

— Між нами, Василю, були суперечки, але зараз ми всі відірвані від своїх домів і не знаємо, що там із нашими рідними. Тому маємо триматися купи і помагати один одному.

— Чогось до того ніхто нікому не помагав! — зауважив Василь.

— Бо не прийшов час і не було такого товариства, яке могло опікуватися виселенцями.

Почувши про товариство, Василь Вовк чомусь одразу подумав про товариство імені Михайла Качковського. Видно, він погано володів своєю мімікою, бо Матвій Артемишин прочитав по його обличчю, що він думає.

— Ні, це не товариство Качковського, як ти, можливо, подумав, — відповів здивованому ковалю гість. — Це Комітет Великої Княжни Тетяни Миколаївни, яка сама опікується долею галицьких русинів.

— Хто вона така?

— Ти не знаєш? — здивувався Артемишин. — Тетяна Миколаївна — дочка світлішого імператора Миколи Олександровича. Ти уяви собі: Великій Княжні тільки дев'ятнадцять років, а вона вже організовує допомогу таким, як ми, вигнанцям зі своєї землі, збирає гроші по всій неосяжній імперії...

Василь Вовк хотів було запитати, а чому він тут, але вирішив, що розумніше буде промовчати. А Матвій Артемишин вів далі:

— Ми зараз складаємо списки тих, кому потрібна допомога.

— Та кому вона не потрібна!

— Тому ми і складаємо списки!

— Хто це ми?

— Русини Галичини, що допомагають у цій благородній справі. З наших, камінських, головою є адвокат Шараневич. Ну, ти про нього, може, і не чув.

Василь Вовк чув про адвоката Миколу Шараневича. Ще до війни у суперечках між товариством Качковського і «Просвітою», тобто між Томою і ним, Василем, Білецький декілька разів називав ім'я адвоката, наголошуючи при цьому, що його ідеї підтримують освічені люди, а не темні селяни (тоді Тома не ризикнув сказати, що тим темним є він, коваль Вовк).

— Допомога, отче Матвію, мені не потрібна, — відказав Василь. — Як бачите, руки у мене на місці, молота підняти ще можу і на себе зароблю. Але я знаю жінку з дитиною, якій допомогти потрібно конче.

— Хто вона? — Матвій Артемишин вийняв олівець і якийсь наполовину списаний аркуш.

— Ви її знаєте, отче! Орина Ребрик.

— Орина? — здивувався Артемишин. — Звідки вона тут?

— Та звідки ми всі тут.

— Стій-стій! З дитиною? Звідки взялася дитина?

Вовк їдко гмикнув.

— Отче, а звідки беруться діти?

Матвій Артемишин пропустив ці слова повз вуха, натомість запитав:

— Де вона живе?

Василь назвав адресу.

— Там із нею живе ще одна дівчина, з Тарнополя. Дванадцять років. А за турботу про мене, отче Матвію, дякую. І це, повірте, кажу щиро. Але я впораюся сам.

Матвій Артемишин записав почуту адресу, подивився на помешкання Василя Вовка і попрощався.

На жаль, йому не вдалося переконати цього впертюха приєднатися до спільноти. Василь Вовк був не з тих, хто просто так пристане на будь-яку пропозицію, навіть якщо вона пахне грошима. Це не Тома Білецький!

Зрозумівши, що вночі йти до вдови з дитиною не випадає, Матвій Артемишин повернув у протилежний бік, до центру міста.

Невдовзі він вийшов на досить-таки ошатну вулицю, про яку знав лише те, що звалася вона Грецькою і на ній стояв палац російського царя Олександра Першого. Вулиця відрізнялася від інших тим, що її всю було закладено бруківкою, вона мала навіть бруковані тротуари. Матвій Артемишин не вперше ходив цією вулицею, але почувався щоразу якось незручно по відношенню до місцевих жителів. Навіть у Ка́м'янці, котра ніяк не могла похвалитися ні розмірами, ні кількістю жителів, і будинки були вищі, й вулиці закладено було бруківкою не тільки в центрі. Палац же самого імператора виявився звичайною одноповерховою спорудою з жовтим фасадом і зеленим дахом.

Тут, у Таганрозі, Матвій Артемишин відчув якесь містичне — прости, Господи! — ставлення жителів до особи царя-благословенного. Можливо, це пояснювалося тим, що саме тут, у цьому будинку, він закінчив своє грішне земне життя. Інакше отець не міг пояснити, чому лише Олександрові Першому жителі поставили пам'ятник — невеликий, лише погруддя, але все ж пам'ятник. Інші царі такої честі не удостоїлись.

Отець Артемишин пройшов повз великі вікна палацу, що виходили просто на вулицю, і попрямував далі. Його шлях вів до Церкви Святих царів Костянтина і Олени, де він перебуває ось уже третій день і де час від часу збираються активісти Комітету Великої Княжни Тетяни Миколаївни.

До Орини Ребрик він зайде завтра.

1917
рік

26

Старий Іван Валько сидів за столом і зачудовано слухав, нахиливши голову до шибки. За вікном лунала колядка.

Бог ся рождає, хто ж Го може знати!
Ісус Му ім'я, Марія Му Мати!

На старечому, порізаному глибокими зморшками обличчі застигла щаслива усмішка. Що йому згадалося цієї миті — чи ті далекі роки, коли таким самим молодим хлопцем він ходив на колядку до своєї Ганни, чи той незабутній Святий вечір у далекій Моравії, коли на війні раптом настала тиша: християни східного обряду святкували Різдво. Ніхто не хотів заважати найстаршому Валькові слухати колядку.

У кімнаті зібралися всі Вальки. Не було тільки Михайла. Він зараз воює десь на Буковині, але де саме, не знав ніхто. Баба Ганна лежала, накрита периною, — останнім часом вона постійно мерзла, Ігнат із Меланкою сиділи на лаві й думали про старшого сина. Андрій Валько просто милувався тим, що відбувалося. Йому було добре від того, що він удома святкує Різдво. Два роки тому це було в Карпатах, серед стрільців, а минулого року взагалі біля біблійного Вавилона, коли ні тобі куті, ні дванадцяти страв, ні взагалі нікого, з ким би зміг хоча б поговорити про це. Сотник Осип Букшований до уваги не брався. Він так само сумував за тим же, як, власне, за звичайним снігом.

Діти проспівали колядку, і хтось, напевне, Василь Мороз, голосно проказав:

Віншую вас в коляді,
проживайте в гаразді,
без клопоту, без біди
аж до другої коляди!

Тут підвівся батько.

— Андрію, винеси колядникам калачів, — сказав він.

Той взяв торбинку із вже приготовленими калачами і вийшов за двері.

При світлі місяця перед порогом Андрій побачив чотирьох наймолодших перетинців, серед яких зауважив Марію Білецьку. Найстаршому — Данилові Солтису — було п'ятнадцять. Видно, інша молодь пішла на багатші села.

— Ну, хто тут у вас збирає наколядоване? — запитав Андрій.

— Він, — показав Василь Мороз на Костя Смоляра.

Той дійсно тримав на плечі чималеньку торбину.

— Тоді розкривай!

Андрій висипав принесене у торбу, і колядники, подякувавши, рушили відгорнутою від снігу стежкою до Нагірних. Андрій зітхнув, уявивши Микиту та Варвару самих. Уже два і півроку немає в живих сина Тимофія, і тільки влітку вони дізналися про це. Так і залишилися Нагірні самотні, навіть без сподівання, що їхній син повернеться хоч колись. У Смолярів і Вовків хоч є сподівання на повернення Якова та Романа з полону. А Тимофій уже ніколи не переступить поріг рідної хати.

За спиною скрипнули двері, і надвір вийшла мати.

— Ти чого не йдеш до хати, синку? — запитала вона. — Чуєш, який мороз? Застудишся ще! Або вдягнувся б і пішов до когось на колядку. Чого вдома сидіти у такий вечір?

Андрій повернув до мами голову.

— Мені не зимно, мамо! — сказав він. — А може, ваша правда. Піду на колядку! Може, щось і наколядую!

Йому стало смішно від такої перспективи, одначе одягнувся і поскрипів морозним снігом на вулицю. Від Нагірних долинала та сама колядка. Андрій поглянув на залиту місяцем вулицю (а на білому снігу було видно всі сліди) і рушив у напрямку до лісу. Там, другою від кінця вулиці, стояла хата Морозів. Зараз там була тільки Марта — Василь саме збирав «данину».

Він постукав у вікно. Майже відразу фіранку відсунули, і при блідому світлі Андрій побачив стривожене обличчя Марти. Впізнавши сусіда, вона всміхнулась і побігла відчиняти.

— Не проженеш, сусідко? — вдавано лякливо запитав Андрій.

— А хто у такий вечір проганяє колядників! Заходь, колядуй! — відповіла Марта.

— Ну, співець із мене і до війни був ніякий, а тепер і поготів! — відповів Андрій, але зайшов.

Він подивився на бідний стіл, наполовину спустошений, напевне, Василем — перед тим як іти колядувати, хлопець серйозно повечеряв.

Побачивши цей його погляд, Марта винувато сказала:

— Пробач, але пригостити нічим. Гари у нас вже більше року нема!

— Та я і не п'ю зовсім! — заспокоїв Андрій. — А коли поранили, то дохтори казали, щоб рік точно не пив. А року ще не минуло. На друге Різдво точно вип'ю у тебе. Разом із Хведьком і Олексою.

— Ти думаєш, що вони вернуться за рік?

— Війна не вічна, а цій вже два і півроку. Гадаю, що вернуть наші. І Михайло також.

Андрій мав на увазі брата.

За такі слова Марта ладна була навіть налити Андрієві, якби... було що наливати і якби він дійсно пив. А поки що вона посадила гостя за стіл.

— Хоч кутю їсти тобі можна? — запитала.

— Ну, від куті я ніколи сьи не відмовлю! — всміхнувся Андрій. — Вдома всю з'їв сам. За два рази.

— То їж! Кутя в нас є, смачна, з медом і горіхами. На узварі. І рибу ось їж. Василь налапав, — заохочувала Марта.

— Та вам самим мало лишилося! — спробував заперечити Андрій.

— Та ми вже наїлись! А завтра підемо в гості до Єви з Ганною.

— Як там вони? Відколи сьи вернув, не бачив Кандиб.

— Та як? Як усі! Раніше хоч молотарка спасала, а тепер... Москалі забрати не могли, то й поламали. А нащо вона Єві? Коней теж забрали.

Андрій Валько слухав Марту і відклав убік ложку. Їсти перехотілося.

— Та що я все про себе? — схаменулася дівчина. — Я завжди тут, а ти світ видів! А нічого не розказуєш. Як там? Інакше, як у нас? Ліпше?

— Якщо ліпшим вважати пісок і мух, то так, — сказав Валько.

— Яких мух? — не зрозуміла Марта.

— Наших мух.

— Ну то що? Відігнав — і все!

Андрій усміхнувся.

— Ти наші мухи можеш відігнати, а коли їх тисячі, а то і більш, не відженеш, — говорив він. — Мухи теж не люблять сонця, а ховаються в тіні. А там сонце над головою і тінь тільки під тобою і в одежі. Бр-р-р!

— Та ти так нічого і не розказував про те, де був! — мовила Марта. — Навіть не знаю, чи хто з Перетина бував так далеко!

Андрій закивав головою.

— На тій війні багато хто і хоч не хотіли, а зовиділи світу! — сказав він. — Левко десь в Італії, я — в Месопотамії...

— А то далеко?

Андрій відповів не одразу. За своє життя Марта, напевне, навіть у Кам'янці була кілька разів, про Львів і говорити не варто, а знання про Персію в дівчини обмежувалися тим, що вона десь є. Щоб не ставити Марту у незручне становище, Валько лише кивнув головою.

— Далеко. Навіть дуже, — підтвердив він.

— А розкажи! — попросила дівчина.

Її очі так загорілись у передчутті майбутньої розповіді, що Андрій просто не міг відмовити. Він лише на хвильку задумався, про що йому з пережитого можна розповісти дівчині, а чого їй знати не варто.

— Є у москалів таке місто: Оренбург, — почав Андрій. — Воно дуже далеко. Туди колись московський цар заслав нашого Шевченка.

— А він великий, цей Оренбург? — поцікавилася Марта.

— Певно, що більший за нашу Камінку, але не такий, як Львів!

Чесно кажучи, для дівчини і Кам'янка була дуже великим містом, тому вона слухала не перебиваючи.

А юнак вів далі:

— Везли нас із моїм командиром іще далі, до самого Сибіру. Мушу сказати, що з українців були ми двоє. Решта — то мадяри, то чехи, навіть німці були. І мій сотник каже мені: «Андрію, а вернем ми додому!» А я йому кажу: «А давайте, пане сотнику!»

— І сьи вернули? — заворожено запитала Марта.

— А таки вернули, як видиш! А перше була пустеля. Каракум називаєсьи. Піски. Ми тими пісками йшли цілий місяць. Сонце пече зверху, пісок — знизу. І цілий час хочисьи води! Слава Богу, що люди там добрі! Хоч не є християнами — вони музулмани і вірять у свого Аллаха, — але ніколи нам не відказували. А потім були гори. І теж без води. Але, як видиш, і гори ми перейшли і вийшли до німців. Вони там помагали туркам.

— То вже та Месо... — Марта замовкла на півслові.

— Месопотамія, — підказав їй Андрій. — Ньи! Вона була ще далі, і то знов були піски, але навіть не такі, як раніше. Дуже дрібний пісок, і залазив він усюди: під однострій, у волосся, в рот, у ніс, навіть в очі. І завше сьи хотіло пити! Вже тутка я від душі напивсьи. Та й то п'ю, як кінь! Але то нічого: вже менше.

— А як там люди живуть? — допитувалася Марта. — Як ми?

— Бідно живуть, — відказав Андрій. — Та й хати у них усі з глини. Дерев нема зовсім, то й ставлять з чого попало.

— А чим же вони палять, як нема дерев? — здивувалася дівчина.

Андрій дивно подивився на неї, і в його очах Марта побачила насмішкуваті іскорки.

— Що? — не зрозуміла вона.

І почула відповідь, яку найменше сподівалася почути.

— Висушеним гімном від верблюда, — мовив Андрій і, неначе захищаючи незнайомих Марті бедуїнів, винувато пояснив: — А що робити, коли дерева там не ростуть?

Валько враз зрозумів, що це не тема для розмови з дівчиною на Різдво, затим повернувся до неї.

— Марто, ти вийдеш за мене заміж? — раптом запитав Андрій.

Така різка переміна теми розмови стала повною несподіванкою для дівчини. Від здивування вона розкрила рота. Так і застигла.

А Андрій продовжував, зовсім не помічаючи реакції Марти.

— Зараз я поки що не здатний на тяжку роботу, але дохтори у шпиталіві Львові казали, що до весни все заживе.

Він говорив, а Марта опустила очі долу і не сміла сказати слова.

— Я тобі обіцяю, що ніколи тебе не скривджу.

— А брати́? — нарешті озвалася Марта.

— Але їх іще нема! Та й війна си не закінчила! А си вернут — перейдемо жити до нас.

Андрій підвівся.

— Піду своїм скажу, — мовив він.

Андрій не почув від Марти слів згоди, але й не було відмови. Слушно припустивши, що друге одночасно є першим, він зробив висновок, що все вирішено.

— Я завтра прийду ще!

З цими словами він залишив Марту на самоті. Щоправда, на подвір'ї він зустрів Василька, котрий повертався додому з повною торбою.

— Як колядка? — запитав він.

— Файна! — похвалився малий. — А ти чому нічого не несеш?

— Та не вмію я колядувати! — признався Андрій.

Він клацнув хлопця пальцем по носі й поспішив додому.

Удома дід із бабою вже полягали, а батьки його ще чекали.

— Ну, щось не бачу наколядованого! — хитро всміхнувшись у вуса, відзначив батько. — Невже ніхто не пустив до хати?

— Пустили, тату! — заспокоїв його син.

Він скинув шинель і повісив на гачок праворуч від дверей.

— Тату, мамо! Маю дещо вам сказати. Я си женю, — сказав Андрій.

Від несподіванки мати сплеснула руками, а батько тільки похитав головою.

— Ні, ти таки точно наколядував! — пробурмотів він. — І хто вона?

— Марта Морозова.

Батько запитливо подивився на матір. Та обережно запитала:

— А може, сину, ти почекав би хоч рік?

Ствердної відповіді вона точно не чекала.

— А що тут чекати, мамо? — запально відповів син. — Мені вже двадцять три скоро! Ще рік? Двадцять штири? Чи поки си війна кінчи? А ви знаєте, як вони там живуть? Марта з Василем?

— Не гарячкуй, Андрію! — заспокоїв його батько. — Знаємо, як вони живуть. Не тільки тобі відомо. Якщо вирішив — бери Марту за жінку! Але попереджаю: якщо вдариш її хоч раз або зобачу її заплаканою і виявлю, що через тебе, — не подивлюся, що ти мій син. В пам'ять про покійного Гриця!

— Та що ви говорите таке, тату? — здивувався Андрій.

— Я тебе попередив! А тепер іди до мене!

Гнат обняв сина і тихо мовив:

— Нехай тобі буде файно!

Настала черга матері, Меланки, але їй тільки й залишилося, що благословити сина.

Так несподівано для себе Вальки отримали ще одну гризоту. Але вона була приємною.

27

На дерев'яному помості стояв огрядний чоловік в офіцерській шинелі без знаків розрізнення. Офіцерський кашкет — також без звичної кокарди — він тримав у правій руці, котрою немилосердно махав практично при кожному реченні. Чоловік зовсім не зважав на вологий вітер, що куйовдив його злегка сиве волосся.

— Солдати! — говорив він. — Росія завжди була сильна вами, солдатами! Росія, а не цар чи імператор! Саме ви, солдати, гордість Росії, у найважчі часи рятували її від монголів, тевтонців, поляків чи французів. Ви урятували Росію колись, як і зараз рятуєте її від новітніх тевтонців. Ви вже знаєте, що цар Микола Другий зрікся престолу і вся влада перейшла до Тимчасового уряду на чолі з князем Львовим. Неминуче сталося. Грім грянув. Коли політика, справедливо названа «політикою безумства», яка ставила своєю метою не спасіння Росії, але збереження безвідповідального аморального порядку, поставила Росію на край провалля, інстинкт народного збереження проклав собі дорогу до свободи. Коли стало зрозуміло, що ніякими зусиллями не можна розплутати цей гордіїв вузол, зав'язаний темними силами на горлі країни, знайшовся народний меч, який його розрубав. Народний гнів змів зі сторінок російської історії Романових і передав владу Всеросійським Установчим зборам. Вже перші кроки Тимчасового уряду показали, що це дійсно народний уряд. Всі політичні ув'язнені, котрих відправив у Сибір царський режим, негайно мають бути звільнені. Друге. Смертна кара скасовується. Третє. Цар Микола Романов заарештований.

Кожне речення оратора солдати зустрічали радісним гулом. Такого вони не сподівалися почути взагалі, а людина на помості говорити вміла.

Але солдат із якогось петроградського заводу, що стояв поруч зі Степаном Білецьким, як і він, не поділяв загальної ейфорії.

— Ич як заливається! — сплюнув він собі під ноги. — Ще місяць тому співав «Боже, царя храни...», а нині вже «змів царя зі сторінок російської історії»! Ненавиджу таких лицемірів і фарисеїв!

Степан Білецький також не сприйняв усього, що діється весь березень, але зовсім з іншої причини. Другого березня раптом зруйнувалося все, до чого він прагнув і заради чого пішов на таку жертву. І вже не гріли душу два «георгії» під шинеллю, і вже батькова пожертва виглядала не такою потрібною, якщо той, кого вони вважали своїм охоронцем, раптом виявився непотрібним власному народові.

А тут іще цей робітник заводу!.. Іван Щадов з'явився у полку на початку року. Саме від нього солдати дізналися, що в Петрограді вбили Гришку Распутіна, злого генія царської сім'ї.

— Почекайте, — говорив Щадов. — От побачите: не мине і зими, як за ним відправиться і Миколашка! Пом'янете моє слово!

Що тоді стримало Степана не доповісти ротному про ці слова, він досі дивується. Можливо, той факт, що вже навіть серед офіцерів чулися розмови про те, як бездарно керує військами головнокомандувач цар Микола Другий, про розгульне життя царського фаворита Распутіна, про безсоромну поведінку цариці.

На четвертому році війни всі раптом усвідомили, що ними керують фактично їхні супротивники — німці, адже останньою істинно російською царицею була Єлизавета Петрівна. Саме майже німецьке походження Миколи II і повністю німецьке — його дружини Олександри, котру багато хто вважав німецьким агентом, зрештою, і сприяло дискредитації династії і врешті-решт її краху.

Так на середину січня рядовий Білецький залишився у полку чи не єдиним, хто досі ставився з пошаною до імператора всеросійського. Інші, які воювали чи не від першого дня війни, за ці роки встигли зненавидіти всіх, хто мав якесь відношення до офіцерства.

А потім у тридцять четвертий армійський корпус прибув генерал Павло Скоропадський. Солдати (переважно українці — великороси складали невеликий відсоток) перешіптувалися, що новий командувач — «праправнук того самого гетьмана Скоропадського[1], який протистояв цареві Петру знищити Україну». Вже це викликало у Степана антипатію до генерал-лейтенанта.

Але простих солдатів не питають, подобаються їм командири чи накази, котрі ті видають, тому про думки рядового Білецького ніхто не здогадувався.

А тим часом оратор закінчував свій виступ. Виходило, що саме тепер він увійшов у кураж.

— Хай живе звільнена Росія! Хай живе народний уряд! Хай живе армія і флот!

З цими словами оратор надів на голову кашкет і під захоплені вигуки солдатів зійшов із трибуни. Це було далеко від того місця, де стояв Степан Білецький, тому можна було тільки здогадуватися, що там відбувається.

Солдати почали розходитися.

— Ну, тепер почнеться анархія! — зробив висновок Білецький.

Іван Щадов пильно подивився на нього і їдко запитав:

— А ти боїшся, що не встигнеш дістати ще два брязкальця? — Він мав на увазі «георгія» першого і другого ступеня. — Степане, Степане! Не про це думаєш! Не це головне!

— А що головне? — з викликом запитав Білецький. — Що, Іване? Я посварився з родиною тільки через те, що хотів жити спільно з російським народом. Через те я втратив батьківщину. Мого батька заарештували австріяки, і де він зараз, не знає ніхто. А ви кажете, що все це — навіть зречення царя, на котрого мої товариші покладали велику надію, — просто пусте і нічого не варте.

На це Іван Щадов спокійно відповів:

— Заспокойся, Степане! Ось ти кажеш, що втратив батьківщину. А що це таке? Що для тебе батьківщина? Зрозумій: такого поняття, як батьківщина, не існує. Її придумали ось такі, як цей «златоуст», щоб змусити тебе воювати за його товсті кишені. За кого ти воював до нинішнього дня? За царя і вітчизну! За кого воюватимеш завтра? За вітчизну, але вже без царя! Тебе могли вбити за царя і вітчизну? Могли. Можуть убити просто за вітчизну? Можуть. Тобі буде від того легше? Чи легше твоїм рідним?

[1] Насправді Павло Петрович Скоропадський був прямим нащадком не гетьмана Івана Скоропадського, а його рідного брата Василя.

Ти — робоча людина і воював за царя. Твої сусіди, з котрими ти щодня стрічався вдома, зараз, у цей самий момент, воюють за цісаря. Ти воюєш за свою нову батьківщину, вони за стару. І хто з вас правий? Ти зі своїми двома «георгіями» чи вони зі своїми хрестами?

— І хто правий? — запитав вражений почутим Степан Білецький.

— А ніхто! Ніхто з вас: ні ти, ні твої сусіди!

— Чому?

— Та тому, що для робочої людини немає батьківщини! Для неї ближчим по духу є не великорос чи хохол, якщо ти перший чи другий, а така ж робоча людина десь у Пруссії чи Мадярії. Колись настане такий час, що кордони між державами зникнуть і вже не треба буде захищати батьківщину, бо зникне саме це поняття.

Для Степана Білецького почуте було незвіданим, незрозумілим і чужим. Він іще не міг прийняти такі слова.

А Іван Щадов, член петроградського комітету Російської соціал-демократичної робітничої партії (більшовиків), відряджений на фронт з метою пропаганди, відзначив для себе, що цей чолов'яга, ймовірно, в майбутньому стане у пригоді...

Генерал-лейтенант Павло Петрович Скоропадський про цю розмову, природно, не знав, хоч і був поінформований про настрої, які панують у ввіреному йому армійському корпусі. Йому, кадровому спадковому військовому, були чужі будь-які невійськові зміни, що час від часу проникають у військо. Останні події в Петрограді буквально прорвали греблю, і у стомлене війною військо ринули агітатори різного штибу. І це не враховуючи тих, хто баламутить солдатів ізсередини. Павло Скоропадський переконався на власному досвіді, що користь від масової мобілізації всіх меркне на тлі поширення згубних ідей, котрі ці «всі» (а вірніше, невелика жменька) вносять у військо.

Найбільше генерал-лейтенант не любив соціалістів, але з представником соціалістичного спрямування йому довелося зустрітись саме тієї миті, коли в одному з полків його 34-го армійського корпусу агітатор із Петрограда переконував солдатську масу, як добре, що вони дочекалися такого знаменного історичного моменту.

Людину, що сиділа перед ним, звали Юрій Причепа. Принаймні саме це прочитав генерал-лейтенант на мандаті, підписаному В. Винниченком. Це дуже здивувало Павла Скоропадського, адже він зовсім недавно, гостюючи у себе в маєтку, натрапив у дружини на книгу, автором котрої також був Винниченко. Тоді він не звернув на це уваги, аж поки йому довелося знову натрапити на це прізвище.

— Пан Винниченко соціаліст? — здивувався Скоропадський. — Мені видається, що він літератор.

— Одне одному не заважає, — відповів Причепа. — Якби ви прочитали його «Чесність з собою», то, переконаний у цьому, отримали б повне уявлення про ідеї соціал-демократії, що їх сповідує Володимир Кирилович.

— Вибачте — тільки не це! Одначе, пане Причепо, вас сюди направив не соціал-демократ Винниченко, і навіть не літератор Винниченко.

— Ви маєте рацію, пане генерале! — відповів гість. — Я тут за дорученням Центральної Ради.

— Що за Центральна Рада? — підозріло поцікавився Скоропадський.

Після зречення Миколи II він просто не встигав за всіма новоутвореннями, які заполонили Російську імперію, а тепер вже республіку.

— Це український представницький орган політичних партій і громадських організацій, скликаний у Києві. Головою Центральної Ради обрано історика Михайла Грушевського, а поки його тут немає, його обов'язки виконує Володимир Кирилович Винниченко. Власне, підпис на моєму мандаті — це підпис не голови Української соціал-демократичної робітничої партії, а саме голови Української Центральної Ради.

— Ви, пане Причепо, надто часто вживаєте слово «український», — зауважив Скоропадський. — Що ви хочете зробити з Україною?

— А що з нею можна зробити? — здивувався гість. — Володимир Кирилович переконаний (і я його повністю підтримую!), що майбутнє України, саме України, пане генерале, а не Малоросії, в автономній республіці у складі Росії.

— А що ви від мене хочете? Я військовий і у політику ніколи не бавився. Я давав присягу захищати Вітчизну. Ви хочете переконати мене присягнути цій вашій Центральній Раді? Пробачте, але присягу двічі не дають!

— Такої пожертви від вас не вимагається, — заспокоїв Скоропадського Причепа. — Спішу вам довести до відома, Винниченко телеграмою повідомив Георгія Львова й Олександра Керенського — Тимчасовий уряд у Петрограді — про своє утворення. Мій візит до вас, пане генерале, є нічим іншим, як виявом поваги до вашої українськості.

— Перепрошую? — не зрозумів Скоропадський.

Він завжди противився тому, що хтось — навіть з благими намірами! — зачіпав його сім'ю чи навіть його переконання.

— Ми вважаємо, що ви, пане генерале, не можете залишатись осторонь воістину доленосних подій, які відбуваються на землі, скропленій кров'ю ваших великих предків.

— Що ви від мене хочете? — нетерпляче повторив Павло Скоропадський. — Вірніше, не ви, а я так розумію, пан Винниченко, знати якого я не мав честі. Нині я командувач армійського корпусу, смію вас проінформувати.

— Ми це знаємо, — відповів Юрій Причепа. — Тому, враховуючи ваш авторитет, вашу постать, Володимир Винниченко вважав би доречним для спільної справи вашу привселюдну підтримку Української Центральної Ради.

Павло Скоропадський сприйняв ці слова спокійно. На щось таке він сподівався.

(Юрій Причепа був поганим конспіратором.)

— Зважаючи на все, вами пераховане, смію нагадати, що я військовий, тому, природно, мене цікавить ставлення вашої Центральної Ради і персонально пана Винниченка до *militär*.

— Я розумію ваше занепокоєння цим, але пан голова виступає проти мілітаризму як явища. Замість регулярного війська буде створено народну міліцію, а збройні сили буде розпущено, — сказав Причепа.

Генерал-лейтенант Павло Скоропадський подумав, що він не розчув. Зрозумівши, що це не так, він суворо подивився на гостя.

— Ви розумієте, що говорите? — запитав він. — Розпустити військо? Я правильно вас почув?

— Саме так! Солдати вже стомилися воювати. Селяни прагнуть повернутися додому, до своєї землі, робітники...

Тут Скоропадський зробив те, чого не робив ніколи: перебив співрозмовника.

— Переді мною, пане Причепо, сотня тисяч добре озброєних німецьких військ, яким не відомі ваші плани, — сказав він. — То, може, вам спочатку варто піти до них і переконати їхніх генералів — до слова, підкажу, генерал-полковника фон Лінзінґена.

Юрій Причепа почув у інтонації Скоропадського сарказм, але себе не видав. Натомість сказав:

— Невже, пане генерале, ви думаєте, що і німецькі бюргери бажають воювати далі? Війни набридли всім, а після цієї війни вони взагалі припиняться. Надто багато горя і страждань принесли війни людству, і я не думаю, що знайдеться хоч один божевільний, який би надумав (лише надумав, не більше) знову почати воювати.

Павло Скоропадський зрозумів, що пора завершувати цю безглузду розмову. Вони обидва говорили на надто незрозумілих один одному мовах, хоч і належали до однієї. Зрозумів безперспективність розмови і Юрій Причепа, особистий товариш голови Української соціал-демократичної робітничої партії Володимира Винниченка. Нащадок гетьманів Павло Скоропадський не сприйняв ідеї української автономії.

Поки що не сприйняв.

28

Ця війна відкрила новий етап світової історії. Державний діяч, якщо він не сліпий і не глухий, не може не помічати, як з кожним днем дедалі міцнішає темний відчай населення... Якщо монархи Центральних держав виявляться нездатні в найближчі місяці укласти мир, це зроблять народи — через їхні голови... Ми воюємо з новим противником, ще більш небезпечним, ніж Антанта, — з міжнародною революцією, найсильнішим союзником якої є голод. Прошу Тебе надати належного значення важливості цього питання і подумати, чи не може швидке закінчення війни, нехай навіть ціною важких жертв, стати перешкодою на шляху переворотів, що наближаються.

(Із листа імператора Карла I Вільгельму II 12 квітня 1917 р.)

Життя у Талергофі навчило Тому Білецького однієї простої істини: для того щоб вижити, потрібно зникнути. І він зник, неначе не було у концтаборі такого в'язня, хоч щодня виходив на «роботу», яку за ніч придумували наглядачі, так само, як усі інші, довго стояв на плацу чи то в очікуванні коменданта, який чомусь вічно запізнювався, чи слухав тужливо-нудотну промову якогось прибулого з Відня про грандіозні успіхи австрійської зброї геть на всіх фронтах, навіть на тих, де австрійської зброї не було і близько.

Здавалося, все, що могло пройти повз в'язня Тому Білецького, повз нього і пройшло. Він не потрапив до списків тих, кого на початку літа 1915 року відправили на Італійський фронт; не став одним із одинадцяти тисяч (з чотирнадцяти!), кого звільнили влітку 1916 року як заарештованих безпідставно.

Особливо Томі запам'ятався день у листопаді 1916 року, коли їм повідомили, що помер ясніший цісар Франц Йосиф I. Тоді їм зачитали черговий маніфест нового цісаря Карла Першого «До любих народів», затим усіх змусили піти до однієї з двох церков — греко-католицької чи православної — на заупокійну літургію «по новопреставленому рабу Божому Францу Йосифу». Тоді ні у Томи, ні в інших в'язнів навіть не виникло відчуття того, що адміністрація табору і наглядачі засмучені звісткою про смерть свого правителя. Тома пояснював це тим, що цісарю уже перевалило за вісімдесят шість років, тому по всій імперії тільки і чекали, коли закінчиться його майже сімдесятирічне правління. Не було інтриги і в тому, хто стане наступником. Молодий Карл уже два роки чекав, коли стане імператором та королем, і коли це сталося, то сталося настільки буденно, що ніхто і не помітив різниці. Принаймні в'язнів табору Талергоф уже наступного дня... вигнали на чергову безглузду роботу, основним завданням котрої було переконати їх... у її безглуздості.

Наступного «великого збору» довелося чекати до травня. Із самого ранку в'язні спостерігали за незрозумілою метушнею біля комендатури. Невдовзі на територію табору в'їхав відкритий автомобіль із невідомим пасажиром, напевне, надто важливою особою, бо навіть комендант Талергофа, для якого не було ніякого авторитету за винятком його самого, вибіг із будинку зустрічати гостя. Комендант провів прибулого в будинок, а в'язням наказали вишикуватися на плацу.

В очікуванні чогось невідомого (всі були певні, що поганого, бо що може бути хорошого у Талергофі!) минуло чверть години — досить мало, на думку того-таки Білецького, — як двері будинку комендатури відчинились, і невідомий прибулий і комендант піднялися на поміст, звідки ось уже більше двох років ув'язнені вислуховували мудрі (на думку коменданта) настанови.

А невідомий окинув поглядом рівні шеренги змарнілих, аж чорних від страждань, що їх довелося пережити, в'язнів і просто, без будь-якого вступу, сказав:

— Згідно з декретом імператора Австрії та короля Угорщини Карла Першого, інтернування неблагонадійних громадян було розраховане на нетривалий час і мало на меті запобігти спробам перешкодити проведенню мобілізації, тому в'язнів табору Талергоф має бути звільнено. Ви можете повернутися до своїх домівок.

Вражені почутим люди продовжували стояти нерухомо, боячись не те що повірити у сказане, але й просто повірити у те, що це відбувається насправді. Всім здавалося, що зараз хтось висловить свою радість від того, що все позаду і... потрапить до якогось наглядача, звідки вже не повернеться.

Але невідомий знову обвів поглядом плац і просто повторив:

— Ви вільні!

Після цих слів він зійшов із помосту й у супроводі розгубленого коменданта попрямував до автомобіля.

І тільки коли невідомий від'їхав, комендант зачинився у будинку, а наглядачі просто залишили в'язнів на себе, до останніх поволі почало приходити усвідомлення того, що це не сон, не навіювання, а сказане невідомим є правдою, а все, пережите за останні майже три роки, залишилося позаду і вже ніколи не повернеться.

Змучені й навчені пережитим жахом в'язні продовжували стояти рівними рядами, боячись повірити у почуте. Але до них ніхто не підходив, і не прозвучало звичного наказу — вірніше крику — розходитися. І стояли вже не такі озлоблені, радше розгублені, поодинокі вартові по той бік колючого дроту.

Коли ж в'язні зрозуміли, що наказу розходитися вони можуть і не дочекатися, спочатку хтось один, потім другий вийшли із шеренг і обережно пішли до бараків. Їх ніхто не затримував, тому невдовзі чіткі шеренги зникли, але ніхто не хотів залишатися на плацу. Всі потягнулися до своїх бараків.

Як виявилося уже наступного дня, слова «Ви вільні!» стосувалися не всіх. Ішла війна, і ніхто не збирався відпускати російських військовополонених. Для них Талергоф і надалі залишився місцем перебування, бо слово «проживання» тут було недоречне. Нікуди не зникла й охорона табору, хоча її й поменшало.

Інших же, тепер уже колишніх, ув'язнених, замість того щоб одразу відпустити додому, було переведено на північ Австрії, до міста Ґмінда, де із самого початку війни існував табір для переселенців із Королівства Галіції та Герцогства Буковини. На відміну від Талергофа, тут можна було *жити*. Вдалині від дому, під наглядом нечисленних охоронців, але жити.

Саме до цього табору і прибув ешелон із переселенцями. Із, здавалося б, нерозлучної четвірки, що четвертого вересня 1914 року ввійшла крізь дротяні ворота Талергофа, Ґмінда дістався лише

Тома Білецький. Спочив на «кладовищі під соснами» отець Гнатів; відбув на Італійський фронт і розчинився в ньому Осип Павлюк; кудись забрали професора Ревуцького... Йому ж довелося до дна випити гірку чашу всіх страждань.

Щоправда, дорогою до Ґмінда сталася пригода, що закарбувалась у свідомості Томи Білецького. Потяг, котрим звільнені, але ще не визволені арештанти їхали до невідомого їм місця, проходив через Відень. Ешелон із арештантами, навіть колишніми, ніколи не був стратегічним, тому вони чекали, коли проїдуть інші потяги з більш важливими вантажами. Тобто практично всі.

Та тоді довелося чекати лише півдня. Їхній потяг стояв на крайній колії віденського вокзалу — не «телячі» вагони, але й не пасажирські. На таких від'їжджали на фронт рекрути. Тома Білецький сидів біля вікна й апатично спостерігав за метушнею, що зазвичай не покидала великих вокзалів, а віденський і поготів. Час від часу прибували потяги, звідки на перон висипали юрби пасажирів, їх зустрічали або ж не зустрічали; потяг рушав далі, а його місце невдовзі займав інший.

Увагу Томи привернула молода дівчина у стильній сукні бежевого кольору, у, напевне, модному капелюшку і з парасолькою. Вона когось чекала. Саме у цей момент із півдня прибував потяг. Щось у її постаті галичанину видалося знайомим. Він іще не встиг визначити, чому саме ця дівчина впала йому в око, як вона радісно піднесла руку й весело помахала комусь. Саме цей жест дозволив пригадати Білецькому, хто вона.

Це, безумовно, була Марія Гнатів, що залишила Талергоф одразу після смерті свого батька два роки тому. Вона дуже змінилась, адже люди обов'язково змінюються, коли покидають такі місця. Тома ще не встиг опанувати себе і не вирішив, як йому бути далі, коли біля перону, де стояла Марія Гнатів, зупинився потяг, і майже відразу з одного з вагонів зіскочив стрункий військовий. Марія кинулася йому на шию, і вони так стояли деякий час обнявшись.

Тома аж підхопився від несподіваного відкриття. Він не лише упізнав у дівчині Марію Гнатів. Військовий також видався йому до болю знайомим. Білецький гарячково пригадував, хто це міг бути, і ці спогади віддалялися щодалі більше в інше життя, яке було ще до війни.

Він здогадався, хто цей військовий вже тоді, коли між його потягом і щасливою парою виник іще один ешелон. Коли ж він проїхав, військового і Марії Гнатів на пероні вже не було.

Але Тома Білецький міг заприсягнутися, що бачив свого сусіда Левка Вовка.

Це сталося так несподівано і було настільки неймовірним, що першої миті він просто заціпенів, а коли його голова здатна була хоч щось сприймати, було вже пізно. Тим більше що саме у цей момент їхній потяг рушив.

Так і розійшлися шляхи Томи Білецького та Марії з Левком. Молода пара так і не дізналася, що зовсім поруч із ними була людина, котра, власне, і звела їх разом.

А Тому Білецького чекав табір переселенців у Ґмінді.

Звиклих до талергофських «порядків» новоприбулих новий табір вразив своєю масштабністю. Зовсім недалеко, за якихось півтора кілометра, мирно жило місто Ґмінд зі своїми турботами, веселощами, очікуваннями звісток із фронтів, куди вирушили чи не всі чоловіки, здатні носити зброю, а тут панувало своє життя, відмінне від навколишнього. Ще восени 1915 року табір поділили на два десятки секцій. Кожна секція складалась із восьми бараків і великого будинку посередині, призначеного для різних потреб. Сюди провели навіть водогін, що було чимось неймовірним для звиклих до брудної калюжної води «талергофців». Табір мав власну електростанцію, тому кожен барак було освітлено. Торік у таборі проклали каналізацію. Посередині табірної території — велика площа. Перед нею — церква. У таборі — п'ятирічна школа.

Усе це справило на Тому Білецького неабияке враження. І не тільки на нього.

Перш ніж поселитись у звільнених бараках, новоприбулих повели до лазні й після ретельного купання видали інший одяг, не новий, зате чистий. «Талергофців» поселили в одній із крайніх секцій із восьми бараків.

Того ж вечора, коли табір переселенців та інтернованих у Ґмінді поповнився новими жителями, у бараках з'явився інтелігентний чоловік приблизного з Томою Білецьким віку.

— Мене звати Василь Маковський, і я виконую обов'язки службовця у справах баракового посередництва праці та начальника щодо інформаційних функцій, — відрекомендувався він. — Ми знаємо, звідки ви прибули і що вам довелося пережити. Випереджуючи ваше запитання, скажу, що я також прибув у Талергоф другим етапом, але зумів покинути це місце ще до того, як там з'явилися перші бараки.

— Пощастило! — сказав хтось з іншого кінця барака.

— Можна сказати, що так, але за мене особисто клопотав митрополит Андрей Шептицький ще до того, як був заарештований москалями. Я постараюсь увести вас у суть справ табору й ознайомити з місцевими порядками. Вже разом з вами нас стало майже вісім тисяч, але бували часи, коли тут проживало до тридцяти. Ми не є звичним табором для інтернованих, радше тимчасовим пристановищем перед дорогою додому.

— То ми можемо піти? — здивувався сусід Білецького, селянин з-під Бучача шістдесятирічний Павло Мельник.

— Можете, — повідомив Маковський. — Але як ви доберетеся додому? Пішки? От ви, скажімо, самі звідки?

— З Коропець.

— Це біля Бучача? — здивувався службовець.

— Так.

— Я сам із Бучача. То ви хочете пішки дійти додому? До того ж там російські війська. От проженемо їх, дочекаємося вільного потяга і відправимо всіх бажаючих, — повідомив Маковський. — А поки що доведеться зачекати. Але смію завірити, що час мине непомітно. Тут у нас діє «Жіночий гурток», минулого літа відкрито «Співацько-драматичний гурток», восени засновано «Народну читальню».

Василь Маковський зітхнув.

— Звичайно, вам потрібен час призвичаїтись і, головне, відійти від того жаху, який ви пережили раніше. Тому залишу вас. У нас іще буде час поспілкуватися.

З цими словами він залишив барак.

Павло Мельник тихо сказав:

— Я його знаю. Він був у Бучачі директором «Праці» і діяв у «Просвіті».

— Нам треба триматися разом, — озвався хтось збоку. — Тут кругом мазепинці. Буде важко.

Усі вирішили, що так, треба бути разом.

Як виявилося вже невдовзі, «талергофці» не змогли вжитись у нову спільноту. На час ліквідації табору у Ґраці там залишилися тільки затяті москвофіли, яким не світила ніяка перспектива бути звільненими до кінця війни, якби не несподіваний декрет нового цісаря. Ніхто не збирався відкривати для них читальню Качковського чи щось подібне. Зрештою, цього не дозволили б і австрійські можновладці, що час від часу прибували до Ґмінда з інспекцією. Це, безумовно, не могло сприяти налагодженню нормальних стосунків між «мазепинцями» і москвофілами. Іноді доходило до словесних перепалок.

Тома Білецький у цьому участі не брав. Він і надалі дотримувався вже звичної для себе поведінки, коли тебе не помічають, хоч і тримався разом із товаришами.

Так проминуло літо — у напруженні, яке все ж таки не переросло у щось більше. Наприкінці серпня несподівано оголосили, що ті з галичан, хто бажає повернутися додому, може це зробити найближчими днями.

Першого вересня з вокзалу Ґмінда до Львова відходив потяг.

29

Хай буде Україна вільною. Не одділяючись від всієї Росії, не розриваючи з державою російською, хай народ український на своїй землі має право сам порядкувати своїм життям.

(Із І Універсалу Української Центральної Ради)

Володимир Винниченко нервово ходив із одного кінця кабінету в інший. Це, зрештою, набридло Петлюрі.

— Перестаньте перемішувати повітря! — звернувся той до нього. — Нічого ж не зміниться від того, що ви стоятимете не в тому кутку!

Призначений буквально сьогодні зранку Голова Ради Народних Міністрів недовірливо подивився на Петлюру, підійшов до столу і впав у крісло. Подивився на третього присутнього у кабінеті. Михайло Грушевський зберігав завидний спокій, чим викликав захоплення у Петлюри і здивування у Винниченка. Вони обидва були однолітками, їм іще не виповнилось і сорока, тому п'ятдесятидворічний Грушевський був для них прикладом і авторитетом.

Михайло Сергійович, на відміну від своїх молодих колег, був досвідченішим і в житті, і в політиці.

Тільки зранку закінчилося засідання Малої Ради Української Центральної Ради, де майже одноголосно було вирішено створити Генеральний Секретаріат, і двоє його членів присутні тут, у кабінеті Голови Центральної Ради. Вже тоді, коли він, Голова Центральної Ради, оголосив засідання Малої Ради завершеним і побажав восьми Генеральним Секретарям плідної роботи, прийшло повідомлення про те, що до Києва прибуває поважна делегація Тимчасового уряду Росії на чолі з Олександром Керенським. Не знаючи істинної причини появи військового та морського міністра, Мала Рада уповноважила Грушевського і Винниченка з

Петлюрою зустрітися з прибулими. Зрештою, ані в нього, ані в інших не було сумнівів у тому, що предметом обговорення стане недавно прийнятий на II Всеукраїнському військовому з'їзді Універсал. За своєю суттю обтічний та обережний (а на цьому особливо наголошували делегати-соціал-демократи, зокрема й Винниченко), він бачився у Петрограді в зовсім іншому світлі, адже ще жоден народ Російської імперії навіть у гадці не мав про те, до чого додумалися в Києві. Цього, звичайно, у Петрограді спокійно спостерігати не могли. Ще раніше, у травні, той-таки Володимир Винниченко, тоді ще звичайний член Центральної Ради, відбув до Петрограда з пропозиціями щодо майбутньої долі України. Як і гадали у Києві, питання кордонів України стало тим каменем, на якому зламалося найбільше списів. Центральна Рада бачила Україну на землях, де українське населення становило більшість. Це були дев'ять губерній: Херсонська, Катеринославська, Харківська, Подільська, Волинська, Київська, Полтавська, Чернігівська і північна частина у складі трьох повітів Таврійської, а також Кубанська область, Холмська губернія, деякі повіти Воронезької, Курської, Ставропольської, Чорноморської і Бессарабської губерній.

Вимагаючи визначити їх за етнографічним принципом, Володимир Винниченко подав офіційні довідки Академії наук про розселення українців за переписом 1897 року. Однак їх не було взято до уваги комісією експертів, якій Тимчасовий уряд доручив розглянути це питання. До того ж жодна політична сила Росії не виявилася готовою прийняти такі претензії Центральної Ради.

Українська делегація передала також голові Тимчасового уряду, князю Георгію Львову, меморандум, в якому інформувалося про утворення Центральної Ради й вимагалося надати Україні автономію. Однак Тимчасовий уряд відмовив Центральній Раді в її вимогах, посилаючись на те, що ані Тимчасовий уряд не мав таких повноважень, ані Центральна Рада не представляла інтереси всього українського народу. І хоча Тимчасовий уряд до цього часу вже визнав незалежність Польщі та Фінляндії, українцям запропонували чекати до скликання Установчих зборів.

Тільки тепер стала зрозуміла причина такої поведінки у Петрограді. Міністр військових і морських справ Олександр Керенський саме готував червневий наступ по всьому тисячокілометровому фронту і переконав уряд в успіху.

В Україні не стали чекати ні успіху російської армії, ні чогось іншого, а скликали другий військовий з'їзд і ухвалили Універсал, який проголошував автономію.

І ось у Петрограді нарешті сполошилися всерйоз. Тепер уже представники Тимчасового уряду були змушені їхати на переговори до Києва. Що ж, вести переговори на своїй території завжди легше, ніж на чужій!

— Я прошу обох заспокоїтися! — остудив своїх молодших колег Михайло Грушевський. — Ми мусимо мати холодні голови. Керенський не такий простак, як намагається показати себе. Володимир Кирилович, як ніхто інший, знає.

— Тому і нервуюся! — спробував виправдатися Винниченко. — Він навіть не намагавсь удавати, що хоча б прислухається до думки князя Львова, а це, між іншим, Голова Тимчасового уряду.

— Нам відомо, хто такий Львов! — відрізав Петлюра.

Він хотів іще щось сказати, як двері відчинились і до кабінету ввійшли троє. Сказати, що вони були незнайомими для господарів, було неможливо, але чому саме їх направив Тимчасовий уряд для вирішення українського питання, було незрозуміло.

При появі прибулих всі підвелися.

— Здрастуйте, панове! Раді вітати вас у Києві! — привітався Михайло Грушевський.

— Повірте, Михайле Сергійовичу, я завжди згадую Київ із теплотою і намагаюся знайти час, аби знову приїхати сюди, — мовив Керенський. — На жаль, події останнього часу не дають змоги це зробити.

— Будемо сподіватися, що настануть часи, коли нам не заважатимуть обставини бувати там, де нам заманеться, — сказав Грушевський. — Дозвольте представити вам, панове, моїх колег. Голова Ради народних міністрів і Генеральний Секретар внутрішніх справ Володимир Кирилович Винниченко! Генеральний Секретар військових справ Симон Васильович Петлюра! Ми уповноважені Центральною Радою вести переговори.

— Я радий, що наші переговори пройдуть у такому високому представницькому колі, — відповів Керенський. — Мої колеги —

міністр пошт і телеграфу Іраклій Георгійович Церетелі і міністр фінансів Михайло Іванович Терещенко.

— Панове, прошу сідати! — запросив Грушевський.

Обидві трійки — українська та російська — сіли за великий довгий стіл навпроти одна одної.

— Панове! Князь Львов уповноважив нас розібрати ті штучні перепони, що виникли між нашими урядами останнім часом, — почав Керенський. — На жаль, ситуація на фронті не дозволила нам приступити до них раніше, але смію вказати на те, що ситуація зараз складається на нашу користь. Буквально зранку я отримав повідомлення, що 164 піхотна дивізія без пострілу зайняла Калуш. Наші доблесні війська вийшли на рубіж річки Лімниці й готові відновити наступ не пізніше післязавтра. Гадаю, що Болехів також буде нашим.

Олександр Керенський перевів подих, подивився на інших двох, запрошуючи їх до розмови.

Слово взяв Церетелі. Його мова була чиста, але з легким, ледь вловимим кавказьким акцентом.

— На жаль, ми прибули сюди не тільки для того, щоб похвалитися нашими успіхами, — говорив міністр пошт і телеграфу. — У такий важливий (і важкий!) час для Росії ви, панове, видаєте свою відозву, у якій фактично ставите під сумнів саме існування Тимчасового уряду.

— Дозвольте не погодитися з вами, пане міністре! — озвався Грушевський. — Універсал, який ви назвали відозвою, не мав на меті того, у чому ви нас звинувачуєте. Ми лише хочемо об'єднати всі українські землі, але як автономію у складі Росії.

— Пробачте за мою обмовку, ми ще не звикли до ваших нових термінів, що вже увійшли в історію, — спробував виправдатися Церетелі. — Признаюся відверто, що головна тема нашого приїзду до Києва — налагодження відносин із Центральною Радою. Уряд готовий піти на серйозні поступки Центральній Раді, зберігши своє реноме. Ми не заперечуватимемо проти автономії України, одначе просимо утриматися від декларування цього принципу й залишити остаточне санкціонування автономії Всеросійським установчим зборам.

Тут заговорив Симон Петлюра.

— Цей розклад, якщо ми підемо на це, буде розцінений деякими нашими політичними силами як серйозний крок назад. Існує велика ймовірність того, вони вийдуть зі складу Ради і навряд чи знайдеться єдина партія, яка візьме на себе всю повноту відповідальності за ситуацію в Україні, — сказав він.

Іраклію Церетелі згадалися двотижневі події, коли в Петрограді відкрився перший Всеросійський з'їзд Рад. Тоді виникла неприємна для нього ситуація, коли він вимовив, як йому здалося, риторичне речення: «На даний момент у Росії немає політичної партії, яка говорила б: дайте в наші руки владу, підіть, ми займемо ваше місце. Такої партії в Росії немає». Тут з невеликої групи більшовиків хтось крикнув: «Є така партія!» Тоді голова з'їзду надав слово представнику фракції більшовиків Ульянову, але його виступ делегати зустріли сміхом (есери і меншовики) та оплесками (більшовики). Зараз же варто утриматись і від першого, і від другого, тому Церетелі вів далі:

— Ми не приховуємо нагальної необхідності для Тимчасового уряду відновити єдність із українцями, аби довести країні, а можливо, й усьому світові, що все тут робиться зі згоди центральної влади і для Установчих зборів. Ми пропонуємо Центральній Раді укласти угоду з підписанням двома сторонами спеціальних декларацій, які б свідчили про одностайність дій, а також порозумітися з представниками неукраїнської революційної демократії в Україні й надати їй місця у Раді, що сприяло б перетворенню її із суто національного органу на територіально-національний.

— У складі Центральної Ради є не лише українці, — спробував заперечити Володимир Винниченко.

— Але цього мало! — вставив Церетелі. — У проекті кордонів, що ви, Володимире Кириловичу, недавно представляли у Петрограді, йшлося про землі, де переважають українці, але навіть ви не стверджували про лише українське населення. Тому наявність делегатів-неукраїнців у вищому представницькому органі українського народу була б не лише доречною, але й необхідною.

— Крім того, Тимчасовий уряд не проти включити до складу автономії й території Австро-Угорщини, котрі ми займемо найближчими днями, — вставив Олександр Керенський.

Михайло Грушевський і Володимир Винниченко перезирнулись, але Симон Петлюра зберіг завидний спокій. А Керенський вів далі:

— У свою чергу уряд наполягає на відкритому осуді Центральною Радою методів захоплення влади. Зі свого боку делегація обіцяє, що уряд, приймаючи Закони стосовно України, узгоджуватиме їх із Центральною Радою. Ми висловлюємося за створення крайового органу влади, фінансування його з державного бюджету, запровадження при Тимчасовому уряді посади комісара з українських справ.

Тут озвався Михайло Терещенко, який досі мовчав. Уже той факт, що він був українцем і, можливо, був включений до складу делегації саме тому, що українець, давало росіянам певний козир у переговорах.

— Спішу повідомити, панове, — сказав він, — що в уряду не викликає категоричного несприйняття, як це було раніше, ідея українізації військових частин, дислокованих в Україні.

«Забагато подачок! — відзначив для себе Петлюра. — І все заради того, щоб відкласти до Установчих зборів проголошення автономії?»

Напевне, такі думки роїлись і в голові Михайла Грушевського, бо він сказав:

— Панове, я пропоную зробити у наших переговорах паузу. Відпочиньте з дороги, адже сюди ви прибули просто з вокзалу. Ми у свою чергу детально обговоримо ваші пропозиції й повідомимо про рішення Ради...

Коли росіяни покинули кабінет, Грушевський запитав:

— Ну і що ви про це думаєте?

Винниченко знизав плечима, зате Петлюра відповів одразу:

— Справи російської армії не такі вже блискучі, як у цьому нас намагався переконати військовий міністр. Так, вони вийшли на ріку Лімницю, але далі сил наступати у них немає. Сумніваюся, що з цього щось вийде.

— Так, але і ми нічого не можемо протиставити Петрограду! — сказав Винниченко.

— Ви маєте рацію обидва! Тому давайте думати, що із запропонованого нам Петроградом ми можемо прийняти без заперечень, із чим сперечатись, а що відкинути як неприйнятне, — підвів підсумок Михайло Грушевський.

Через два дні сторони дійшли компромісу, і росіяни відбули до Петрограда. Вже невдовзі виявилось: угоди, досягнуті в Києві, стали причиною виходу зі складу Тимчасового уряду кадетів, що і зумовило відому липневу кризу. Вірна своїм зобов'язанням Українська Центральна Рада видала Другий Універсал, що був, по суті, кроком назад у порівнянні зі своїм попередником, і ввела до свого складу третину делегатів-неукраїнців.

Розрекламований Олександром Керенським наступ Південно-Західного фронту провалився, так і не почавшись саме тридцятого червня. На мітингах, які вже стали невід'ємною частиною війни, солдати просто вирішили не наступати. У свою чергу австрійська армія ще не дійшла до того стану, щоб сперечатися з командирами. Могутнім ударом австрійці відкинули росіян за річку Збруч і також зупинилися. Далі наступати ні сил, ні озброєння у них не було.

Ріка Збруч стала воістину фатальною для долі України.

30

Семен Кандиба ніколи не думав, що атака може бути такою приємною. За майже три роки війни він устиг стати вахмістром і красувався трьома зірочками на петлиці. Однак слово «красувався» зовсім не підходило до знаків розрізнення сірого кольору на такому ж сірому польовому кітелі. Від інших кавалеристів улани відрізнялися лише чапками[1], щоправда, такого ж невиразного забарвлення.

Того дня він дістав наказ силами роти атакувати росіян південніше Тарнополя. Ще раніше дивізіон, у якому воював Кандиба, разом із іншими увійшов до складу Золочівської групи німецького генерала Вінклера. Разом із німцями, котрі ще місяць тому були у Франції, австрійські улани вдарили по семи корпусах Одинадцятої російської армії генерала Балуєва. Оскільки ще раніше, під час переможного початку наступу, найбільш боєздатні частини росіян було винищено зустрічним вогнем, це негативно вплинуло на загальний настрій солдатів і перетворило колись грізну армію на збіговисько мітингарів, які обговорювали у себе в комітетах геть усі накази офіцерів та відмовлялися наступати під будь-яким приводом, включно до того, що «своя артилерія так добре попрацювала, що на захоплених позиціях противника ночувати нема де».

Не дивно, що на одній із ділянок фронту звичайна атака трьох німецьких рот змусила рятуватися втечею дві російські стрілецькі дивізії. Про це говорили по всьому фронту, ставлячи героїв у приклад іншим.

Але в російській армії були формування, що найменше піддались агітації більшовиків і, природно, виявилися найбільш боєздатними. Це були козачі кубанські ескадрони — жах австрійської піхоти. Саме з ними і зіткнулася рота вахмістра Семена Кандиби.

---

[1] Головний убір уланів.

Вони наближалися до того місця, що на мапах командирів було лінією зіткнення австрійських і російських військ, як попереду почули звуки бою (що й не дивно на війні взагалі, а на лінії фронту і поготів!), але Семен зауважив, що попереду окопів гарцюють вершники у зеленій уніформі та махають шаблями.

Рішення визріло миттю.

— Шаблі наголо! — скомандував вахмістр Кандиба і боляче вдарив коня в боки.

Він першим пустився в атаку. Вахмістру було зайвим оглядатися, щоб переконатися, що його улани скачуть за ним. Більшість із них воюють разом чи не від початку війни, пережили і перемоги, і поразки, тому сумніватись у слухняності підлеглих Семенові не доводилося.

Тим часом козаки, побачивши, що до них наближається австрійська кавалерія, залишили окопи і на радість уцілілим піхотинцям повернули коней назустріч.

Противники зіткнулися на великому, зарослому бур'яном полі, що вже давно не бачило плуга. Вже з перших звуків шабель Семен Кандиба зрозумів, що москалі вже не ті відчайдухи, з якими він мав нагоду зустрітись у перші місяці війни. Тоді, здавалося, не було ніяких перепон, які могли б надовго затримати просування ворожої кавалерії. Перед російською кіннотою, як полюбляли говорити у штабах, відкривався оперативний простір, який ті долали неначе завиграшки. Хоч і тепер помахи шаблями були не менш небезпечними, Кандиба все ж відчув, що перед ним не той ворог, із яким він уперше зіткнувся три роки тому приблизно у тих місцях.

Хоч яким би здеморалізованим був ворог, але козаків було більше, й уланам Кандиби зробилося б непереливки, якби не оговталася врятована ними піхота. Вони атакували своїх недавніх кривдників із тилу. Опинившись між двома вогнями, козаки ще якийсь час продовжувалися битись, але дуже скоро зрозуміли безперспективність подальшого опору і склали зброю.

Поки улани роззброювали полонених, вахмістр повернув коня до піхотинців, що, як і його кавалеристи, не приховували радості від перемоги.

— Отакої! — вигукнув Семен. — Знову ви?

Його здивуванню не було меж, адже серед піхотинців він упізнав своїх односельців Михайла Валька й Олексу Мороза. Від того пам'ятного дня, коли вони востаннє бачились, Михайло вже встиг стати корпоралем, а в Олекси Мороза комір так і залишився без зірочки.

— Скільки знов я маю вас рятувати? — поцікавився Семен і спішився.

— Ще не відомо, хто кого врятував! — озвався Валько.

Друзі обнялися. Потім усе повторилося з Олексою.

— Досі інфантерист? — здивувався Семен.

— А-а! — махнув рукою Олекса. — Чиста петлиця — чиста совість! І голова не болить, як от у Михайла! Головне, що живий! Як ти тут опинився, Семку?

— Та викликає мене мій командир і каже: змотайся ти, Семене, до окопів, там москалі кремсають у капусту твоїх односельців. Треба допомогти!

— Піхота, між іншим, може образитись! — попередив Михайло.

— Погодь сьи ображати! — зупинив його Семен.

Він повернувся до своїх уланів, котрі разом із піхотинцями оточили полонених.

— Втрати? — запитав.

— Семеро, — була відповідь.

— Паршиво! — скривився Кандиба.

Він знову звернувся до друзів.

— Отак і воюємо, друзі мої! І без обра́з! Хто серед вас старший? Ти?

Семен подивився на Михайла.

— Вже я, — сказав той. — Лейтенанта, як ти висловився, скремсали в капусту.

— Тоді приймай полонених! Презентую! У мене немає ніякого бажання тягнути їх до себе.

— Та й у мене радості від того не більше.

Михайло махнув рукою.

— Нехай вже! Чого не зробиш заради сусіда!

Він підійшов до полонених, аби віддати відповідний наказ, а Семен залишився з Олексою.

— Що вдома, знаєш? — поцікавився він у Мороза.

— Ще в травні прийшов лист, — повідомив Олекса. — Марта взяла шлюб із Андрієм.

(Кивок у бік Валька.)

— Та ти що! — вигукнув Семен. — Не чекав такого від Андрія! Молодець! Даремно часу не гаяв! А як Федько?

— Воює. Десь недалеко, але за війну так і не стрілись. То він переїхав, то нас перекинули... Але живий!

— І на тому дяка Богу! — відказав Семен.

Тим часом повернувся Михайло.

— Із таким презентом у мене ще довго боліти голові, — признався він.

— Як казав Олекса: де більше зірочок — там сильніший біль! — нагадав Кандиба.

— Ну, скажімо, Олекса говорив трохи не те, але нехай вже! Час у тебе є, пане вахмістре?

— А що ти хочеш запропонувати?

— Ну, треба ж обмити зустріч! Та й за презент зафундувати!

Семен Кандиба подивився на своїх уланів.

— Спочатку поховаємо вбитих, хлопці! — сказав він.

Полеглих у цьому бою уланів та піхотинців поховали у спільній могилі на горбочку неподалік. Поруч викопали і могилу для вісьмох вбитих козаків. На війні такі події дуже скоро ставали звичними, навіть буденними, тому вже невдовзі про них забули. Корпораль Валько розпорядився відправити полонених у тил, до якогось гауптмана Шульца, наказав розташувати уланів і добре нагодувати, а сам запросив Олексу й Семена до землянки, що лише вранці належала вбитому лейтенантові.

Серед речей убитого Михайло знайшов флягу, від якої тхнуло міцним спиртним. Валько задоволено кивнув головою: мовляв, як немає кращого, то й це гаразд буде.

Перший раз випили за вбитих. Закусувати було незручно, тому просто занюхали рукавами, зате на другий розлив відкрили бляшанку з тушонкою.

— То що там удома, окрім того, що ви стали родиною? — допитувався Семен, накладаючи на товстий окраєць хліба не менший шар м'яса.

— Розпустили вас, кавалерію! — відзначив Олекса, спостерігаючи за діями Семена. — А ми, якби не смерть лейтенанта, і цього б не побачили.

— Треба використовувати кожну можливість! — повчально відказав Кандиба. — Жити нинішнім днем. Завтра може не настати, як от для вашого лейтенанта. А пришлють увечері нового командира — і не бачити вам, хлопці, цього м'яса до наступної атаки. То що там у селі?

— Померли найстарші Вовки, — повідомив Михайло. — Микита і баба Ґеня. Спочатку бабу поховали, а не минуло й дев'ять днів, як спочив і дід. Як жили все житє разом, так і відійшли також разом! Та там із хлопів мій тато, Лука Солтис і Микита Нагірний сьи лишили. Ну і Гнат Вовк. Все. Решта, як ми, на війні або забрали то москалі, то австріяки.

— Ну нічого, війна кінчиться, вернут всі! — заспокоїв Семен.

— Всі не вернут, — вставив Олекса. — Тимко Нагірний вже точно не переступить свій поріг.

Семен мовчки розлив із фляги залишки спиртного.

— За Тимка! — сказав він. — Нехай спочиває з Богом!

Цього разу все ж закусили. Михайло поцікавився:

— Ти, Семку, там більше гасаєш на своїй кобилі, може, знаєш, коли вже то все сьи кінчит?

— А сказати мені має моя кобила? — у тон йому запитав Кандиба. — Та чи сидимо ми в окопах, чи гасаємо, як ти сьи висловив, на конях, однаково від нас нічого не залежить. Схоче наш цісар кінчити війну — ми вернемо додому, не схоче — теж вернемо, але вже пізніше.

— Ага, а горілка сьи кінчила! — сказав, взявши в руку флягу, Олекса.

— На трьох явно мало! — згодився Кандиба. — Якийсь непитущий був покійник!

Так за розмовою їх застав обер-лейтенант, котрого гауптман Шульц відправив на місце вбитого лейтенанта. Побачивши несподівану для себе картину, він зупинився при вході, не знаючи, як повестися. Не знали, що буде далі, й односельці. При появі офіцера вони виструнчилися навколо столу і чекали, що буде далі.

А обер-лейтенант окинув поглядом стіл із порожньою бляшанкою тушонки і також порожньою флягою, про це свідчив той факт, що вона незакоркована лежала на боці, і несподівано для перетинців розкрив польову сумку і... вийняв звідти свою флягу.

Присутні перезирнулись.

31

Генерал від інфантерії Лавр Георгійович Корнілов за всю війну не командував військовим з'єднанням, більшим за армію, тому призначення його Верховним Головнокомандувачем, що замінив генерала Брусилова, який не зумів упоратись із до краю здеморалізованим військом, стало для багатьох несподіванкою.

Для більшості офіцерів російської армії стрімкий злет Лавра Корнілова — в сорок років уже генерал-майор — був чимось неймовірним, особливо враховуючи його напівказахське походження. Не маючи практично ніякої протекції серед генералітету, він самотужки пробирався нагору військовою драбиною, не цураючись ніякої роботи і не відмовляючись ні від яких пропозицій: то в одязі туркмена проводив рекогносцировку британської фортеці у Туркестані, то здійснив низку географічних експедицій в Афганістані та Персії, то під час Японської війни самостійно піднявся у штикову атаку і вивів із оточення залишки дивізії. Наступним етапом кар'єри Корнілова була посада військового агента в Китаї.

Коли почалася війна, дивізія, корпус чи армія, якою командував Лавр Корнілов, завжди перебувала на найнебезпечніших ділянках фронту, і траплялося, що саме хоробрість і неймовірний талант генерала рятували росіян від поразки, а то й від розгрому.

Корнілов заслужив репутацію революційного генерала після того, як особисто брав участь в арешті імператриці Олександри Федорівни та її сім'ї. Щоправда, подейкували: навіть сама заарештована була задоволена від того, що це зробив популярний у військах Корнілов, а не хтось із Тимчасового уряду. Майже відразу генерал від інфантерії почав командувати Петроградським округом, від якого відмовився через декілька місяців, не бажаючи мати відношення до розвалу армії.

Після того як розрекламований і на перших порах успішний червневий наступ закінчився нічим, Лавру Корнілову було доручено стати Верховним Головнокомандувачем.

Саме від цієї людини до командира 34-го армійського корпусу генерал-майора Павла Скоропадського прийшов наказ прибути в Могилів для особистої зустрічі. Залишивши корпус на свого начальника штабу, Скоропадський прибув у Ставку Верховного Головнокомандувача... якраз на обід. Лавр Корнілов саме вирішив підкріпитися перед дорогою — від'їжджав до Петрограда.

— Приєднуйтеся, Павле Петровичу! — запросив він. — Заодно і обговоримо ваш приїзд.

— Із задоволенням, Лавре Георгійовичу! — погодився Скоропадський.

— Оскільки ситуація в армії й у державі не дає нам змоги навіть розслабитися, поєднаємо приємне з корисним, — говорив Корнілов.

— Я вас слухаю, Лавре Георгійовичу!

Скоропадський надпив із келиха червоного вина.

— Вам відома ситуація в країні? — поцікавився Корнілов.

— У загальних рисах.

— Та в нас усе зараз «у загальних рисах»! Слава Богу, міністр-голова уряду нарешті зважився в Петрограді на те, що потрібно було зробити ще наступного дня після зречення імператора. Розігнав цю більшовицьку Петроградську раду до бісової мами. І навіть іще далі!

Корнілов мав на увазі Олександра Керенського, який напередодні став на чолі Тимчасового уряду.

— Шкода, що не вдалося заарештувати, а ще краще покінчити з цим німецьким агентом.

— Про кого ви говорите, Лавре Георгійовичу? — запитав Скоропадський.

— Про Володимира Ульянова, більш відомого як Ленін. Але його арешт, ба навіть ліквідація, лише питання часу, до того ж найближчого. З більшовизмом у столиці покінчено, чого не скажеш про армію. Ця бацила міцно засіла у головах солдатів, і наша поразка в червні цьому наочне підтвердження! У цьому, Павле Петровичу, велика «заслуга» генерала Брусилова. Він надто сподівався на, так би мовити, революційний порив мас. А цього не сталося. Маси ринули, але не в той бік, куди хотілось Олексію Олексійовичу.

— Тут дозвольте з вами не погодитися, Лавре Георгійовичу! — заперечив Скоропадський. — Не у всіх частинах бацила більшовизму, як ви висловились, в'їлася настільки міцно.

— Знаю, Павле Петровичу, що у вашому корпусі цього немає, — мовив Корнілов. — Тому ви і тут!

Почувши таке, Скоропадський відклав убік виделку.

А Корнілов вів далі:

— Ситуація в армії навіть загрозливіша, ніж може здатися спочатку. Війська просто перестали воювати. Перед тим як отримати цю посаду, яка, до слова, мені не мила, ще будучи командиром Восьмої армії, я зрозумів, що генерал Брусилов пішов на поводі солдатських комітетів і це веде до розладу армії. Але чомусь це не спостерігається в полках і корпусах, як от у вашому. Чому? Звичайно, Павле Петровичу, я міг тут сказати про ваш військовий талант, відданість присязі, розуміння небезпеки, що нависла над Батьківщиною. Можу, але не буду. І не тому, що цього немає. Навпаки, я захоплююсь вашими успіхами, але навіть не це головне. Однією з причин, чому генерал Скоропадський очолив 34-й армійський корпус, була та, що він в основному складається з малоросів і захищаєте ви свою Малоросію.

Скоропадський заперечив.

— Якщо вже бути точним, Лавре Георгійовичу, то українці й захищають вони Україну, — сказав він.

— Нехай! — байдуже відказав Корнілов. — Завтра зранку я відбуваю до Петрограда і переконуватиму Тимчасовий уряд повністю, як ви висловились, українізувати ваш армійський корпус. Гадаю, ніхто не буде проти його перейменування в Український корпус.

Корнілов зробив наголос на слові «Український».

— Але навіщо, пане генерале? — запитав Скоропадський.

— Війська найкраще захищають не якусь абстрактну Отчізну, а свою землю, — зітхнув Корнілов. — Із цим доводиться миритись, хоч і як неприємно мені про це говорити. Ваші дії на фронті остаточно переконали мене у правильності цієї думки. До того ж більшовицька пропаганда просто не знаходить собі благодатного середовища в головах українців. Тому, генерал-лейтенанте Скоропадський, слухайте мій наказ! Повертайтеся в корпус і постарайтеся зробити його повністю українським. Набирати солдатів можете з будь-яких частин.

— А куди дівати великоросів? — запитав Скоропадський.

— В 41-й корпус, до сусідів. Генерал-лейтенанта Березовського я повідомлю.

Із цим Павло Петрович Скоропадський відбув додому...

Звістку про те, що віднині вони стали *українцями*, солдати 34-го корпусу зустріли по-різному, хоч у своїй більшості прихильно. Хтось радів од того, що тепер не відправлять у якусь Пруссію; комусь було близько додому, і він дійсно захищав *свою* землю.

Напевне, єдиними, хто зустрів цю звістку насторожено, були солдати інших національностей, особливо росіяни. І справа була не в тому, що їх мали кудись відправити. Вони просто вже звикли до бойових товаришів і не бажали щось міняти.

Але наказ генерала Скоропадського був чіткий, тому протягом двох тижнів укомплектування корпусу мало бути завершене.

Івана Щадова також переводили в іншу частину.

В одному Скоропадський не кривив перед Корніловим: у його корпусі знайшлося мало тих, хто встиг «підхопити» бацилу більшовизму, хоча вони, безперечно, були.

Одним із таких був Степан Білецький.

За ті півроку, відколи у далекому звідси Пскові зрікся престолу «білий цар», у свідомості галичанина відбулася трансформація, і до цього доклався більшовик Щадов. Зустрівши в особі двадцятирічного Білецького благодатний ґрунт для своєї агітації, петроградський робітник із потрійним завзяттям захопився перетворенням москвофіла-галичанина на переконаного більшовика. Тепер Степан вже не сприймав ідеї, що їх проповідував Іван Щадов, скептично, як раніше. Той умів переконувати.

І коли постало питання про реформування корпусу, Степан уже виявився готовим сприйняти слова Щадова.

— Нічого доброго з цього не вийде! — переконував Білецького більшовик. — Майбутнє не за націями, а за всесвітньою пролетарською рівністю, яку принесе трудовому класу революція. Саме революція, бо експлуататори свого просто так не віддадуть. І тобі, Степане, місце не серед цих мазепинців (при цьому Білецький здригнувся), а саме у наших лавах. Тому я тобі наполегливо рекомендую залишити до біса цього нащадка гетьмана і піти зі мною.

— Але ж мене не відпустять! — заперечив Степан.

— Чого б це тебе мали не відпустити? Ти хто? Русин із Австрії. Русин, руський, російський... Хто там буде розбиратись! А нам головне — вибратися з цього болота націоналізму.

Степан Білецький слухав Щадова, здебільшого погоджуючись із його словами, але ще не прийняв остаточного рішення. Бачачи, що його молодий товариш сумнівається, Іван Щадов посилив натиск.

— Ну, добре! От ти залишишся. І що далі? Тебе знов змусять воювати. Як стріляв донині, так і стрілятимеш далі, але вже тобі говоритимуть, що ти захищаєш свою Україну. Але це не твоя земля. Твоя земля там...

Іван Щадов кивнув на призахідне сонце, що зачепилося за високі тополі на горизонті, де далеко-далеко лежало його рідне село, таке недосяжне тепер.

— А коли все почнеться, тоді ти зможеш повернутися додому, але не полоненим чи завойовником, а визволителем своєї рідні від гніту панів-експлуататорів.

— Що почнеться? — не зрозумів Степан Білецький.

Іван Щадов задоволено всміхнувся.

— Щось прекрасне! — тільки і сказав він.

Зрештою, це переконало Степана, і він пристав на пропозицію Щадова. Спочатку боявся, що виникнуть якісь перепони на шляху його рішення залишити корпус, але все обійшлося. Не відомо, чи повірили військові канцеляристи у слова Білецького про його русинство, чи просто ніхто не захотів розбиратися, чому цей галичанин не захотів залишатися в українському корпусі, але разом із Іваном Щадовим (у нього, до речі, ніхто навіть не запитував згоди) він був відправлений у 41-й корпус, звідки через тиждень вони так само успішно втекли.

Їхній шлях лежав до Києва.

32

Польовою дорогою, що з'єднувала хутір із селом, бігла Ганна Кандиба. Її босі ноги здіймали пилюку, що давно не бачила дощу, і розтинали павутину бабиного літа. В одній руці дівчина тримала хустину, в іншій білів аркуш паперу. Вересневе сонце ще досить тепло зігрівало землю, але вже відчувалося віяння осені. Цього року бабине літо було особливо теплим, але старші говорили, що зима змусить усіх померзнути.

Ганна підбігла до господарки Морозів, зайшла до хати, але там було порожньо. Розуміючи, що в такий час — обідню недільну пору — причиною відсутності господарів може бути лише якесь зібрання в центрі села, дівчина попрямувала туди. І дійсно, вона побачила чи не всіх селян. Вони оточили молодшого Смоляра, у руках якого Ганна зауважила якийсь жовтий папір. Видно, люди обговорювали останні вісті з війни.

Побачивши захекану Ганну, Марта запитала:

— Що сьи стрисло, Ганю?

Та зупинилась і деякий час віддихувалася.

— Ось, лист прийшов. Од Семена. Там і про Олексу є... — сказала вона.

Ганна передала Марті листа, а та віддала його своєму чоловіку Андрієві.

— Читай, що пише!

— Читай, Андрію! Може, щось нове скаже, — почулося збоку.

Андрій Валько розгорнув аркуш і вчитався у текст.

— «Слава Ісусу Христу, моя жінко Єво, сестро Ганно і діточки Грицю та Іване! Найперше спішу сказати вам, що я живий, і цілий, і не поранений. Недавно я став вахмістром і маю медаль за хоробрість. Її мені дали за те, що спас від москалів нашу піхоту. Можу сказати, що там я знов сьи спізнав із Олексою Морозом і Михайлом Вальком».

Почувши таке, і Морози, і Вальки шумно зітхнули. Інші зачаровано слухали, як читає Андрій.

— «Вони теж здорові. Навіть Михайло став командиром, не таким великим, як я, а Олекса просто інфантерист, але не дуже цим переймається. Ми навіть посиділи за флягою шнапсу, пом'янули Тимка і випили за Андрія з Мартою».

Тут схлипнула Варвара Нагірна. А Валько продовжував читати:

— «У нас вже добрий місяць не стріляють. Москалі перестали воювати зовсім, і ми в основному проводимо свій час і нічого не робимо. Всі сьи сподівают, що скоро війна сьи кінчи і ми повернемо домів. Якби ви знали, як руки хочуть сьи торкнути плуга. Як ви там самі, мої рідні? Буває, що вити хочу, коли згадаю, що лишив вас одних. І дядька Гриця Мороза вже нема, щоб поміг. Але коли війна сьи кінчит, то знов заживемо як раніше, а то й ліпше. На тому буду перестати писати, бо згадав, що буде більше вільного часу і ще напишу. Ваш чоловік, батько і брат Семен».

Андрій склав листа удвоє і як велику цінність віддав Ганні, а Гнат Вовк висловив, здавалося, спільну думку:

— От і сьи повернут скоро наші діти!

— І мій тато, вуйку Гнате? — запитав Михайло Смоляр.

Зрозумівши, що більше ніхто не потребує, щоб він і далі читав двотижневу газету про події на фронтах узагалі місячної давності, він склав її і затиснув у руці.

— І твій тато, Михайле, і наш зять Роман, — заспокоїв його Вовк. — Вони полонені, а хто захоче дармо годувати чужих жовнірів, якщо своїм нема що давати?

Він кивнув головою і впевнено повторив:

— Всі, хто живий, сьи вернут!

Ці слова стали медом для односельчан, адже у кожній господарці когось чекали, тому розмови, що лунали під час читання газети молодшим Смолярем, перейшли в обговорення листа Семена Кандиби. І цього разу вони вже не були такими похмурими.

— Думаю, до зими наші вернут! — продовжив думку Гната Вовка його тезко Валько. — Вже всім та війна хроном стала. І не одним нашим хлопам!

Василь Мороз участі в розмові не брав. Хоч йому скоро і виповниться чотирнадцять років, смерть батька і відсутність старших братів зробили його не по роках дорослим, і вже не було часу та й бажання також кудись віятися з однолітками. З'яву на господарці Андрія Валька Василь прийняв як дарунок небес, бо зять попри свою рану все ж забрав у молодого ґазди більшу частину роботи, чому той був дуже радий.

Щоправда, навіть це не послужило приводом, аби прийняти його у «дорослий клюб», хоч хлопів у селі залишилося дуже мало. Зрештою, сам Василь цього не дуже і прагнув. Певна річ, він щоразу приходив на такі сходи, але зазвичай лише мовчав, намотуючи все сказане собі на ще невидимий вус. Ось і зараз, слухаючи оптимістичні розмови чоловіків, Василь не забував вертіти головою, не бажаючи пропустити щось важливе.

Саме він першим запримітив самотню постать, що повільно рухалася з півдня в напрямі села.

— Дивітсьи! Хтось іде! — вигукнув він.

Усі, неначе за командою, повернули голови на південь. До села дійсно наближався якийсь чоловік. До нього було ще досить далеко, тому, хто це такий — свій чи чужий, — селяни відразу не зрозуміли. Тільки молодші, в котрих був кращий зір, зауважили на невідомому потертий, але чистий кабат, темний капелюх. Штани мав іншого кольору, ніж кабат, і до того ж був узутий у чоботи. Темна борода робила його геть невпізнанним, навіть якби хтось захотів угадати. І все ж першим здогадався, хто це, Микита Нагірний.

— Матір Божа! Та це ж Тома Білецький! — стишено мовив він.

Тут усі впізнали у несподіваному незнайомці свого односельця, котрий раптово зник три роки тому і так само неждано з'явився. Про долю Томи ніхто не здогадувався всі ці роки, навіть думали, що він помер. Десь рік тому жінка Катерина хотіла дати священнику на службу за упокій, але Петро Лісович категорично відмовився згадувати на Дмитрієву суботу ім'я «новопреставленого раба Божого Тому», мотивуючи це тим, що ніхто не бачив його мертвого.

Як виявилося, священник мав рацію.

Тома (а це справді був він!) також побачив, що перед хрестом поперед села зібралися люди, багатьох із яких він упізнав, але не захотів наближатися до них, а повернув до своїх воріт. Одразу кинулось у вічі страшне запустіння. Під хатою на призьбі сиділа його мати і дивилася кудись перед собою. На появу сина вона ніяк не відреагувала.

— Мамо! — обережно покликав Тома, побачивши в очах матері щось моторошне. — Я вернув!

Євдокія повернула до нього голову, і в її очах враз засвітила іскра свідомості.

— Томо! Ти прийшов! Зараз тата покличемо. Ти, певно, голодний з дороги! — сказала вона.

— Мамо! — повторив Тома. — Що з вами?

А Євдокія знову затихла і втупилася в одну точку. Тома скинув із плеча торбину, котру тримав досі, й опустився на коліна перед матір'ю.

У цей час із хати вибігла Катерина з дочками. Тома ледве встиг підвестись, як потонув у обіймах рідних. Слова не пробивалися крізь сльози. Тома обіймав свою жінку, підрослих дочок і також не стримував сліз. Здається, він тільки тепер, ступивши на своє подвір'я, нарешті повірив, що повернувся-таки додому і що все найстрашніше залишилося позаду, біля підніжжя прекрасних Альп.

Тома злегка відсторонив від себе Катерину.

— Що з мамою? — запитав він. — Де тато?

У відповідь були сльози, але це вже не сльози радості.

— Немає тата, — схлипуючи, відповіла Катерина. — Повісили мадяри. На тій грушці. Мама там біля тіла і стала такою.

— А Степко? Де син?

— І Степана нема! Пішов разом із москалями. І добре зробив, бо і його б...

Тома по черзі подивився на своїх рідних і зустрівся поглядом зі старшою дочкою Єлизаветою. Він із сумом відзначив, що їй вже виповнилось сімнадцять років. Останні три роки його поруч не було, і він не бачив, як зростає його старша дочка, як стає красунею молодша.

— Тату, де ви так довго були? — запитала Єлизавета.

Білецький довго дивився на матір, що так і продовжувала сидіти з відсутнім поглядом, і тихо сказав:

— У пеклі!

І також заплакав.

Тієї ночі в хаті Білецьких ніхто так і не заснув. Спочатку Тома послухав про все, що довелося пережити його родині, про ставлення до них сусідів через вчинки сина Степана, про померлих і загиблих. Слухаючи переривчасту розповідь Катерини, Тома вже не так болісно сприймав свої поневіряння та шкодував тільки за одним: що його не було разом із сім'єю в ці роки. Коли ж почав говорити він, сльози більше не залишили очей жінки і дочок. І знову, як у Томи, своє горе відійшло вбік, поступившись місцем жалю за ним.

Так і просиділи Білецькі ту першу ніч. Коли ж розвиднілося, Тома підвівся з-за столу і натягнув на голову капелюха.

— Ти куди? — занепокоїлася Катерина.

— До Вовків. Маю їм щось сказати, — мовив Тома.

— Не йшов би ти туди! Сам знаєш, скільки горя наш син заподіяв їм!

— Піду! Це — спокута!

З цими словами Тома вийшов надвір. Ночі вже були прохолодні, на ще зеленій траві рясно випала роса. День знову обіцяв бути погожим.

Перетин вже прокинувся, про що голосно повідомили півні. У стайнях чулося нетерпляче мукання корів, які чекали, коли їх виженуть пастися. Люди також уже прокинулись і поралися по господарству.

Тома вийшов на вулицю і попрямував до Вовків.

Дорогою він зустрів Юстину Солтис, що саме гнала корову на пасовисько.

— Слава Богу, Юстино! — привітався він.

— Слава навіки, Томо! — відповіла жінка. — Повернувсьи?

— Та вернув!

— І добре, а то твоїй Катерині тяжко самій. З мами, сам бачиш, ніякої допомоги.

Вона хотіла додати, що і сина немає, але вирішила промовчати.

— Куди йдеш, Томо?

— Та ось, до Вовків іду.

На це Юстина не сказала нічого, лише хитнула головою і погнала корову далі. А Тома ще трохи пройшов і відчинив хвіртку Вовків.

На дворі він побачив Гната, що саме клепав косу. Побачивши гостя, Гнат відклав роботу вбік. Підвівся.

— Здрастуй, Гнате!

— Здоров був, Томо! З поверненням тебе!

— Дякую.

— З чим прийшов?

— Ганна, невістка ваша, вдома? — запитав Білецький.

— Та вдома, де є їй дітисьи!

— Поклич її. Хочу їй щось сказати.

Гнат підозріло подивився на Тому, підвівся і хотів уже піти до хати, розуміючи, що просто так Білецькі сюди не навідаються, як на порозі побачив Ганну. Вона з недовірою дивилася на нежданого гостя. А Тома також не знав, із чого почати: чи попросити пробачення за нерозумні дії свого сина, що було б принаймні недоречно і чого господарі не потребували, чи відразу перейти до головного. Нарешті зважився.

— Ганно, мені байдуже, що ти про мене думаєш, але я за ці роки пережив багато, — почав він.

— Бог тобі суддя, Томо! — озвалася Ганна. — Немає у мене до тебе претензій.

Хоч для Білецького це були і добрі слова, він на них нічого не відповів. Натомість мовив:

— Хочу вам сказати про вашого сина.

— Левко? — подалася уперед Ганна. — Що з ним?

— Не переживай, Ганно! — заспокоїв жінку Тома. — Я з ним не говорив, але бачив, щоправда, мигцем.

— Розказуй! Може, зайдеш до хати?

— Ні, треба вертатися додому. Роботи багато. В травні я був у Відні, й ми довго стояли там у двірцю. Там я запримітив молодого воєнного і знайому мені дівчину. То був ваш Левко.

— Ти не помилився? — допитувалася Ганна. — Не говорив із Левком?

— Ні, не мав змоги. Наш потяг майже зразу поїхав, і я загубив їх.

Почуте справило на Ганну та Гната двояке враження. Звичайно, вони були раді почути, що Левко живий, але те, що він аж у Відні, дещо засмутило.

— А що то за дівчина? — поцікавився Гнат Вовк. — Вона наша?

— Так... русинка, — після деякої паузи сказав Тома. — З Коломиї. Ми якийсь час були разом із її батьком-священником. Він помер. А дочку забрав із собою один професор. Звати її Марія.

Тома Білецький зітхнув.

— Ось так! Піду я! Треба щось робити! — сказав він.

— Томо! — зупинила його Ганна.

Чоловік застиг.

— Дякую тобі!

Тома деякий час іще постояв мовчки, потім лише кивнув головою і пішов додому.

Його чекала нероблена протягом усієї війни робота.

33

Високими сходами з Малої галереї спускалися двоє чоловіків у військовій формі. Вересневий вітер приємно холодив їхні обличчя. Перед ними відкрилася велична картина, хоч і бачена невідь-скільки разів, але така, що кожного разу викликала захоплення.

Величезна площа простяглася на триста п'ятдесят метрів і закінчувалася ставком, над яким красувалася скульптурна композиція Нептуна. Ще далі, на узвишші, на тлі синього неба біліли колони Глорієтти. Обабіч доріжки, якою мали намір прогулятися чоловіки, розбиті величезні чотирикутники квітів.

Чоловіки були молоді. Імператору Австрії Карлу І лише в серпні виповнилося тридцять років; його супутнику було ще менше. Вільгельму Францу фон Габсбурґ-Лотаринзькому заледве сповнилося двадцять два роки, але він сміливо носив на синьому кітелі 13-го уланського полку прусський Залізний хрест. Він мав правильне, навіть красиве обличчя з орлиним носом. За своїм походженням Вільгельм був навіть дядьком у далекому коліні теперішньому цісарю, але все ж розумів різницю у стані й у віці.

— Знаєш, Віллі, дід був усе-таки щасливою людиною! — говорив Карл. — Йому вдалося майже півстоліття зберігати мир і спокій у такій великій імперії. Це не кожному під силу!

— Згоден із вами, Ваша величносте, але помирати Францу Йосифу все ж довелося під час війни, — відповів Вільгельм.

— На жаль, не все у цьому світі залежить від нас, грішних! Чи не на жаль! Хіба ми можемо знати про Божий промисел?

Карл деякий час ішов мовчки. Вільгельм не ризикував заговорити першим.

— Три роки тому тут, у Шенбрунні, я мав розмову з Францом Йосифом, — знову озвався цісар. — Хоч тоді я вже офіційно був його спадкоємцем, по суті, до того ми серйозно так і не розмовляли. Тоді імперія стояла на краю прірви, у яку її намагалися штовхнути наші вороги.

— А що змінилося за ці три роки? — риторично запитав Вільгельм.

— Твоя правда: змінилося небагато, якщо, звичайно, не брати до уваги той незначний факт, що Східного фронту в нас практично немає.

— Усе може змінитися будь-якої миті.

— Тому я і запросив тебе на цю розмову!

Імператор деякий час ішов мовчки. Вільгельм крокував поруч. І за становищем — ерцгерцог проти цісаря, і за званням — майор проти фельдмаршала, він поступався своєму родичеві та співрозмовнику, тому не насмілився заговорити першим. Карл же не спішив задовольняти його цікавість.

— Знаєш, Віллі, тільки тепер, ставши імператором, я зрозумів одну неприємну особливість влади, — нарешті озвався Карл.

— Ваша величносте? — здивувався Вільгельм.

— Коли я був лише спадкоємцем, так би мовити, *біля трону*, я знав практично все, що відбувалось у найвіддаленіших закутках імперії, ну і на фронті також. І це враховуючи всім відоме ставлення до мене тодішнього начальника Генерального штабу. Але я знав практично все. Коли ж став імператором, виявив, що придворні тільки і бажають захистити мене від неприємних звісток. Я відчуваю, що повідомляють мені не все, але роблять це з такими відданими поглядами, що навіть і сердитися не випадає.

— Зрештою, Ваша величносте, останні звістки з фронтів вселяють надію, — сказав Вільгельм. — Я, щоправда, не дуже поінформований про стан справ у Італії, але Східний фронт не має бути для нас небезпечним. Літній наступ росіян безперечно був їхньою лебединою піснею. Після того ніяких спроб не те що наступати, але й постріляти для годиться, не спостерігається.

— Та це я знаю! Росії зараз не до наступу. І, Віллі... — Карл зупинився і повернувся до співрозмовника. — Про це мало хто знає, та й мені це відомо тому, що про це сповістив німецький імператор.

— Я вас слухаю, Ваша величносте! — мовив заінтригований Вільгельм.

— Існує велика ймовірність того, що Росія невдовзі вийде з війни.

Побачивши здивований погляд співрозмовника, імператор пояснив.

— Зараз Росія не спроможна на активні бойові дії на фронтах, як, зрештою, не спроможна на будь-які дії, — говорив він. — Після того як збунтувався їхній Верховний Головнокомандувач Корнілов і заледве не захопив їхню столицю, ні в кого не залишилось ілюзій щодо військових можливостей російської армії. До того ж дедалі більшої ваги набуває партія, котру ще місяць тому вважали остаточно ліквідованою.

— Це та, де цей юрист... Як там його? Ульянов? — запитав Вільгельм.

— Саме! От про нього і повів мені імператор Вільгельм. Півроку тому цей Ульянофф повертався додому зі Швейцарії через Німеччину.

— І його пропустили?

Для Вільгельма Габсбурґа такі подробиці були новиною.

— І не лише його! Увесь штаб, що роками готував переворот у Росії, безперешкодно перетнув Німеччину.

— Але навіщо?

— Віллі, Віллі! Та для того, щоб цей Ульянофф врешті здійснив свою заповітну мрію: повалив теперішній уряд і взяв владу в свої руки!

— А яка нам від того користь? Тобто моєму вінценосному тезкові Вільгельму?

— А користь вже є! Проти нас Петроград вже не воює! Німці захопили Ригу і Вільно. Армія відмовляється воювати. І це — зваж — Ульянофф іще навіть не намагався захопити владу! Свого часу мені потрапила до рук їхня газетка. Забув назву... Але стаття мені запам'яталася. Не скажу, що сподобалася. Пише він... Я не звик читати таке. Так от! Основна думка, що червоною ниткою пронизала статтю, було побажання поразки у війні свого, російського, уряду!

Вільгельм недовірливо подивився на імператора, чи, бува, не жартує він. А Карл вів далі:

— Щоправда, це було написано у нейтральній Швейцарії, куди не дотягнуться руки їхньої контррозвідки, але було... Я навіть розумію Вільгельма. Пропустити такий шанс вивести з війни небезпечного противника було б нерозумно. А так і війська відпочинуть, і можна без страху перекинути цілі дивізії на захід.

— Що ми і зробили!

— Саме так! Ці декілька дивізій ой як допомогли генералові фон Бойну.

Вільгельм кивнув головою. Імператор Карл мав на увазі наступ австрійських військ біля міста Капоретто, що почався буквально на днях і, судячи з бравурних повідомлень Генерального штабу, тривав дуже успішно. Навіть якщо врахувати традиційну для військових чиновників звичку все прикрашати, битва біля цього невідомого донедавна міста може стати найбільшим успіхом австрійського війська.

Карл знову замовк. Вільгельм уже відзначив про себе цю особливість цісаря: перед тим як щось сказати, той довго обдумує. Це, звичайно, декого нервувало, ставило у незручне становище, коли хотілося нагадати вінценосній особі про власну присутність, для декого, власне для військових, така поведінка була неприйнятна, але цісар був Верховним Головнокомандувачем усього війська незалежно від того, мундир із яким званням носив у певний момент. Як от зараз, на мундирі Вільгельма були петлиці майора, а Карл обмежився гауптманськими зірочками.

Карл думав про свого співрозмовника. Вільгельм був винятком навіть серед численного роду Габсбурґів. Замість того щоб, як усі Габсбурґи, отримати офіцерське звання просто так, по праву народження, він вступив до Терезіанської військової академії й навчався нарівні з іншими. Так само як інші, після її закінчення відразу потрапив на фронт.

Але навіть не це здивувало Карла (і не тільки його!). На Східному фронті Вільгельм спізнався з одним із військових національних формувань, що виникли на початку війни на хвилі патріотичного пориву. Тринадцятий полк уланів у своїй більшості складався з українців, так Вільгельм пішов далі. Він буквально виключив з особового складу сотні, якою командував, усіх угорців і поляків, замінивши їх українцями з інших сотень. Тоді й сталася дивна трансформація Вільгельма Габсбурґа: він став ідентифікувати себе українцем, досконало вивчив мову, а після того як один із його підлеглих подарував йому сорочку з національною вишивкою, то практично ніколи її не знімав. Карл був переконаний, що вона на ньому і зараз під кітелем.

— Пробач, я забув, як тебе називають твої українці? — несподівано запитав Карл.

Запитання заскочило Вільгельма зненацька.

— Василь Вишиваний, Ваша величносте! — здивовано відповів він.

— Я запитую не з простої цікавості, як ти, можливо, подумав, — мовив цісар. — На жаль, мій дід залишив мені не ідеальну імперію, у якій панує рай і благодать, але зшиті клаптики різноманітної національної ідентичності. У нас навіть банкноти великі, щоб умістилися всі мови! І коли у будь-якому куточку імперії розплачуються коронами, то всім байдуже, що там написано: «Zehn Kronen» чи «Tiz korona». Або «Десять корон» чи «Dziesięć koron». Але це на базарі! В житті, дорогий Віллі, все значно складніше.

Вони зупинилися перед плесом ставка. На протилежному березі височів мармуровий ансамбль.

Карл показав рукою на центральну скульптуру.

— Нептун! Бог — на морі... Й нікчема — далеко від нього! Так і я: знаю все у Відні й майже нічого у провінціях!

— У Нептуна були боги річок, — нагадав Вільгельм.

— От я і хочу, щоб одним із таких богів був ти! — сказав Карл.

— Ваша величносте? — перепитав Вільгельм.

— У переносному значенні цього слова, звичайно! У тому стані, в якому перебуває нині Австро-Угорщина, вона існувати довго не зможе, — пояснив Карл. — Потрібно щось кардинально міняти, інакше, як писав я твоєму тезкові в Берлін, маси поміняють нас.

— Тоді, Ваша величносте, чи не настав час надати Галіції автономію? — запропонував Вільгельм.

(Перебування серед українців в уланському полку, а головне, часті розмови з полковником Казимиром Гужковським, чи не єдиним українцем, хто обіймав високу посаду в Галичині, дало свої плоди, і перед цісарем стояв архікнязь, переконаний у необхідності ширшої автономії для українців.)

— Кому? — запитав Карл. — Українцям? Чи полякам? Українці мають своє військо, яке воює на нашому боці, й у поляків є Пілсудський. Кому давати автономію, Вільгельме?

— Ви хочете почути мою відповідь, Ваша величносте? Вона очевидна!

Карл усміхнувся.

— Тоді у мене зустрічне запитання: чому не поляки?

Він підняв із землі якийсь камінчик і кинув у воду. На поверхні утворилися кола, що розходилися.

— Отак і в житті: чим далі від центру, тим важче контролювати, — сказав цісар. — Тому я і хочу, щоб ти поїхав до Галіції та розібрався у тамтешніх справах. Пробач, але для мене цей край лише один із багатьох, а отримати детальну картину того, що де відбувається, мені вкрай важливо.

— Але чому я, Ваша величносте? — для годиться запитав Вільгельм, якому була приємною майбутня місія.

— І це мене питає Василь Вишиваний? — удавано здивувався Карл. — Не хочу тебе зайвий раз хвалити, це не в моїх правилах, але серед архікнязів та ерцгерцогів ти єдиний, хто досконало знає українську мову та розбирається у тамтешніх справах. До того ж тебе в Галіції поважають.

— Вас також! — нагадав Вільгельм.

— Тебе більше. Повернімося назад. Обговорімо деталі. Я ознайомлю тебе з дуже цікавою статтею.

Карл із жалем подивився на ставок і повернув назад, до палацу.

Він не запросив Вільгельма до свого кабінету, а обмежився Великою галереєю, звідки відкривався чудовий краєвид на внутрішній дворик. Карл подав Вільгельму якийсь журнал. Той подивився на обкладинку і здивувався. Це був британський «Единбург ревю». Знаючи, що ерцгерцог вільно володіє англійською, цісар лише розгорнув журнал на потрібній сторінці. Вільгельм вчитався у текст.

Статтю написав такий собі Стід, журналіст газети «Таймс», із яким Вільгельм колись зустрічався тут, у Відні, де той працював кореспондентом. Тоді англієць видався ерцгерцогу досить розумною та ерудованою людиною, тому Вільгельм із цікавістю почав читати.

Вже перші рядки змусили його змінити свою думку про англійця. Той сміливо писав про зміни у кордонах Європи, котрі мали настати після перемоги держав Антанти над Серединними країнами. Західна Галичина відпала б до Польщі, а східна українська частина Галичини з північно-східною українською частиною Угорщини до Росії. З Чехії, Моравії та північно-західної словацької частини Угорщини була б утворена самостійна чи бодай автономна держава, в останнім випадку в зв'язку з Польщею. Семигород і румунські частини Угорщини та Буковини дістала б Румунія, при цьому враховано б інтереси саксів і мадяр. Південнослов'янські провінції були б з'єднані з Сербією. Мадяри були б звільнені від своєї олігархії. Італійці відійшли б до Італії. Дев'ять чи навіть десять мільйонів австрійських німців могли б, якби захотіли, злучитися під Габсбурґами з Німеччиною.

До цього Стід додає: «Проти такої програми не промовляє вже тепер співчуття до бідного старого цісаря, зате є деякі інші мотиви. Так, римський католицизм хотів би бути заступлений володарем першої міри. Можна також зробити закид проти занадто великого зросту сили Німеччини, та вона з другого боку втратить Познань, Ельзас і Лотарингію і, може, й Шлезвіґ, а також політично-мілітарний вплив на відсталу частину габсбурзької монархії. Й австрійські німці були б деякою противагою прусському впливу, бо тоді склад союзної ради був би для Пруссії менш корисний. Тому зруйнування Австро-Угорщини належить, за своєю суттю, до головної воєнної цілі Антанти, якою є знищення прусського мілітаризму. Ніяка симпатія для «гарних австрійців» не мусить стримувати Антанту від поділу Австро-Угорщини».

Південнослов'янська держава, — вів далі Стід, — мусить обіймати Сербію, Чорногорію, Боснію, Герцеговину, Хорватію, Словенію, Далмацію та слов'янські частини Істрії, Країни і Штирії: тільки так замкнеться Німеччині дорога до Орієнту. Італія мусить на користь національного принципу зректися далекого «стратегічного кордону», до якого так само могла б мати претензію Німеччина в Бельгії. Кордон має обіймати Трієст і західну частину Істрії з Полею та істрійськими островами.

Вгадавши момент, коли Вільгельм закінчив читати, Карл І поцікавився:

— І як тобі цей опус?

Ерцгерцог невизначено знизав плечима.

— На таке кажуть: «ділити шкуру ще невбитого ведмедя», — сказав він. — Журнал від...

— ...минулого року, але це не применшує гостроти проблеми, зачепленої у ньому. Щоб цього не сталося, ми маємо завдати попереджувального удару. Саме тому я хочу, щоб ти вирушив до Галіції...

34

Перш ніж вирушити до Галичини, Вільгельм вирішив зустрітися з однією людиною, котра йому завдячувала своєю посадою. Іванові Яковичу Горбачевському вже перевалило за шістдесят, і він був єдиним українцем в уряді Австро-Угорської імперії. У його віданні була охорона здоров'я у цілому цісарстві. Він став міністром попри шалений спротив польських делегатів у парламенті, але неприхована підтримка українця архікнязем Вільгельмом, що за традицією у свій двадцять один рік також потрапив до парламенту, зробила свою справу.

Того вечора у будинку, в якому жив міністр охорони здоров'я, окрім самого господаря, за столом у вітальні сиділи ще двоє. Один із них — голова Української парламентської репрезентації австрійського парламенту доктор Євген Петрушевич — доклав багато зусиль, щоб Іван Горбачевський зрештою і зайняв свою теперішню посаду. Іншим присутнім виявився професор Микола Ревуцький. Перебравшись до Відня, буковинець за сприяння свого друга Пауля Кауфмана почав працювати у місцевім університеті, а мимовільне знайомство з міністром охорони здоров'я долучило його до вузького кола впливових галичан.

Такі розмови за кавою відбувалися більш-менш регулярно. Зазвичай зустрічались українці в когось удома, як от сьогодні, хоч траплялося, що місцем зустрічі ставала якась кав'ярня.

Під час таких посиденьок розмови здебільшого стосувались України загалом та Галичини зокрема. Присутність у компанії Миколи Ревуцького розширила цю «географію», тож предметом розмови ставала і Буковина.

— Дозвольте мені припустити, що ніякі мирні потуги теперішнього цісаря нам не допоможуть, — говорив Євген Петрушевич. — Надто інтеліґентно він хоче розв'язати цей гордіїв вузол.

— Олександр Македонський розв'язав цю проблему неординарно, — нагадав професор Ревуцький. — За допомогою меча.

— Боюся, що у нас також не залишиться іншого виходу.

— Але ж, панове, це нагадує мені громадянську війну між Антонієм і Цезарем, — мовив Іван Горбачевський.

— Це не буде громадянською війною! — заперечив Петрушевич. — Тоді римляни воювали з римлянами. Нині, якщо справа дійде до цього, українці битимуться з поляками. А ті просто так владу не віддадуть, особливо після того, як схопили її за хвоста рік тому.

Євген Петрушевич мав на увазі спільну заяву річної давнини, оголошену тодішнім цісарем Францом Йосифом і німецьким кайзером Вільгельмом, згідно з якою на територіях, звільнених од російських військ, створити «Королівство Польське». Ще раніше Відень надав Королівству Галичини та Володимирії широке самоврядування в межах Австро-Угорської імперії. Зміцнивши зв'язки з польськими колами, цісар відмовився від неодноразових обіцянок адміністративно поділити Королівство Галичини та Володимирії за етнічним принципом. Це стало великим розчаруванням для української громади у Відні та для нечисленних депутатів парламенту. Саме після тогорічного листопада Петрушевич і переконав ерцгерцога Вільгельма підтримати Івана Горбачевського на пост міністра.

— Пане Петрушевич, прошу зауважити, що заяву, на котру ви натякаєте, підписав нині покійний цісар за десять днів перед своєю смертю, — нагадав Горбачевський. — І я дуже сумніваюся, що ідея утворити на польських землях буферну Польщу належить саме йому.

— Вона напевне не належить йому, радше німецькому кайзеру, але це не міняє справи, — не вгавав Петрушевич. — Ми опинилися там, звідки починали, а то й ще далі. Надкусивши лише шматочок влади, поляки від свого не відступлять.

— Але ж створення польської держави та визначення її кордонів відклалося до закінчення війни, — заперечив Микола Ревуцький. — Та й німці навіть не збираються залишати ці землі.

Євген Петрушевич зі співчуттям подивився на Ревуцького. Професор був чудовим фізиком, але ніяким політиком.

— Свого часу я зустрічався з Йозефом Пілсудським, — мовив він. — Недовго, лише мимохіть, але і цього вистачило, щоб зробити неприємний і для себе, і для всіх нас висновок: генерал свого не упустить! І я запитав себе, чи є у нас людина такого рівня? І, на жаль, ствердної відповіді не отримав.

Іван Горбачевський хотів заперечити, але тут у дверях пролунав дзвінок. Господар пішов відчиняти і невдовзі повернувсь у супроводі ерцгерцога Вільгельма Габсбурґа.

Той уважно обвів присутніх поглядом, зупинився на єдиній незнайомій йому людині, але Петрушевич одразу ж виправив це.

— Прошу познайомитись! — сказав він. — Професор Ревуцький! Фізик. Архікнязь Вільгельм, про якого я вам говорив!

— І до того ж тільки хороше! — уточнив професор, потискуючи руку прибулому.

— Запрошую на каву, Ваша світлосте! — сказав Горбачевський. — Ми з шановним товариством якраз збирались зайнятися цією благородною справою.

— Що ж, не відмовлюся! — погодився Вільгельм.

Іван Горбачевський запропонував ерцгерцогу вільне крісло, яке ніби чекало на прихід саме його.

— Може, я невчасно? — для годиться запитав Вільгельм. — Бачу, що перервав вашу розмову.

— Ваша світлосте, ви завжди вчасно! — заспокоїв його Петрушевич. — Ми якраз обговорювали перспективу заснування якогось українського товариства, щоб тут, у Відні, відстоювати інтереси нашої Батьківщини.

— Що ж, тоді мій візит не просто доречний, але й навіть вчасний, — сказав Вільгельм і подивився на Ревуцького.

Цей погляд не залишився поза увагою Івана Горбачевського.

— Ваша світлосте, можете бути цілком відвертим із нашим другом професором, — мовив господар помешкання. — Професор Ревуцький родом із Черновіц, у столиці вже третій рік, і ми з паном Євгеном йому цілком довіряємо.

— Що ж, можливо, це навіть краще!

Вільгельм надпив кави, густої, чорної, без цукру. Миколі Ревуцькому чомусь згадалась оповідь про те, що у першого кав'ярника Відня Юрія Кульчицького спочатку була саме така кава, що і стало причиною незначної відвідуваності його кав'ярні, аж поки випадково у чарку якогось неуважного відвідувача не впала грудка цукру. Мабуть, ерцгерцог Вільгельм і в часи Кульчицького був би завсідником кав'ярні «Під синьою пляшкою».

А Вільгельм заговорив:

— Не далі, як сьогодні зранку, я мав розмову з Його Імператорською Величністю. Цісаря, природно, непокоїть нинішній стан імперії. І не менш того, якою бути Австро-Угорщині після закінчення війни, яке вже не за горами.

Присутні здивовано слухали архікнязя, адже перед його приходом темою їхньої розмови було саме майбутнє цісарства, а отже, і майбутнє Галичини. Поява Вільгельма стала приємною несподіванкою для українців.

А ерцгерцог вів далі:

— Цісар Карл схиляється до думки перетворити двоєдину Австро-Угорщину на федерацію народів із широкою автономією. Справедливо сказати, що таку думку вперше висловив його дядько, світлої пам'яті ерцгерцог Франц Фердинанд, якого вбили в Сараєві. Мене, ясна річ, цікавила Галичина, у чому я і признався цісарю. Він підтримав мої хвилювання щодо цього і не заперечив проти надання Галичині, можливо, більших повноважень. Але є одна проблема.

— Поляки? — здогадався Євген Петрушевич.

— Ваша правда, пане Петрушевич! — кивнув головою Вільгельм. — Ні у кого не виникне сумнівів, що поляки захочуть підпорядкувати собі не тільки Західну Галичину, де вони переважають, але й усі галицькі землі. Знаючи мою позицію стосовно Галичини, цісар Карл уповноважив мене поїхати туди і прозондувати ґрунт.

Почувши таке, українці переглянулися.

— А Буковина? — обережно запитав Микола Ревуцький.

Ерцгерцог Вільгельм пильно подивився на професора.

— Одним із варіантів, які розглядалися цісарем, було об'єднання в одне королівство всіх земель, де проживають українці, — повідомив він. — Перед тим як відбути з Відня, я і прийшов до вас, докторе Горбачевський, аби порадитися, з ким, на вашу думку, мені варто зустрітися в Галичині. Присутність пана Петрушевича і вас, професоре, виявилася дуже доречною.

Петрушевич і Горбачевський перезирнулися.

— Та, власне, ми можемо порекомендувати трьох людей, що мають безумовну вагу в українців Галичини, — сказав Петрушевич.

— Я вас слухаю! — заохотив їх Вільгельм.

— Кость Левицький. Депутат Райхсрату. Ваша світлість маєте пам'ятати цього достойного мужа. Щоправда, його зараз у Відні немає, відбув до Львова, але зустрітися з ним варто. Другу людину ви знаєте. Казимир Гужковський.

Вільгельм кивнув головою. Він справді близько знав полковника Гужковського.

— А хто третій? — запитав ерцгерцог.

— Обов'язково зустріньтесь із митрополитом Андреєм! — порекомендував Петрушевич.

— Хіба Шептицький не в Росії?

— До нас дійшли відомості, що він уже повернувся додому і нині перебуває у Львові. Знаючи невтомний характер митрополита, смію припустити, що він спробує здійснити інспекційну поїздку Галичиною. Тому, Ваша світлосте, я наполегливо рекомендую все ж знайти спосіб і зустрітися з митрополитом.

Вільгельм ствердно кивнув.

— Спробую скористатися з ваших порад, — сказав він. — Ще одне. Мені буде конче потрібен молодий чоловік, знайомий із Галичиною. Добре, коли б мені не довелося шукати його по всій вашій землі.

Тут озвався Микола Ревуцький.

— З вашого дозволу насмілюся порекомендувати мого доброго знайомого, — сказав він. — Цуґсфюрер Левко Вовк.

— Хто він такий? — поцікавився ерцгерцог.

— Це, прошу пана, наречений моєї вихованки. Молодий чоловік дуже ерудований, подає надії.

— Він тут, у Відні? — допитувався Вільгельм.

— Так. Два тижні тому повернувся з Італійського фронту. Поранений у руку. На лікуванні.

— А він згодиться поїхати зі мною?

— Левко — військовий і накази для нього передовсім, — мовив Ревуцький. — До того ж ось уже більше двох років він не був удома. Гадаю, йому захочеться хоча б на якийсь час повернутися на свою землю.

— Ви можете влаштувати так, щоб ми зустрілися негайно?

— Авжеж! Докторе, з вашого дозволу я скористаюся вашим телефоном, — підвівся Ревуцький.

— Так, я проведу вас! — також підвівся Горбачевський.

Вони вдвох пішли до кімнати, що була кабінетом міністра. На робочому столі стояв телефон. Перш ніж підняти слухавку, Микола Ревуцький запитав:

— Цей Габсбурґ напрочуд чисто говорить українською. Він дійсно такий, яким ви його описували?

Іван Горбачевський лише кивнув головою.

— У Галичині навряд чи знайдете більшого українця, аніж цей австріяк! — сказав він. — Набирайте свою квартиру. Не буду заважати.

З цими словами міністр залишив професора на самоті.

Напевне, настанови, що їх дав по телефону професор Ревуцький, були винятково ясні, бо вже через півгодини задзеленчав дзвінок у передпокої. Господар квартири пішов відчиняти й повернувсь у супроводі молодого піхотного унтер-офіцера, права рука якого лежала на чорній пов'язці. Саме через це молодий чоловік не міг віддати честь. Натомість він виструнчився і доповів про своє прибуття.

Ерцгерцог Вільгельм уважно розглядав прибулого.

— Можете розмовляти українською, — сказав він. — Ваша німецька ще недосконала.

Левко Вовк скосив погляд на професора, а той заховав у вуса усмішку.

— Так точно, гер майор! — відказав Левко.

Вільгельм скривився.

— Давайте сьогодні без офіціозу! Сідайте! Докторе, запропонуйте нашому гостеві кави.

Поки Горбачевський ходив на кухню, Вільгельм запитав:

— Пан професор увів вас у суть мого прохання?

— Так точно!

— Ви поїдете зі мною?

— Наказуйте!

— А без наказу? Ви хочете поїхати?

Тут Левко неначе скинув із себе якийсь невидимий тягар і просто відповів:

— Так, дуже!

— От і добре! Якщо у нас вийде все так, як я хочу, ви, Левку, також увійдете в історію свого народу. Але потрібно попрацювати!

— Я готовий! — запевнив Левко.

— Я не сумніваюсь у цьому. Насамперед, скільки вам років?

— Двадцять три.

— Де дістали поранення?

— Поблизу Монте-Ортигари, — відповів Левко.

— А-а! Генерал фон Штрауссенбурґ! — чомусь зрадів ерцгерцог. — Я знаю цього достойного полководця. Нагороди отримали там же?

Вільгельм кивнув на хрест Карла та медаль «За хоробрість».

— Так точно! — підтвердив Левко. — Гер майор, можна запитати?

— Авжеж!

— Я так розумію, що до себе в полк я більше не повернусь. Я виконую обов'язки особистого ординарця гауптмана Фоґеля. Мені не хотілося б, щоб про мене погано подумали у полку.

Вільгельм здивовано глянув на присутніх, потім перевів глузливий погляд на Левка.

— Як ви вважаєте, цуґсфюрере, наказ імператора Австрії — достатній привід, аби перевести простого унтер-офіцера в особисте розпорядження ерцгерцога Австрійського?

Левко Вовк відчув, що червоніє.

35

Народе Український! Ти, разом з братніми народами України, поставив нас берегти права, здобуті боротьбою, творити лад і будувати все життя на нашій землі. І ми, Українська Центральна Рада, твоєю волею, в ім'я творення ладу в нашій країні, в ім'я рятування всеї Росії, оповіщаємо:

Однині Україна стає Українською Народньою Республікою.

*(Із III Універсалу Української Центральної Ради.
У Києві 7(20) листопада року 1917)*

Найбільшою мукою перебування Якова Смоляра і Романа Панаса в російському полоні була неможливість зайнятися хоч якою-небудь роботою. Зрештою, такі настрої панували серед більшості австрійських полонених. Коли перетинці переступили ворота Дарницького табору військовополонених, це вже був повністю сформований ансамбль споруд і правил, але внаслідок останніх подій на фронті перестав виконувати своє основне завдання: бути пересильним пунктом для військовополонених. Зазвичай полонені солдати з Центральних держав довго тут не затримувалися. Згідно з наказом імператора Миколи II ще у липні 1916 року належало тримати полонених у таких таборах якнайменше, а відразу відправляти в глиб Росії. Після Лютневої революції цього наказу дотримувалися вряди-годи, а восени 1917 року і взагалі, здається, забули, що такі табори існують. Полонені вже давно розподілилися за національностями, мали своє управління, у конфлікти з прислугою і між собою майже не вступали.

Всі чекали чогось нового.

Це нове відбувалося десь далеко на півночі, у Петербурзі, звідки приходили суперечливі й запізнілі новини, та з Києва поблизу.

Тут звістки були оперативніші й точніші, але навіть це не давало австрійським полоненим хоч щось зрозуміти.

Найбільше в дарницькому таборі було чехів, які, власне, і захопили все управління всередині. Зовнішній контроль і охорону й надалі здійснювали російські солдати. З тридцяти одного барака тринадцять належали чехам, інші національності також мали свої «помешкання», але все ж таки комендантами у них були чехи. Щоправда, цього мало хто дотримувався, і чехи рідко навідувалися до несвоїх бараків, повністю переклавши функції на заступників, які були з «місцевих» національностей.

Смоляр і Панас прибули у Дарницю вже під осінь 1917 року. Раніше вони «коротали» свій час у такому таборі в Подільській губернії, але поразка червневого наступу російської армії поставила під загрозу саме його існування, тому полонених вирішено було відправити кудись глибше, на схід. На щастя для полонеників-українців, потяг дійшов лише до Києва і надовго застиг на колії. Не знаючи, що робити з такою кількістю голодних «австріяків», військова адміністрація потяга вчасно згадала про дарницький табір.

Барак, у якому поселилися перетинці, нічим не відрізнявся від інших і, на відміну від інших, не був таким заповненим. Приблизно п'ята частина нар залишалася вільною, готовою прийняти нових «пожильців», але Роман із Яковом стали чи не останніми українцями, які поселилися тут.

І знову потекли сірі нудні будні, що набридли їм під Житомиром. Ніхто вже не кликав нікого до роботи, про них забули вербувальні комісії, що не полишали табір раніше. Для полонених настали дні невиразного чекання чогось нового.

А що воно обов'язково настане, були певні всі: і чехи, і югослави, й українці. Особливо чекали на це нове чехи. Якось на території табору з'явився невідомий, багато вдягнений чоловік віком вже далеко за шістдесят років. Один із товаришів перетинців Марко Товт із Ужгорода повідомив, що це не хто інший, як Томаш Масарик.

— Він одного разу вже був тут, — повідомив закарпатець.

— Сподобалось і повернувся ще раз? — пожартував Роман.

— Не думаю, що тут може комусь сподобатися, — відповів Марко. — Масарик хоче відірвати Чехію від Австро-Угорщини і перетворити її на республіку, а для цього йому потрібна армія. А де він інакше знайде армію, як тут, між полоненими?

— І москалі погодилися на те? — засумнівався Смоляр.

Йому здалося дивним те, що Тимчасовий уряд дав на таке згоду.

— А що їм залишалося робити? Послабити Відень треба? Треба! А Масарик тут як тут! Що цісарю погано, те москалям добре!

Що відбувалося за зачиненими дверима «чеських» бараків, не знав ніхто, але через декілька днів прибула інша комісія, і Дарницький табір військовополонених зменшився на чотириста чехів. Тоді ж полонені дізналися, що в Петрограді відбувся збройний переворот і влада знову змінилася. Щоправда, хто конкретно її захопив, можна було тільки здогадуватися. Нікому навіть не спало на думку, що переворот очолила партія, про яку навіть почали забувати.

Але це було далеко на півночі, а з сусіднього Києва іноді було чути стрілянину та доходили неясні чутки про бої між Центральною Радою і... тими самими більшовиками, які, за логікою, мали зникнути ще в липні.

Аби даремно не ламати собі голову над усім тим, що відбувається навколо, в «українському» бараку вирішили просто почекати.

Чекати довелося до дев'ятнадцятого листопада, коли двері барака відчинились і ввійшли двоє офіцерів в уніформі австрійських піхотинців. Обом іще не було і тридцяти, але з їхньої поведінки, рухів, манери говорити полонені зрозуміли, що порох вони нюхали і нюхали багато. І не лише порох.

— Здрастуйте, жовніри! — привітався один із офіцерів, вищий на зріст і з маленькими вусами.

Барак невиразно відповів, але у шумі важко було розпізнати якісь слова.

— Я колишній фенріх 19-го полку крайової оборони Львова Коновалець. Звати Євгеном, — сказав прибулий. — Це — сотник Легіону усусів Андрій Мельник. Потрапили в російський полон весною п'ятнадцятого року. Втекли з табору в Царицині.

— Не думайте, що тут краще, — озвався зі свого місця Смоляр.

Офіцер, що назвав себе Коновальцем, уважно подивився на Якова.

— По говірці чую земляка, — сказав він. — Звідки самі?

— З Перетина.

— Це коло Кам'янки під Львовом?

— Так, звідтам!

З цими словами Яків скочив з нар на підлогу.

— А я з Зашкова! Чули?

— Аякже! Навіть бував. Пан учитель Михайло ваш батечко?

Євген Коновалець задоволено подивився на свого супутника.

— От бачиш, Андрію, і земляка свого зустрів! — сказав він.

Той факт, що один з них має спільних знайомих із прибулими, відіграв свою позитивну роль, і вже зникла недовіра до колишніх офіцерів, але не розвіяла сумнівів щодо мети їхньої появи тут.

Коновалець вирішив не тримати полонених у невіданні. Він сів на запропонований стілець, Андрій Мельник залишився стояти.

— Вам відомо про останні події? — запитав він.

Почувши невиразну різноманітну відповідь, зрозумів, що не відомо.

— У Петрограді більшовики повалили Тимчасовий уряд, — говорив Коновалець. — Переконують, що захопили владу до скликання Установчих зборів, але не думаю, що вони просто так її віддадуть. У Києві місцеві більшовики спробували зробити те саме, але їм не дали. Порозганяли до бісової матері, декого арештували, щоправда, не всіх. Не сьогодні-завтра Центральна Рада має проголосити Українську Народну Республіку.

Наступні слова не стали для присутніх несподіванкою.

— Але молоду державу треба захищати, — мовив Коновалець.

— Від кого? — запитав Марко Товт.

— Та навіть від тих самих більшовиків! — нарешті подав голос Андрій Мельник.

— А чого всі так їх бояться? Та й скільки там тих більшовиків! — подав голос полонений із Буковини.

— Мало, це вірно! — погодився Коновалець. — От ви, шановний, чули про монголів?

— Тих, що Батий?

— Так, саме тих, хто знищив нашу Русь!

— Хто про них не чув?

— Отож, а були часи, коли про них не знав ніхто. Сусіди навіть не розглядали їх як серйозних ворогів. А чим кінчилось? До німців дійшли, хінчиків[1] завоювали, навіть Святої землі дісталися! Так і більшовики. Це як сарана! Спочатку їх мало, але якщо не знищити спочатку, потім можна вже й не рипатися. Захищатися має кожна держава. Від усіх ворогів.

— А якщо на Україну, — Роман Панас наголосив на цьому слові, — нападе Австро-Угорщина?

Євген Коновалець пильно подивився на нього і твердо повторив:

— Усіх! Я розумію, як вам усім важко прийняти цей факт, але у Відні хочуть віддати Східну Галичину під польське управління.

І, неначе не було цього незручного запитання, вів далі:

— Тому помоговим комітетом, до якого входимо і ми з сотником, вирішено створити Галицько-Буковинський курінь січових стрільців для боротьби за самостійну Соборну Українську Державу.

— Та у нас вже є свої січові стрільці! — подав голос Яків Смоляр.

— Правда, є, навіть пан сотник воював там, але вони поки що воюють за цісаря.

— А ми, гуцули? — було запитання.

— Ми приймемо до куреня всіх, хто згоден із нашими цілями.

Якщо хтось і сподівався на швидке звільнення, то слова офіцерів про дійсний стан справ за дротом табору в Дарниці змусили їх засумніватись у цьому. Щоправда, ніхто не спішив погоджуватися на пропозицію. Всі чогось вичікували. Аж тут Яків Смоляр підвівся і голосно сказав:

— Записуйте мене, пане курінний!

— І мене також! — одразу за Яковом озвався Роман Панас.

І тут як прорвало! Всі неначе зрозуміли водночас, що дорога додому проляже через цей поки що невідомий стрілецький курінь, а закінчення війни можна чекати так само довго, як другого пришестя, причому існували всі ознаки того, що пришестя прийде раніше.

Так дев'ятнадцятого листопада 1917 року колишні полонені стали в лави Галицько-Буковинського куреня. А вже наступного

[1] Польський варіант назви китайців.

дня на стінах київських будинків з'явились аркуші з універсалом Центральної Ради. Хтось невідомий намагався їх зривати, але аркуші з'являлися знову. А надвечір цього дня вулицями Києва пройшли колони новоствореного Галицько-Буковинського куреня, у якому крокували і Панас зі Смоляром. Вони не знали, що зовсім недалеко від них, на сусідній вулиці, перед непоказним триповерховим будинком, здавалося б, безцільно стояли чотири нічим не примітні юнаки. Якби, звичайно, комусь захотілось обшукати цю четвірку, то під одягом неодмінно знайшли б по нагану.

Четверо бойовиків охороняли збори Київського військово-революційного комітету на чолі з Юрієм П'ятаковим. Разом із Володимиром Затонським та іншими більшовиками П'ятаков розробляв черговий план захоплення влади у Києві.

Одним із тих, хто охороняв комітет, був Степан Білецький.

36

...в мене немає взагалі ніякого страху за австрійських українців. Що стосується польського правління у Східній Галичині, то я гадаю, що воно скоро закінчиться.

(Із листа В. Габсбурга до К. Гужковського)

— Признаюся чесно, Ваша високосте, звістка про те, що цісар Карл нарешті вирішив розв'язати цей гордіїв вузол суперечностей тут, на Галичині, і доручив це зробити саме вам, викликала в мене (і не тільки в мене, смію вас запевнити!) лише почуття вдячності та задоволення, — сказав Казимир Гужковський.

Ерцгерцог Вільгельм заперечив:

— Смію нагадати вам, бароне, що Його Імператорська Величність відправив з такими завданнями інших поважних людей. Не лише Галичина удостоїлася такої «честі».

— Не заперечую тому, що цісар має думати про всіх, але нас, галичан, цікавить саме наше королівство. І той факт, що переді мною сидите ви, має для нас велике значення.

— Чому ви на цьому наголошуєте? — поцікавився Вільгельм Габсбурґ, оглядаючи сільську кімнату.

Село Кадлубиськ розташувалося неподалік Бродів і, відповідно, від колишнього російського кордону. Тепер і кордону немає, та й Росія відступила далеко, аж за Чернігів. Тому на місце колишньої межі між державами буквально нічого не вказувало: ще на початку війни прикордонні стовпи росіяни вивезли глибоко в тил, адже були впевнені, що захопили Галичину назавжди. А коли Відень відвоював ці землі, то й йому було не до екзотики з прикордонною розміткою. Так і було розділено цю землю — не на мапі, а в пам'яті людей.

Хата, в якій сиділи ерцгерцог Вільгельм Габсбурґ і барон Казимир Гужковський, була дерев'яною, вкрита почорнілою соломою, як і більшість жител у селі. Всередині на голих чорних від часу стінах повсюди висіли знімки людей, котрі тут жили. На двох стінах із образів на них дивилися Спаситель та Миколай Угодник.

Казимир Гужковський погладив свою лису голову і зручніше поправив на плечах шинель — незважаючи на те, що в кутку кімнати у п'єцу весело потріскували дрова, було досить-таки прохолодно.

— Молоді селянські нації, як от ми, українці (я не маю на увазі нашу давню історію, лише останні часи, коли ми перестали мати своїх правителів), більше тяжіють до монархічного правління, аніж до республіканського, — мовив барон. — Ви, архікнязю, можливо, і не знаєте, що відбувалось у Львові одинадцятого року.

Вільгельм усміхнувсь у відповідь.

— У цей час я ще навчався у Відні в реальному училищі, — сказав він.

— Я не хотів вас образити!

— Пусте! Кажуть, молодість — це той єдиний недолік, що з віком проходить! То що такого відбулося шість років тому, що має відношення до нашого перебування тут, поблизу колишнього кордону?

— Спільна нарада галицьких діячів і політичних емігрантів із Великої України.

Почувши таке, Вільгельм став слухати уважніше.

— Опускаючи деякі деталі перебігу наради, скажу лише, що її учасниками було сформульовано виразні монархічні плани щодо майбутньої незалежної України у трьох династичних варіантах. Перший передбачав кандидатуру на київський престол сина німецького імператора Вільгельма II — Іоахима; другий — кандидатуру сина ерцгерцога Франца Фердинанда Максиміліана, який не мав права успадкувати австро-угорський престол; третій — кандидатуру одного з представників дому Романових.

Вільгельм гмикнув.

— І я так гадаю, що про цю нараду, де, підозрюю, були і ви, бароне, не було відомо цісарю, — сказав він. — Інакше наслідки навіть боюсь уявити!

— Ви правильно гадаєте, зате про неї знав ваш дядько Франц Фердинанд.

Це для Вільгельма не стало несподіванкою, як не був нею і той факт, що далі престолонаступника інформація не поширилася. Франц Фердинанд давно виявляв політичний інтерес до української проблеми.

— І чим усе закінчилося? — поцікавився він.

— А закінчилося все вбивством престолонаступника Франца Фердинанда і великою війною, та важко припустити, що наша тодішня зустріч мала до цього хоч якесь відношення. Ми роз'їхалися, так нічого і не вирішивши, але ідея нікуди не ділася. Щоправда, варто зазначити, що не всі тодішні учасники — і галичани, і з-над Дніпра — залишились їй вірними. Але не я! Галичину недаремно називають коронним краєм. Нею вона і має залишитися.

— А король? — обережно поцікавився Вільгельм. Йому стало незручно від такої розмови.

— Цісар у нас один, і король у королівстві також має бути лише Габсбурґ!

— Будь-хто?

— Лише той, хто розуміє наші проблеми.

Вільгельм не встиг відповісти, як двері скрипнули і в кімнаті враз стало тісно. Чоловік, що зайшов до кімнати, був довготелесий. Високою чорною шапкою він діставав стелі. Все у нього було велике: і зріст, і шапка, і хутряна шуба, і широка, як лопата, борода.

Це був митрополит Андрей Шептицький. При його появі ерцгерцог і барон підвелися.

Митрополит привітався й одразу зауважив:

— Ну і зиму ви влаштували на моє прибуття! — пожартував він. — А я вже гадав, що таких морозів, як у Росії, більше не зустріну ніколи!

— Як доїхали, Ваша еміненціє? — запитав Казимир Гужковський.

— Дорога додому завжди легка, навіть якщо вона розтягнулася на три роки, але, слава Богу, я повернувся!

— Ваша еміненціє, дозвольте вам представити ерцгерцога Вільгельма!

Андрей Шептицький простягнув руку. За своєю природою, немалий і неслабкий Вільгельм, одначе, явно програвав митрополиту.

— Багато чув про вас... Василю Вишиваний! — сказав той і, побачивши розгублені обличчя не лише Вільгельма, але й Гужковського, голосно засміявся: — Слава про вас, архікнязю, досягнула Києва і навіть перепливла Дніпро.

— Мушу признатися, це для мене несподіванка, — нарешті знайшовся що сказати Вільгельм.

— Добра слава! — уточнив Шептицький і почав розстібати ґудзики шуби.

— Ну і напалили! — удавано невдоволено мовив митрополит.

Барон Гужковський, якому досі було холодно, з підозрою подивився на Шептицького. А той зняв важку шубу, шапку і залишився в чорній сутані, підперезаній вузьким шкіряним паском. На грудях на простому тонкому шнуру висів дерев'яний хрест.

Побачивши розгубленість офіцерів, митрополит усміхнувся в бороду.

— Зрештою, ви тут господарі й можете поводитись, як захочете, — сказав він. — А мені дійсно жарко. Хоч що б я говорив до того, але наші морози не йдуть ні в яке порівняння із Суздалем чи Курськом, хоч і там не так, як у Сибіру.

Тут барон Гужковський згадав, що він дійсно господар.

— Ваша еміненціє, чи не бажаєте підкріпитися з дороги? — запитав він.

— Я справді потребую їжі, але не тієї, про яку ви говорите, бароне! Добре, не буду тримати вас у невіданні. Я знав, що саме ви на мене чекаєте тут! — мовив Шептицький.

— Знали? Але як?.. — здивувався Гужковський.

Митрополит усміхнувся.

— Не думайте, що це мені відкрилося. Просто ваші ад'ютанти, яких ви вислали зустріти мене, виявилися дуже люб'язними. Я так розумію, архікнязю, ви тут, у Галичині, за особистим дорученням цісаря?! — чи то запитав, чи ствердив Шептицький.

Вільгельм неначе прокинувся та із задоволенням відзначив, що може, нарешті, знову говорити.

— Саме так, Ваша еміненціє! — відповів він. — Його Імператорську Величність дуже хвилює доля імперії.

— А вас?

— Перепрошую?

— Вас особисто вона хвилює?

— Звичайно! — розгублено мовив Вільгельм. — Як і кожного підданого!

— Я не хотів вас образити, архікнязю, але і мене, і барона, і будь-кого тут, у Галичині, хвилює, що буде з нами після війни.

— Тому я тут! Цісар особливу увагу приділяє саме галицьким справам.

— Я не сумніваюсь у цьому! — відказав митрополит. — Я не сумніваюся, що це саме так! Але, архікнязю, Галичина — це і поляки, й українці. І там, і тут живуть вірні нашої святої церкви, і не лише українці. Ділити єдине тіло нашої землі тяжко, але й не ділити не можна.

— Цісар розуміє цю проблему, тому й шукає шляхи розв'язання.

Тут озвався Казимир Гужковський.

— Перед вашим приходом, Ваша еміненціє, ми якраз обговорювали — як один із варіантів розв'язання цієї проблеми — поставити на Галичині не намісника, а короля.

Андрей Шептицький у роздумі погладив бороду.

— Не заперечую, що це може бути виходом у нинішній ситуації, — сказав він, потім уточнив: — Одним із виходів і саме на цьому етапі!

— Не розумію вас, Ваша еміненціє! — признався Вільгельм.

— Що ж, охоче поясню, але знову прошу не ображатися на мої слова. Скажіть чесно, ви упевнені в тому, що Австро-Угорщина переможе у цій війні? Не спішіть відповідати одразу! Я хочу, щоб мені відповів не австрійський ерцгерцог Вільгельм Габсбурґ, а сотник Українських Січових Стрільців Василь Вишиваний.

Слова митрополита заскочили Вільгельма зненацька. Першою його реакцією було зразу сказати, що він не сумнівається в перемозі австрійської зброї, про що може свідчити недавній наступ австро-угорських військ у районі Капоретто, який призвів до поразки італійських військ, але останні звістки із Західного фронту не давали приводів для оптимізму. Особливо їх поменшало після того, як у квітні на боці Антанти у війну вступила Америка.

— Ні, повної впевненості у нашій перемозі в мене немає! — нарешті зважився на відповідь Вільгельм.

— Я захоплений вашою сміливістю, архікнязю! — похвалив його митрополит Андрей. — І чесністю також! Звичайно, важко сподіватися на якийсь успіх Центральних держав після того, як проти них виступили З'єднані Держави Північної Америки! Тому припустимо: Австрія війну програє, як, власне, програють її Німеччина й Туреччина. Що тоді станеться з *королем* Галичини після поразки? Крім того, спішу повідомити вас, архікнязю, і вас, бароне, що, відвідавши Київ, я мав нагоду виступити на засіданні Української Центральної Ради. Серед тамтешніх депутатів сильні ідеї об'єднати всі українські землі в єдину соборну українську державу. Від Сяну по Кубань! І пробачте мені мою прямоту та відвертість, саме цей варіант для мене є найбільш прийнятним. Можливо, це станеться не сьогодні і, підозрюю, що й не завтра. Але це станеться обов'язково! Але у цьому розкладі немає місця для короля...

У сусідньому будинку за столом також сиділи військові. Двоє офіцерів — сотник січових стрільців Михайло Луцький та цуґсфюрер австрійського ландверу Левко Вовк — повільно пережовували приготовлену господинею їжу. Доправивши митрополита до цього села (а тут, біля колишнього кордону, довелося почекати і добряче намерзнутись, адже звістка про прибуття глави церкви зібрала велику кількість людей, і не лише з навколишніх сіл), вони вирішили підкріпитися з дороги і перед можливою дорогою, адже не виключено, що їхати доведеться й далі.

Як виявилося, передчуття їх не підвели.

До кімнати ввійшов барон Казимир Гужковський. При його появі обидва підвелись, а той побачив приготовлений обід, підійшов до столу, несподівано для військових узяв виделкою квашеної капусти і з задоволенням відправив її до рота. На здивовані погляди Луцького та Вовка пояснив:

— Митрополит Андрей суворо дотримується посту. Можливо, він і їсть щось скоромне, але не тепер. Не буду ж їсти перед ним! А підкріпитися хочеться! Сідайте!

Коли ад'ютанти всілися, Гужковський сказав:

— Зараз митрополит і архікнязь закінчують розмову й одразу від'їжджають до Львова. Сотнику, ви переходите в особисте розпорядження архікнязя! Цуґсфюрере, ви вирушаєте також! Для того щоб не виникало ніяких непорозумінь, вам належить довести свою уніформу до зразків січових стрільців. Віднині ви десятник, і прошу за час, що залишився, поміняти петлиці. Пан сотник вам пояснить.

Левко Вовк слухав барона Гужковського неначе в тумані. Його навіть не хвилювало те, що він зовсім не знає, чим цуґсфюрер відрізняється від десятника і які у того петлиці.

Головне, що він зможе при нагоді відвідати рідних!

А те, що ця нагода трапиться, Левко не сумнівався.

1918
рік

37

Українська Народна Республіка проголошена Універсалом Української Центральної Ради з дня 24 січня с. р. самостійною, від нікого незалежною вільною суверенною державою, перша, згідно з Центральними державами Європи, постановила мир, пропонуючи іншим воюючим державам шлях братолюбя... Потушуючи одну велику головню на світовому пожарищі, увільнила й Тебе, Український народе Галицької землі, від дальшої братовбивчої війни, що жахом Тебе пронімала...

(Із звернення «До українського народу
Галицької землі»,
9 лютого 1918 р., Львів)

Потяг тільки зупинився, а Левко Вовк уже зіскочив на перон. Йому не терпілося залишити душний, незважаючи на лютий, вагон і якомога швидше добратися додому.

Зрештою, десятнику можна було і не поспішати — далі потяг не йшов. Кам'янка була останнім містом, де ще хоч хтось піклувався про стан колії. Наступна станція тривалий час перебувала у зоні бойових дій і хоч приймала ешелони, але не пасажирські.

Попри своє нестримне бажання навідатися додому, Левко Вовк зміг здійснити свою мрію тільки в середині лютого. Не встиг він разом із ерцгерцогом Вільгельмом виїхати з Богом забутого Кадлубиська, щоб супроводити митрополита Андрея Шептицького, як їх наздогнала телеграма від Карла I. В ній повідомлялося, що Вільгельму Габсбурґу належить бути в Ожидові дев'ятого грудня, щоб особисто зустріти свого цісаря. Після того як архікнязь повернув із півдороги до невідомого поки що йому села, перепросивши при цьому митрополита і діставши від того запевнення у розмові в найближчому майбутньому, на станції Ожидів під Буськом він дійсно зустрівся з імператором Австрії, королем Угорщини Карлом I. Про що говорили двоє Габсбурґів у будинку станційного коменданта, десятник Вовк, звичайно, не знав, але не лише він зауважив зміну в настрої ерцгерцога. Особливо це стало помітно в міру наближення до Львова вже наприкінці року. Дивно, але Вільгельм зустрівся з митрополитом вже в лютому, коли ситуація на фронтах вважалася більш-менш зрозумілою. Це сталось у той день, коли Львовом пройшла велична маніфестація, організована на підтримку визнання Віднем Української Народної Республіки, що було підтверджено на мирних переговорах у Бересті. Левко Вовк уперше бачив одночасно стільки людей, що зійшлися не з примусу чи наказу, а просто за покликом серця. Довжелезна людська ріка розтягнулася від площі перед собором Святого Юра аж до Ринку. Перед будинком «Просвіти» виступив Кость Левицький, із котрим Вільгельм зустрівся того-таки дня. Вже після цих подій ерцгерцог згадав про свого ад'ютанта і відпустив його додому, наказавши при цьому обов'язково знайти його будь-де. На слушне запитання Левка, де йому конкретно шукати одного з представників численної фамілії Габсбурґів, дістав непевну відповідь, що все залежатиме від переговорів у тому ж таки Бересті.

Зрештою, архікнязь Вільгельм — не сотник УСС, тому Вовк цілком справедливо сподівався, що його не загубить. Принаймні можна запитати і в митрополита, щоправда, як він зустрінеться з предстоятелем церкви, поки що не уявляв.

А зараз Левко простував вулицею, що з'єднувала залізничну станцію з власне містом Кам'янкою, оглядаючись врізнобіч і намагаючись помітити зміни. Востаннє він ішов цією вулицею ще в червні 1915 року, коли недосвідченим юнаком від'їжджав на фронт. Відтоді минуло два з половиною роки, за цей час він бачив багато чого — і не лише приємного, але ось і тепер із деяким трепетом ступає цією знайомою бруківкою до центру міста у великому сподіванні знайти попутний транспорт додому.

Кам'янка жила своїм іще довоєнним життям. Так само на звичному місці Левко побачив базар, щоправда, не такий людний, як раніше. Грошей, які він звик бачити до війни, тут не було, а торговці більше покладалися на вже давно призабутий обмін.

Левко пройшов повз будинок, де до війни розташовувалося знакове для нього товариство імені Качковського. Зовні нічого не змінилося, тільки якимось чуттям він зрозумів, що москвофілами тут і не пахне. І дійсно, саме цієї миті двері на першому поверсі відчинились, і Левко побачив літнього єврея, який одразу попрямував у напрямку до синагоги.

Левко спіймав себе на думці, що назвав невідомого євреєм, як це прийнято серед знайомих професора Ревуцького, а не жидом, як зазвичай кажуть тут, на Галичині. Зрештою, він ніколи і не вкладав у «галицьку» назву нічого негативного, як до недавнього часу для нього не було різниці між русином та українцем.

Події останніх років повністю змінили його уявлення з цього питання, а спілкування з *українцем* Василем Вишиваним остаточно перетворило русина, котрим він, до речі, так і не став, на українця, можливо, щоправда, не такого, як Вільгельм Габсбурґ.

Згадка про минулі події загострила його пам'ять, особливо коли він подивився на молоду черницю, що проходила повз нього замислена, нікого не помічаючи. Надто вже вона була схожа на Ксеню, про яку він згадував не раз, особливо ще у той час, коли не зустрів Марію. Левко уважніше придивився до черниці і відчув, що у нього мліють ноги.

Черниця не була схожа на Ксеню. Це насправді була Ксеня.

— Ксеню? — обережно звернувся він.

Черниця враз зупинилася, неначе наткнулася на невидиму стіну, здивовано подивилася на військового і широко розкрила очі. Вона його упізнала.

— Левку? Звідки ти тут?

— Ксеню! Чому на тобі цей одяг? — запитав Левко перше, що йому спало на думку. — Ти стала черницею?

— Стала, Левку, і вдячна за це Богу! — відповіла Ксеня. — І не Ксеня я більше, а сестра Досифея.

— Але чому?

— Чому я пішла в монастир? Отець Петро казав, що господні шляхи незбагненні. Це про мене, Левку.

Від монастиря (Левко пам'ятав) почувся звук дзвону.

— Мені пора, Левку! Починається Літургія! — мовила Ксеня і вже хотіла піти, але Левко зупинив її.

— Ксеню... Тобто сестро Досифеє, ти пішла в монастир... через мене? — запитав він.

Черниця подивилася на нього співчутливим поглядом.

— Ні, ти тут ні до чого! Я вирішила сама. Мені час іти. Будь щасливим, Левку! — сказала вона і швидкими кроками попрямувала до монастиря.

Левко Вовк подививсь їй услід і лише тепер побачив, що вона взута на босу ногу. Мерзлякувато зіщуливсь, уявивши, як їй холодно у такий лютневий день.

Він думав про Ксеню всю дорогу додому, сидячи на підводі разом із трьома жінками, що поверталися у сусіднє село з базару. Звичайно, присутність мовчазного австрійського військового не сприяла балакучості жінок — вони зовсім не розбирались у відмінностях між австрійськими й українськими жовнірами, — і навіть той факт, що «австріяк» говорить по-їхньому, нічого не дав. Так і проїхали відстань від Кам'янки до повороту на Перетин здебільшого мовчки. Підвода рушила далі, а Левко поправив на плечі польову сумку і попрямував до свого села.

Коли наприкінці війни — а в тому, що війна невдовзі має закінчитися, не сумнівався ніхто — на дорозі до села виникає постать у військовій формі, це стає одночасним сигналом для всіх, хто чекає. А чекали у Перетині всі! Навіть Нагірні таємно сподівалися, що сталася прикра помилка і їхній Тимофій не вбитий, а десь поневіряється світами, чекаючи свого часу, щоб повернутися. Навіть ті, хто упевнився, що цього разу повернувся не їхній батько, чоловік, син, раділи за тих, хто нарешті дочекався. Повернувся сусід, дасть Бог, повернеться і їхній жовнір!

Навіть більше — повернення будь-кого приносило різноманітність у буденне життя села, і вже при зустрічі розмови не обмежувалися щоденною роботою, а обов'язково хтось зачіпав появу прибулого.

Ганна Вовк упізнала сина ще здалека. Вона, як інші перетинці, виглянула з обійстя, щоб подивитися, хто це прямує засніженою дорогою, але відразу кинулася назустріч синові.

— Левку! — голосно крикнула Ганна, неначе боялася, що це мара і що вона зараз розвіється на тихому морозному вітрі.

Та Левко виявився не марою. Він також прискорив крок і побіг щодуху. На вигині дороги, коли вона переходила у сільську вулицю, мати з сином зустрілися. Левко обняв матір і так застиг.

А Ганна міцно пригорнулася до сина з твердим наміром більше не відпускати.

— Повернув, синку! — тихо мовила вона.

Левко обнімав матір і... мовчав. Він не міг отак одразу при першій зустрічі після майже трирічної розлуки сказати, що через тиждень йому їхати назад. Вирішив поки що обмежитись тим, що дійсно сталось і він справді повернувся.

— Так, мамо! Повернув!

І тут же запитав про те, що йому не давало спокою всі ці роки.

— А тато вдома?

Замість відповіді мати заплакала, і Левко зрозумів усе.

Так, обнявшись, мати з сином рушили до села. Їм зустрічались односельці, віталися з Левком, він відповідав або кивком голови, або словом, але не затримувався.

Левко вже добряче забув, який вигляд має його обійстя, де що розташоване, і навіть якби пам'ятав, то за ці роки хтось та й попереставляв усе.

З великої родини Вовків, найбільшої в Перетині до війни, його зустріли тільки п'ятеро, враховуючи семирічного племінника Дмитра і Михайла, котрому був лише рік, коли він пішов в армію.

Знову обійми, сльози, але це вже були сльози радості. Між обіймами — міцними вуйка Гната і ніжними тітки Феодори й Марії — Левко поцікавився, де дід із бабою.

— Померли, сердешні! — сказав Гнат. — В один місяць поховали обох!

— А як Роман? — запитав Левко про зятя.

— У полоні.

Левко подивився на згорьовану Марію і міцніше пригорнув її до себе.

Тут мати згадала, що син голодний і з дороги, тому забрала з собою до хати все жіноцтво. А надворі залишилися тільки чоловіки, враховуючи двох малолітніх племінників. Останні дивилися на незнайомого дядька широко розкритими оченятами, як на якесь заморське диво, що, в принципі, було недалеко від істини.

Левко підняв на руки молодшого.

— Ну, Михайлику, ти знаєш, хто я? — запитав.

— Вуя! — обережно з деяким острахом сказав трирічний племінник.

— Ти диви: розуміє що до чого!

— Надовго? — обережно поцікавився Гнат.

Левко з острахом глянув на двері хати.

— На тиждень.

— Мати знає?

Левко заперечливо похитав головою.

— І не кажи їй нині! Най думає, що назовсім вернув. Скажеш завтра, — мовив Гнат. — Або я сам скажу. Так буде ліпше.

— Дякую, вуйку!

— То чого ми стоїмо тут? Зайдемо до хати. Певно, вже й забув, яка вона!

— Та є щось! — признався Левко.

До покою двері вели через сіни. В покої вже було напалено, аж гаряче, але Левко не думав, що це зроблено лише заради його повернення. Напевне, мама з тіткою саме готували вечерю для сім'ї. Ось і зараз біля печі поралася тітка Феодора, а мама з Марією метушилися біля столу, що стояв навпроти дверей, якраз під образами. Там вже стояли глиняні миски з різними наїдками, лежав великий буханець, напевне, вчора випеченого білого хліба.

Побачивши, що син зайшов до хати, Ганна знову обняла його і так стояла деякий час, а Феодора удавано сердито насварила Гната.

— Чого ти стоїш слупом, горе ти наше? Племінник із війни сьи вернув, а він гари не несе! — мовила вона.

Гнат із докором подивився на Левка: мовляв, чого тебе так довго носило світами, і миттю зник за дверима.

— Роздягайсьи, синку! — сказала мати. — Ти вдома!

Левко поклав на лаву наплічну сумку, розстебнув ремінь, зняв шинель. Племінники заворожено дивилися на всі дії невідомого «вуя», а коли побачили на його грудях дві медалі, враз загордились, а старший Дмитрик навіть випростав спину.

— Сідай до столу!

Левко сів на ослін якраз під образами і подивився на стіл. Цього разу мама, напевне, виклала на стіл усе найсмачніше, що було вдома: борщ, бараболю, заправлену шкварками, квашену капусту, кисіль. До кімнати повернувся Гнат, тримаючи в руці чималеньку пляшку. Побачивши це, жінка Феодора тут же докорила чоловікові.

— Ти хочеш зовсім споїти Левка? — запитала вона. — Чого так багато?

— Так племінник із війни вернув! Три роки не було! — виправдовувався Гнат.

— Два з половиною, вуйку! — уточнив Левко.

— А на два і півроку пляшчини не було! Тільки на три!

Це розвеселило Левка і не тільки його. Нарешті Феодора також зрозуміла, що заради такої події можна дозволити чоловікові дещо зайве. Коли сіли за стіл, Гнат за правом найстаршого налив у келих горілки і подав Левкові.

— Давай, племіннику! З поверненням! — сказав він.

Левко обережно взяв наповнений по вінця келишок. У ніс ударив міцний дух самогону. Звичайно, за час перебування на фронті він навчився пити, але робив це, так би мовити, з профілактичною метою, як от в морози чи після не зовсім свіжої їжі, але останніми місяцями доводилося вживати те, чим харчувався ерцгерцог Вільгельм, а самогону Габсбурґи не пили.

— Щоб усі наші вернули! — сказав він і залпом випив.

Самогон обпік горло, але якось одразу стало добре і виникло бажання скуштувати поставлене на стіл частування. Тобто закусити. Він узяв дерев'яну ложку.

Тим часом Гнат налив собі стільки ж і також випив, лише потім додав:

— Вернуть! Авжеж, вернуть!

Саме ці слова чоловіків якось одразу розрядили обстановку, неначе повернення Василя й Романа дійсно залежало від того, чи скажуть це Гнат з Левком, чи промовчать.

Тут не втрималася мама.

— А ми, Левку, знаємо трохи про тебе, — сказала вона.

— Звідки, мамо? — здивувався син.

— Від Томи Білецького, — мовив Гнат.

— Томи? — здивувався Левко. — Він вернув?

— Вже півроку! Він видів тебе у Відні.

Левко не переставав дивуватися. Виявляється, тут, у Перетині, знають про нього більше, аніж він сам сподівався.

— І що вам наговорив Тома? — запитав він.

— Ніякої обмови не було. Він тебе видів з такою слічною дівчиною.

Левко підозріло подивився на маму. На щось подібне він явно не сподівався.

— Хто вона тобі, сину?

Левко не наважувався сказати правду, адже саме ця правда може відкрити матері очі на те, що він збирається зробити. Але і промовчати також не можна.

— Ваша невістка, мамо!

Ганна не встигла нічого відповісти, аж тут відчинилися двері, і всі побачили Андрія Валька. Він навіть не привітавсь, як одразу випалив з порога:

— Цьоцю Ганно, йдіть до нас! Марта прислала!

Усі в селі знали (за винятком, звичайно, Левка), що Марта ось-ось має народжувати, а Ганна Вовк була, так би мовити, штатною повитухою, щоправда, останнім часом у її послугах не було потреби.

Вона підвелася з-за столу і без слів почала вдягатися. Здається, лише тепер Андрій зауважив за столом Левка.

— З поверненням, Левку! — сказав він.

— Честь, Андрію! — відповів той. — Сядеш?

— Не зараз! Якщо все буде добре, то...

Андрій враз просвітлів.

— Будеш для мого сина хресним! — раптом сказав він.

— Чому сина? — запитала Феодора. — Може, буде дівчина!

— Син, цьоцю Хвеодоро! Першим у мене буде син!

Тим часом Ганна одягнулась і першою вийшла з хати. Андрій заспішив за нею.

Гнат, провівши їх поглядом, потягнувся до пляшки. На осудливий погляд жінки пояснив:

— Щоб все сьи файно кінчило!..

Марта Валько народила вже пізно вночі й саме хлопчика. Щасливий Андрій тут же привіз отця Петра Лісовича на «молитвини» — вимовляння певних молитов над положницею й народженою дитиною, а вже під обід Ганна Кандиба і спантеличений Левко Вовк на санях повезли новонароджене немовля до церкви.

Батьки вирішили назвати сина Марком.

38

Цією грамотою я оголошую себе Гетьманом всієї України.

Центральна і Мала Рада, а також всі земельні комітети з нинішнього дня розпускаються. Всі міністри і товариші звільняються.

Гетьман Всієї України Павло Скоропадський

(З Грамоти до всього українського народу від 29 квітня 1918 року)

Наказ був короткий, чіткий і... незрозумілий. Полковник Коновалець розгублено подивився на свого начальника штабу Андрія Мельника, неначе очікуючи від того якоїсь підтримки. Але і він, і хорунжий Михайло Матчак мовчали. Для них наказ заступника військового міністра УНР Олександра Грекова також був незрозумілий, як, власне, і відповідь Голови Української Центральної Ради Михайла Грушевського, отримана двома днями раніше.

«Нічого лякатися, що я сам навідувавсь у німецьке командування й говорив із його представником, полковником Штольценберґом, і маю певні відомості, що Центральній Раді рішуче нічого не загрожує», — запевняв тоді Грушевський.

А у Коновальця були незаперечні відомості про те, що замість Михайла Грушевського німці готові поставити генерала Скоропадського й у цьому розкладі місця Центральній Раді не було.

Євген Коновалець іще раз прочитав телеграму.

«Залишатися в касарнях. Жодних військових дій не вчиняти!»

— Таке враження, що Центральна Рада більше боїться нас, галичан, як німців чи того-таки Скоропадського, — мовив Михайло Матчак.

— Це не враження. Та воно і є! — відказав Коновалець.

Він іще раз подивився на телеграму, хотів її зібгати, але останньої миті передумав і обережно, як найбільшу нині цінність, поклав у теку. На німе запитання Андрія Мельника пояснив:

— Для можливого майбутнього звинувачення в нашій бездіяльності. А в тому, що нас спробують звинуватити, я майже не маю сумніву.

Мельник із Матчаком знали, що створення підрозділу січових стрільців — як війська *охорони* і тільки! — було певним компромісом між членами Центральної Ради, а конкретно між заступником військового міністра УНР Олександром Грековим і Володимиром Винниченком, котрий виступав за негайний розпуск будь-яких військових формувань. Це, зрештою, призвело до того, що уряд УНР змушений був залишити Київ на розтерзання військам Муравйова і повернутися лише на «німецьких багнетах», як про це красномовно писали ліві газети. Ще два тижні тому Стрілецька рада отримала відомості про те, що німці готують військовий переворот, про що уповноважила Євгена Коновальця довести до відома членів Центральної Ради. Тоді він зустрівся з есерами Лизанівським, Чечелем і Шрагою, але вказівок щодо цього стрільці так і не дістали. Було незрозуміло, чи пішла інформація про переворот далі й не залишилася тільки інформацією всередині партії соціал-революціонерів.

— Що будемо робити? — запитав Андрій Мельник.

Коновалець знизав плечима.

— «Жодних військових дій не вчиняти!» — сказав полковник. — Якщо Центральній Раді не страшний переворот, то і нам не варто лізти в петлю.

— Зрештою, нам цього і не дадуть зробити німці, — мовив Михайло Матчак.

— Поки в Києві не стрілятимуть, німці удаватимуть, що нічого й не відбувається. Так — внутрішні українські суперечки, — пояснив Мельник.

— А щоб цього не сталося, потрібно посилити охорону Центральної Ради. Сотні Черника негайно взяти під контроль підступи до Педагогічного музею, — розпорядився Коновалець. — Наказую: ніяких військових дій не вчиняти, але при спробі нападу на сотню особливо не церемонитись.

Хорунжий Матчак підвівся виконувати наказ.

— Нехай візьмуть скоростріли, — кинув навздогін Коновалець. — Хто знає, що може трапитись!..

Яків Смоляр і Роман Панас усього цього не знали. Вони вдвох служили саме у сотні скорострілів і зараз разом із більш як сотнею січовиків прямували зі своєї касарні до будинку Педагогічного музею, де безрезультатно ось уже другу добу засідала Центральна Рада.

Коли сотня Федя Черника, озброєна дванадцятьма кулеметами, прямувала Великою Володимирівською до будівлі Центральної Ради для посилення її охорони, на майдані перед Софійським собором саме проходив велелюдний молебень. Ближче до дзвіниці люди утворили велике кільце, всередині якого під хоругвами архієпископ Никодим благословляв Павла Скоропадського на гетьманство. Людей на майдані було багато, значно більше за делегатів з'їзду хліборобів, на якому, власне, і проголосили генерала гетьманом, тому галичани дійшли висновку, що досить багато киян підтримало нащадка козацького гетьмана. Дивно, але саме киян не було серед тих, хто підтримував Центральну Раду в такі неспокійні часи. Останні події змусили містян остаточно зневіритись у Грушевському й Винниченку і шукати підтримки у генерала російської армії. Його вміле командування корпусом, а головне, приналежність до відомого роду, зрештою, зробили свою справу: кияни залишили Центральну Раду в Педагогічному музеї, а самі вийшли на головний майдан міста вітати нового правителя, хоча формально влада йому ще не належала.

Про це знали і сотник, і ройові, але стрільці, виконуючи наказ нікого не чіпати, оминули дійство, не перешкоджаючи очевидній спробі зміни влади.

А на будинках, повз які проходили стрільці, вже біліли аркуші з текстом «Грамоти до всього українського народу». Ті кияни, котрі не потрапили на Софійський майдан (а це переважно були євреї, про що підказував специфічний одяг), то поодинці, то групами вчитувались у щойно складений текст.

А тим часом підрозділи гетьманців заходилися перебирати під контроль адміністративні та урядові установи й арештовувати членів уряду, хоч більшість із них уже встигли заховатися.

По Володимирівській вулиці сотня підійшла до Педагогічного музею, де перед входом Федь Черник зауважив знайомих стрільців. Від наспіх зведеної барикади відділився ройовий Василь Грім. На відміну від інших командирів Галицько-Буковинського куреня, він був місцевим, киянином.

— Що у вас? — запитав Черник.

— Поки що тихо, але я чув постріли десь нижче, — відповів ройовий і показав у напрямку Бессарабки.

— Так, це серйозно, — згодився Черник. — Ті знають?

Сотник кивнув на вхід до музею, де мали засідати члени Центральної Ради.

— Та їх там майже не залишилось, але хто є, то відучора не виходив. Самі розумієте: нам туди входу немає! «Сині жупани», ну, ті, котрих іще не встигли роззброїти німці, залишилися вірними Центральній Раді.

— Як, власне, і ми, — закінчив сотник.

Дві дивізії синьожупанників, утворені німцями з числа українських полонених після Берестейського миру, три дні тому ними ж були і роззброєні та розформовані. Залишки «Синьої» дивізії зостались у підпорядкуванні Грушевського, але вже нічого суттєвого вдіяти не могли. Єдина сила, котра могла протистояти заколотникам, — січові стрільці — виявилася непотрібною Українській Центральній Раді. Їх боялися більше, аніж гетьманців, можливо, через те, що, на відміну від Євгена Коновальця, Павло Скоропадський був наддніпрянець і не такий радикальний, яким є галичанин.

А поки що їх ніхто не звільняв від присяги, тому сотник Черник розставив своїх людей по зовнішньому колу. Посилена дюжиною скорострілів січова сотня була серйозною підмогою озброєній лише гвинтівками піхоті, щоправда, ніхто навіть не припускав, що доведеться воювати зі своїми.

Смоляр і Панас не потрапили до жодної з кулеметних залог, лише прикривали їх дещо позаду. Чесно признатись, перетинці взагалі перестали розуміти, що відбувається у поки що незнайомій і незрозумілій для них українській столиці. За війну їм довелося воювати разом із німцями проти москалів; затим після дарницького табору навіть постріляти у незрозумілих і таємничих більшовиків, серед яких зустрічались і москалі, і жиди, і українці, й навіть мадяри. Прихід до Києва німців змусив січових стрільців захищати від них Центральну Раду, а тепер доведеться боронятися від своїх українців тільки через те, що вони підтримують не Грушевського, а Скоропадського.

Усього цього перетинці — і не лише вони — не розуміли, і їм залишалося тільки одне: виконувати накази командирів, яким (сподівалися стрільці) було відомо більше.

Але ні командири, ні прості січовики, ні навіть залишки Української Центральної Ради на чолі з її головою Михайлом Грушевським не знали, що час безповоротно втрачено. Не відомо, чи вивчав нообраний гетьман Павло Скоропадський досвід жовтневого перевороту в Петрограді, але він майже до деталей повторив дії більшовиків.

Безпосередньою акцією захоплення державних і адміністративних установ Києва командував генерал Дашкевич-Горбацький. Крім окремих підрозділів, переважно з офіцерів було сформовано Охотницький полк. До всіх українських частин було надіслано агітаторів. До вечора 29 квітня було захоплено більшу частину установ, однак найважливіші ще залишалися підконтрольними Центральній Раді. Після засідання Центральної Ради загін гетьманців захопив під контроль її будинок — приміщення Педагогічного музею. Не обійшлося й без втрат. Охоронці будинку Центральної Ради — січові стрільці — вбили трьох старшин-гетьманців. Надалі ж переворот тривав без жертв. До другої години ночі з 29-го на 30 квітня було захоплено елітарний район у Липках, Військове міністерство і Міністерство внутрішніх справ УНР, а також Державний банк, варту якого було заарештовано загоном полковника Сахна-Устимовича. Тоді ж на бік заколотників перейшли начальник штабу Центральної Ради полковник Олександр Сливинський, телеграма котрого і стала фатальною, та Кінний відділ на чолі з полковником Миколою Аркасом. Надалі було захоплено будинок генерал-губернаторів Києва й імператорський Маріїнський палац.

Після того як усе було закінчено, Галицько-Буковинський січовий курінь (а віднедавна Перший полк січових стрільців) було оточено німецькими військами у касарнях. Не знаючи, що робити у такій непевній ситуації, молодші командири (а зі стрільцями залишилися тільки вони) вирішили не приставати на ультиматум негайно скласти зброю, але й не пускати нікого з чужих усередину. Таке напруження, коли ніхто не хотів відступати, але й воювати не бажав також, тривало до вечора першого травня, коли лави німецьких солдатів розступились і до дверей касарні рушив полковник Коновалець.

Коли він зайшов усередину, на нього дивилися кілька сотень пар очей. Коновалець спокійно витримав ці погляди, глянув на чотирьох сотників, які у такий неспокійний час залишилися зі своїми стрільцями, і неголосно, але так, аби почули всі, мовив:

— Я щойно приїхав од гетьмана Скоропадського.

Почувши таке, стрільці зашуміли, але відразу й затихли. А Коновалець вів далі:

— Гетьман передав мені розпорядження фельдмаршала Германа фон Ейхгорна про негайне і беззастережне розформування стрілецького полку.

Цю неприємну, але таку очікувану для себе новину січові стрільці зустріли тривожною мовчанкою.

— Гетьман Скоропадський не бажає допустити пролиття будь-якої крові: ні німецької, ні, тим більше, нашої. А це можливо тільки у разі, коли ми складемо зброю, — мовив полковник Коновалець.

І лише тепер усі зауважили, що в нього на ремені немає звичної кобури з револьвером.

— Німецьке командування обіцяє нікого зі стрільців не переслідувати й не перешкоджати, якщо ви вирішите повернутися додому, — закінчив Євген Коновалець і після деякої паузи додав: — І я їм вірю!

— А ви куди, пане полковнику? — запитав сотник сотні резерву Володимир Кучабський.

Коновалець відповів не одразу.

— Зараз Українській державі не потрібні наші послуги, — мовив він, — але вірю, що не мине і літо, як гетьман змінить свою думку про січовиків. Тому якщо хтось бажає приєднатися до мене, то доведеться якийсь час зачекати.

— Тоді я з вами, пане полковнику! — мовив Кучабський. — А чекати... За війну ми вже призвичаїлись чекати.

— І я! — Один за одним озвалися декілька старшин, а за ними й деякі рядові стрільці.

Але таких було небагато.

Після того як урочисто під малиновим прапором Галицько-Буковинського куреня та чорно-біло-червоним німецьким січові стрільці склали зброю, німці якось аж надто буденно розвернулись і залишили українців самих на себе. Дехто зі старшин одразу подався до Коновальця, прихопивши з собою найбільш близьких до себе стрільців, а основна маса повернулася до касарень, адже виїхати з Києва також було великою проблемою.

Роман Панас і Яків Смоляр були серед тих, хто вже вирішив свою долю і чекали слушного моменту, щоб покинути столицю. А поки що ніхто їх не чіпав, і життя тривало так само нудно, як і до розформування полку, тільки тепер не треба було йти на варту.

Марко Товт, із котрим здружилися перетинці, вирішив і надалі не губитись, адже із Ужгорода серед стрільців був лише він. Якщо інші могли спитати поради у своїх земляків, то Маркові лишалося тільки пристати до перетинців, які його товариства не відкинули.

— Ну, от що мені робити? — говорив Марко. — Вам, галичанам, добре! Як тільки з'явиться перший-ліпший поїзд на захід, ви зразу додому.

— З твоїми вустами, Марку, лише ворожкою бути! Не помреш з голоду, — озвався Роман Панас. — Чув, що сказали? Всі поїзди віддали на воєнні потреби. А коли настане наша черга, тільки Богу відомо!

— А може, все ж варто піти з вашим земляком? Коновальцем? — не вгавав Товт.

— Ти як хочеш, Марку, а мені вже набридло воювати! — озвався Яків Смоляр. — Чотири роки! І які роки! Спочатку стріляв у москалів, потім... От скажи, чим мені чи тобі, Марку, заважали ті гетьманці, котрих ми застрелили позавчора? Вони були такими ж українцями, як і ми, і, напевне, хотіли добра для своєї землі! І я хочу добра! І ти, і Роман також! І що, заради цього ми маємо вбивати один одного? Ні, з мене досить! Зі своїми я воювати не буду. Нехай це роблять інші. А ми з Романом додому! Моєму молодшому Костю вже шістнадцять скоро буде! Я вже навіть почав забувати, яка моя жінка! Ні, Марку, ми з Романом додому! Відразу, як трапиться нагода.

Нагода трапилася лише через місяць, коли з київського вокзалу до Луцька відійшов пасажирський потяг.

39

Червень 1918 року став у селі Перетині чи не найщасливішим місяцем за час війни.

Трьох військових, що неквапно наближалися польовою дорогою до хутора, першою запримітила Єва Кандиба. Вона саме вийшла з хати з одягом, який збиралася попрати у ставку за городом. Вже взяла у руки прача, як щось змусило її повернутися на схід.

І тоді Єва побачила цих трьох чоловіків у військовій формі. Від несподіванки жінка завмерла, намагаючись розпізнати, хто це може бути.

Здогадка прийшла раніше, ніж усвідомлення. Єва кинула на землю приготований до прання одяг і з прачем у руці побігла назустріч.

В одному з військових вона впізнала Семена.

А той залишив інших двох — Олексу Мороза й Михайла Валька — та прискорив крок. Десь на середині дороги до хати вони зустрілись. Єва осипала чоловіка поцілунками, не залишаючи на його обличчі жодного нецілованого місця.

Тим часом із ними порівнялися Михайло й Олекса і зупинились, не бажаючи перешкоджати цьому дійству. Але, як виявилося, не надовго. З хвіртки вибігла Ганна.

Побачивши, що Семен досі «зайнятий» (а Єва не збиралася віддавати його нікому, навіть рідній сестрі), Ганна підбігла до Олекси і притулила голову до його грудей. Застиглий зненацька Олекса розгублено подивився на Михайла, а той, усміхнений, завбачливо відійшов убік і з побоюванням зиркав на хвіртку.

Але там він побачив лише двох хлопчиків — синів Семена. Знав, що старшому Грицю вже було дев'ять, а Іванко був на два роки молодший, але останні чотири роки вони не бачили батька, тому малоймовірно, що взагалі розуміли, кого так палко цілує їхня мама, не кажучи вже про тітку Ганю. А себе Михайло взагалі виключив зі списків. Просто незнайомий вуйко, але також у формі і з орденом.

Коли перша хвиля ейфорії минула і Єва просто стомилася цілувати, вона спромоглася на одне лише слово:

— Вернув сьи!

Це дозволило Ганні відірватися від Олекси і також обняти брата.

— Ну, здрастуй, сестричко! — сказав Семен.

А Єва, не випускаючи його руки, обернулася до синів, що стояли на безпечній для себе відстані.

— Хлопці, підійдіть ближче! — сказала вона. — Тато вернув додому!

Гриць обережно підпихав уперед молодшого Івана, а той, набундючений, стовбичив на місці. Тоді Семен, відстороніввши Ганну, підійшов до синів, узяв обох на руки і по черзі поцілував. Лише після того хлопчаки несміливо обняли його за шию.

По щоках Семена Кандиби потекли зрадливі сльози.

Зрозумівши, що Семен уже вдома, а вони поки що ні (хоча Олекса міг іще посперечатися), Михайло Валько вирішив узяти ініціативу в свої руки.

— Що ж, — сказав він, — одного додому доставили і навіть цілим, тому пора провести й Олексу.

Семен кивнув головою.

— Завтра чекаю в себе! — нагадав він.

— Прийдемо! — пообіцяв Михайло і кинув хитрий погляд на Олексу.

Той поправив на плечах солдатську сумку.

— Прийдемо! — повторив Олекса.

Семен не став чекати, коли підуть товариші, а в супроводі своєї родини попрямував до воріт, які не переступав чотири роки.

А Михайло й Олекса закінчували своє повернення додому.

У самому селі першим їм зустрівся Лука Солтис. Упізнавши в жовнірах своїх сусідів, він щиро зрадів цьому, навіть хотів поговорити й дізнатися про ситуацію навколо. Але Михайлу й Олексі було не до того, тим більше що на своєму обійсті Мороз побачив юнака, який саме закидав до стодоли гілки-но привезене сіно. Олекса із подивом зрозумів, що це його брат Василь, котрого інакше, як шилом, тато не називав.

— Вуйку, потім! — мовив Олекса та разом із Вальком заспішив додому.

Василь перестав махати вилами, зауваживши, що на подвір'я заходять двоє жовнірів. Він одразу впізнав у одному з них брата Олексу, а інший не міг бути ніким іншим, як старшим Вальком. Василь застромив у сіно вила і ступив назустріч гостям.

Брати обнялися міцно, без слів. Востаннє вони бачилися п'ять років тому, коли Олекса вирушав до війська. Тоді Василеві було десять, а зараз перед старшим братом стояв симпатичний парубок, навіть вищий за Олексу.

Тим часом із хати вибігли Марта з Андрієм і також кинулися до прибулих: сестра до Олекси, а брат до Михайла. Знову обійми і знову мовчки.

А Михайло Валько, привівши Олексу, сказав, що свою частину роботи він виконав, і у супроводі Андрія заспішив до батьків. А Морози продовжували стояти на обійсті, аж поки про свою присутність нагадав іще один член сім'ї. З хати долинув плач малого Марка.

Звістка про те, що з війни повернулися троє жовнірів, миттю розлетілася селом, розігнала вже набридливу непевність, що панувала упродовж чотирьох років, вселила надію на повернення інших.

Яків Смоляр і Роман Панас з'явилися на тій самій польовій дорозі вже наступного дня, і було дивно, що вони не зустрілися з учорашньою трійкою.

А в останній день червня Лука Солтис першим запримітив чотири постаті, що повільно наближалися до села з-за лісу, де колись був російський кордон. Призахідне сонце вже не так сильно освітлювало землю, лише відкидало довгі чудернацькі тіні, тому Луці важко було розпізнати, хто це такі.

З першого погляду складалося враження, що це звичайна сім'я. Могутньої статури чоловік тримав на руках малу дитину, хлопчика років двох-трьох, а поруч ішли жінка й дівчинка. Лука губився у здогадках, хто б це міг бути. Не повернулися тільки Федір Мороз і Левко Вовк та й...

Від здогадки у Луки Солтиса аж підкосилися ноги. Згадка про молодшого Вовка відразу нагадала йому і про його батька Василя, що пропав понад три роки тому. Лука придивився й упізнав коваля. Довго думати не довелося, хто іде разом із ним. Це безумовно була Орина Ребрик. Одначе відносно дівчини у Луки не було ніяких припущень, хоча щодо малого у нього виникли підозри.

А Василь Вовк із Ориною (а це насправді були вони) підійшли ближче, і Лука Солтис переконавсь у своїх здогадках.

— Слава Ісусу Христу, Луко! — привітався до нього Василь.

— Слава навіки, Василю! — відповів Солтис. — Повернув?

— Повернули, — уточнив Вовк.

— Ну, і слава Богу!

Дивна четвірка пройшла повз Луку, а він іще деякий час дивився їм услід. Він зауважив дивне: коли всі троє порівнялися з брамою Вовків, Василь передав хлопчика Орині, сам повернув до свого обійстя, а інші троє попрямували до забитої хати Ребриків.

Не знаючи, що думати, Лука вирішив розповісти про бачене жінці. Він знав доконечно: вже до заходу сонця Юстина знатиме про Василя та Орину все, а з нею знатиме і село.

А Орина Ребрик й не гадала, що її дивна поява у рідному селі викличе такі підозри. Наразі вона пройшла крізь тепер відсутню браму на своє обійстя і стала як вкопана. Коли вона тут жила, на обійсті не сміла вирости жодна зайва травинка, не кажучи вже про бур'ян, що буйно зайняв увесь простір від дороги аж до самої хати. Від побаченого на очі навернулися сльози. Галинка, побачивши таку її реакцію, погладила Орину по руці.

— Цьоцю Орисю, не плачте! Головне, ви вернули додому! — сказала вона.

Саме ці слова змусили Орину опам'ятатися. Вона витерла очі кінчиком хустки і, з вдячністю подивившись на дівчину, мовила:

— Так, доню! Ми вдома!

Вона підійшла до дверей. Вони були забиті так само, як вона залишила їх три роки тому. Здавалося, за цей час ніхто навіть не наблизився до хати, не кажучи вже про те, щоб спробувати залізти всередину.

— Ану потримай Богданчика! — передала Орина хлопчика Галинці, а сама пішла до колишньої стайні, де колись заховала сокиру.

Яким же було її здивування, коли вона побачила, що все її начиння на місці! Зраділа від побаченого, Орина повернулась із сокирою і легко відірвала прибиті нею ж таки дошки.

Давно немащені двері скрипнули, впустивши господарів усередину. Там панувало запустіння, пилюка і цвіль, але це Орину не лякало. Вона подивилася на почорнілі образи́ й перехрестилася.

— Отут, діти, ми і будемо жити! — сказала вона. — Ми зробимо з хати писанку, і люди ще заздритимуть нам! А трохи розживемось, то й паця купимо, корівку. Не пропадемо. Правда?

Галинка хотіла сказати, що таки правда, не пропадемо, але її випередив малий Богданчик. Він серйозно нахмурив бровенята і по-дорослому сказав:

— П'явда!

Орина з Галинкою голосно засміялись, а з ними і дитина.

Саме цей сміх і почула Юстина Солтис, що вирішила прогулятися селом і розвідати, що це за діти прибули з Ориною і з якого це дива Василь Вовк повернувся додому разом із московською покриткою.

40

За вікном вагона миготіли дерева, і Левко Вовк на мить забув про мету подорожі.

Доля знову кинула його у неймовірний вир подій, де важко було розібратися, що й до чого, а ще важче залишитися при цьому живим.

Зрозумівши, що польський фактор на Галичині набуває дедалі більшого значення і не рахуватися з ним уже не можна, архікнязь Вільгельм Габсбурґ переконав цісаря Карла І у необхідності поділу цих земель на західну польську та східну українську. Саме цю його думку було враховано під час підписання Берестейського мирного договору. Завдяки контактам Вільгельма з австрійським міністром іноземних справ графом Черніним було домовлено, що до складу української частини Галичини включать також Холмщину і з усіх цих земель буде утворено окремий коронний край у складі імперії. Все йшло чудово, і разом із австрійськими військами архікнязь, призначений командиром австрійської «Групи архікнязя Вільгельма», до якої входив і курінь Українських Січових Стрільців, рушив на Велику Україну й зупинився аж у Херсоні. Після короткого, але кривавого бою разом із Армією УНР «Група Вільгельма» визволила від більшовиків Олександрівськ[1]. Левко Вовк іще й досі пам'ятає той незабутній момент, коли він разом із архікнязем оглядав острів Хортицю. Тоді почуття переповнювали його, не давали залишатися спокійним, адже саме там почалася знаменита козацька вольниця, відлунням якої і стали сучасні події.

За домовленістю між німецькою та австро-угорською сторонами до сфери впливу Австро-Угорщини входили Волинь, Подільська, Херсонська та Катеринославська губернії. На відміну від німецької армії, котру більшість населення сприйняло вороже, поява «австріяків» стала для нього відкриттям.

---

[1] Тепер Запоріжжя.

По-перше, серед австріяків було дуже мало самих австрійців. Якщо не брати до уваги офіцерів, то окупаційні війська були укомплектовані з угорців, чехів, словенців та інших слов'ян. По-друге, цілковитим шоком для місцевих жителів стала поява Українських Січових Стрільців, які і говорили так само, як вони, і машерували під таким же стягом, що з'явився зовсім недавно.

Зрештою, жителі територій, зайнятих австро-угорськими військами, могли бути задоволені, якщо взагалі можна втішатися тим, що твою землю окупували. Навіть укладений 23 квітня 1918 року між Українською Народною Республікою та Німеччиною і Австро-Угорщиною господарський договір, згідно з яким Україна брала зобов'язання поставити Центральним державам десятки мільйонів пудів зерна, сотні мільйонів штук яєць, значну кількість іншого продовольства й сировини, не стосувався дрібних господарств. Тому ставлення українців до «австріяків» загалом було толерантне, тобто байдуже.

Разом із полковником Запорізького полку Петром Болбочаном архікнязь Вільгельм готував операцію зі звільнення від більшовиків Криму, але в останній момент із Києва прийшов усний наказ виступати лише «запорожцям», а «Групу Вільгельма» повернути до Херсона. Протягом усієї весни та літа Вільгельм противився розпорядженню нового гетьмана України Павла Скоропадського розформувати свою групу, чим заслужив пошану січових стрільців і, відповідно, невдоволення Києва. Коли ж перше переросло всі дозволені, як на гетьмана, межі, з Відня прийшов несподіваний наказ цісаря прибути до столиці на розмову.

Архікнязь Вільгельм повертався до Відня у пригніченому настрої, а Левко Вовк співав душею. Ось уже майже рік він не бував у квартирі на Шлосерґассе і не бачив Марійки. Хоча листування з коханою ніколи не переривалось (а кореспонденція архікнязя доставлялася безперешкодно), це все ж не могло замінити живого спілкування з дівчиною, без якої Левко вже не уявляв собі свого життя.

Поки архікнязь мав розмову з цісарем, Левко вирішив не відсувати на безрік те, що мав зробити вже давно. Він з'явився на порозі знайомої квартири з великим букетом квітів і просто з порога запитав вражену дівчину, чи вийде вона за нього заміж.

Захоплена зненацька не так цими словами, як тим, що Левко повернувся, Марія лише мить вагалася. Діставши цілком сподівану відповідь, Левко тут же захотів одружитись, але професор Микола Ревуцький, який благословив молодят, вирішив обмежитися заручинами, на які Марія та Левко погодились і справили їх того ж вечора.

— А одружитесь, коли закінчиться війна, — заспокоїв Левка професор. — Недовго вже чекати?

Запитання було адресоване Левкові, адже він «крутився між Габсбурґами», як висловився професор, але той також доконечно не знав, коли все це закінчиться і чи закінчиться взагалі. Щоб заспокоїти Марійку, він кивнув головою, мовляв, недовго.

Як виявилось, ідея професора Ревуцького із заручинами була дуже доречною, бо вже наступного дня Левка і сотника Остапа Луцького було викликано до архікнязя у палац, де було повідомлено, що їм належить знову привести свою форму до австрійського стандарту.

— Сьогодні ми від'їжджаємо у Спа, — повідомив архікнязь.

За півдня, що залишилося, сотнику Луцькому знову належало стати гауптманом, а десятник Вовк мав перетворитися на цуґсфюрера, але Вільгельм, критично оглянувши своїх ад'ютантів, залишився чимось незадоволений. Причина цього стала зрозумілою вже після того, як потяг відбув із віденського вокзалу. Вільгельм їхав в окремому купе третього вагона, а купе поруч займали його ад'ютанти. Вже коли за вікном зникли будинки столиці, у дверях з'явився Вільгельм і мовчки передав Левкові нові петлиці. Вовк із подивом зауважив, що віднині він став фельдфебелем.

Коли Вільгельм, дочекавшись подяки від новоспеченого фельдфебеля, залишив своїх ад'ютантів, гауптман Луцький безапеляційно сказав, що таку подію не гріх обмити. Й одразу вийняв із сумки флягу зі шнапсом.

— Ми швидко, а потім ти так само швидко поміняєш петлиці. Ерцгерцог не терпить невідповідності навіть у дрібницях одягу, — сказав Луцький.

— А що у цьому Спа? — запитав Левко після того, як склянка шнапсу була швидко випита й довелося також швидко перешивати петлиці. — І де це?

— У Бельгії. Там ось уже від весни перебуває германський кайзер Вільгельм Другий. Напевне, наш Вільгельм їде до їхнього Вільгельма.

— Навіщо? — запитав Левко, відпорюючи ліву петлицю з трьома шестикутними зірками.

— Та не думаю, що за нагородою! Пам'ятаєш, як до нашого Вільгельма у Херсон прибули представники від Одеси з пропозицією стати королем усієї України? Це тобі не Королівство Галичини!

— Тоді архікнязь відмовив! — здивовано сказав Левко.

— Але ж було! Не думаю, що цей факт пройшов повз гетьмана Скоропадського. І підозрюю, що наша несподівана з'ява у столиці, де ти встиг заручитися, з цим пов'язана.

— Тоді я не розумію...

— А політику взагалі важко розуміти! Хочу дати тобі пораду, Левку: ніколи не лізь у це лайно, що називається політикою. Користі ти собі навряд чи надбаєш, а відмиєшся нескоро.

Дивно, але про щось таке у сусідньому купе за стінкою думав і Вільгельм Габсбурґ. Йому пригадалася вчорашня розмова з цісарем. Таким стурбованим цісаря Вільгельм не бачив давно. Це було видно з його дещо нервової поведінки, хоч Карл I, як завжди, говорив рівно і майже без інтонацій.

— На тебе донос, Віллі! — майже жалісно мовив він.

— І хто нашпарив його цього разу? — спокійно поцікавився Вільгельм, хоч на щось таке і сподівався.

— Вірніше, доноси! — уточнив цісар. — Автори різні, але причиною твого виклику сюди є лист кайзера Вільгельма.

— А йому поскаржився гетьман!

— Я радий, що ти здогадався!

— А я цьому не радий!

— От давай і поговоримо про це!

Їхня розмова відбувалась у Малій галереї Шенбрунна, котру цісар дуже любив. Вони сиділи за маленьким інкрустованим столиком.

— Я мав викликати тебе ще у липні, — говорив цісар. — Скарги гетьмана Скоропадського на «самовільні дії Вільгельма Габсбурґа» не могли залишити байдужими твого тезка, а мого друга, німецького кайзера.

— Якщо гетьман мав на увазі цю недолугу спробу одеських соціалістів запропонувати мені очолити заколот проти нього, то я категорично відкинув це і попередив, щоб більше з таким до мене не зверталися, — сказав Вільгельм.

— Але і не попередив гетьмана!

— Я не донощик, Ваша імператорська величносте! — гидливо відказав Вільгельм.

— Ах, Віллі, Віллі! Зараз настали такі часи, коли саме донос стає рушієм цього світу!

— Нехай гетьман шукає для цього когось іншого!

— Не переживай — знайшов! І доказ цьому ось! — Карл показав на аркуші на столику. — Але я не про це! Вірніше про це, але не зовсім. Я тебе не відкликав з України, бо твоя присутність там була мені вигідна.

— Ваша величносте?

— Поясню. Занепокоєні німці та розлючений Скоропадський — такий стан речей повністю узгоджувався з моїми цілями. Якщо німці провадитимуть свою окупацію достатньо погано — а саме так вони її і провадять, — то, врешті, їм може знадобитися допомога Василя Вишиваного. Тим часом твоя присутність в Україні є одним із небагатьох способів для мене привернути увагу кайзера.

— Але навіщо? — не зрозумів Вільгельм, якому, однак, були приємні такі слова.

— Я рішуче налаштований продовжувати власну східну політику і використати цю нагоду, щоб наполягти на своїй політиці загального миру. Я переконаний, що німці зайшли в Україну через її продукти, а у Польщу — через її новобранців, та взамін жодній із них не запропонували необхідної політичної автономії. Я вважаю, що Габсбурґи можуть правити обома країнами у значно м'якший спосіб, аніж німці, й до кінця триматимуся за свою ідею про габсбурзьку корону і для Польщі, і для України. Мені знадобиться український Габсбурґ, або австрійський Василь Вишиваний. Вибирати тобі. Але це можна зробити тоді, коли у Відня та Берліна ще є територія, про яку можна було сперечатися. Кожен новий день затримки буде приносити все менше нагод, а тому настав час укласти перемир'я.

Здивований такими словами, Вільгельм запитав:

— Що вимагається від мене, Ваша величносте?

— Я написав кайзерові Вільгельму, що ти прибудеш на західний фронт і поясниш причини своїх дій.

— Гаразд!

— Віллі, справа надто серйозна, щоб ігнорувати будь-які спроби перешкодити цьому, — говорив Карл. — Я маю намір прибути до Спа днів через п'ять-шість після тебе з твердим наміром запропонувати кайзеру звернутися до держав Антанти з пропозицією миру. Це значно легше, коли ти маєш за собою всю Україну, а не з перебинтованим обличчям...

Потяг їхав тією самою колією, якою ще півроку тому зі Східного фронту на Західний діставалися сотні тисяч німецьких солдатів, котрі вивільнилися після Брестського договору. Мирні договори, що їх німці підписали з Україною та більшовицькою Росією, дозволили їм перевести сорок чотири дивізії на захід і провести у Франції п'ять великих атак. У червні німецьке військо перебувало за сорок кілометрів од Парижа та обстрілювало його з гармат. Нині позиції німців настільки сильні, що доведеться дуже постаратися, щоб переконати кайзера у своїй правоті.

Насправді всі домашні напрацювання виявилися непотрібними, як тільки ерцгерцог і його ад'ютанти зійшли на перон бельгійського містечка Спа. Один із офіцерів, які зустрічали високого гостя, на запитання Вільгельма, чи доречно відразу їхати до кайзера, повідомив, що з самого ранку Ставка перебуває у постійній напрузі.

— Що сталося? — запитав Вільгельм, сідаючи у закритий автомобіль.

Остап Луцький і Левко Вовк сіли у наступну машину.

— Сьогодні зранку війська супротивника розпочали потужний наступ на місто Ам'єн і застосували велику кількість танків, яких раніше тут не було, — повідомив офіцер.

— Все так погано?

— Кайзер думає, що так.

Ставка Верховного Командування рейхсверу розташувалась у бункері під готелем «Британнік». Вільгельм Габсбурґ навіть здивувався, коли дізнався про це. На його думку, можна було вибрати якусь іншу назву.

Він зустрів кайзера перед входом у бункер чи у готель, хоч ерцгерцог сумнівався, що навряд чи у «Британніку» поселився хтось інший, аніж німецькі офіцери з бункера. Німецький кайзер розмовляв із генералом де Саксом, а осторонь стояли генерал Людендорф і якийсь невідомий майор.

Побачивши ерцгерцога, кайзер Вільгельм ступив йому назустріч. Габсбурґ мимоволі ковзнув поглядом на ліву руку кайзера — вона була значно коротша правої.

— Радий вас бачити, ерцгерцогу! — сказав кайзер, подаючи руку для привітання. — Як доїхали?

— Дякую, Ваша величносте! Німецькі дороги як завжди ідеальні, — відповів Вільгельм. — Війна на них не відбилася.

— Чого не скажеш про решту, — мовив кайзер. — Дозвольте представити вам моїх офіцерів. Генерал Рой Сакс!

— Генерале! — привітався Вільгельм Габсбурґ. — Багато чув про вас.

— З генералом Людендорфом ви знайомі.

— І знову радий зустрічі, генерале!

Вони дійсно зустрічалися в Бресті, коли після важких переговорів нарешті було підписано мир.

— Мій офіцер для особливих доручень майор Гантшеф.

Вільгельм обмежився лише кивком голови.

— Ви стомилися з дороги? Може, спершу відпочинете? Смію сказати, що кухня у цьому готелі досить непогана, — мовив кайзер.

— Дякую за турботу, Ваша величносте, але, якщо можна, то волів би відразу приступити до справи, — відповів Вільгельм.

— Що ж, похвально! Тоді прошу, спустимось у бункер.

Вільгельм Габсбурґ і німецький кайзер зникли за скляними дверима, зовнішній вигляд яких зовсім не говорив, що ведуть вони у підземний бункер. Ад'ютантів ерцгерцога в Ставку не пустили, натомість той-таки офіцер, котрий їх зустрічав, відвів їх до готелю, де і поселив у якомусь номері на другому поверсі...

— Вам відома ситуація? — запитав кайзер Вільгельма Габсбурґа, коли вони залишились удвох в одній із численних кімнат бункера.

— У загальних рисах, — обережно відповів той.

— Та нам усе відомо в загальних рисах!

Кайзер відсунув штору, за якою висіла мапа військових дій.

— Прошу підійти ближче! Ось тут, звідси, звідси і тут, французькі, англійські й американські війська сьогодні зранку після потужного артилерійського обстрілу прорвали нашу оборону й успішно просуваються в напрямку на Ам'єн. З'явилися навіть танки, яких тут раніше не було. Ми змушені відступити, — мовив кайзер, показуючи розташування своїх і ворожих військ.

Ерцгерцог уважно слухав.

— Ситуація поки що не критична, але мене непокоїть загальна тенденція, — вів далі кайзер. — Якимось чином ми проґавили цей наступ. Після того як перестав існувати Східний фронт, ми сподівалися, що наші вороги вже не здатні наступати. І смію сказати, що у цьому (кайзер кивнув на мапу) є вина і Відня.

— Ваша величносте? — здивувався Вільгельм.

— Вам не почулося, ерцгерцогу! Адже нічого, окрім, назвемо так, допомоги в Україні, Відень нам не надав.

— Смію нагадати, Ваша величносте, що у нас є Італійський фронт!

— Де ви від самого початку не просунулися ні на кілометр!

Вільгельм Габсбурґ хотів було сказати, що біля Вердена німці також протягом року не змогли кроку ступити вперед, але кайзер одразу змінив тему.

— До того ж особисто ви, ерцгерцогу, вносите сум'яття в Україні, — говорив він.

— Смію заперечити, Ваша величносте, але це не відповідає дійсності, — сказав Вільгельм.

— Ви хочете сказати, що я кажу неправду?

— Я припускаю, що ви неправильно проінформовані.

— Для цього я і хотів поговорити з вами, ерцгерцогу!

Кайзер закрив мапу і повернувся до столу. Жестом запросив гостя сісти.

— Я вас слухаю!

Вільгельму не сподобалася така манера розмови, неначе він змушений був виправдовуватись, але саме так і було. Він вирішив нічого не вигадувати у своїй розповіді, бо не знав, що саме відомо німецькому імператорові. Десь серед розповіді кайзер змінив насуплений вираз обличчя, з'явилося відчуття цікавості, а коли Вільгельм Габсбург дійшов до того місця, де він відмовився від пропозиції соціалістів очолити антигетьманський заколот, коротко запитав:

— Чому?

Вільгельм знизав плечима.

— Гетьмана Скоропадського, хоч що б він писав про мене, я вважаю потрібною для теперішньої України людиною, — мовив ерцгерцог. — До того ж він досить популярний серед певного прошарку населення. Його закони, прийняті навіть одноосібно, зараз є потрібними.

— І все ж таки, гетьман подає вас у не зовсім привабливому вигляді.

— Боюся, що його самого неправильно інформують також, — закінчив Вільгельм.

Кайзер слухав австрійського ерцгерцога і ловив себе на думці, що повністю погоджується з його словами. Звичайно, якби не вранішній об'єднаний наступ союзників, він розмовляв би зовсім інакше і навряд чи перетворився б на майже мовчазного статиста, але сьогоднішній день вніс свої корективи не тільки у цю розмову, але й у майбутній розвиток подій.

«А зрештою, — думав кайзер, — цей ерцгерцог вигідно відрізняється від інших Габсбургів. Місце такого молодого і привабливого офіцера — на лініях зі своїми солдатами, куди він, безумовно, рветься повернутись. А Скоропадського досить переконати, що у молодого Габсбурга зовсім відсутні будь-які амбіції щодо влади у цій Україні».

— Ви мене переконали, ерцгерцогу, — нарешті мовив кайзер. — Зрештою, Україна для нас нині лише географічне поняття, але доля світу вирішується тут, на Заході. Ми про це ще поговоримо з вашим імператором, але гадаю, що вам можна сміливо повертатися на милу вам Україну і спробувати завершити те, чого вам не давали до цього часу...

Коли потяг підвозив до Черновіц архікнязя Вільгельма Габсбурга і двох його ад'ютантів, до Спа прибув цісар Карл, аби просити про негайне укладення миру. Напередодні закінчилась Ам'єнська битва, в якій німецьке військо зазнало поразки. Небагато старших німецьких офіцерів іще вважали, що війну можна було виграти. Кайзер Вільгельм II, якого тримали у невіданні щодо подробиць боїв, намагався тиснути на Карла у справі Польщі та Галичини. Одначе Карл не відступав. Та це питання тепер не мало ваги, як фактично не мали її і всі східні справи. Хід війни вирішувався на Західному фронті. Німці день у день відступали. Вперше за чотири роки війни німецькі солдати масово здавались у полон. Ніяка кількість української їжі чи польських солдатів не могла змінити ситуації. Німцям була потрібна допомога цісаря на заході, але Карлові військо для втримання спокою було потрібне вдома, де бунтувало голодне цивільне населення. Двоє імператорів зійшлися на тому, що подальші рішення приймуть після наступного успіху на Західному фронті. Та наступному успіхові на Західному фронті бути не судилося.

41

Одного жовтневого дня з невідомих причин із Кам'янки не повернулася додому Ганна Вовк. Вона саме їздила до міста на місцевий базар, щоб поміняти дещо на потрібне у господарстві начиння.

Василь Вовк, який уже встиг призвичаїтися до залишеної ще три роки тому роботи, захвилювавсь аж надвечір. На його біду, того дня нікого з Перетина чи з найближчих сіл до Кам'янки не було. Чоловік хотів одразу ж податися до міста, але Гнат розумів, що нічого з цього не вийде, адже вже настала ніч.

— Можливо, Ганна не змогла повернутися завидна і залишилася десь переночувати, — заспокоював той брата.

Наступного дня, тільки розвиднілося, Василь запріг коня і вирушив до міста. Всю дорогу він підганяв нещасну тварину, тому до Кам'янки обоє добралися вже стомлені: Василь від того, що постійно підганяв коня, а той — що його підганяли.

Прив'язавши коня на звичному місці плацу, Василь попрямував до базару, де вчора мала бути Ганна. На його здивування, місце, де зазвичай збиралися люди з навколишніх сіл, було порожнє. Василь не побачив жодного торговця чи просто якогось селянина. Скоріше заінтригований, аніж здивований, Василь Вовк подався вулицею до центру міста. Йому назустріч трапилася літня жінка.

— Слава Ісусу Христу! — привітався Василь.

— Слава навіки, чоловіче! — відповіла та.

— Скажіть, пані, чому нині немає базару?

Жінка здивовано подивилася на Василя.

— А ти звідки, чоловіче?

— З Перетина.

— То ти нічого не знаєш?

— А що я маю знати? — тривожно запитав Василь.

— Та хороба якась у місті! Вчера півбазару забрали до шпиталю.

— Яка хороба?

— Та не знаю я! Якась горичка! А нащо ти питаєш?

— Та жінка вчера не вернула додому! — мовив Василь. — А де той шпиталь?

— А підеш тою дорогою і повернеш наліво, — сказала жінка. — Але туди тебе не пустять.

— Чому?

— Та у них там... як то називають? Забула, але не пускають!

Подякувавши незнайомій жінці, Василь подався вказаною дорогою. Він зауважив, що навіть на такий ранній час людей на вулиці мало, тому відразу запримітив самотню постать черниці, яка поспішала туди, куди прямував і сам. Бажаючи дізнатися більше, Василь прискорив крок і невдовзі порівнявся з черницею. Він вже хотів заговорити перший, але черниця відчула присутність чужого і повернула голову.

— Вуйку Василю? Ви повернулися? — здивовано вигукнула вона.

Вражений Василь уважно придивився до черниці.

— Ксеню? — обережно запитав він.

— Так, але я вже давно не Ксеня. Досифея! Я дякую Богу, що мої молитви до Нього були почуті і ви вернули додому.

— Ти про що? — не зрозумів Василь.

— Та саме через мене вас забрали москалі, — говорила черниця. — Я тому і пішла до монастиря, щоб відмолювати свій гріх, але виявилося, що саме цей шлях обрав для мене Господь, аби я наділа цю одежу. Я ні про що не шкодую і прошу вас простити мені.

— Ти про що говориш, дочко? — мовив Василь. — На все була воля Божа! Я вернув додому і на тому спасибі.

— А що ви робите так рано в Камінці?

— Та от моя Ганна вчера поїхала до Камінки на базар і не вернула.

Досифея уважно поглянула на Василя.

— Цьоця Ганна була на базарі? — запитала вона.

— Так. Ти щось чула про неї?

— Багатьох людей із базару повезли до шпиталю, і я йду саме туди.

— Але що сталося? — не вгавав Василь.

Йому стало страшно.

— Дохтори кажуть про якусь грипу з Еспанії.

— Ну то що? Грипою і я колись слабував!

— Ні, вуйку Василю, то не така грипа, — заперечила Досифея. — Від неї нема ліків.

— Ти не знаєш, чи є у вашому шпиталю моя Ганна? — запитав впалим голосом Василь.

Досифея похитала головою.

— Я не можу сказати. Там дуже багато хорих.

— То, може, я піду з тобою?

— Вас не пустять. Там карантин, — пояснила черниця. — Але зробимо таке. Я зараз піду розвідаю і якщо цьоця Ганна там, то дам вам знати.

— Добре, дочко... — мовив Вовк.

— Але вам, вуйку, туди йти не можна. Станьте десь збоку і ні з ким не говоріть і ні до кого, не приведи Господи, не торкайтесь.

Так вони підійшли до двоповерхового будинку, де розташовувався шпиталь. Василь Вовк залишився стояти біля якогось дерева навпроти входу і спостерігав за діями Досифеї. Вона підійшла до воріт, біля яких стояло двоє озброєних поліцейських. Вони побіжно її перевірили і пропустили всередину. Василь вже не бачив, як черниця натягнула на обличчя білу маску, бо саме у цей момент до входу під'їхала фіра, на якій лежало троє людей. Одразу до неї підбігли двоє чоловіків також у масках і, взявши одного хворого за руки і ноги, понесли до будинку. Такі дії санітари повторили ще двічі. Невдовзі вони повернулися назад, несучи якесь тіло назад. Вже не так обережно поклали його на фіру.

І так чотири рази. Вражений Василь тільки тепер зрозумів, що на місце хворих поклали тих, хто вже помер.

Троє хворих і четверо покійників! Помирало більше, ніж хворіло.

Від відчуття чогось безповоротного Василь Вовк притулився до стовбура дерева і застогнав од безсилої люті. Десь там, за воротами шпиталю, можливо, лежить його Ганна, а він не може нічого вдіяти, ба навіть не має права підійти ближче.

Василь вже стомився чекати, аж нарешті у воротах з'явилася знайома постать у чорній чернечій сутані. Вовк подався вперед, але Досифея, сама у білій пов'язці, застережно виставила перед собою руку.

— Не підходьте, вуйку Василю! — суворо мовила вона.

— Ти виділа Ганну? — запитав Василь.

— Цьоця Ганна в шпиталю.

— Як вона?

— Погано, вуйку, але вона сьи тримає.

— Мені можна до неї?

— Ні.

— То дай мені такий намордник, як у тебе...

— Вуйку, вам не можна туда, — безапеляційно повторила Досифея. — Моя вам порада: вже вертайте додому... Вислухайте мене! Лишатисьи в Камінці небезпечно. Чим довше ви тут будете, тим скорше самі заслабнете.

— Але я маю бути коло Ганни! — заперечив Василь.

— Ви нічим не поможете цьоці, якщо самі заслабнете. Їдьте в село і не покидайте Перетин. Можливо, ця Божа кара мине вас.

— А Ганна...

— А за вашою цьоцею я пригляну. Я перед нею також винна, тому мушу спокутувати цей гріх.

Василеві на очі виступили сльози.

— Та про який гріх ти говориш, дочко! — сказав він.

— Їдьте додому! — повторила Досифея, вже тихше додала: — І моліться!..

«Іспанка» зачепила Галичину тільки краєм свого смертного крила, але і цього було досить, аби за нею залишилися глибокі братні могили тих, хто не пережив епідемію. Село Перетин вона не зачепила зовсім, зате у Кам'янці померло сорок семеро жителів. Серед них була і Ганна Вовк. Хоч як старалася сестра Досифея, ні її лікування, ні майже безперестанних молитов виявилося недостатньо для того, щоб «цьоця Ганна» повернулася додому здоровою. Коли ж Василь Вовк попри всі застороги приїхав до міста, щоб забрати тіло жінки, йому повідомили, що всіх померлих від «іспанки» поховали у дальньому кутку місцевого кладовища. Досифея провела його на це місце і вказала на півдюжини великих могил. У четвертій знайшла свій спочинок і його Ганна.

Від безсилля Василь Вовк опустився перед могилою на коліна...

Відтоді коваля Василя Вовка неначе підмінили. Він практично не вилазив зі своєї кузні й навіть ночувати перебрався туди, хоч у батьківській хаті місця вистачало вже для всіх. Братова жінка Феодора тричі на день приносила до кузні їжу, Василь часом їв, часом навіть не торкався до неї, і в домочадців вже почали закрадатися підозри про його здоров'я. Коли брат по неділях перестав навіть ходити до церкви, Гнат вирішив поговорити з Василем. Він зайшов у кузню несподівано, коли його не чекали. Зрештою, Василь нікого і не чекав.

Він сидів за грубо збитим столом, перед ним стояла пляшка гари, наполовину порожня. Це і чарка — і більше нічого!

Побачивши цей «натюрморт», Гнат зрозумів, що брата треба рятувати.

Василь підвів голову, не здивувався появі брата, натомість по вінця налив у чарку гари.

— Випий, брате, за мою Ганю! — сказав він. — Нині дев'ять днів, як її нема.

Гнат без слів сів навпроти Василя і також мовчки залпом випив. Закусувати не став, бо не личить заїдати на поминках, та й не було чим.

Брат одразу налив іще.

— На дев'ять днів треба бути у церкві, — нагадав Гнат.

— А що від того сьи змінит? — запитав Василь. — Верну додому, а мене стріне Ганя?

— Про що ти таке говориш, брате? Хіба ти не знаєш, нащо встановлено Службу на дев'ятий день?

— Не знаю! — вдарив кулаком по столу Василь.

Чарка з гарою підскочила і розлилася. Василь налив знову й одразу випив.

— Не знаю! — повторив він. — Ганя чекала мене з москалів, молила всіх святих, щоб зі мною нічого сьи не стало, і я вернув. І не минуло й півроку, як вона померла. Чого ті святі нічого не зробили? Бо я сьи не молив? То нашо вони, як їм треба нагадувати про себе? Не піду. Більше не піду до церкви. Най про мене кажуть, що хочуть, але я більше до церкви ні ногою.

— Та що ти кажеш таке? — злякався таких слів Гнат.

Василь пильно подивився на нього, і Гнат побачив, що брат зовсім тверезий після випитої півпляшки гари.

— Та я навіть не можу коли хочу піти на могилу до неї! — говорив Василь. — Навіть не знаю, де саме вона лежить. Показали спільну могилу і сказали: «Десь тут!» Ну чому така несправедливість, Гнате? З усіх перетинців заслабла і померла тільки вона? Якби Ганя не поїхала тоді на базар, нічого б сьи не стало.

— На то була воля Божа!

— Тоді не треба мені такої волі! — вигукнув Василь.

Гнат повернувся до хати засмучений, а Василь важко піднявся з-за столу і, прихопивши файку з міцним тютюном, вийшов надвір.

Нічне небо заволокли низькі свинцеві хмари. Вітер гнав їх на схід, туди, куди кожної хвилини Василь линув думками. Хоч було не так і пізно, але низькі хмари загнали світло в хати, де вже запалили каганці та лампи.

Вітер куйовдив волосся Василеві, але він не відчував холоду. Запалив файку, глибоко затягнувся, щоб вогонь не згас, випустив через ніс густий тютюновий дим.

Він лишився сам. Син Левко десь блукає світами, для нього війна ще не закінчилась, а коли і закінчиться, то, напевне, лишиться у Відні. Ну і файно! Головне, щоб у нього було добре! А йому, Василю, лишається тільки отак бродити нічним Перетином і вже ні на що сподіватися.

Він зупинився перед брамою Орини Ребрик. У маленькому вікні самотньо світив каганець. Напевне, жінка вже вклала малого Богдана спати й порається по хаті.

Василь зітхнув. Поява Орини викликала неоднозначну реакцію у селі. Хтось радів із того, що жінка нарешті знайшла своє щастя у малому синові, хтось ніяк не міг забути той час, коли у селі жили москалі й та сама Орина ходила панною по селу. Але, здавалося, сама жінка зовсім не звертала на ці розмови ніякої уваги. Вона мала заради кого жити, а для цього мусила тяжко працювати.

Василь Вовк важко зітхнув, востаннє кинув погляд на слабо освітлене віконце і повернув додому.

Епілог

Шість аркушів паперу — як савани на тілі імперії!

Шість телеграм, кожна з яких його смертний вирок!

Імператор Австрії, король Угорщини, король Богемії, король Хорватії та Славонії, король Галичини та Володимирії Карл I Габсбурґ ось уже десять хвилин дивиться на до болю знайомі тексти й ніяк не може змиритися з їхнім змістом, як не може пересилити себе зробити наступний крок, що змінить геть усе.

Карл переводив погляд із одного аркуша на інший і ніяк не міг повірити, що все це є насправді, що йому це не сниться, і коли він заплющить очі, а потім розплющить, ніщо не зникне. Телеграми — цвяхи у труну імперії — залишаться.

Карл прочитав — укотре! — телеграму з Берліна. Два дні тому він дізнався, що його друг і єдиний сильний союзник, на кого можна було покластись у такий неспокійний час, імператор Німеччини Вільгельм II зрікся престолу. Ця звістка — попри інші, не менш болючі — стала для Карла найважчою.

Погляд ковзнув на телеграму з Праги. Як і повідомлення з Белграда, вона лежить на його робочому столі вже два тижні. Чеські події розвивались аж надто стрімко, щоб тут, у Відні, встигли на них відреагувати. Зранку 28 жовтня він направив країнам Антанти ноту, в якій повідомлялося про бажання капітуляції Австро-Угорської імперії; вдень про це знали всюди, а вже по обіді у Празі проголосили Чехословацьку республіку.

Наступного дня це відбулось у Белграді, коли серби, хорвати і словенці також утворили свою державу.

Дві телеграми — з Варшави та Лемберґа — прийшли сьогодні зранку одночасно. Він навіть подумав було, чи не змовились їхні відправники, але потім у цьому побачив певний знак. І поляки, й українці вважали Галичину своєю і навряд чи відступляться від свого.

І нарешті, зовсім недавня телеграма з Парижа.

Карл I важко зітхнув. Його особистий посланець, із яким він переслав країнам Антанти ноту, повідомив, що сьогодні біля міста Комп'єнь у Франції генералом Фошем і державним секретарем Ерцберґером було підписано перемир'я, яке зовні скидалося на капітуляцію Німеччини. Війна, яка понад чотири роки спустошувала Європу, принесла мільйони смертей, нарешті закінчилась. І закінчилася не на користь Центральних держав.

У двері обережно постукали.

— Увійдіть! — стомленим голосом сказав Карл.

З'явився камергер.

— Ваша величносте! Вже всі зібралися! — повідомив він.

— Так, зараз іду!

Карл важко підвівся з-за столу. Більше він ніколи не зможе сісти за нього, попрацювати, навіть просто почитати сьогоднішні газети, ба навіть переступити поріг цього кабінету. Все позаду. І через якісь хвилини він поставить свій підпис і остаточну крапку на історії Австро-Угорщини.

Камергер відчинив перед ним двері, і цісар Карл I увійшов до зали, де зазвичай відбувались урочисті прийоми. Перед великим інкрустованим столом у смутній пошані стояли ті, хто був разом із ним останні два роки.

Не зупиняючись, аби в останню мить не передумати, Карл швидкими кроками підійшов до столу, сів за нього, взяв у руку ручку. Побіжно прочитав напам'ять вивчений текст.

З моменту вступу на трон Я безупинно намагався позбавити свої народи лихоліть війни, у початку якої немає Моєї провини.
Не вагаючись, Я відновив конституційний лад і відкрив усім народам шлях до самостійного розвитку.
Керуючись, як і раніше, незмінною любов'ю до всіх Моїх народів, не бажаю, аби Моя особа слугувала перепоною на шляху їхнього вільного розвитку.
Заздалегідь визнаю рішення, яке ухвалить Німецька Австрія про свій майбутній державний устрій.
Народ через своїх представників узяв владу у власні руки. У зв'язку з цим Я відмовляюся від участі в держав-

них справах у будь-якому вигляді, одночасно звільняючи від обов'язків призначений Мною австрійський уряд.
Нехай народ Німецької Австрії створить новий лад і об'єднається навколо нього.
Щастя Моїх народів завжди було Моїм найпекучішим бажанням. Лише внутрішній мир здатен загоїти рани, завдані війною.

Відень, 11 листопада 1918 року.

Цісар поставив свій розмашистий підпис «Карл».

Підвів голову і в очах деяких чоловіків побачив сльози. Це були сльози за минулим, до якого вони звикли, яке захищали на фронтах війни і яке сьогодні відійшло назавжди.

Карл підвівся і підійшов до присутніх. По черзі тиснув руки, комусь говорив якісь слова, кому просто міцніше стискав кисть. Зупинився перед Карлом Реннером, котрого не сьогодні-завтра мали обрати канцлером.

— Сподіваюся, пане Реннер, вам вдасться зробити те, чого не встиг я, — сказав тепер уже колишній цісар.

— Ми зробимо все, щоб на австрійській землі настало благополуччя! — відповів той.

— Нехай допоможе вам Бог! — відповів Карл, по-військовому кивнув головою і швидкими кроками покинув залу.

Для народів тепер уже колишньої Австро-Угорської імперії починалося нове життя.

Кінець першої книги

Сопошин,
червень-жовтень 2019 р.

Історичні особи, які зустрічаються на сторінках книги

Алексєєв Михайло (1857—1918) — російський воєначальник, генерал-ад'ютант. На час описуваних подій начальник штабу Верховного головнокомандувача російської армії.

Бобринський Георгій (1863—1928) — російський державний діяч, генерал-ад'ютант. Під час окупації Галичини очолював Галицько-Буковинське генерал-губернаторство. Українофоб.

Брусилов Олексій (1853—1926) — російський військовий діяч, генерал від кавалерії. Під час Першої світової війни здійснив так званий Брусиловський прорив — найбільш успішну військову операцію російської армії. Єдиний полководець, іменем якого було названо військову операцію. Після революції перейшов на сторону більшовиків.

Букшований Осип (1891—1937) — сотник Українських Січових Стрільців. Під час війни потрапив у російський полон, але зумів повернутися в Галичину через Персію та Османську імперію.

Варивода Антін (1869—1936) — командант Легіону Українських Січових Стрільців, пізніше полковник Української Галицької Армії. Командував Українськими Січовими Стрільцями під час битви на горі Лисоня. Несправедливо звинувачений німецьким командуванням у невмінні командувати.

Винниченко Володимир (1880—1951) — український політичний і громадський діяч, прозаїк, драматург і художник. Голова Ради Народних Міністрів, Генеральний секретар внутрішніх справ.

Вільгельм Габсбурґ (Василь Вишиваний) (1895—1948) — австрійський архікнязь, полковник Легіону Українських Січових Стрільців. Ярий поборник найширшої автономії українців у складі оновленої Австро-Угорщини.

Вільгельм II (1859—1941) — останній німецький імператор і прусський король. Двоюрідний брат російського імператора Миколи II.

Вітовський Дмитро (1887—1919) — український політик, сотник Легіону Українських Січових Стрільців, полковник, командант Української Галицької Армії, Державний секретар військових справ ЗУНР.

Герберт Обрі (1880—1923) — англійський дипломат, учасник війни у Месопотамії.

Горбачевський Іван (1854—1942) — український хімік, перший українець — міністр охорони здоров'я Австро-Угорщини.

Гольц, Кольман фон дер (1843—1916) — прусський генерал-фельдмаршал, командувач німецьких експедиційних військ у Месопотамії під час Першої світової війни.

Гужковський Казимир (1864—1919) — український громадський і військовий діяч, полковник уланів австро-угорської армії. За часів Першої світової війни — староста в Сокалі та Дрогобичі. У 1918 р. — один з організаторів УГА.

Домбчевська Ірина (Ірена) (1886—1964) — керівник шпиталю Українських Січових Стрільців, організатор курсів підготовки медсестер для Української Галицької Армії.

Еверт Олексій (1857—1918) — російський воєначальник, генерал від інфантерії, головнокомандувач армій Західного фронту.

Екснер Франц (1849—1927) — австрійський фізик. Займався дослідженням у галузі радіоактивності.

Карл І (1887—1922) — останній імператор Австро-Угорщини. Прихильник федералізму.

Керенський Олександр (1881—1970) — голова Тимчасового уряду Російської республіки. Влітку 1917 року спробував здійснити червневий наступ на фронті, так званий «наступ Керенського», який завершився поразкою російської армії.

Коновалець Євген (1891—1938) — в описувані часи полковник Армії УНР, потім командант Української Визвольної Організації, голова Проводу українських націоналістів, перший голова ОУН.

Корнілов Лавр (1870—1918) — російський генерал від інфантерії, монархіст, один із керівників «білого» руху в Росії. В описувані часи Верховний Головнокомандувач російських військ.

Левицький Кость (1859—1941) — український державний діяч, доктор наук. Із листопада 1918 року — голова Державного секретаріату ЗУНР.

Лоуренс Томас Едвард (1888—1935) — англійський археолог, письменник, розвідник. Відомий під іменем Лоуренс Аравійський. Під час Першої світової війни відіграв велику роль в організації повстання арабів проти Османської імперії. Вважається, що саме він став прообразом Джеймса Бонда.

Маковський Василь (1872—1944) — український галицький правник, громадський діяч, пізніше урядовець ЗУНР.

Мельник Андрій (1890—1964) — полковник армії Української Народної Республіки, військовий і політичний діяч, один із найближчих соратників Євгена Коновальця. Організатор формації Січових Стрільців у Києві.

Микола II (1868—1918) — останній російський імператор. Після зречення перебував під арештом. Разом із сім'єю розстріляний у липні 1918 року.

Монжейовська Софія (? — 1975) — медсестра УСС, потім Української Галицької Армії. Опікунка хворого Івана Франка.

Петрушевич Євген (1863—1940) — український громадсько-політичний діяч, Президент Західноукраїнської Народної Республіки (ЗУНР).

Принцип Гаврило (1894—1918) — боснійський серб, який убив Франца Фердинанда. Як неповнолітній, він уникнув смертного вироку, був поміщений у тюрму в місті Терезінштадті, де і помер від туберкульозу.

Скоропадський Павло (1873—1945) — український державний, політичний і громадський діяч. Генерал Російської імператорської армії. Учасник російсько-японської та Першої світової війни. Гетьман Української Держави (29 квітня — 14 грудня 1918).

Сушко Роман (1894—1944) — український військовий і політичний діяч, поручник УСС, полковник Січових Стрільців.

Таунсенд Чарльз (1864—1924) — генерал-майор британської армії, командувач оточених в Ель-Куті (Месопотамія) військ. Перебував у турецькому полоні до закінчення війни. Після повернення додому зазнав критики за свої дії.

Терещенко Михайло (1886—1956) — український підприємець, цукрозаводчик і землевласник, меценат. У березні-травні 1917 року міністр фінансів, у травні-жовтні 1917 року — міністр закордонних справ у Тимчасовому уряді Росії.

Франко Іван (1856—1916) — український письменник. Останні місяці свого життя, вже дуже хворий, Франко провів у лічниці для поранених січових стрільців.

Франц Йосиф I (1830—1916) — імператор Австро-Угорщини. На його останні роки припала Перша світова війна.

Франц Фердинанд (1863—1914) — спадкоємець престолу Австро-Угорщини, племінник Франца Йосифа I. Його вбивство стало приводом для початку війни.

Церетелі Іраклій (1881—1959) — в описуваний період міністр пошт і телеграфу Тимчасового уряду.

Черник Федір (1894—1918) — сотник Січових Стрільців, учасник Української революції.

Шептицький Андрей (1865—1944) — митрополит, предстоятель Української греко-католицької церкви.

Історична довідка

Ґмінд — місто у Нижній Австрії. У роки Першої світової війни у Ґмінді функціонував табір для українців-галичан, вивезених із районів воєнних дій.

«Млада Босна» — сербська революційна молодіжна організація, виступала за звільнення Боснії та Герцеговини від австрійської окупації та об'єднання з Сербією.

Морґ — площа поля, приблизно 0,54 гектара.

Москвофіли, русофіли — течія серед українського населення Галичини, Буковини та Закарпаття у 1819—1930 роках. Мали проросійські мовно-літературні й суспільно-політичні погляди та обстоювали національно-культурну, а пізніше — державно-політичну єдність із російським народом.

Талергоф — концентраційний табір, один із перших, створений для переважно галичан і буковинців, котрих запідозрили у симпатіях до Росії. За різними оцінками, через концтабір від вересня 1914-го по травень 1917 року пройшло від двадцяти до тридцяти тисяч в'язнів. Точне число померлих і страчених у Талергофі невідоме, лише відомо, що протягом перших півтора року померло 3800 осіб.

Товариство імені Михайла Качковського — галицьке москвофільське товариство, засноване 1874 року Іваном Наумовичем. Його виникнення було зумовлене зростом впливу українофільського товариства «Просвіта» і намаганням галицьких русофілів поширити свій вплив, зокрема серед галицького селянства.

Товариство «Просвіта» — громадська організація, утворена 1868 року у Львові з метою культурного розвитку, консолідації народної спільноти й піднесення національної свідомості українського народу. Була заборонена 1939 року радянською владою.

Українські Січові Стрільці, УСС, усуси — українське національне військове формування в складі австро-угорської армії, сформоване з добровольців.

Шенбрунн — віденська заміська резиденція австрійських імператорів.

«Чорна рука» — сербська організація, що боролася за ідею «Великої Сербії» з підпорядкуванням Королівству Сербів усіх слов'янських народів Балкан, що перебували тоді на теренах Австрійської й Османської імперій. Його члени здійснили вдалий замах на ерцгерцога Франца Фердинанда 28 червня 1914 року.

Авторський словник галицького діалекту

Бамбетель — кімнатна лава зі спинкою
Баняк — чавун
Батяр — шибеник, лайдак
Бігме — заприсягтися, поклястися, забожитися
Брама — ворота
Виходок — вбиральня
Вуйко — дядько, звертання до старшого чоловіка, не обов'язково родича
Галіція — Галичина
Гальба — кухоль
Гара — горілка або самогон
Гумно — подвір'я, обійстя
Ґазда — господар
Жовнір — солдат, воїн
Зафундувати — виставляти
Зимно — холодно
Зупа — суп
Кашкіт (кашкет) — кепка
Колєжанка — товаришка
Кріс — гвинтівка, рушниця
Креденс — шафа зі скляними дверцятами
Ксьондз — католицький священник
Куцати — блювати, ригати
Люфа — дуло
Льох — підвал
Маринарка — піджак
Москаль — росіянин
Нарваний — наглий
Ногавиця — холоша
Омаста — олія, жир
Оферма — незграба
Пательня — сковорідка
Паця — порося
Пуцувати — чистити
Рантка — побачення, зустріч
Слічний — гарний, симпатичний
Трафунок — випадок
Файка — люлька
Файно — добре
Фацет — парубок
Філіжанка — горнятко
Фіра — віз
Ціхо (ціхутко) — тихо, тихенько
Цьотка — тітка
Шваґер — брат жінки, чоловік сестри
Шпиталь — лікарня

м. Кривий Ріг
«Буквиця»
вул. Гагаріна, 4-б

Донецька обл.

м. Краматорськ
«Буклет»
вул. Маяковського, 1-м

Запорізька обл.

м. Запоріжжя
«Буклет»
вул. Лермонтова, 24
«Буква»
пр-т Соборний, 147, ТЦ Украина

Івано-Франківська обл.

м. Івано-Франківськ
«Букініст»
вул. Незалежності, 19
«Велика кишеня»
вул. Є. Коновальця, 221

м. Коломия
«Книжкова хата»
пр-т Чорновола, 51

Київська обл.

м. Бориспіль
«Книголенд»
вул. Київский Шлях, 67,
ТЦ «Парк Таун», 2 поверх

м. Бровари
«Буква»
бул. Незалежності, 3
FOZZY гіпермаркет
с. Вишневе, вул. Промислова, 5
FOZZY гіпермаркет
с. Проліски, вул. Броварська, 2 а

м. Ірпінь
«Книголенд»
вул. Шевченка, 4-г

м. Київ
Bookling Gulliver
вул. Еспланадна, 1
Bookling SkyMall
пр-т Романа Шухевича, 2-т,
ТРЦ SkyMall, 3 поверх
Bookling Артмолл
вул. Заболотного, 37,
ТРЦ Art Mall, 2 поверх
Bookling Сковороди
вул. Григорія Сковороди, 6
«Основи»
вул. Пушкінська, 8А
«Смолоскип»
вул. Межигірська, 21
«Велика кишеня»
пр-т Академіка Глушкова, 36
«Книголенд»
Контрактова площа, 2/1-а
«Книголенд»
вул. Січових Стрільців
(Артема), 33
«Книголенд»
вул. Драгоманова, 17
«Книголенд»
вул. Академіка Палладіна, 16
ТЦ «Academ City»
«Книголенд»
Дніпровська набережна, 12
ТЦ «Рівер Мол»
«Буква»
вул. Б. Хмельницького, 3-б
«Буква»
пр-т Оболонський, 1-б,
ТРЦ ДрімТаун
«Буква»
Дніпровська набережна, 12
ТЦ «Рівер Мол» (3 поверх)
«Буква»
пл. Спортивна, 1-а, ТРЦ Гуллівер
«Буква»
вул. Дніпровська набережна, 33,
ТЦ Аркадія
«Буква»
пр-т Академіка Глушкова, 13-б,
ТРЦ Магеллан, 3 поверх
«Буква»
вул. М. Лаврухіна, 4, ТРЦ Район
«Буква»
пл. Слави, 1, ТЦ Навігатор
«Буква»
вул. Мишуги, 4, ТЦ Піраміда
«Буква» вул. Митрополита
А. Шептицького, 10
«Буква»
пр-т Перемоги, 3, ТРЦ Україна
«Буква»
вул. Білоруська, 2, ТРЦ «Квадрат»
«Буква»
вул. Берковецька, 6-д,
ТРЦ «Лавіна»
«Буква»
пр-т Перемоги, 26,
ТРЦ Смарт Плаза Політех
«Буква»
вул. Гната Юри, 20, ТЦ «Квадрат«
(цокольний поверх)
«Дім книги»
вул. Драгоманова, 2-б
«Дім книги»
пр-т Ю. Гагаріна, 27 (1 поверх)
FOZZY гіпермаркет
вул. Заболотного, 37
FOZZY гіпермаркет
пр-т Степана Бандери
(Московський), 23
«Твоя преса»
наб. Печерська, 10-а
«Твоя преса»
вул. Окружна, 4
«Твоя преса»
вул. Здолбунівська, 17
«Твоя преса»
вул. Сім'ї Сосниних, 17
«Твоя преса»
вул. Привокзальна, 3
«Твоя преса»
вул. Герковецька, 6
«Твоя преса»
вул. Степана Бандери, 15А
«Твоя преса»
вул. Скляренка, 17

Кіровоградська обл.

м. Кропивницький
«Буквиця»
вул. Преображенська, 17/65
«Книжковий супермаркет
«Буки»
вул. Велика перспективна, 35/54
FOZZY гіпермаркет
вул. Київська, 66г

Львівська обл.

м. Львів
«Виват»
вул.Дорошенкам, 23
Bookling Forum Lviv, 1 поверх
вул. Під Дубом, 7-б
«Дім книги»
вул. Міцкевича, 8
«Дім Книги»
вул. Торгова, 11
«Українська книгарня»
пр-т. Шевченка, 8
«Книголенд»
вул. Коперника, 11
«Книголенд»
вул. Доробок, 36-а
«Книголенд»
вул. Личаківська, 22
«Буква»
вул. Дорошенка, 1
«Книгарня»
вул. Рогатинців, 30
«Книгарня«
вул. Огієнко, 4

Миколаївська обл.

м. Миколаїв
«Буквиця»
вул. Соборна, 6

Одеська обл.

м. Одеса
«Буклет»
вул. Соборна, 6
«Книголенд»
вул. Асташкіна, 29, к. 2
(пл. Льва Товстого, 1, Кадорр)
«Книголенд»
вул. Генерала Петрова, 9
«Книголенд»
вул. Катерининська, 91
«Книголенд»
вул. Люстдорфська дорога, 54
«Буква», Книжкова перлина
вул. Дерибасівська, 14
Книжковий супермаркет
вул. Жуковського, 38
Книжковий супермаркет
вул. Ланжеронівська, 17
Книгарня-Кав'ярня
вул. Катерининська, 77

«Одеська книга»
(ФОП Валькова)
пл. Єкатеринінська, 4
Bookling ТЦ «City Center»
пр-т Небесної сотні, 2
(мінус 1 поверх)
«Книжкова казка»
пр. Ак. Глушко, 16
«Дім книги»
пр. Ак. Глушко, 20/54
FOZZY гіпермаркет
вул. Середня, 83-а

м. Чорноморськ
Книжковий супермаркет
пр-т Миру, 16

Полтавська обл.

м. Полтава
«Буква»
вул. Шевченка, 29
«Книголенд»
вул. Соборності (Жовтнева), 50
«Книголенд»,
вул. Європейська (Фрунзе), 63
«Книголенд»,
вул. Соборності, 28/13,
ТЦ «ЦУМ»
«Велика кишеня»
вул. Ковпака, 26-в

м. Кременчук
«Книголенд»
бульвар Пушкіна, 7
«Книголенд»
вул. Республіканська, 134-а
«Книголенд»
пр-т Свободи (60-річчя Жовтня), 22-а,
зупинка Водоканал
«Книголенд»
вул. Першотравнева, 45

Рівненська обл.

м. Рівне
«Буква»
вул. Соборна 47,
ТЦ Злата Плаза
Рівнекнига КП «Дружба», «Знання»
майдан Незалежності, 5
Рівнекнига КП «Слово»
вул. Соборна, 57
Рівнекнига КП № 2 Просвіта
вул. Київська, 17
Рівнекнига КП «Книги»
вул. Соборна, 316
«Велика кишеня»
вул. Макарова, 23
FOZZY гіпермаркет
вул. Курчатова, 9

Сумська обл.

м. Суми
«Буква»
пл. Покровська, 2

Тернопільська обл.

м. Тернопіль
«Дім книги»
вул. Коперника, 19/1
«Дім книги»
вул. Й. Сліпого, 1
«Дім книги»
вул. Подільська, 45
«Буква»
вул. Руська, 19/85
Книгарня «Знання»
вул. Миру, 3-а

Харківська обл.

м. Харків
«BOOKS»
вул. Сумська, 51
«ЗнакЪ»
пр-т Науки, 17
«Діалог»
вул. О. Яроша, 21
«Книголенд»
вул. 23 Серпня, 47
«Книголенд»
пр-т Л. Свободи, 33-а
«Книголенд»
пр-т Гагаріна, 167
«Книголенд»
вул. Ак. Проскури, 3
«Книголенд»
вул. Бучми (Уборевича), 1-б, 1 поверх
«Книголенд»
пр-т Московський, 252-б
«Книголенд»
вул. Плеханівська, 66
«Книголенд»
Стадіонний проїзд, 9
«Книголенд»
вул. Валентинівська (Блюхера), 15/17
«Книголенд»
пр-т Тракторобудівників, 59/56,
ТРЦ «Україна», 2 рівень
«Книголенд»
пр-т Індустріальний (Фрунзе), 26
«Книголенд»
вул. Чернишевська, 14
«Фактор»
вул. Квітки-Основ'яненка, 2
«Букетик»
Книжковий ринок
FOZZY гіпермаркет
вул. Героїв Праці, 9

Херсонська обл.

м. Херсон
«Буква»
вул. Комунарів, 21
ФОП Лісова
«Учбова книга»
вул. Преображенська, 22
ФОП Лісова
«Учбова книга»
вул. 40 років Жовтня, 27
Головний корпус Херсонського університету (1 поверх)
ФОП Лісова
«Учбова книга»
вул. Іллі Кулика, 135

Хмельницька обл.

м. Хмельницький
«Буква»
ТГРК «Либідь Плаза»
вул. Кам'янецька, 19/1
«Дім Книги»
вул. Грушевського, 50
«Книжковий світ»
вул. Подільська, 25

Черкаська обл.

м. Черкаси
«Буквиця»
вул. Дашкевича, 19

Чернігівська обл.

м. Чернігів
«Будинок книги»
пр-т Миру, 45
«Книголенд»
пр-т Миру, 49
ТЦ «Мегацентр» (2 поверх)
«Книголенд»
вул. Рокосовського, 39

Чернівецька обл.

м. Чернівці
«Буква»
вул. Івана Франка, 12
«Дім книги»
вул. Сагайдачного, 6

ІНТЕРНЕТ-МАГАЗИНИ

Інтернет-магазин Читайка
http://www. bookzone.com.ua/
http://www.chytayka.com.ua/

Інтернет- магазин Бізліт
https://bizlit.com.ua/

Інтернет- магазин Букля
https://www.booklya.ua/

Інтернет-магазин Буклинг
https://bookling.ua/

Інтернет-магазин М. І. Р. медіа
m.i.r.media@ukr.net

Інтернет-магазин Джерела М
https://www.dk-books.com/sport/publisher/1697/

Інтернет-магазин Book24
https://www.Book24.ua/

Підписано до друку 09.12.19. Формат 84x108 $^{1}/_{32}$.
Умов. друк. арк. 16,80. Облік.-вид. арк. 15,40.
Тираж 2000 прим. Замовлення № 9-315.

ТОВ «Видавництво Фоліо»
вул. Римарська, 21А, м. Харків, 61057
Свідоцтво суб'єкта видавничої справи
ДК № 5244 від 09.11.2016

Сайт та інтернет-магазин видавництва:
www.folio.com.ua
Електронна адреса:
market@folio.com.ua

Надруковано з готових позитивів
у ТОВ «Видавництво Фоліо»
вул. Римарська, 21А, м. Харків, 61057
Свідоцтво суб'єкта видавничої справи
ДК № 5244 від 09.11.2016

Зміст

ВЕЛИКА ВІЙНА

Літературно-художнє видання

Серія «Сага»

ЛУЩИК
Петро Михайлович

ГАЛИЦЬКА САГА

ВЕЛИКА ВІЙНА

Роман

Головний редактор *О. В. Красовицький*
Відповідальна за випуск *Г. С. Таран*
Художній редактор *О. А. Гугалова-Мєшкова*
Комп'ютерна верстка: *І. Л. Цибульник*
Коректор *О. О. Ломака*